孫康宜文集

學生凌超
丁酉敬題

卷五

漢學研究專輯 II

Collected Works of Kang-i Sun Chang

名家推薦

余英時（中央研究院院士、美國哲學會院士）
白先勇（香港中文大學教授、華文文學泰斗）
余秋雨（上海戲劇學院教授、著名華語散文家）
王德威（中央研究院院士、美國哈佛大學中國文學與比較文學Edward Henderson講座教授）
鄭毓瑜（台灣大學中國文學系講座教授、中央研究院中國文哲研究所合聘研究員）
黃進興（中央研究院院士）
胡曉真（中央研究院中國文哲研究所所長）
柯慶明（台灣大學中國文學系名譽教授）

作者致謝

感謝蔡登山、宋政坤二位先生、以及主編韓晗的熱心和鼓勵，是他們共同的構想促成了我這套文集在臺灣的出版。同時我也要向《文集》的統籌編輯鄭伊庭和編輯盧羿珊女士及杜國維先生致謝。

感謝徐文花費很多時間和精力，為我整理集內的大量篇章，乃至重新打字和反復校對。她的無私幫助令我衷心感激。

感謝諸位譯者與合作者的大力協助。他們的姓名分別為：李奭學、鍾振振、康正果、葉舒憲、張輝、張健、嚴志雄、黃紅宇、謝樹寬、馬耀民、皮述平、王瑷玲、錢南秀、陳磊、金溪、淩超、卞東波。是他們的襄助充實和豐富了這部文集的內容。

感謝曾經為我出書的諸位主編——廖志峰、胡金倫、陳素芳、隱地、初安民、邵正宏、陳先法、楊柏偉、張鳳珠、黃韜、申作宏、張吉人、曹淩志、馮金紅等。是他們嚴謹的工作態度給了我繼續出版的信心。

感謝耶魯大學圖書館中文部主任孟振華先生，長期以來他在圖書方面給我很大的幫助。

感謝王德威、黃進興、陳淑平、石靜遠、蘇源熙、呂立亭、范銘如等人的幫助。是他們的鼓勵直接促成了我的寫作靈感。

感謝外子張欽次，是他多年來對我的辛勤照顧以及所做的一切工作最終促成這部文集的順利完成。

二〇一六年十月寫於耶魯大學

徜徉古典與現代之間*

——《孫康宜文集》導讀

韓晗

二〇一五年，本人受美國耶魯大學與臺灣秀威資訊科技有限公司的共同委託，主編《孫康宜文集》（五卷本）。孫康宜教授是一位我敬慕的前輩學者與散文家，也是馳名國際學壇的中國古典文學研究專家。經出版方要求及孫康宜教授本人同意，筆者特撰此導讀，以期學界諸先進對孫康宜教授之學術觀念、研究風格與散文創作有著更深入的認識、把握與研究。

一

總體來看，孫康宜的學術研究分為如下兩個階段。

與其他同時代許多海外華裔學者相似，孫康宜出生於中國大陸，上世紀四十年代末去臺灣，在臺灣完成了初等、高等教育，爾後赴美繼續攻讀碩士、博士學位，最後在美國執教。但與大多數人不同之處在於孫康宜的人生軌跡乃是不斷跌宕起伏，並非一帆風順。因此，孫康宜的學術研究分期，也與其人生經歷、閱歷有著密不可分的聯繫。

* 上海戲劇學院教授余秋雨先生對該導讀的修訂提出了非常重要的修改意見，筆者銘感至深，特此致謝。

一九四四年，孫康宜出生於中國北京，兩歲那年，因為戰亂而舉家遷往臺灣。其父孫裕光曾畢業於早稻田大學，並曾短期執教北京大學，而其母陳玉真則是臺灣人。孫康宜舉家遷臺之後，旋即爆發「二・二八」事件，孫康宜的舅舅陳本江因涉「臺共黨人」的「鹿窟基地案」而受到通緝，其父亦無辜受到牽連而入獄十年。[1]

可以這樣說，幼年至少年時期的孫康宜，一直處於顛沛流離之中。在其父蒙冤入獄的歲月裡，她與母親在高雄林園鄉下相依為命。這樣獨特且艱苦的生存環境，鍛鍊了孫康宜堅強、自主且從不依賴他人的獨立性格，也為其精於鑽研、刻苦求真的治學精神起到了奠基作用。

一九六二年，十八歲的孫康宜保送進入臺灣東海大學外文系，這是一所與美國教育界有著廣泛合作並受到基督教會支持的私立大學，首任校董事長為前教育部長杭立武先生，這是孫康宜學術生涯的起點。據孫康宜本人回憶，她之所以選擇外文系，乃與其父當年蒙冤入獄有關。英文的學習可以讓她產生一種逃避感，使其可以不必再因為接觸中國文史而觸景生情。從某個角度上講，這與「後毛澤東時代」的中國青年在選擇專業時更青睞英語、日語而不喜歡中國傳統文史有著精神上的相通之處。

在這樣的語境下，孫康宜自然對英語有著較大的好感，這也為她今後從事英語學術寫作、比較文學研究打下了基礎。她的學士學位論文以美國小說家麥爾維爾（Herman Melville）的小說《白鯨》（*Moby-Dick; or, The Whale*）為研究對象。用孫康宜本人的話講：「他一生中命運的坎坷，以及他在海洋上長期奮鬥的生涯，都使我聯想到自己在白色恐怖期間所經歷的種種困難。」[2]

從東海大學畢業後，孫康宜繼續在臺灣大學外文研究所攻讀美國文學研究生。多年英語的學習，使得孫康宜有足夠的能力赴美留學、生活。值得一提的是，此時孫裕光已經出獄，但屬於「有前科」

---

1 如上回憶詳見孫康宜：《走出白色恐怖》，北京：生活・讀書・新知三聯書店，二〇一二年。

2 孫康宜：藉著書寫和回憶，我已經超越了過去的苦難（燕舞採寫），《經濟觀察報》，二〇一二年八月三十一日。

的政治犯，當時臺灣正處於「戒嚴」狀態下，有「政治犯」背景的孫康宜一家是被「打入另冊」的，她幾乎不可能在臺灣當時的體制下獲得任何上升空間（除了在受教育問題上還未受到歧視之外），甚至離臺赴美留學，都幾乎未能成行。[3]在這樣的語境下，定居海外幾乎成為了孫康宜唯一的出路。

在臺大外文所攻讀碩士學位期間，成績優異的孫康宜就被新澤西州立大學羅格斯分校（Rutgers-the State University of New Jersey）圖書館學系的碩士班錄取。歷史地看，這是一個與孫康宜先前治學（英美文學）與其之後學術生涯（中國古典文學）並無任何直接聯繫的學科；但客觀地說，這卻是孫康宜在美國留學的一個重要的過渡，因為她想先學會如何在美國查考各種各樣的學術資料，並對書籍的分類有更深入的掌握。一九七一年，孫康宜獲得該校圖書館學系的碩士學位之後，旋即進入南達科達州立大學（South Dakota State University）英文碩士班學習，這是孫康宜獲得的第二個碩士學位——她又重新回到了英美文學研究領域。

嗣後，孫康宜進入普林斯頓大學（Princeton University）東亞研究系博士班，開始主修中國古典文學，副修英美文學與比較文學，師從於牟復禮（Frederick W. Mote）、高友工等知名學者。普林斯頓大學的學術訓練真正開啟了她未來幾十年的學術研究之門——比較文學視野下的中國古典文學研究。

一九七八年，三十四歲的孫康宜獲得普林斯頓大學博士學位，並發表了她的第一篇英文論文，即關於加州大學伯克利分校（University of California, Berkeley）東亞系教授西瑞爾・白之（Cyril Birch）的《中國文學文體研究》（*Studies of Chinese Literary Genres*）的書評，刊發於《亞洲研究》（*Journal of Asian Studies*）雜誌上。這篇文章是她用英文進行學術寫作的起點，也是她進入美國學界的試筆之作。

---

3 孫康宜在《走出白色恐怖》中回憶，她和兩個弟弟離臺赴美留學時，數次被臺灣當局拒絕，最終時任保密局長的谷正文親自出面，才使得孫康宜姐弟三人得以赴美。一九七八年，其父孫裕光擬赴美治病、定居，但仍遭到當局阻撓，孫康宜無奈向蔣經國寫信求助，其父才得以成行。

一九七九年是孫康宜學術生涯的重要轉捩點。她的第一份教職就是在人文研究頗有聲譽的塔夫茨大學（Tufts University）任助理教授，這為初出茅廬的孫康宜提供了一個較高的起點。同年，孫康宜回到中國大陸，並在南京大學進行了學術講演，期間與唐圭璋、沈從文與趙瑞蕻等前輩學者、作家有過會面。作為「改革開放時期」最早回到中國大陸的旅美學者之一，孫康宜顯然比同時代的其他同行更有經歷上的優勢。

次年，在普林斯頓大學東亞系創系主任牟復禮教授的推薦下，孫康宜受聘普林斯頓大學葛思德東方圖書館（East Asian Library and the Gest Collection）擔任館長，這是一份相當有榮譽感的職位，比孫康宜年長五十三歲的中國學者兼詩人胡適曾擔任過這一職務。當然，這與孫康宜先前曾獲得過圖書館學專業的碩士學位密不可分。在任職期間她由普林斯頓大學出版社出版了自己第一本英文專著《晚唐迄北宋詞體演進與詞人風格》（*The Evolution of Chinese Tz'u Poetry: From Late T'ang to Northern Sung*）。這本書被認為是北美學界第一部完整地研究晚唐至北宋詩詞的系統性著述，它奠定了孫康宜在北美學術界的地位。一九八二年，孫康宜開始執教耶魯大學（Yale University），並在兩年後擔任該校東亞語文研究所主任，一九八六年，她獲得終身教職。

如果將孫康宜的學術生涯形容為一張唱片的話，從東海大學到普林斯頓大學這段經歷，是為這張唱片的A面，而其後數十年的「耶魯時光」將是這張唱片的B面。因此，《晚唐迄北宋詞體演進與詞人風格》既是A面的終曲，也是B面的序曲。此後孫康宜開始將目光聚集在中國古典文學之上，並完成了自己的第二本英文專著《六朝文學概論》（*Six Dynasties Poetry*）。

從嚴謹的學科設置來看，唐宋文學與六朝文學顯然是兩個不同的方向。但孫康宜並不是傳統意義上的歷史考據研究學者，她更注重於從現代性的視野下凝視中國古典文學的傳統性變革，即「作家」如何在不同的時代下對政治、歷史乃至自身的內心進行書寫的流變過程。這與以「樸學」為傳統的古典文學經典研究方式不盡相同，而是更接近西方學界主流研究範式——將話語分析、心理分析、女性主義與文體研究等諸理論引入古典文學研究範疇。

這就不難理解孫康宜的第三本英文專著《情與忠：晚明詩人陳子龍》（下文簡稱《情與忠》，*The Late-Ming Poet Ch'en Tzu-lung: Crises of Love and Loyalism*）緣何會成為該領域的代表作之緣由。陳子龍是一位被後世譽為「明詩殿軍」的卓越詩人，而且他官至「兵科給事中」（相當於今日臺灣「國防部監察局局長」），屬於位高權重之人。明亡後，他被清軍所俘並堅決不肯剃髮，最終投水自盡。孫康宜將這樣一個詩人作為研究對象，細緻地考察了其文學活動、政治活動與個人日常生活之間的關係，認為其「忠」（家國大愛）與「情」（兒女私情）存在著情感相通的一面。

不言自明，《情與忠》的研究方式明顯與先前兩本專著不同，前兩者屬於概論研究，而後者則屬於個案研究。但這三者之間卻有著內在的邏輯聯繫：立足於比較文學基礎之上，用一系列現代研究理論來解讀中國古典文學。這是有別於傳統學術的經典詮釋研究。從這個角度上來講，孫康宜別出心裁地將中國古典文學研究推向了一個新的高度。

在孫康宜的一系列著述與單篇論文中，「現代」與「古典」合奏而鳴的交響旋律可謂比比皆是。如〈象徵與托喻：《樂府補題》的意義研究〉著重研究了「詠物詞」中的象徵與托喻；而〈隱情與「面具」——吳梅村詩試說〉獨闢蹊徑，將「面具」說與「抒情主體」理論引入到了對吳梅村（即吳偉業）的詩歌研究當中，論述吳梅村如何以詩歌為工具，來闡釋個人內心所想與家國寄託；〈明清女性詩人之才德觀〉則是從女性主義的角度論述女性詩人的創作動機與群體心態。凡此種種，不勝枚舉。

二

從東海大學到普林斯頓大學完整的學術訓練，讓孫康宜具備了「現代」的研究視野與研究方式，使其可以在北美漢學界獨樹一幟，成為中國古典文學研究在當代最重要的學者之一。

但公正地說，用「現代」的歐美文學理論來研究中國古典文學，決非孫康宜一人之專利。在晚清時便有王國維借鑒德國哲人叔本華的若干理論來解讀《紅樓夢》，對學界影響深遠，至於海外漢學領域內，可謂比比皆是。如艾朗諾對北宋士大夫精神世界的探索、浦安迪的《紅樓夢》研究、宇文所安對唐詩文本的精妙解讀、余國藩的《西遊記》再解讀以及卜松山在儒家美學理論中的新發現等等，無一不是將新方法、新視野、新理論、新觀點乃至新視角與傳統的「老文本」相結合。甚至還有觀點認為，海外中國古典文學研究其實就是不同新方法的博弈，因為研究對象是相對穩定、明確的。

無疑，這是與中國現代文學研究截然不同的路數。發現一個「被忽略」的現當代作家（特別是在世的作家）不難，但要以考古學的研究範式，在中國古典文學史中找到一個從未研究過的個案，之於海外學者而言可謂是難於上青天。

談到這個問題，勢必要談到孫康宜學術思想的特殊之處。從「傳統」與「現代」的相結合當然是大多數海外中國古典文學研究者的「共性」，但孫康宜的「傳統」與「現代」之間卻有著自身的特色，筆者認為，其特殊之處有二。

首先是女性主義的研究視角。這是許多海外中國古典文學學者並不具備的。在海外中國古典文學研究領域，如孫康宜這樣的女性學者本身不多見，孫康宜憑藉著女性特有的敏感性與個人經驗對中國古典文學進行獨特的研究與詮釋，這是其特性而非共性。因此，「女性」這個角色（或身分）構成了孫康宜學術研究中一個重要的關鍵字。譬如他在研究陳子龍時，會考慮到對柳如是進行平行考察，而對於明代「才女」們的審理，則構成了孫康宜極具個性化的研究特色。

當然，很多人會同時想到另外兩位華裔女性學者：田曉菲與葉嘉瑩。前者出生於一九七一年，曾為《劍橋中國文學史》（*The Cambridge History of Chinese Literature*，該書的主編為孫康宜和宇文所安 **Stephen Owen**）中撰寫從東晉至初唐的內容，並在六朝文學研究中頗有建樹，而出生於一九二四年的葉嘉瑩則是一位在中國古典文學研究領域成果豐碩的女性學者，尤其在唐宋詞研究領域，成就不凡。

雖都是女性學者，但她們兩者與孫康宜的研究仍有著不可忽視的差異性。從年齡上講，田曉菲應是孫康宜的下一代人，而葉嘉瑩則是孫康宜的上一代人。孫康宜恰好在兩代學人之間。因此，相對於葉嘉瑩而言，孫康宜有著完整的西學教育，其研究更有「現代」的一面，即對於問題的認識與把握乃至個案研究，都更具備新理論與新方法。但之於田曉菲，孫康宜則更看重文本本身。畢竟田曉菲是從中國現代史轉型而來，其研究風格仍帶有歷史研究的特徵，而孫康宜則是相對更為純粹的文學研究，其「現代」意識下的女性主義研究視角，更有承上啟下、革故鼎新的學術史價值。

廣義地說，孫康宜將女性主義與中國古典文學糅合到了一起，打開了中國古典文學研究的一扇大門，提升了女性作家在中國古典文學史中的地位，為解讀中國古典文學史中的女性文學提供了重要的理論工具。更重要在於，長期以來中國古典文學史的研究與寫作，基本上都是男權中心主義的主導，哪怕在面對女性作家的時候，仍然擺脫不了男權中心主義這一既成的意識形態。

譬如《情與忠》就很容易讓人想到陳寅恪的《柳如是別傳》，後者對於陳（子龍）柳之傳奇故事也頗多敘述，但仍然難以超越男權中心主義的立場，即將柳如是作為「附屬」的女性進行闡釋。但是孫在《情與忠》中，柳如是卻一度構成了陳子龍文學活動與個人立場變化的中心。從這個角度來看，孫康宜不但提供瞭解讀中國古典文學史中女性作家的理論工具，而且還為中國古典文學研究提供一個相當珍貴的新視野。史景遷（Jonathan D. Spence）曾評價該著的創見：「以生動的史料，深入考察了在十七世紀這個中國歷史上的重要時期，人們有關愛情和政治的觀念，並給予了深刻的闡述。」[4]

其次是將現代歐美文論引入研究方法。之於傳統意義上的中國古典文學研究而言，引入歐美文論是有一定爭議的，與之相比，乾嘉以來中國傳統學術（即「樸學」）中對古籍進行整理、校勘、注疏、輯佚加上適度的點校、譯釋等研究方式相對更受認可，也在古典文學研究體系中佔據著主流地位。

隨著「世界文學」的逐步形成，作為重要組成的中國古典文學，對其研究已經不能局限於其自身內部的循環闡釋，而是應將其納入到世界文學研究的體系、範疇與框架下。之於海外中國文學研究而言，尤其應承擔這一歷史責任。同樣，從歷史的角度來看，中國古典文學的形成決非是在「一國」（非現在所言民族國家之概念）之內形成的，而是經歷了一個漫長的民族融合、文化交流的過程。因此，中國古典文學的體制、內容與形態是處於「變動」的過程中逐漸形成的。

在這樣的前提下，研究中國古典文學，就必須要將當代歐美文論所涉及的新方法論納入研究體系當中。在孫康宜的研究中，歐美文論已然被活學活用。譬如她對明清女性詩人的研究如〈明清文學的經典與性別〉、〈寡婦詩人的文學「聲音」〉等篇，所著眼的即是比較研究，即不同時代、政權、語境下不同的女性詩人如何進行寫作這一問題；而對於中國古典文學經典文本、作家的傳播與影響，也是孫康宜所關注的對象，譬如她對「典範作家」王士禎的研究，就敏銳地發掘了宋朝詩人蘇軾對王士禎的影響，並提出「焦慮」說，這實際上是非常典型的比較文學研究了。此外，孫康宜還對陶潛（陶淵明）經典化的流變、影響過程進行了文學史的審理，並再度以「面具理論」（她曾用此來解讀過吳

[4] 張宏生：經典的發現與重建——孫康宜教授訪談錄，任繼愈主編，《國際漢學·第七輯》，二〇〇二年。

梅村）進行研究。這些都反映了歐美文論研究法已構成了孫康宜進行中國古典文學研究中一個重要的內核。

孫康宜通過自己的學術實踐有力地證明了：人類所創造出的人文理論具有跨民族、跨國家的共同性，歐美文論同樣可以解讀中國古典文學作品。她曾將「文體學研究」融入到中國古典文學研究當中，其《晚唐迄北宋詞體演進與詞人風格》一書（北大版將該書名改為《詞與文類研究》），則明顯受到克勞迪歐・吉倫的《作為系統的文學：文學理論史札記》（*Literature as System: Essays toward the Theory of Literary History*）、程抱一的《中國詩歌寫作》（*Chinese Poetic Writing*）與埃里希・奧爾巴赫的《摹仿論：西方文學中的真實再現》（*Mimesis: The Representation of Reality in Western Literature*）等西方知名著述的影響，並將話語分析與心理分析引入對柳永、韋莊等詞人的作品研究，通讀全書，宛然中西合璧。

女性主義的研究視角與歐美文論的研究方法，共同構成了孫康宜學術思想中的「新」，這也是她對豐富現代中國古典文學研究體系的重要貢獻。但我們也必須看到，孫康宜的「新」，是她處於一個變革的時代所決定的，在孫康宜求學、治學的半個多世紀裡，臺灣從封閉走向民主，而中國大陸也從貧窮走向了復興，整個亞洲特別是東亞地區作為世界目光所聚集的焦點而被再度寫入人類歷史中最重要的一頁。在大時代下，中國文化也重新受到全世界的關注。孫康宜雖然面對的是古代經典，但從廣義上來講，她書寫的卻是一個現代化的時代。

三

哈佛大學東亞系教授、《劍橋中國文學史》的合作主編宇文所安曾如是評價：「在她（孫康宜）

所研究的每個領域，從六朝文學到詞到明清詩歌和婦女文學，都揉合了她對於最優秀的中國學術的瞭解與她對西方理論問題的嚴肅思考，取得了卓越的成績。」而對孫康宜學術思想的研究，在中國大陸也漸成熱潮，如陳穎〈美籍學者孫康宜的中國古典詩詞研究〉、朱巧雲〈論孫康宜中國古代女性文學研究的多重意義〉與涂慧的〈挪用與質疑，同一與差異：孫康宜漢學實踐的嬗變〉等論稿，對於孫康宜學術思想中的「古典」與「現代」都做了不同角度的論述與詮釋。

不難看出，孫康宜學術思想中的「古典」與「現代」已經被學界所公認。筆者認為，孫康宜不但在學術思想上追求「古典」與「現代」的統一性，而且在待人接物與個人生活中，也將古典與現代融合到了一起，形成了「手姿優雅，誠懇謙和」（王德威語）的風範。[5] 其中，頗具代表性的就是其與學術寫作相呼應的散文創作。

散文，既是中國傳統文人最熱衷的寫作形式，也是英美現代知識份子最擅長的創作體裁。學者散文是中國新文學史上的重要組成，從胡適、梁實秋、郭沫若、翦伯贊到陳之藩、余秋雨、劉再復，他們既是每個時代最傑出的學者，也是這個時代裡最優秀的散文家。同樣，作為一位學者型散文家，孫康宜將「古典」與「現代」進行了有機的結合，形成了自成一家的散文風格，在世界華人文學界擁有穩定的讀者群與較高的聲譽。與孫康宜的學術思想一樣，其散文創作，亦是徜徉古典與現代之間的生花妙筆。

從內容上看，孫康宜的散文創作一直以「非虛構」為題材，即著重對於人文歷史的審視與自身經驗的闡釋與表達，這是中國古代散文寫作的一個重要傳統。她所出版的《我看美國精神》、《親歷耶魯》與《走出白色恐怖》等散文作品，無一不是如此。

---

5 王德威：從吞恨到感恩——見證白色恐怖（《走出白色恐怖》序），詳見孫康宜：《走出白色恐怖》，北京：生活・讀書・新知三聯書店，二〇一二年。

若是細讀，我們可以發現，孫康宜的散文基本上按照不同的歷史時期分為兩個主題，一個是青少年的臺灣時期，即對「白色恐怖」的回憶與敘述，另一個則是留學及其後定居美國的時期，則是對於美國民風民情以及海外華人學者的生存狀態所作的記錄與闡釋。在孫康宜的散文作品中，我們可以明顯地讀到作為「作者」的孫康宜構成了其散文作品的中心。正是因為這樣一個特殊的中心，使得其散文的整體風格也由「現代」與「古典」所構成。

現代，是孫康宜的散文作品所反映的總體精神風貌。即表露家國情懷、呼喚民主自由、批判專制集權與嚮往美好生活，用帶有基督精神的「信、望、愛」來寬容歷史與個人的失誤乃至荒悖之處。一言以蔽之：孫康宜的散文是用人間大愛來書寫大時代的變革，這些都是傳統中國散文中並不多見的選題。

值得一提的是，孫康宜對自身經歷臺灣「白色恐怖」的家族史敘事、旅居美國的艱辛與開拓等等，這些都是特定大時代的縮影，構成了孫康宜在「現代」層面上獨一無二的書寫特徵。海外華裔學者型散文家甚眾，如張錯、陳之藩、鄭培凱、童元方與劉紹銘等等，但如孫康宜這般曲折經歷的，僅她一人而已。或者換言之，孫康宜以自身獨特的經歷與細膩的感情，為當代學者型散文的「現代」特質注入了特定的內涵。

在《走出白色恐怖》中，孫康宜以「從吞恨到感恩」的氣度，將家族史與時局、時代的變遷融合一體，以史家、散文家與學者的多重筆觸，繪製了一幅從家族災難到個人成功的奮鬥史詩。成為當代學者散文中最具顯著特色的一面。與另一位學者余秋雨的「記憶文學」《借我一生》相比，《走出白色恐怖》中女性特有的寬厚與作為基督徒的孫康宜所擁有的大愛明顯更為特殊，因此也更具備積極的現代性意識；若再與臺灣前輩學者齊邦媛的「回憶史詩」《巨流河》對讀，《走出白色恐怖》則更加釋然——雖然同樣在悲劇時代的家庭災難，但後者憑藉著基督精神的巨大力量，走出了一條只屬於自己的精神苦旅。因此，這本書在臺灣出版後，迅速被引入中國大陸再版，而且韓文版、捷克文版等外文譯本也將陸續出版。

與此同時，我們也應注意到孫康宜散文中「古典」的一面。她雖然是外文系出身，又旅居海外多年，並且長期用英文進行寫作。但其散文無論是修辭用典、寫景狀物還是記事懷人，若是初讀，很難讓人覺得這些散文出自於一個旅居海外近半個世紀的華裔女作家之筆。其措辭之典雅溫婉，透露出標準的古典美。

筆者認為，當代海外華裔文學受制於接受者與作者自身所處的語境，使得文本中存在著一種語言的「無歸屬感」，要麼如湯婷婷、哈金、譚恩美等以寫作為生的華裔小說家，為了更好地融入美國則直接用英文寫作，要麼如一些業餘專欄作家或隨筆作家（當中包括學者、企業家），用一種介於中國風格與西式風格（甚至包括英文文法、修辭方式）之間的話語進行文學書寫，這種混合的中文表達形態，已經開始受到文學界尤其是海外華文研究界的關注。

讀孫康宜的散文，很容易感受到她敬畏古典、堅守傳統的一面，以及對於自己母語——中文的自信，這是她潛心苦研中國古典文學多年的結果，深切地反映了「古典」風格對孫康宜的影響，其散文明白曉暢、措辭優雅，文如其人，在兩岸三地，孫擁有穩定、長期且優質的讀者群。《走出白色恐怖》與《從北山樓到潛學齋》等散文、隨筆與通信集等文學著述，都是中國大陸、臺灣與香港地區知名讀書報刊或暢銷書排行榜所推薦的優質讀物。文學研究界與出版界公認：孫康宜的散文在中文讀者中的影響力與受歡迎程度遠遠大於其他許多海外學者的散文。

孫康宜曾認為：「在耶魯學習和任教，你往往會有很深的思舊情懷。」從學術寫作到文學創作，徜徉於古典與現代之間的孫康宜構成了當代中國知識份子的一種典範。孫康宜在以古典而聞名的耶魯大學治學已有三十餘年，中西方的古典精神已經浸潤到了她日常生活與個人思想的各個方面。筆者相信，《孫康宜文集》（五卷本）問世之後，學界會在縱深的層面來解讀孫康宜學術觀念、研究風格與創作思想中「現代」與「古典」的二重性，這或將是今後一個廣受關注的課題，而目前對於孫康宜的研究，還只是一個開始。

二〇一七年十二月，於深圳大學

出版說明

《孫康宜文集》一共五卷，涵蓋孫康宜先生治學以來所有有代表性的著述，所涉及文體亦多種多樣。慮及散文創作與學術著述的差異性，編者在整理散文部分時，除主要人名、地名與書名等名詞詞彙首次出現使用外文標註并將譯法予以統一之外，其使用方法、表述法則與語種選擇基本上保留當時發表時的原貌，以使文集更具備史料意義，特此說明。

目次

Contents

名家推薦 003

作者致謝 005

徜徉古典與現代之間——《孫康宜文集》導讀／韓晗 007

出版說明 020

輯一 《抒情與描寫：六朝詩歌概論》 孫康宜著 鍾振振譯

中文版序 027

緒論 029

第一章 陶淵明：重新發揚詩歌的抒情傳統 033

第一節 獨立不群的詩人 033

第二節 自傳式的詩歌 044

第三節 「自然」的昇華 069

第二章 謝靈運：創造新的描寫模式 080

第一節 「形似」與「窺情風景」 080

第二節 描寫的語言 095

第三節 孤獨的遊客 108

第三章 鮑照：對抒情的追求 115

第一節 從山水到詠物 120

第二節 描寫與講述 131

第三節　抒情的自我及其世界　140
第四章　謝朓：山水的內化　150
第一節　文學沙龍與詩歌的形式主義　156
第二節　感情的結構　167
第三節　作為藝術經驗的山水風光　177
第四節　袖珍畫的形式美學　182
第五章　庾信：詩人中的詩人　191
第一節　宮廷內外的文學　191
第二節　因襲和新創　202
第三節　向抒情回歸　211

輯二　《情與忠：陳子龍、柳如是詩詞因緣》

孫康宜著
李奭學譯

北大修訂版自序　235
譯者原序　238
年譜簡表（西元紀年）　240
重要書目簡稱　242
原英文版前言　243
第一編　忠國意識與豔情觀念　247
第一章　忠君愛國的傳統　247

第二章　晚明情觀與婦女形象 255
第三章　陳子龍與女詩人柳如是 269
第二編　綺羅紅袖情 288
第四章　芳菲悱惻總是詞 288
第五章　回首觀照且由詩 325
第三編　精忠報國心 343
第六章　忠國情詞 343
第七章　其雄悲詩 368
結語 394
【附錄一】　柳如是〈夢江南・懷人〉二十首 397
【附錄二】　明清女詩人選集及其採輯策略／馬耀民譯 405
參考書目（二〇一二年十二月增訂） 432
後記 460
【附錄三】　孫康宜：苦難成就輝煌／韓晗 463
【附錄四】　作者治學、創作年表 469

輯一

《抒情與描寫：六朝詩歌概論》

孫康宜著

鍾振振譯

《六朝詩》原著*Six Dynasties Poetry*封面
（普林斯頓大學出版社，1986）

中文版序

這本書十五年前由普林斯頓大學出版社出版。該書問世以後曾在美國漢學界引起了一定的關注。一九八〇年代初，當我開始著手撰寫該書之時，六朝詩的研究在美國的漢學領域中才剛剛起步，所以能參考及借鑑的書籍材料非常之少。在寫作的過程中，我時常感到捉襟見肘，頗有力不從心之慮。現在回顧起來，對拙作自然有些不甚滿意的地方。然而，在當時這本書畢竟還是一部拓荒之作。

特別在此應當強調的是，書中有關「表現」（expression）和「描寫」（description）的討論。一般傳統文人在討論六朝詩歌時，常常喜歡用「浮華」、「綺靡」等帶有價值判斷的字眼，以至於他們的詩論往往成為一種泛泛之論。實際上，一個時代的文學風格是由極其複雜的因素構成的，在傳統與個人獨創的互動和互補之間，文學才逐漸顯示出它的多樣化。在分析六朝詩歌之時，我選擇了「表現」和「描寫」這兩個文學因素，來作為檢驗個別詩人風格的參照點，主要因為在一九八〇年代初期的美國文學批評界中，「描寫」正是許多批評家所探討的重點。在逐漸走向後現代的趨勢中，人們開始對視覺經驗的諸多涵義產生了格外的關注。而這種關注也就直接促成了文學研究者對「描寫」的興趣。以我所執教的耶魯大學為例，有名的文學雜誌《耶魯法文研究》（*Yale French Studies*）就於一九八一年出版了一期有關「描寫理論」（Towards a Theory of Description）的專刊。接著次年，哈佛大學出版社也發行了一本研究羅斯金和觀者的藝術之書（Elizabeth K. Helsinger, *Ruskin and the Art of the Beholder*）。一從某一程度看來，這種對「描寫」的熱衷乃是對前此的一九六〇、七〇年代文化思潮的直接反應。一九六〇、七〇年代間，美國研究文學的學者們特別專注於情感的「表現」問題，其中尤以普林斯頓大學於一九七一年所出版的《表現的概念》（*The Concept of Expression*, by Alan Tormey）一書為代表。

我把「表現」和「描寫」用作兩個既對立又互補的概念來討論，一方面為了配合現代美國文化思潮的研究需要，另一方面也想利用研究六朝詩的機會，把中國古典詩中有關這兩個詩歌寫作的構成因素仔細分析一下。現代人所謂的「表現」，其實就是中國古代詩人常說的「抒情」，而「描寫」即六朝人所謂的「狀物」與「形似」。我發現，中國古典詩歌就是在表現與描寫兩種因素的互動中，逐漸成長出來的一種既複雜又豐富的抒情文學。因此在拙作中，我盡力把其中的複雜關係用具體的方式表達出來，並希望能給古典詩歌賦予現代的闡釋。

多年來，我常想把這本有關六朝詩歌的拙作譯成中文，但日漸忙碌的教書生活使我無法如願。現在南京師範大學的鍾振振教授終於完成了該書的中譯本。鍾博士是著名的學者，年輕有為，英文功力甚深，他在翻譯的過程中，花了不少心血，令人感動。我衷心向他獻上感謝。

緒論

從東漢末年開始，到隋的建立為止，中國經歷了一段漫長的政治分裂期（其間只有西晉時期曾短暫地統一過），在這一歷史階段中，有六個王朝——即東吳（西元二二二－二八〇年）、東晉（三一七－三二〇）、南朝宋（四二〇－四七九）、齊（四七九－五〇二）、梁（五〇二－五五七）、陳（五五七－五八九）——先後建都於今南京，後人稱之為「六朝」。從歷史的分期上來看，六朝時期，漢族第一次屈服於北方少數民族的入侵，乃至恥辱地退縮到長江流域；但從文學的分期上來看，正是在六朝時期，南方文風與北方文風開始融合，繼承傳統與探索革新並行不悖。這種趨勢十分強勁，它最終創造出了一種全新的、重要的、被公認為漢語所獨有的詩歌形式。正是這種詩歌形式，為唐詩的興起開闢了道路。

「六朝」這個提法，不能僅從字面上去理解。通常，它只是對從三世紀到六世紀建都於南京的六個南方政權的方便稱呼。不過，也有人用它去稱呼從西晉（二六六－三一七）到陳的六個連續朝代，而把東吳排除在外，這整個時期，作為一種歷史階段的劃分，也被總稱為「南北朝」。

在下面的章節中，我將追蹤「六朝詩」這種新詩歌興起的軌跡，從西元四世紀初中原士族向南方的大遷徙開始談起。西晉末年，漢人大批大批地逃往長江流域，建立了南方新政權。後來，他們公開臣服於鮮卑拓跋氏，致使那個部族能夠統治北中國幾近三百年之久。從理論上說，正是西元三一七年東晉在南京的建立，標誌著「五」個南方王朝的開始。

為了敘述的方便，本書統一使用「六朝」這個術語。「南朝」或類似的提法本來也許更為合適，但它實際上有可能會引起較大的混亂，因為當人們說起「南朝」，他們想到的往往是西元四二〇年東晉垮臺後的四個王朝——宋、齊、梁、陳。選擇一個合適的提法如此之難，於是我只好重申一個舊有的設定：不管人們為這一時期選用什麼樣的數字名稱——「四」朝也好，「五」朝或「六」朝也好，它指的都是一個不尋常的、走馬燈式的改朝換代，宮廷政治為連續不斷的武力爭鬥和動亂所折磨的時代。

政治上的不穩定，使無論對於一般詩歌還是對於特殊的中國詩歌來說，都是最有趣味的一個現象——政治危機與詩歌創造力之間的密切聯繫成了我們注視的焦點。試讀這一時期的詩歌，不由你不做出這樣的判斷：前期中國逼真的文學想像，往往產生在政治危機之時。在六朝詩人們那裡，我們發現了一種個體意識的巨大覺醒。這使紛擾的政治形勢變化為詩歌的靈感。這些詩人不僅通過自己對於生活悲劇和政治高壓的體驗，最有力地抒發了個人的進退維谷之感和時代的困窘，同時也把詩歌帶到了政治的最前沿。

不過，這些詩人已經學會用這樣或那樣的方法，靠著改變自我感覺的最初嘗試去超越政治。總的來說，六朝詩歌中特別引人注目的重大發展，是對美麗的大自然愈來愈感興趣。這反映了詩人們的一種衝動——擴張「自我」以進入一個更廣闊的注視中心。詩歌自不妨像它最初那樣去抒發內在的情感，但詩歌本身漸漸地形象化了，往往對自然做詳細的觀照，把自然看成是抒情詩範圍內的一個較重要的組成部分。詩人對其自我在外部世界中的定位或再定位，引發了詩歌創作的一個新拓展：在視覺殘象的一端，站著一個個性化了的對於感情的「抒發」（expression），而在另一端，站著一個觸目可見的對於自然現象的「描寫」（description）。在很大程度上，這兩極的平行發展或相互融合左右著本書中的種種分析。通過對這兩種詩歌要素——「抒情」與「描寫」——的聚焦審視，我認為不能把它們看成是對立的。當然，並沒有什麼絕對的「抒情」或「描寫」。不過，這類術語在文學分析中仍非常有用——只要它們能夠導致意義深長的解釋。用這種研究方法來研究六朝詩歌特別有效，因為在六朝詩歌中，這兩種詩歌成分的相關比例往往不僅決定了某個詩人的風格，而且也決定了某個階段詩歌的風格。此外，這兩個術語的涵義以及對它們的應用，是隨著時代、特別是隨著它們交叉影響的結果而變化的。後來，「抒情」與「描寫」的聯姻，最終發展成為閱讀中國詩歌的一種主要的參考構架。我在這本書中採用這種研究方法，意圖之一就是為了顯示，憑藉對於中國詩歌中這兩個基本要素之複合發展（同時包括延續和中斷）的追蹤，是有可能對六朝詩歌的發展做出系統說明的。

我挑選了五位詩人作為本書的研究對象，他們是：陶淵明（約三六五－四二七）、謝靈運（三八五－四三三）、鮑照（約四一四－四六六）、謝朓（四六四－四九九）、庾信（五一三－五八一）。他們將被當作重要的路標，來標示六朝詩歌中「抒情」和「描寫」漸趨接近的漫長里程。本書的第一章，探討陶淵明在詩歌中對「自我」的急切尋覓。他的詩通過對歷史和自然的真誠關心，結晶為一種擴大了的自我抒情，從而為抒情詩體的成熟開闢了道路。第二章，嘗試對描寫南國風光千情萬狀的「山水詩」做一鳥瞰，以謝靈運作為「山水詩」這一新描寫模式的典型。「抒情」與「描寫」中一些不可缺少的要素，在鮑照的詩歌裡尤為惹人注目，於是這構成了第三章的主題。第四章，論述南齊名流圈子裡的形式主義詩歌潮流，其中謝朓是最優秀的詩人。在這一章中，我們將看到，在倒退到唯美的形式主義之前，現實主義的「描寫」是如何充分地贏得了它所應有的聲譽。全書的最後一章，討論庾信對於「抒情」與包括自我之「描寫」的創造性綜合。在庾信晚年淪落異國他鄉時所寫的詩歌裡，南方「宮體」詩的豔情特色與北方文學的遒健傾向漸趨融合，這確立了六朝詩歌對中國抒情詩體未來之發展的影響。

傳統與個人創造的相互作用仍是本書關注的中心。本書所論及的每一位詩人，在發展自己的個人風格時，都尋求將自己的抒情與過去的詩歌典範聯繫在一起。在詩人表現自我的衝動（這是一個方面）與遵循傳統的冷靜（這是另一方面）之間，存在著一種恆久的辯證法。因為只有自覺而努力地遵循抒情詩的傳統，詩人才可以與前輩們競賽，甚或超越他們。但有些時候，為了給傳統重下定義，詩人需要與傳統決裂。變革如此之激烈，以至於他有可能受到同時代的人的忽視或嘲笑。然而，對這樣一位詩人的最終酬勞，在於如他所堅信的那樣，他的作品將會使他不朽；在於如他所感覺到的那樣，將來的某一天在後人中會出現「知音」。這種希望得到後人理解的想法，正是中國文學復興最重要的決定因素之一。

構成本書核心的那幾位詩人，每一位都活在這種文化遺產的重負之中。但他們又拚命去尋找一種屬於他們自己的新的抒情聲音，希望憑藉其文學創造力，使自己的詩歌流傳得更廣、更久遠。

第一章　陶淵明：重新發揚詩歌的抒情傳統

第一節　獨立不群的詩人

陶淵明（約三六五－四二七）是中國歷史上少數幾個最偉大的詩人之一，其聲名經久不衰，也許只有杜甫（七一二－七七〇）才可以與他比肩而立。他既大刀闊斧地從事文學革新，又不乖離經典中國詩歌強烈而持久的抒情傳統。如此強勁的創造力和綜合力集中在一位詩人身上，是需要有一個強大的時代去支撐他的。然而，令人驚訝的是，陶淵明要麼出生得太早，要麼出生得太遲。他所生活的那個時代——東晉（三一七－四二〇），相對來說，是一個在詩歌創作方面沒有什麼激動人心的活力的時代，正如梁代文學批評家劉勰（四六五－五二二）所批評的那樣：

江左篇製，溺乎玄風……[1]

鍾嶸（四五九－五一八）在其《詩品》一著中也雄辯地對這個時代做出了類似的描述：

永嘉時，貴黃老，稍尚虛談，於時篇什，理過其辭，淡乎寡味，爰及江表，微波尚傳，孫綽、

[1]《文心雕龍》，范文瀾注（一九四七年。北京：人民文學出版社，一九七八年重版二卷本）上冊，頁六七。

> 許詢、桓、庾諸公詩，皆平典似道德論。[2]

事實上，陶淵明的詩歌不僅絕不同於他同時代的詩歌，而且也絕不同於緊接東晉之後的那些時代的詩歌。他的詩歌，作為文學的藝術品，既不見賞於他的同時代人，又不為其後數百年中的許多文學批評家和詩人所理解。但是，再往後的人們沒有讓他湮沒無聞，及時地給了他普遍的承認。過去他一直被摒棄，如今則大大地得到了補償。自然，我們這些文學研究者不禁被這場奇特的文學公案——陶淵明詩起初頗遭冷遇，後來卻大得青睞——驚得目瞪口呆。我們能不能簡單地假定：凡偉大的詩人開始都必然遭受一定程度的阻遏與冷遇，即便其遭遇不像陶淵明一案那樣富有戲劇性。然而，歷史告訴我們，沒有合理的論據可以支持這樣的假定，相反卻有推倒它的例證——在本書研究範圍之外，確有大批詩人是為同時代人所承認的——不過這種承認必須接受後人的重新檢驗。那麼，究竟誰該對這種憑藉文學鑑賞力做出的判決負責呢？什麼原因使得後人偏偏讓某位詩人復活，而不是其他人？這些問題不可能有真正的答案，但它們對陶淵明研究來說，卻非常重要。

現在，讓我們回到陶淵明那個時代的文學環境中去。

在文學上，整個東晉時期最著名的是玄言詩。這種詩歌以哲學命題為其特徵，是自西元三世紀以來流行於時的一種思辨活動「清談」的反映[3]。最初，玄言詩是對清談的有意模仿。最著名的玄言詩人孫綽（三二〇—三七七）在寫給另一位玄言詩人許詢的詩裡，就使用了各種清談色調的語言：

---

2 陳延傑注本（香港：商務印書館，一九五九），頁一至二。

3 Ying-shih Yü（余英時）"Individualism and the Neo-Toaist Movement in Wei-Chin China", in *Individualism and Holism: Studies in Confucian and Taoist Values*, ed, Donald Munro. (Ann Arbor: Center for Chinese Studies, the University of Michigan, 1985), p.131.

仰觀大造
俯覽時物
機過患生
吉凶相拂
智以利昏
識由情屈
野有寒枯
朝有炎鬱
失則震驚
得必充詘[4]

很顯然，這首詩的基本形態不是感情的，而是哲理的。它根本就是一種哲學的推理，宣講陰陽、吉凶之間必然的交替。

類似的推理腔調，也是王羲之〈蘭亭〉詩的特點：

仰視碧天際
俯瞰淥水濱
寥閴無涯觀
寓目理自陳

4 丁福保編《全漢三國晉南北朝詩》（上海一九六一年重版三卷本；臺北：世界書局，一九六九）冊一，頁四三四。

大矣造化工
萬殊莫不均
群籟雖參差
適我無非親[5]

作者試圖解釋的哲學，是關於宇宙均等（第五、六句）的理論——這也是玄學思想的中心。這首詩顯得比孫綽那首更具有人的色彩，因為其哲學原理的顯著內容來自對「水濱」特殊景象的觀察（第二句）。不過，它讀起來還是像建築在某種現成學說之上的一條定理，沒有多少感情。確實，玄言詩裡缺少的便是情感的伴音，正是這一點，使得它的哲理性大大超過了抒情性。

比較一下王羲之的這首詩和他的《蘭亭集・序》，人們會為兩者之間的差異感到震驚：〈蘭亭〉詩打著哲學智慧的標記；《蘭亭集・序》則相反，以真率的抒情而著稱。實際上，王羲之的這篇名作甚至是中國傳統文學中最具有抒情詩特質的散文作品之一。它寫的是西元三五三年在風景勝地蘭亭所舉行的一次暮春祓禊儀式。作為一個有權勢的貴族家庭的頭面人物，王羲之在上巳節這天邀集了四十多名東晉社會的顯赫人士，其中有來自強大的謝氏家族的謝安、謝萬兄弟，還有玄言詩人孫綽和許詢。王羲之和來賓們按照年齒的長幼列坐在水濱，飲酒賦詩。這次雅集，與會者創作了三十七首題為「蘭亭」的詩篇，王羲之的《蘭亭集・序》，即為此而作。當時，他快滿五十歲了，對於生命之無常感到悲哀，於是在〈序〉文裡直抒此情：

5 《全漢三國晉南北朝詩》冊一，頁四三一。

每覽昔人興感之由，若合一契，未嘗不臨文嗟悼，不能喻之於懷，固知一死生為虛誕，齊彭殤為妄作。後之視今，亦猶今之視昔，悲夫！

王羲之希望通過〈蘭亭〉系列詩的創作，作為對這次集會的永久性紀錄，來克服自己的悲哀，全序就以這樣的願望作為結束，但具有諷刺意味的是，那些詩在後世沒沒無聞，倒是這篇序本身卻藉藉以傳！這說明，對於傳統的文學批評家們來說，「抒情」是中國詩歌的文學要素，也就是《蘭亭集・序》永遠受歡迎的原因。但如果哪一首詩的主旨像王羲之的〈蘭亭〉詩那樣是哲理的論說，那麼它就喪失了美的魅力。通常，當人們說到玄言詩的時候，都默認它具有「非抒情」的特點。東晉是一個被玄言詩法統治的時代，一個被認為詩歌沒有生命力的時代，只有像鍾嶸、劉勰那樣的文學批評家才會注意到它！

陶淵明的詩歌風格是對王羲之、孫綽那種詩歌風格的尖銳突破，儘管按照傳統的劃分方法，他們的作品都被歸入「東晉詩歌」這同一部類，梁代文學批評家劉勰曾試著把整個中國文學都納入一個包羅萬象的系統，但在他的《文心雕龍》中卻似乎沒有提到過陶淵明[6]。這看來是很奇怪的。我的觀點是，這種從總體上對陶淵明之文學革新的輕忽，至少要由文學分期（periodization）的常規做法來負一部分責任。讓我們仔細讀一讀陶淵明在王羲之影響下寫成的〈遊斜川〉詩，來看他的詩法與東晉總的詩歌風格之間有什麼根本性的不同：

開歲倏五十

[6] 有一本明末版的《文心雕龍》，其〈隱秀〉篇較通行本多出了四百多字的一段，其中提到了陶淵明，不過自紀昀開始，許多學者一直認為這段文字係明人作偽。而近人詹瑛爭辯說，這個明代版本是出自一種真的宋代版本。參見其《文心雕龍的風格學》（北京：人民文學出版社，一九八二），頁七八至九四。

吾生行歸休
念之動中懷
及辰為茲遊
氣和天惟澄
班坐依遠流
弱湍馳文魴
閒谷矯鳴鷗
迥澤散遊目
緬然睇曾丘
雖微九重秀
顧瞻無匹儔
提壺接賓侶
引滿更獻酬
未知從今去
當復如此不
中觴縱遙情
忘彼千載憂
且極今朝樂
明日非所求[7]

[7] 逯欽立編《陶淵明集》（北京：中華書局，一九七九），頁四四。

這首詩開始就是與王羲之《蘭亭集・序》相同的一種個人情感的抒發——它是又一次關於死亡之命運的悲歎：生命在不知不覺中流逝，必須珍惜「今朝」。陶淵明創作這首詩時很可能年當五十歲[8]，正暗合於王羲之的那次春禊；而詩中關於坐在溪邊（第六句）以及與友人一道飲酒（第十三至十八句）的描寫，則重新喚出了「蘭亭宴集」。

我們對陶淵明的興趣，源於對其抒情藝術的極大關注。王羲之主要是在其散文《蘭亭集・序》中有些抒情的內容，而陶淵明的詩歌則充滿著抒情的音符。「念之動中懷」，他在〈遊斜川〉詩開頭沒幾句就這樣直截了當地說。這個聲明對我們研究這段時期的文學史有著非常重要的意義。因為在這裡，詩的主題是詩人自己的感情，而我們也立刻認出，如同早先中國古典抒情詩的特殊歌唱一般，這是個人內在情感的發抒。正像《詩・大序》中之所云：

> 詩者志之所之也，在心為志，發言為詩。[9]

正是陶淵明個人的聲音，復活了古代的抒情詩，宣告了他對一個多世紀以來在文學界占統治地位的那種哲理詩歌模式的背離。要之，玄言詩缺乏感情的聲音，而陶淵明詩的特徵卻在於高質量的抒

---

8 關於這首詩的寫作日期，學術界尚沒有統一的意見，Hightower概括得很正確：「這首詩為各種不同的解說所苦。」參見 James R.Hightower, *The Poetry of T'ao Ch'ien* (Oxford: Calrendon Press, 1970), p.57。問題的關鍵，在於陶淵明此詩小序中「辛酉」二字意義不明確，大多數學者認為「辛酉」指的是西元四二一年，但近人逯欽立認為「辛酉」指的是日而不是年，即西元四一四年的春節。根據陳垣的《二十史朔閏表》，這一天確實是「辛酉」。假如我們採用逯欽立說，那麼視陶淵明此詩為步趨王羲之五十歲時春日祓禊的傳統，是非常合宜的（參見逯欽立〈陶淵明事蹟詩文繫年〉，《陶淵明集》，頁二八一）。這種解釋與此詩的第一句恰相吻合，因此非常令人信服。無論如何，這首詩的小序中說：「悲日月之遂往，悼吾年之不留。」可見陶淵明對自己的年齡非常在意，這一點是值得重視的。

9 見《毛詩注疏》（香港：中華書局，一九六四年重版本）冊一，頁三A面。

情[10]。

一旦我們承認陶淵明的詩歌是抒情的，那麼便可以清楚地看出他的個性風格。他對詩歌的貢獻不只局限於使古典抒情詩復活，實際上他的詩歌抒發了普遍人類的感情。這一特色使他得以用一種不同於他同時代人的手法去處理其詩歌中的抒情主體。關於這一點，我們可以舉出他自己想像自己死亡情景的〈擬挽歌辭〉三首為證。這組詩的開頭說道：

有生必有死
早終非命促[11]

乍讀這開頭兩句，人們或許會以為這組詩是玄言詩，因為它的確像是哲學的說教。但很快讀者就會為它強有力的抒情所震撼——戲劇化了的「我」開始告訴我們，他那死去的形體如何第一次躺在棺材裡（第一首），他的親戚和朋友如何在他身旁哭泣（第二首），還有他最終如何被埋葬入土（第三首）。所有這一切都是用抒情詩的口吻來表達的，因此它不啻是詩人在披露自己心中最隱祕的情感。下面這幾句詩是他對純粹個人生命的領悟：

昔在高堂寢
今宿荒草鄉

10 我們並不否認，陶淵明仍有少數詩歌是受玄言詩影響的。有關這一點的討論，見王瑤，《中古文學風貌》（一九五一年上海版。香港：中流出版社，一九七三年重版本），頁五八。但陶淵明詩歌的總體風格是抒情的而不是推理的。

11 《陶淵明集》，頁一四一。

一朝出門去
歸來良未央[12]

有一點應當注意：嚴格地說，陶淵明並不真正是王羲之以及其他著名玄言詩人如孫綽、許詢等的同時代人。這些詩人在陶淵明二十歲以前就已去世，而當時有一種與玄言詩截然不同的文學風格開始漸漸地發展。最終，新的文學品味出現了，它以文學藻飾為其特徵，對於質木無文的東晉詩歌典型風格，是一個明顯的反撥。這一新的風格傾向，通過各種不同的表現形式，在後來的一百五十年中統治了中國的文壇。

不管怎麼說，陶淵明既不站在玄言詩風一邊，也不站在新興的唯美主義運動一邊。他是孤獨的，因為他生活在一個轉變時期，並且受到與其文學品味相對立的一套詩歌批評標準的評判。後來幾十年中的文學批評家們，或多或少都認為陶淵明詩歌風格的缺點就在於不修飾詞彙。例如，楊休之（五〇九－五八二）說：「陶潛之文『辭采未優』。」[13]鍾嶸看來是比較同情陶淵明詩的個性風格的，但他仍然不願意將陶詩列入「上品」，僅把陶淵明看作「中品」詩人，儘管他讚賞陶詩的總體成就。他的理由非常清楚——「世歎其質直」，他試圖為陶淵明的文學地位而爭辯，認為陶詩並不總是有欠於「風華清靡」，因此不能說它是「田家語」[14]。這個事實——即鍾嶸發現有必要為陶詩的不假修飾做辯護的事實，強烈地透見新的美學標準的巨大影響。

12 〈擬挽歌辭〉第二首，第九至十二句。

13 見他為《靖節先生集》所作的序，載《靖節先生集》，《四部備要》本（上海：中華書局，一九三六），頁二A面。

14 見《詩品注》，陳延傑注本，頁四一，對鍾嶸論陶詩之觀點的討論，見Chia-ying Yeh（葉嘉瑩）and Jan W.Walls, "Theory, Standards, and Practice of Criticizing Poetry in Chung Jung's Shih-p'in", in *Studies in Chinese Poetry and Poetics*,Vol.1, ed., Ronald C.Miao (San Francisco: Chinese Materials Center, 1978), p44; David R.Knechtges,*Wen-xuan* (Princeton:Princeton Univ. Press, 1982), Vol.1, pp.40-41。

〈陶徵士誄〉的作者顏延之（三六四－四五六），是興起於東晉末年新詩風運動中的一名重要詩人。作為陶淵明的親密朋友，顏延之對陶的高尚品質懷有真誠的敬意[15]。他只比陶淵明小十九歲，卻不像年長的陶氏那樣被認作東晉詩人。從根本上說，他屬於緊接東晉之後的劉宋王朝（四二〇－四七九）。他與謝靈運（三八五－四三三）、鮑照（四一四－四六六）齊名，並列為元嘉時期（四二五－四五三）三大文學家，特別擅長製作充滿豐富多彩的想像並精心潤飾的詩篇。他的誄辭只頌揚了陶淵明的高潔人格，卻隻字未提陶的文學功績。這一事實表明，在他的意識中，陶淵明的詩歌風格是有缺陷的。

值得注意的是，在中國文學中，這種對於華麗風格的偏好，並不自顏延之和他的同時代人始。更早一些，西晉（二六五－三一六）時期許多有名的詩人，諸如潘岳（二四七－三〇〇）和陸機（二六一－三〇三），已歡喜在詩歌中使用華美的詞藻[16]。鍾嶸就曾舉出陸機，認為他是顏延之的前驅：

> 其源出於陸機……體裁綺密。[17]

這表明，顏延之所認同的新的詩歌風格，從本質上來說，乃是先前在西晉時期占過統治地位的那種文風的復興。陶淵明當然熟知西晉詩歌的總體傾向，但他沒有像同時代的後生晚輩那樣，選擇模仿西晉詩歌的道路。他的詩歌，給人以一種經過深思熟慮之後嘗試去創造平易風格的印象，其詩風與鍛鍊字詞的做法引人注目地相對立。在他的詩裡，日常口語般的表達每每流暢地融入敘述的脈絡中：

15 顏氏於西元四一五至四一六年間在陶淵明的家鄉潯陽做官，可以相信，他是源源不斷地給陶氏送酒的兩位朋友之一。參見《宋書》卷九三（北京：中華書局，一九七四）冊八，頁二二八八。並參見Hightower, *The Poetry of T'ao Ch'ien*, p.5。

16 參看鍾嶸，《詩品》，陳延傑注本，頁二四至二六，這兩位詩人都被鍾嶸列入「上品」。

17 《詩品注》，陳延傑注本，頁四三。

（一）
雖有五男兒
總不好紙筆[18]

（二）
今我不為樂
知有來歲不[19]

（三）
萬一不合意
永為世笑之[20]

同樣不尋常的是，陶淵明在詩歌中多次採用一問一答的句式。這種直接模擬日常對話的做法，使得他的詩生動活潑，讀來令人有身臨其境之感：

（一）
問君何能爾

18 《陶淵明集》，頁一〇六。
19 《陶淵明集》，頁五九。
20 《陶淵明集》，頁一一二。

心遠地自偏[21]

（二）

此行誰使然

似為饑所驅[22]

（三）

問君今何行

非商復非戎[23]

總的來說，陶淵明偏愛詩歌中某些更有彈性的結構，喜歡在詩歌文法的多樣化方面自由地弄筆。這種風格的獨創性，正是他獨立個性的表現。陶淵明的詩歌是反其時代潮流的一種個性化創作，其「平易」正是自我抒情的一個信號。

第二節　自傳式的詩歌

陶淵明表現自我的熱望促使他在詩歌中創造了一種自傳體的模式，使他本人成為其詩歌的重要

21 《陶淵明集》，頁八九。

22 《陶淵明集》，頁九三。

23 《陶淵明集》，頁一一〇。

主題。他的詩歌自傳不是字面意義上的那種自傳，而是一種用形象做出自我界定（self-definition）的「自我傳記」（self-biography）。他為詩歌自傳採用了各種不同的文學形式。有的時候，他採用寫實的手法，時間、地點皆有明文[24]。有的時候，他又採用虛構的手法披露自我。然而，不管他採用什麼形式，他的大多數詩歌自傳總表達了他一以貫之的願望，即界說自己在生命中的「自我認知」（self-realization）這一終極目的。

陶淵明的自傳式詩歌不僅僅是披露「自我」，它還用共性的威力觸動了讀者的心。這個任務，詩人往往是用虛構的口吻來完成的。他把自己對詩中主角直接經驗的關注放在視焦中心，從而成功地使其詩歌達到了共性的高度，因此能夠得到讀者的認同。他在「寫實」（factuality）與「虛構」（fiction）兩端之間走平衡木，把中國文學帶進了更加錯綜和多樣化的境界。其詩歌的驅動力，恰恰有賴於這樣的兩面開弓。

他對理想國「桃花源」的著名描寫，是寫實與虛構的完美結合。他的〈桃花源〉詩冠有一篇故事性散文〈桃花源記〉，其開頭和典型的志怪小說很相似——該文主人公，一個漁夫，沿著一條溪流無目的地划船前行。突然，他發現自己通過一處狹窄的隘口，進入了一個奇妙的世界[25]：

24 陶淵明許多詩歌的標題明白地交代了寫作時間和寫作緣起，這說明他願意將自己的真實生活公之於眾。參看《陶淵明集》卷三，七一、七二、七四、七六、七八、七九、八一、八三、八四、八五諸頁。其詩歌的小序往往也有同樣的參考作用。參見《陶淵明集》，一一、一三、一五、一八、二二、三五、三九、四四、五一、六四、一〇六、一四五、一五九諸頁。總之，他的詩歌以自己的日常生活為主題。關於他的草屋、他的家庭、他的飲酒嗜好、饑荒的困苦、豐收的喜悦——所有這些，向我們展現了他的生活生動圖畫。他在詩歌裡甚至還告訴我們，他的潯陽舊居於西元四〇八年燬於火災，此次事故發生後不久，他便移居「南村」……正是通過諸如此類具有參考價值的細節，我們很容易在這傳記式的文學場景中結撰出陶淵明的傳記。

25 參見志怪小說集《搜神後記》，《古今說部叢書》第二集，頁一。現代的學者們，如陳寅恪，已確認陶淵明是《搜神後記》的作者；而自從一九三〇年代起，這個觀點在學術界已經歷了長時間的爭議。參見陳寅恪〈桃花源記旁證〉一文，此晉太元中，武陵人捕魚為業，緣溪行，忘路之遠近。忽逢桃花林，夾岸數百步，中無雜樹。芳草鮮美，落英繽紛。漁人甚異之。復前行，欲窮其林。林盡水源，便得一山。山有小口，彷彿若有光，便捨船，從口入。初極狹，才通人，復行數十步，豁然開朗。土地平曠，屋舍儼然，有良田美池、桑竹之屬……

可是，這故事又不像一個純粹的幻想，它細細描寫一個簡單的、像是世外的農業社會。那是一個理想國，在那裡，所有的男人和女人都享受在田野勞動的樂趣，與他們的鄰居和平相處，從不會因王朝的興衰更迭而憂慮。在這篇散文的後面，緊接著就是一首讚美詩，它以韻文的形式濃縮了這件奇聞逸事的詳情細節：

嬴氏亂天紀
賢者避其世
黃綺之商山
伊人亦云逝
往跡浸復湮
來徑遂蕪廢
相命肆農耕
日入從所憩

文於其死後被收入《陳寅恪先生文史論集》。見該書（香港：文文出版公司，一九七三），頁一八八至一八九。這則在《搜神後記》裡名曰「桃花源」的故事特別值得我們注意，因為它與陶淵明的〈桃花源詩並序〉似有直接的聯繫。

桑竹垂餘蔭
菽稷隨時藝
春蠶收長絲
秋熟靡王稅
荒路曖交通
雞犬互鳴吠
俎豆猶古法
衣裳無新制
童孺縱行歌
斑白歡遊詣
草榮識節和
木衰知風厲
雖無紀曆志
四時自成歲
怡然有餘樂
於何勞智慧
奇蹤隱五百
一朝敞神界
淳薄既異源
旋復還幽蔽

借問遊方士
焉測塵囂外
願言躡輕風
高舉尋吾契[26]

「桃花源」這個世界，無論怎樣可信，實際上與現實的東晉社會毫無共同之處。陶淵明生活的那個年代，是中國歷史上最混亂的時代之一，當時的農民尤其面臨著生存的問題。從東晉建立伊始，政府的存在便依賴豪門貴族的勢力，因而它不可能對私人占有土地的數量加以限制。於是，大批當地的農民和北方來的移民很快便成為依附於大地主的受苦人。這種狀況發展到極點，遂導致了始於西元四世紀末年的一系列起義，其中西元三九九年至四〇二年的孫恩起義最具有威脅性。東晉軍隊的一些將領，以桓玄和劉裕為首，起來與起義軍作戰，並趁機攫取權力。否則，在一個主要是由貴族控制著的社會裡，他們可能被排斥於權力之外。而陶淵明恰巧就成長在江西——戰禍頻仍的區域之一[27]。

大約就在這時候，陶淵明開始謀求進入仕途。西元三九三年，他二十八歲，在家鄉江州得到了州祭酒的職位。但僅僅過了幾個月，他便辭職離開。辭職的原因很清楚：他拒絕聽命於江州刺史王凝之[28]。王凝之出身於名門貴族，是王羲之的兒子。他對那些出身門第不高的人像是有些倨傲。這在當時的貴族社會可謂司空見慣，而陶淵明對此卻難以忍受。陶淵明的曾祖父陶侃是東晉初年一位傑出的

26 《全漢三國晉南北朝詩》冊一，頁四八五。
27 參見Jacques Gernet, *A History of Chinese Civilization*, trans. J.R.Foster (Cambridge: Cambridge Univ. Press, 1982), p.182。
28 參見《陶淵明集》，頁二六五。

將軍，為國家做出過重要的貢獻。但陶氏家族並非「世族」。所謂「世族」，是指王、謝、袁、蕭等來自北方的豪族和朱、張、顧、陸等南方固有的豪族。在這些高貴的家族中，王、謝兩家最為顯赫。僅他們的存在，就已經是對中央政權的一種威脅。

陶淵明辭職以後，在家鄉潯陽度過了六年，耕種自家所擁有的一小片土地。直到西元三九九年王凝之死去，他才回到官場。這次他是在新任江州刺史桓玄手下做事。桓玄多次在與起義軍的艱苦作戰中獲勝，因此而出名。然而，兩年之後，陶淵明再次辭職，歸田躬耕。此後不久，桓玄在建康奪取了帝位，並於西元四〇三年為自己的叛逆政權定國號曰「楚」。桓玄把晉安帝囚禁在陶淵明的家鄉潯陽。在這國家危亡的緊急關頭，陶淵明正擔任劉裕部下的鎮軍參軍，參與了解救晉安帝的行動。西元四〇四年，劉裕擊潰了桓玄的軍隊。次年，晉安帝復位。東晉政權這才緩過一口氣來。

西元四〇五年，陶淵明被任命為彭澤縣令。可是他剛任職八十多天，又一次辭職。他的這次辭職，不管由於什麼原因，都是他有生以來做出過的最不妥協、最不可更改的決定。從此，終其餘生，他再也沒有回到官場。詩人用自信的曲調，唱出了他向政界的最後告別：

歸去來兮
田園將蕪胡不歸
既自以心為形役
奚惆悵而獨悲
悟已往之不諫
知來者之可追
實迷途其未遠

覺今是而昨非[29]

他如此解釋自己做出這一抉擇的理由：

密網裁而魚駭
宏羅製而鳥驚
彼達人之善覺
及逃祿而歸耕[30]

的確，在陶淵明生活的那個時代，政治非常危險，就像捕魚捉鳥的羅網一般。而陶淵明十分明智，早就看透了這一點。當然，上文所引可能只反映了詩人對朝廷與當政者的幻想徹底破滅；然而，也不能排除這樣一種很大的可能性，即他用辭職的方式來表示某種特殊的抗議。因為歷史告訴我們，同一個劉裕，在潯陽解救了晉安帝，十四年後又謀殺了晉安帝，最終於西元四二〇年在建康奪取了政權。而且，劉裕在朝廷控制政治、軍事大權達十餘年之久，激起了世家大族的強烈反抗。也許陶淵明不可能預見到晉王朝會傾覆得這樣快，但他想必已經看出，軍閥劉裕與野心家桓玄無非一丘之貉。看來，那些出身卑微的將軍們並無忠義可言，甚至比那些名門貴族更壞。因此，陶淵明對政治的失望是理所當然的。

於是，他在〈桃花源〉詩裡構造了一個文學中的理想世界。所有的讀者都會喜歡這個美麗的虛

29 《陶淵明集》，頁一六〇。
30 《陶淵明集》，頁一四七。

構，因為他們知道，外頭的世界是令人厭惡的，而自由的社會只可能存在於想像的王國裡。這個烏托邦使我們想起陶淵明本人退隱生活中那較為光明的一面。如前文所引，〈桃花源〉詩描繪了一個農業社會，那裡——

相命肆農耕
日入從所憩
桑竹垂餘蔭
菽稷隨時藝
春蠶收長絲
秋熟靡王稅
荒路曖交通
雞犬互鳴吠

這和詩人在其〈歸田園居〉詩中所描寫的現實世界是非常相似的：

榆柳蔭後檐
桃李羅堂前
曖曖遠人村
依依墟里煙
狗吠深巷中

雞鳴桑樹巔
……
相見無雜言
但道桑麻長
桑麻日已長
我土日已廣[31]

看來，與陶淵明的農業社會相比，桃花源那個烏托邦社會，只有一個優越性——人們不必付稅（「靡王稅」）。

據說，〈桃花源〉詩有可能是作者從某位同時代人對於一些現實存在而與世隔絕之部落的報導中得到靈感[32]。但不管怎麼說，由於這個烏托邦是以詩人自己農耕生活的理想化幻夢為模型的，因此它實際上是詩人的「自我界說」（self-definition）。換言之，「桃花源」不是對於任何特殊時代、特殊地點的參照，實是詩人為了「自我認知」的目的而設立的一個想像世界，這使得〈桃花源〉詩具備了自傳式詩歌的性質。值得注意的是，此詩以陳述個人願望作為結束：

願言躡清風
高舉尋吾契[33]

31 《陶淵明集》，頁四〇至四一。
32 見陳寅恪，〈桃花源記旁證〉，《陳寅恪先生文史論集》，頁一八五至一九一。
33 《陶淵明集》，頁一六八，行三一至三二。

這個結尾明白地提供了主要的信息，即詩人希望告訴讀者：他的〈桃花源〉詩不是別的，而是他對自己所終生尋覓的志同道合友伴（「吾契」）的理性認知。一般墨守成規者或許會拒絕接受他筆下的桃花源中人，但陶淵明卻偏把那些生活在理想國裡、思想開放的人當作自己的化身。正是在這一點上，虛構與自傳，想像中的自我認知與自傳式的映象，泯去了其間的畦町。

在其〈擬古〉詩第五首中，陶淵明還用十分相似的手法，像講故事一樣地敘述了他與一位奇男子的戲劇性會見：

東方有一士
被服常不完
三旬九遇食
十年著一冠
辛苦無此比
我欲觀其人
晨去越河關
青松夾路生
白雲宿檐端
知我故來意
取琴為我彈
上弦驚別鶴
下弦操孤鸞

願留就君住
從此至歲寒[34]

此詩中的「士」，透視了陶淵明自己的典型特徵，尤其是他在貧窮面前仍能保持快樂的性格（第一至六句）。這虛構的人物當是詩人的自我寫照，認識這一點非常重要[35]。陶淵明似乎認為在虛構和自傳之間沒有什麼不可逾越的鴻溝，他的藝術技巧主要在於構造一幕純客觀的人物場景，從而更公開地觀照自我。當一首詩的中心內容是像講故事一樣地敘述人們的遇合，那麼客觀性的效能就可以充分地加強。在上面所引錄的詩裡，「我」充當著直爽的敘述者，訴說自己旅行的動機（第七、八句），自己和那可敬的「士」之間不知不覺而產生的友誼（第十一至十四句），甚至逐字記錄了自己想和這知己留住在一起的請求（第十五、十六句）。顯然，陶淵明這類戲劇性的手法，突破了傳統抒情詩的藩籬。他那新的抒情詩體的特徵是抒情的衝動加上敘述的客觀距離。我們看到，詩中的敘述者字字都在清晰而直接地表達自己的思想。然而，那「士」卻自始至終未發一言。他相信他的音樂必將得到知音的欣賞，因此他完全依靠彈奏音樂來抒發自己的感情。儘管這最後的信息在詩中只是巧妙地做了通報，但我們還是從中精確地領會了那「士」的（亦即陶淵明的）心。

在陶淵明的散文名作〈五柳先生傳〉裡，我們可以看到一幅熟悉的作者自畫像。詩人站在歷史學家的位置上，採用高度模擬司馬遷《史記》的筆法寫道：

34 《陶淵明集》，頁一一二。
35 參看蘇軾對這首詩的評論，見《陶淵明詩文匯評》（北京：中華書局，一九六一），頁二三三。並參看Hightower, *The Poetry of T'ao Ch'ien*, p.177。

> 先生不知何許人也，亦不詳其姓字，宅邊有五柳樹，因以為號焉。[36]

讀者很快就再次發現，陶淵明的匿名方式具有某種熟悉的象徵作用。核心的人格，真正的陶淵明，通過看起來是別人的傳記而實際上是蒙著面紗的作者自傳這樣一種方式，被表現出來。詩人步趨歷史學家司馬遷，客觀地評價五柳先生，力圖使其評價具有永久的歷史價值：

> 贊曰：黔婁之妻有言，不戚戚於貧賤，不汲汲於富貴。其言茲若人之儔乎？酣觴賦詩，以樂其志……[37]

陶淵明同時代的讀者意識到這贊詞是作者遮遮掩掩的自贊，因此他們直截了當地把這篇虛構的傳記看作詩人的自傳[38]。

陶淵明所寫傳記裡的譬喻傾向，與他寄託在自然物中的隱喻，是有著密切聯繫的，如果可以在五柳先生和他自己之間畫一個等號的話，那麼同樣的符號也可以畫在某些特定的自然物和他本人之間。詩人將自己投射入自然物的典型做法，集中表現在下面這首詩裡：

> 青松在東園
> 眾草沒其姿

36 《陶淵明集》，頁一七五。

37 《陶淵明集》，頁一七五。

38 參見蕭統，〈陶淵明傳〉；楊勇，《陶淵明集校箋》（香港：吳興記書局，一九七一），頁三八五。

凝霜殄異類
卓然見高枝
連林人不覺
獨樹眾乃奇
提壺掛寒柯
遠望時復為
吾生夢幻間
何事紲塵羈[39]

「青松」在陶淵明的詩歌裡反覆出現，它是永遠不屈不撓的象徵；在這首詩裡，它再清楚不過地凸現為一個獨立不群的人[40]。詩人讚美「青松」，他想像自己找到了一個真正的朋友，而後滿足地徘徊在這互相理解、令人心醉的世界裡，將他的酒壺掛在松枝上。最後，導出了他自己的生活哲學。讀者不能不正視那「青松」，不能不把它看作詩人的自譬。它以無聲的存在，使人聯想到一種仁愛、陶然自得的天性，陶淵明就具有這樣的天性。從某種意義上來說，「青松」被賦予了同一性，帶有詩人自身之幻影的特徵。

在這一點上，我們似乎可以再次提及那個重要的概念——「知音」，因為上文我們還沒有機會做深刻的探討。現在，讀者想必已經很清楚地看到，陶淵明不懈地尋覓理解他的朋友，這使得他詩中的

39 《全漢三國晉南北朝詩》冊一，頁四七二。

40 有關陶淵明常用「青松」這一物象來做象徵，參看其〈飲酒〉詩第四首、〈擬古〉詩第六首，分別見《陶淵明集》，頁八九、一一二。

自我界說增加了一定的深度。他在歷史的範疇內，最大限度地探索了「知音」這個概念。

一個在其虛構的世界裡創造「知音」的人，同樣也會到歷史中去尋找永恆的「朋友」。陶淵明正是這樣的詩人。我們只要略為考察一下其詩歌的標題，就可以論證這一點。例如〈詠二疏〉、〈詠三良〉、〈詠荊軻〉、〈詠貧士〉詩七首等[41]。在其〈擬古〉詩系列當中，實際上也有幾首是讚美古代有德行的人。

陶淵明對歷史人物的歌頌是一種有效的文學方法，大大地拓寬了其抒情詩的視野。傳統的中國文學批評家們之所以閉口不談陶淵明對這一特殊詩歌模式所做出的實質性貢獻，只是由於他們認為理所當然。「詠史詩」作為詩歌題材中的一大類，首先是左思（二五〇－三〇五）使它變得流行起來。然而，陶淵明遠遠越出了阮籍（二一〇－二六三）〈詠懷詩〉的限制[42]，大大發展了這類詩歌的抒情功能。在陶淵明手裡，詠史詩獲得了新的意義和構思——生氣勃勃地克服了奄奄淒涼。消極的牢騷在左思〈詠史〉詩裡十分典型[43]，但在陶淵明的詩裡卻蕩然無存。儘管陶淵明心中有一種強烈的孤獨感，並不妨礙他到詩裡去自由實現自己的理想。這種自我實現（self-fulfilling）的幻想，在很大程度上是基於他對從歷史中尋找「知音」的自信。不過，陶淵明是如何在詩中營造這一新觀點的呢？他在詩歌裡總能保持這種自我滿足的精神狀態麼？

在一首〈雜詩〉中，陶淵明抒發了自己的憂鬱心緒：

氣變悟時易

41 分別見《陶淵明集》頁一二八至一二九、一三〇至一三一、一三一、一二三至一二八。
42 阮籍的〈詠懷詩〉系列共有八十一首，傳統的注釋者們已經試著對這些詩做出了寓意性的解釋。
43 見《全漢三國晉南北朝詩》，頁三八五至三八六。

不眠知夕永
欲言無予和
揮杯勸孤影
日月擲人去
有志不獲騁
念此懷悲淒
終曉不能靜[44]

這異常淒涼的曲調，伴以「不眠」的折磨，立刻喚起了我們對阮籍之名作〈詠懷詩〉第一首[45]的記憶。不過，阮籍內心的思想和目的沒有完全表達出來，而陶淵明卻把他所有的感想都和盤托出，擺在讀者面前。他情緒低落的原因，詩中說得很明白——他那祕藏心中的「志」尚未「獲騁」，「日月」卻棄他而「去」。陶淵明抒情詩的直率是特別適合其「自我」概念的一種方式，而他的「自我意識」（self-consciousness）則為中國詩歌注入了新的活力。更為重要的是，他讓我們知道了什麼是他祕藏於心中的「志」：

猛志逸四海
騫翮思遠翥[46]

44 《陶淵明集》，頁一一五。
45 見《全漢三國晉南北朝詩》，頁二一五。
46 《陶淵明集》，頁一一七。

這遠遊的「猛志」，是對青年所特有的英雄抱負的一種隱喻。其〈擬古〉詩第八首告訴我們，他那儘管是想像但卻抱負不凡的「遊」一直延展到遙遠的邊疆：

少年壯且厲
撫劍獨行遊
誰言行遊近
張掖至幽州[47]

說實在的，這「遊」不是尋常的冒險；它是對英雄行為的探尋——所謂英雄行為，既包括伯夷、叔齊那樣一種不屈服的忠義，也包括刺客荊軻那樣一種武俠的挑戰：

饑食首陽薇
渴飲易水流

但是，詩中還告訴我們，這「遊」半途而止了，因為

不見相知人
惟見古時丘

47 《陶淵明集》，頁一一三。

路邊兩高墳
伯牙與莊周
此士難再得
吾行欲何求

對伯牙和莊周的引喻，透露了詩人那隱藏在滿足之眼光後面的孤獨的自我。他的「志」遭到挫折，因為沒有知心的朋友來欣賞他天賦的優良品質。他希望自己有像伯牙和莊周那樣理想的朋友：伯牙在其知音鍾子期死後不再鼓琴，莊周在其朋友惠施死後覺得無人可以晤談。對陶淵明來說，這種友朋義氣是人類一切高尚行為的基礎，因為它給人以勇氣、真誠和服人之善的品質。對「知音」的尋求占據著陶淵明之「志」最核心的部位，這是毋庸置疑的。他對實踐這一修身法則的人大加讚賞，在其〈詠荊軻〉一詩中表現得再清楚也不過。燕太子丹請勇士荊軻承擔暗殺秦王（即後來的秦始皇）的重任。荊軻之所以答應去執行這項危險的使命，完全因為太子丹是他的知音，承認他，欣賞他。陶淵明以這位英雄的口吻訴說道：

君子死知己
提劍出燕京
素驥鳴廣陌
慷慨送我行[48]

48 《陶淵明集》，頁一三一，第五至八句。

這種為知己而心甘情願的死，植根於「不朽」的概念。按照《左傳》的說法，一個人可以通過三種途徑達到「不朽」：立德，立功，立言。荊軻講友朋義氣的精神，是對上述傳統觀念的某種修改，因為他相信，他為燕太子丹而自願赴義的行為，本身就是「不朽」的：

心知去不歸
且有後世名
登車何時顧
飛蓋入秦庭

我們不應嘲笑這位英雄對「後世名」的期望是愛虛榮。他想表達的觀點不過是：他的獻身所產生的道德力量，連同他的英雄行為，必將作為超出他個人之外的一件歷史大事而載入史冊。

這音調明顯是陶淵明所特有的。同是寫荊軻，左思的〈詠史〉詩就沒有強調過荊軻死後不朽的思想。因此我們可以說，陶淵明這首宣揚「知音」的詩是他作品中最奮發有力的詩篇之一。無疑，在他的思想裡，超越時間和死亡的功勳具有永恆的價值。〈詠荊軻〉詩的結尾兩句正表達了這一期冀：

其人雖已沒
千載有餘情

他還用十分相似的方式，表達了要仿效偉大的漢代志士兼隱士田疇的願望，因為田疇留下了永遠讓人記憶的聲名：

生有高世名
既沒傳無窮
不學狂馳子
直在百年中[49]

事實上，陶淵明在應付一個現實事變時，亦步亦趨地追隨了田疇的腳印。西元四〇四年，在桓玄所發動的內戰進行到一半的時候，篡權者桓玄誘拐走了晉安帝並逃往江陵（在今湖北省）。這一事件使我們想起了漢代歷史上的一個重要插曲：西元一九〇年，叛賊董卓挾持漢獻帝作為人質並逃往長安。田疇，一位有很好信用的學者型官員，當時正在豫州刺史手下做事，立即前往長安，將刺史的一份祕密文件遞送給被禁錮的漢獻帝。面對同樣的民族危機，陶淵明的表現與田疇毫無二致。由於對晉安帝的忠愛，他也冒了生命危險。西元四〇四年，陶淵明在軍中擔任參軍之職，往來於潯陽和首都建康之間，把有關晉安帝處境的情報送交給劉裕。有人認為，陶淵明的下述詩句，正是記載自己在此次事件中的重要使命[50]：

辭家夙嚴駕
當往志無終
問君今何行
非商復非戎

49 《陶淵明集》，頁一一〇。
50 參見逯欽立對這首詩的探討，《陶淵明集》，頁二三二至二三三。

聞有田子泰
節義為士雄
斯人久已死
鄉里習其風[51]

同田疇在東漢覆滅後退隱山林一樣，當劉裕爬向權力寶座時，陶淵明也做出了歸隱的抉擇。有此一說，陶淵明於西元四二〇年更名為「潛」，意思是「潛藏」，因為在那一年中，劉裕建立了他的新王朝——劉宋。此外，陶淵明在其作品中一次也沒有使用過新王朝的年號。這個事實可以進一步證明，他拒不承認劉宋政權的合法性。他所希望認同的人，正是像田疇那樣的古代忠貞之士。

對於陶淵明來說，寫詩是為了達到「不朽」的目的，或者不如說是為了尋找後代能夠理解他的讀者。他在一首詩的小序中寫道：

歲云夕矣，慨然永懷。今我不述，後生何聞哉？[52]

這讀來簡直像一個預言。六個世紀以後，陶淵明找到了一位最不尋常的「知音」——宋代詩人蘇軾（一〇三七－一一〇一）。在中國文學史上，我們還是第一次看到，在懸隔六百多年的兩位詩人之間，竟會有如此強有力的親緣與同盟[53]。幾乎陶淵明的每一首詩，蘇軾都予奉和。此外，蘇軾還說自

51 《陶淵明集》，頁一一〇。
52 《陶淵明集》，頁一〇六。
53 當然，宋代的其他許多詩人也奉陶淵明為楷模，參見Jonathan Chaves, *Mei Yao-Ch'en and the Development of Early Sung Poetry* (New

己是這位前輩詩人的轉世投胎：

夢中了了醉中醒
只淵明
是前生

蘇軾這種文學的「輪迴觀」使人想起西方浪漫主義詩人布雷克（William Blake），他也說自己是《失樂園》作者米爾頓（John Milton）的轉世投胎。但有趣的是，蘇軾還進一步在這「輪迴觀」上大作文章，他莊嚴確信地宣稱，如果人死可以復生，他一定要做陶淵明的信徒：

我欲作九原
獨與淵明歸[54]

蘇軾這種單方面憑空想出的認同，大概超出了陶淵明的期望。至少，它證明陶氏關於「知音」的想法，在中國詩歌裡促進了一個強烈的傳統，即詩人有意識地模仿或影響他人。如果說閱讀是一種藝術，可以使你結交前代的知音，那麼寫詩便是觸動未來讀者心弦的最佳方式。正是這關於「不朽」的念頭，幫助陶淵明克服了嚴苛的生活現實。他注意到，那些身後留下萬古名聲的人，生前則往往遭到

York: Columbia Univ. Press, 1976), pp.104-105。

54 見〈和陶貧士〉，《蘇軾詩集》卷三九（北京：中華書局，一九八二）冊七，頁二一三七。關於對這兩句詩的討論，見宋丘龍，《蘇東坡和陶淵明詩之比較研究》（臺北：商務印書館，一九八〇），頁九四。

這樣或那樣的坎坷：

雖留身後名
一生亦枯槁[55]

正是這種歷史事實向我們的詩人提供了某種堅忍自制的勇氣，他需要這勇氣去面對窮困潦倒的生活。陶淵明晚年愈來愈貧苦，經常忍飢挨凍。他在〈怨詩楚調示龐主簿鄧治中〉一詩中承認：

夏日抱長飢
寒夜無被眠
造夕思雞鳴
及晨願烏遷[56]

另一首題作〈乞食〉的詩，最生動地描繪了飢餓之苦：

飢來驅我去
不知竟何之
行行至斯里

55 《陶淵明集》，頁九三。
56 《陶淵明集》，頁四九至五〇。

叩門拙言辭
主人解余意
遺贈豈虛來
談諧終日夕
觴至輒傾杯
情欣新知勸
言詠遂賦詩
感子漂母惠
愧我非韓才
銜戢知何謝
冥報以相貽[57]

在陶淵明最後的歲月裡，當他開始生活在非常窘迫的境遇中，詩人顏延之來做江州刺史，認識了他。顏延之在其所撰〈陶徵士誄〉中，對陶淵明能夠在貧困面前保持堅貞的節操，表達了由衷的讚美：

居備勤儉，躬兼貧病，人否其憂，子然其命……年在中身，疢維痁疾，視死如歸，臨凶若吉……[58]

57 《陶淵明集》，頁四八。

58 《文選》，蕭統編，李善注（再版本；臺北：河洛圖書出版社，一九七五）冊二，頁一二四〇。

陶淵明在詩中交代了他從哪裡得到安慰：

何以慰吾懷
賴古多此賢[59]

他的許多詩歌試圖宣布這種「自我認知」——他的慎重選擇：寧可農耕而窮，也不在精神上妥協，絕不後悔。無論如何困難，他都有一種因自我認知而感到的真正快樂。他最珍視的是自己個性的實現，在其〈飲酒〉詩第九首中，他用自信而幽默的口氣為此辯護：

清晨聞叩門
倒裳往自開
問子為誰歟
田父有好懷
壺漿遠見候
疑我與時乖
襤褸茅檐下
未足為高棲
一世皆尚同

59 《陶淵明集》，頁一二三。

願君汩其泥
深感父老言
稟氣寡所諧
紆轡誠可學
違己詎非迷
且共歡此飲
吾駕不可回[60]

詩人與田父之間的對話，使我們想起了《楚辭》中一篇題為〈漁父〉的詩。那裡面有一位漁父勸說憂鬱而正直的詩人屈原隨世俯仰：

舉世皆濁
何不淈其泥而揚其波
眾人皆醉
何不餔其糟而歠其釃

陶淵明詩裡的「田父」似乎給了他「漁父」曾給予屈原的相同忠告。不過，陶氏此詩有一個重要的變化，不僅在其構思，而且在其風格。詩中的我不再像屈原那樣輕

60 《陶淵明集》，頁九一至九二。

蔑地肆意嘲諷整個社會，屈原作品士所常見的憤怒、譏誚、自殺的絕望都不見了，卻代之以一種針對每個人的反問：「違己詎非迷？」——「違背自己的心願難道是對的嗎？」這個簡單的問題有著喚醒讀者、使其具備真實自我的力量。最重要的是，詩人沒有像屈原那樣宣稱「眾人皆醉我獨醒」，而是邀請「田父」與他一起喝酒，進而接受一個事實：他對生活方式的審慎抉擇本身就具有一種肯定的價值。

毫無疑問，對生活持積極態度的這種抒情，總的來說是陶淵明對詩歌的最大貢獻之一。作為其「自傳式」詩歌的主角，陶淵明不僅告訴我們他所有的歡樂與悲哀，而且還告訴我們他的感情的精神價值。自古以來，中國詩歌第一次獲得了如此強烈的自信[61]。

第三節 「自然」的昇華

陶淵明自信的源泉，從根本上說，來自他對「自然」——永存而生生不已之自然——的信賴。按照他的自然觀，世間萬物都依據一種循環的法則在運動，而生命與死亡只不過是自然萬物之必要的盈虧消長。如果生命是天然產生、不可避免的，那麼死亡亦復如此。因為，「自然」不是靜止的，它是時間和運動。陶淵明看出「自然」是這樣的，所以他經常訴說自己在無常之生命面前那種泰然自若的情感。為了論證其詩歌中的這種哲學力量，我想從他的「挽歌」系列詩（前文已簡略地提到過）中引用一首：

61 這不是否認此前文學的重要性，比如像建安時期（一九六—二二〇）的詩歌，就以強烈表現詩人的自我而著稱。陶淵明對生活的積極態度，自是對建安文學傳統的進一步發展。

荒草何茫茫
白楊亦蕭蕭
嚴霜九月中
送我出遠郊
四面無人居
高墳正崔嶢
馬為仰天鳴
風為自蕭條
幽室一已閉
千年不復朝
賢達無奈何
向來相送人
各自還其家
親戚或餘悲
他人亦已歌
死去何所道
託體同山阿[62]

62 《陶淵明集》，頁一四二。

關於這首詩，特別值得注意的是詩人在其孤獨的感情和對「自然」無條件的信賴之間，所達到的巧妙平衡。作為人，他悲歎自己的死亡——他將永遠孤零零地留在墳場，就像白楊樹站在荒涼的曠野一般。然而，由於瞭解到「自然」沒有能力使人的生命長駐，詩人終於學會把自己的歡樂和苦難託付給永恆偉大而快樂的「自然」：「死去何所道？託體同山阿。」

在陶淵明那裡，我們看到了一種對死亡的強調意識和積極態度。而前此的詩人們對此則不甚措意[63]。這意味著詩歌中文學批評的一個轉折點，因為自漢代以來，死亡的煩惱已經成了中國詩歌的主要話題之一。正如在《古詩十九首》裡可以看到的那樣，人們不斷地為稍縱即逝的生命而悲哀[64]。然而，陶淵明的獨出心裁之處在於他那征服死亡的抒情——他認為生命的短暫本來就是凌駕於人類之上的大自然的一種必然現象。這種對自然的信賴，使陶淵明的作品具有中國詩歌裡難得一見的客觀構思的效果。例如，在上文所引錄的那首詩中，主人公——死去的人——看來比參加出殯隊伍的那些活著的人有更多對於離別的感受。這首詩可能作於陶淵明去世前不久，至少它確實在注視著日益迫近的死亡，這使得它客觀性的觀照似乎特別值得注意。這一客觀性產生於順應自然的信念，而非產生於冷靜的推理。

陶淵明對「死亡」的冷靜接受，實際上本自道家莊子「化」的思想。在莊子看來，生命和死亡都是自然的「化」的力量，因此人們應該像歡迎「生」一般去歡迎「死」，不要去妨礙「化」的過程。作為一名莊子哲學的真誠信徒，陶淵明彷彿像是有能力使自己的生命離開肉體，並在「化」的過程中

63 當然，或許有人會爭辯說，「挽歌」作為一種體裁，並非陶淵明的創造；況且，陸機（二六一—三〇三）等詩人已經寫過哀悼死者的類似詩篇（參見《文選》第二十八卷）。但是，陶淵明詩歌中與「自然」在總體上相和諧的曲調，和構成此前詩歌典型特徵的絕望音調，適為鮮明的對比。

64 參見隋樹森，《古詩十九首集釋》（香港：中華書局，一九五八）。

獲得完成的感覺。他的〈自祭文〉表達了這一堅定的信念：

樂天委命，以至百年……識運知命，疇能罔眷，余今斯化，可以無恨……[65]

此外，他論人的三種方面的著名組詩〈形、神、影〉，結束時也說到對於循環無已之自然變化的接受：

縱浪大化中

不喜亦不懼[66]

從恐懼中擺脫出來的精神解放，使他把死亡看成是對「本宅」或「舊宅」的最終回歸[67]，那是一處永久的歸宿。

陶淵明的回歸「自然」、回歸「大化」，可以把它放在余英時稱之為Neo-Taoist Naturalism的魏晉思想特徵之上下文來理解[68]。然而，陶淵明最偉大的成就，還在於通過從自己日常所誠心誠意實踐著的道家對待自然的態度中獲得靈感，從而在詩歌中創造了一個抒情的世界。他詩裡所描寫的自然，往往與質樸的「道」同義：

65 《陶淵明集》，頁一九七。

66 《陶淵明集》，頁三七。

67 參見〈自祭文〉，《陶淵明集》，頁一九七；〈雜詩〉第七首，同上，頁一一九。

68 參見Ying-shih Yü, "Individualism and the Neo-Taoist Movement in Wei-Chin China"。還可參看陳寅恪，〈陶淵明之思想與清談之關係〉，《陳寅恪先生文史論集》冊二，頁三九九。

雲無心以出岫
鳥倦飛而知還[69]

木欣欣以向榮
泉涓涓而始流[70]

就像雲朵、小鳥、樹木還有溪澗等在自然界無意識而發生的運動中快快樂樂一樣，人也應當自由地參與生機無窮的循環變化。換言之，現實地參與「道」，正是對自然的回歸，使陶淵明在寫「遊仙」時，能夠與幻想的仙人世界保持距離。最重要的是，陶淵明時常提醒他的讀者，他不希望與當時流行的煉丹術攪和在一起：

我無騰化術
必爾不復疑[71]

世間有松喬
於今定何間[72]

69 《陶淵明集》，頁一六一。
70 《陶淵明集》，頁一六一。
71 《陶淵明集》，頁三六。
72 《陶淵明集》，頁五五。

即事如已高
何必升嵩華[73]

我們千萬不要忘記，在相當長的時期內，陶淵明一直被認為主要是個避世的隱士。昭明太子蕭統（五〇一－五三一）稱他為「潯陽三隱」之一[74]。文學批評家鍾嶸讚譽他是「古今隱逸詩人之宗」[75]。但是，唐代詩人杜甫（七一二－七七〇）則因他「避俗」而予以指摘[76]。這些傳統的觀點，無論是讚揚還是批評，都會使人對陶淵明產生誤解，因而都沒有對詩人的真實品質做出全面的評價。當然，陶淵明確實和傳統的隱士們一樣拒絕做官，但他從來沒有像某些道家或佛家的隱士那樣離開正常的生活道路[77]。在陶淵明詩歌的自然世界（James Hightower 譯為「自由」[78]）裡，有農夫、兒童、酒友和詩人。我們有這樣的感覺，無論何時陶淵明外出遊覽，他都要喊上孩子們或者鄰居[79]。

比較起來，陶淵明的佛家朋友、以「潯陽三隱」之一而知名的劉遺民，則是一個真正的隱士。劉遺民本名程之，曾在潯陽做過柴桑縣令。由於桓玄篡奪帝位並激起一場大規模的內戰，他遂於西元四

---

73 《陶淵明集》，頁五三。

74 見其所撰〈陶淵明傳〉，《陶淵明集校箋》，頁三八五。

75 《詩品》，陳延傑注本，頁四一。

76 見《杜詩詳注》卷七（北京：中華書局，一九七九）冊二，頁五六三。

77 牟復禮（F.W.Mote）教授創造的術語「儒家隱逸主義」（Confucian Eremitism），對於描繪陶淵明的生活道路，也許是最合適的。陶淵明是退出仕途，而不是退出人的日常世界。見F.W.Mote, "Confucian Eremitism in the Yüan Period", in *The Confucian Persuasion*, ed., Arthur F.Wright (Stanford: Stanford Univ. Press, 1960), pp.201-240。

78 關於Hightower對「自然」的翻譯，見*The Poetry of T'ao Ch'ien*, p.50。

79 參見其〈移居〉、〈酬劉柴桑〉諸詩。

〇三年冬辭去官職，改名為遺民（意為前朝的忠誠子民）。後來，他捨棄妻兒，加入了廬山釋慧遠的白蓮社[80]。廬山離陶淵明居住的村莊不遠，據說劉氏曾於西元四〇九年邀請陶淵明到廬山來和他一同隱居，但陶淵明用詩作答，加以謝絕：

山澤久見招
胡事乃躊躇
直為親舊故
未忍言索居[81]

很顯然，陶淵明沒有必要逃避到遠方的山澤去。他的草屋雖坐落在喧囂的人類世界，但憑藉一顆超脫的心，他有能力保持思想情感的平靜[82]，「和自己在一起」（being-with-oneself）的感覺，使得詩人滿懷充足的信心超越自我本位。

然而重要的是，陶淵明在欣賞自然之美時並沒有脫離自我，因為他不再是一個置身其外的旁觀者。作為自然的一部分，詩人自我用混合的眼光觀照外部世界的所有側面。讀他的詩歌，人們常常對他用來混合其感情與外部世界的特殊方式感到驚奇。因為他的詩歌不再局限於主觀的抒情，而是擴展到包容自然的運行。這就解釋了一個問題：為什麼唐以後的文學批評家們要用「情景交融」這個術語去形容陶淵明詩的特質。

80 關於劉遺民的傳記，見《陶淵明集》頁五八的引證文字。
81 《陶淵明集》，頁五七。
82 參見《陶淵明集》，頁八九。

不可否認，陶淵明已賦予抒情詩一種新的意義，而且他第一個在詩中喚起了中國人對自然之態度的廣大潛能。早在陶淵明之前，日益增長著的關於人對自然之反應的強調，即所謂「感物」，就已成為重要的文學現象。相關的例證是陸機（二六一－三〇三）的〈文賦〉，它描繪了一種對於自然之運行的新的反應姿態：

遵四時以歎逝
瞻萬物而思紛
悲落葉於勁秋
喜柔條於芳春

但是在陶淵明看來，「自然」不只是像陸機所感覺的那樣鼓盪人心，其實它還能鎮定和淨化感情。陶淵明的〈閒情賦〉便是以這重要論點為中心的。從這篇賦的開頭，我們就發現這是一個戀愛中的男子的口吻；他所熱戀的對象是一位嫻雅的美人，靠彈琴和悲歎人生之無常來打發時間[83]。如此傾心於她的美麗和她所彈奏的樂曲，賦中的「我」表白道：

激清音以感余
願接膝以交言

83 這種美人彈奏音樂、悲歎人生無常的意象，還可以在其〈擬古〉詩第七首裡看到。見《陶淵明集》，頁一一三。

由於害怕觸犯禮教，他被騷動的情感吞沒，不能自已。他的心像一所沒有足夠空間的房屋，於是他走出去，投向大自然：

擁勞情而罔訴
步容與於南林
棲木蘭之遺露
翳青松之餘蔭

此刻，他帶著戀愛的激情徒然凝佇。他相信「自然」會來幫助他，使他得到那可愛的人兒。但他很快就意識到，他實際上正在尋找一個幻影，這失望的打擊使他更加心緒紛繁：

竟寂寞而無見
獨悁想以空尋
……
思宵夢以從之
神飄颻而不安
若憑舟之失棹
譬緣崖而無攀

遠方傳來了淒涼的笛聲，他的希望再一次被喚起。他想正是那美人在吹笛，於是便託行雲向她傳遞愛情。可是，行雲並不把他的希望放在心上。當他再次將目光投向外界自然，他突然發現：

行雲逝而無語
時奄冉而就過

那先前被他認作傳遞愛情信息之使者的行雲，現在它本身即成了自然的信息：像所有其他的自然物一樣，行雲一言不發，自由自在地飛過。他能夠從靜默的雲那裡學會變憂愁為歡欣嗎？他能夠不去嘗試完全進入自然那開放的空間嗎？在這一剎那，賦中的主人公第一次做到了自我控制：

迎清風以袪累
寄弱志於歸波
……
坦萬慮以存誠
憩遙情於八遐

賦中主人公這最終的轉變，是非常重要的。它是經過長時間內心鬥爭而達到的一種認知。由於它得之艱難，故而真實持久。這是一種有意識的自我認知，一種昇華了的自我控制的情感。賦中主人公不再受戀愛激情的折磨，「勞情」現在已變為「遙情」。此外，正是通過自然，他本能的衝動最終轉化為對「情」與「理」的調諧。全賦以一個直爽而強有力的聲明作為結束：

尤蔓草之為會
誦召南之餘歌[84]

陶淵明的〈閒情賦〉在一個非常重要的方面明顯不同於早先的賦，如宋玉的〈高唐賦〉和曹植的〈洛神賦〉：在早期的這些賦裡「自然」為豔情提供合適的背景[85]；而在陶淵明此賦裡，「自然」則起了頗為不同的作用。當然，陶淵明這篇賦，正如他在小序裡所明示的那樣，是在完全懂得賦之慣例的情況下去寫有關鎮定戀愛激情的內容[86]。但是，他描寫了憑藉自然的力量去戰勝非分的情感，這種值得重視的描寫是對於傳統的賦所做出的一個全新貢獻[87]。「自然」是自我認知的鑰匙，這個信念獨特地處在陶淵明詩法〔我想稱之為「抒情詩的昇華」（lyrical sublimation）〕的中心位置。

然而，總的來說，陶淵明的同時代人對他抒情的新聲音是沒有思想準備的，而且也看不到這乃是其個性使然。一直要到三百年後，他的詩歌理想才得到重視，對他的不恰當的評價才得到糾正[88]。不過，在這大規模「復活」陶淵明的運動出現之前，對那些堅持自己個性化的聲音、具有堅強精神的詩人來說，陶淵明一直在鼓舞著他們。他的詩意充分體現了抒情衝動所蘊藏著的巨大力量。

84 《陶淵明集》，頁一五六。

85 參見Andrew H. Plaks, "The Chinese Literary Garden", in his *Archetype and Allgory in the Dream of Red Chamber* (Priceton:Priceton Univ.Press, 1976), p.151。

86 關於陶氏此賦有可能借鑑的前輩之作，見詹姆士・海陶瑋所做的精密研究："The Fu of T'ao Ch'ien", in *Studies in Chinese Literature*, ed.John L.Bishop (Cambridge: Harvard Univ. Press, 1966), pp.45-72。

87 蕭統顯然沒有看到這一點。他說，與陶淵明的其他作品相比，這篇賦是「白璧微瑕」。它的真實價值直至宋代才得到承認。

88 蘇軾讚揚它「好色而不淫」，參見《陶淵明詩文匯評》（北京大學中文系編；北京：中華書局，一九六一），頁三二二。參見Stephen Owen, *The Great Age of Chinese Potry: The High T'ang* (New Haven: Yale Univ. Press, 1981), p.6。

第二章　謝靈運：創造新的描寫模式

第一節　「形似」與「窺情風景」

在上一章裡，我們已簡要地論述過：陶淵明詩歌抒情的真率，與東晉詩歌的總體審美趣味大相逕庭，與始自劉宋時期的新的唯美主義運動也頗異其趣。現在，讓我們來探討這新的唯美主義詩歌傾向在五世紀初形成和發展的原因。關於這新的文學運動的特徵，文學批評家劉勰為我們做出了最精當的描述：

> 自近代以來，文貴形似，窺情風景之上，鑽貌草木之中……故巧言切狀，如印之印泥，不加雕削，而曲寫毫芥。[1]

這段引文認同了一種觀照自然的特殊方式，一種嚴苛的新的詩法。按照南朝當時流行詩歌傾向的指揮棒，好詩必須不厭其詳地做細節描寫，捕捉各種不同的景物配置。如果說在傳統詩歌中，「描寫」純然被看作為「抒情」服務之背景的話，那麼它現在已成為界說詩歌主題的基本要素。「描寫」的模式不再是裝飾或輔助了，它第一次在詩裡獲得了正統的地位。甚至一百年後的文學批評家們也異

1 《文心雕龍》冊二，頁六九四。

口同聲地肯定它的詩學價值。如上文之所引，劉勰稱這一新的傾向為「形似」，意思是「逼真」。鍾嶸在其《詩品》中也用這一術語，有時或用「巧似」，來形容那些在景物描寫方面特別成功的個性化風格[2]。謝靈運就是這種新描寫模式的最著名詩人，而顏延之，〈陶徵士誄〉的作者，也因其詩歌高質量的「形似」而得到鍾嶸的讚譽。

這種新描寫模式的靈魂，在於觀賞山水風景的純真之樂。正如劉勰所指出的那樣，詩人們「窺情風景之上」而「鑽貌草木之中」。因此，那日益增長著的在詩中精心結撰、描寫「自然」的作風，不過反映了當時典型的觀賞風景的新方式。劉勰將這一文學現象放在它的歷史聯繫中，他說：

> 宋初文詠，體有因革，莊老告退，而山水方滋……情必極貌以寫物，辭必窮力而追新，此近世之所競也。[3]

在中國文學史上，西元五世紀是「山水詩」時期。當人們回過頭去看這一段歷史，懷古之情不免油然而生。在那個時代，貴族家庭所特有的優雅品味達到了頂點。當北方的貴族於四世紀初第一次避難到南方，他們就被南方溫和的氣候與美麗的風光打動了。儘管他們還因北方領土淪入「夷狄」之手而悲傷，但已開始花費大量閒暇時光，愉快地在風景明媚的國土上四處漫遊。「出遊」逐漸成為上流社會的時尚，王羲之的蘭亭之遊就是證明。然而無論如何，他們仍承受著愛國與懷鄉（懷念北方）之

2 見鍾嶸對張協、謝靈運、顏延之、鮑照等的評論，《詩品》陳延傑注本，二七、二九、四三諸頁。有關這一問題的更詳細討論，參看廖蔚卿，〈從文學現象與文學思想的關係談六朝巧構形似之言的詩〉，載《中國古典文學論叢》（臺北：中外文學月刊社，一九七六），頁一二六至一二八。

3 《文心雕龍》冊二，頁六七。

情的重負，因此不可能盡情享受出遊的快樂。劉義慶（四〇三－四四四）《世說新語》裡記載了這樣一件事：

> 過江諸人，每至暇日，輒相要出新亭，藉卉飲宴。周侯中坐而歎曰：「風景不殊，舉目有山河之異。」皆相視流淚。[4]

但第一流的山水詩人謝靈運出生之時，這種對北方的懷鄉之情早已成為過去。隨著時間的推移，貴族們終於在風光明媚的南方定居下來，感覺也似乎好了起來。謝靈運生而富貴，出身於最有權勢的世族家庭，生活在文化和文學運動的中心。他不僅是著名的詩人，還是傑出的書法家和畫家[5]。對他來說，閒時的出遊，就像所有日常的奢侈品一樣，是一種生活方式。他天生喜愛遊山玩水，而且還是中國旅遊文學——所謂「遊記」——的創始人。他的《遊名山志》中有關於風景勝地名山大川的詳細地理學資料，在當時著稱於世，可惜只有一部分傳留至今[6]。但重要的是，他是中國第一個山水詩人，也是最有成就的山水詩人。謝靈運詩歌的特殊成就，是整個他那一時代的成就，因為他同時代的讀者似乎是通過他的眼睛去看文學的：

---

4 楊勇校箋本（香港：大眾書局，一九六九），頁七一。

5 謝靈運的母親劉夫人，是王羲之的孫外甥女。王羲之父子俱以書法名世，謝靈運顯然從王家學得了書法。關於他作為書法家和畫家的才藝，參見葉笑雪，〈謝靈運傳〉，載於所編《謝靈運詩選》（上海：古典文學出版社，一九五七），頁一八五至一八六。

6 見《謝靈運詩選》，頁二一九至二二〇。

每有一詩至都邑，貴賤莫不競寫，宿昔之間，士庶皆遍，遠近欽慕，名動京師。[7]

在鑑於此，文學批評家鍾嶸將謝靈運列為自古以來為數不多的「上品」詩人之一，並且因其詩之「巧似」而特別稱讚了他。謝靈運所做的，是把生活轉化為藝術，把遊覽當成詩的描寫對象。如果說王羲之在蘭亭組織的貴族聚會意味著一種隨機性的尋求生活樂趣，那麼謝靈運的山水詩則是藝術的創造、真正的抒情。年長的一代享受大自然，僅限於覺得某次具體的出遊很「好」；而年輕的一代則認為大自然中的美才是最根本的「好」。前者只滿足於純粹的觀賞風景；而後者則要求自己在詩中藝術地描摹山水，達到所謂「形似」。換言之，謝靈運的手段是美學的，他的詩歌是「藝術意識」（artistic consciousness）的產物。

下面這首詩，是謝靈運的代表作。它為謝靈運的描寫技藝提供了一個極好的實證：

於南山往北山經湖中瞻眺

朝旦發陽崖
景落憩陰峰
捨舟眺迴渚
停策倚茂松
側徑既窈窕
環洲亦玲瓏

7 《宋書》卷六七，中華書局本，第六冊，頁一七五四。

俯親喬木杪
仰聆大壑淙
石橫水分流
林密蹊絕蹤

解作竟何感
升長皆豐容
初篁苞綠籜
新蒲含紫茸
海鷗戲春岸
天雞弄和風
撫化心無厭
覽物眷彌重
不惜去人遠
但恨莫與同
孤遊非情歎
賞廢理誰通[8]

8 《謝靈運詩選》，頁九〇。

這首詩的標題是大有講究的。它用的是一種新的方式，即有意地概述一次實際遊覽的路線。「北山」和「南山」是真實的地名，它們都屬於謝靈運在始寧所擁有的廣闊領地。這標題告訴我們，詩人既是一位旅行者，又是一位風景觀賞者。

從頭到尾讀完這首詩，我們可以看出，詩人對山水的觀賞有一種特殊的系統性。他的描寫程度遵循著一個清晰的交錯規則——即迴環於「山景」與「水景」之間：

第三句：水景
第四句：山景
第五句：山景
第六句：水景
第七句：山景
第八句：水景
第九句：水景
第十句：山景

甚至連植物和鳥類的分布也遵循這個規則：

第十三句：山中植物（竹）
第十四句：水中植物（蒲）
第十五句：水上禽鳥（海鷗）

第十六句：山中禽鳥（天雞）

整體來說，這首詩的步驟是從自然界較大的場景（第三到十句）寫到較小的物體（第十三至十六句）。它給我們的印象是一位聰明的遊覽者一邊打量他周圍的場景，一邊把它們有條不紊地歸併入不同的部類。其中既有廣角的觀察，又有貼近的觀察，景物配置全憑觀賞者在不同瞬間的視覺印象而定。山水詩中之所謂「形似」的描寫，就離不開這多重觀察。唐代詩人白居易（七七二－八四六）曾對謝靈運詩中景物描寫的廣泛程度做過如下的概括：

大必籠天海

細不遺草樹[9]

謝靈運特殊的描寫方法反映了他豐富多彩的遊覽經歷。眼界的不斷擴展，使其山水詩中的細緻描寫能夠做到日新月異。順便提及，在他之前，謝氏家族中就已有過不少出名的遊覽者，其中最著名的是他的曾叔祖謝安（三二〇－三八五）。謝安晚年退隱，回到其家族在始寧的領地東山，安享攜伎遊山之樂[10]。他與王羲之過從甚密，也參加了西元三五三年的蘭亭集會，並且是來賓中的傑出人物。不過，他和他的同時代人都很少因出遊而作詩。他的兩首〈蘭亭〉詩[11]屬於東晉詩中極少數可以稱得上是「描寫」的作品，那個時期的文學主要是玄言詩或哲理詩。

9 見顧學頡編《白居易集》（北京：中華書局，一九七九），冊一，頁一三一。

10 關於謝安的傳記，見房玄齡等撰，《晉書》（北京：中華書局，一九七四）卷七九，冊七，頁二〇七二至二〇九一。

11 見《全漢三國晉南北朝詩》冊一，頁四三九。

像陶淵明一樣，謝靈運也是反「玄言詩」推理論證之道而行的，儘管還沒有完全從它的影響下擺脫出來。陶淵明給詩歌帶來的是一種新的有生氣的抒情意味，而謝靈運則第一個在詩歌中激起了強烈的描寫意識。謝靈運恰巧生活在一個支持其藝術方向的時代，結果，中國詩歌變得更加具有栩栩如生的描寫性和精雕細刻的感官刺激性。不過，若論其文學創新，我們還須注意到，他也像所有創造性的詩人一樣，生活在傳統的勢力範圍內。為了能夠公平地證實他真正的成就，我們首先要問：謝靈運遵循著什麼樣的文學傳統？他用什麼方式勝過了他的前輩詩人？

在詩歌風格上，謝靈運最接近的前輩詩人是西晉的張協（？－三〇七）。鍾嶸視張協為擅長「形似」藝術的「上品」詩人，並認為謝靈運詩歌的語彙與張協詩歌極為相似：

［謝靈運］雜有景陽［張協］之體，故尚巧似。[12]

這一評價之精當，只須讀一首張協的〈雜詩〉便可看出：

朝霞迎白日
丹氣臨暘谷
翳翳結繁雲
森森散雨足
輕風摧勁草

12 《詩品》，陳延傑注本，頁二九。

凝霜竦高木
密葉日夜疏
叢林森如束
疇昔歎時遲
晚節悲年促
歲暮懷百憂
將從季主卜[13]

這首詩與謝靈運的山水詩在體貌上的相似是十分明顯的。在他們兩人的詩裡，細節描寫都占據著支配地位。張詩中的主人公，恰似謝詩中的瞻眺者，明察秋毫地察勘風景中的各種聯繫——從旭日到雲彩，從霧到雨，從勁草到大樹（第一至八句）。其描寫自然之「形似」，是與「遊仙詩」的根本區別所在。這說明張協的詩歌代表了一種新的「現實主義」（realism）運動，逐步與奇異的神仙世界分道揚鑣。他的詩歌主題不再是想像世界中的威嚴譎幻，而是日常生活中的現實風光。他住在山裡，用獨立自足的隱士的眼睛去觀照自然。沒有什麼能比時序和節物的變遷更深地撼動他的了。他把自然看成一種不可抗拒的、能夠搖盪人心的力量，正如其〈雜詩〉之所常言：

感物多所懷（第一首）
感物多思情（第六首）

13 《全漢三國晉南北朝詩》冊一，頁三九三至三九四。

這種對自然的感情反應謂之「感物」，它不僅是張協個人對自然風光的態度，而且也代表著西晉詩歌的總體傾向。那個時期的詩歌表現了對外部世界的日漸關心。詩人們不再單純地說「我感到」，而著重於描繪自然的變化狀況以及自己在這變化中的境遇。前一章我們已提及，東晉詩人陶淵明也展示了某種真摯而典型的「感物」之情。然而，張協的描寫技法和陶淵明的描寫技法卻有著至關重要的歧異。張協詩中充滿了山水風光的細節描寫；陶淵明的詩歌恰恰相反，其中的自然物象總是既簡略而又很不具體。張協注重探索場景和色彩的特殊性；陶淵明的描寫則往往打著象徵手法的記號——諸如松樹、歸鳥、流雲等都是。毫無疑義，張協的詩歌和陶淵明的詩歌，各自代表著不同類型的「描寫」，儘管他們的詩歌都透露出某種自然現實主義（我稱之為natural realism），並與「遊仙」的神奇世界尖銳對立。

謝靈運和他的友人顏延之一樣，許多文學手法得益於西晉詩歌。他的描寫手法特別顯現出受張協影響的痕跡。但是，他從張協以山為主的山水詩轉變為山、水平分秋色的山水詩，且其努力十分強勁，充滿了勃勃生機。張協所生活的時代和地域，使他很難接近南方的江河，結果，他詩中的風光描寫總的來說只能局限於山。而在謝靈運，山水風光似乎更具有「畫」的意味，更其變化萬千，因為南方豐富多彩的山光水色已成為世人所矚目。正如上文所說過的那樣，從東晉初年起，對時髦的貴族們而言，遊覽就已成為一種文化。所以，謝靈運詩中那絢爛的山水風光，自必與張協詩中那靜態的山的世界迥然有別。

謝靈運癖好探尋從未被人發現過的地域以及險僻的路徑，其畫一般美麗的描寫之所以不同凡響，引人注目，即得力於此。他詩裡的主人公出遊時穿行於偏鄙之地，行進中，隱藏著的風景相間迭出。從遠處看，山巒重疊，林木蓊鬱，一瞥之下，什麼也難以辨認：

連嶂疊巘崿

青翠杳深沉[14]

只有走近觀望，蜿蜒的山路，迴環的水流，種種景物才逐步展現：

逶迤傍隈隩
迢遞陟陘峴
……
川渚屢徑復
乘流翫回轉[15]

如此變幻無窮的景致使尋幽者興高采烈。詩人執著地探求那些幽深隱蔽的與世隔絕之地：

連岩覺路塞
密竹使徑迷
來人忘新術
去子惑故蹊[16]

14 《謝靈運詩選》，頁三二。
15 《謝靈運詩選》，頁九二至九三。
16 《謝靈運詩選》，頁八七。

正是持續不斷的尋奇求異，導致了如此廣闊的探險。於是，我們在謝靈運詩裡常常看到一個匆匆來去的旅遊者愈加努力地搜索新的景觀：

水宿淹晨暮
陰霞屢興沒

周覽倦瀛壖
況乃陵窮發[17]
江南倦歷覽
江北曠周旋
懷新道轉迴
尋異景不延[18]

上述詩句表明詩人迫切希望親自去發現新的風景區：那個一再出現的「倦」字強化了我們的這個印象——這位旅遊者很容易對舊的景觀產生厭倦[19]。其繼續行進的欲望是如此地不可抗拒，以至於不肯悠閒地步行，而寧可採用更刺激的旅行方式——乘坐小舟。謝靈運許多山水詩中的主人公，是在一

17 《謝靈運詩選》，頁五一至五二。

18 《謝靈運詩選》，頁五四。

19 參看Hans Frankel關於謝靈運詩中旅遊者典型的討論，*The Flowering Plum and Palace Lady: Interpretations of Chinese Poerty* (New Haven: Yale Univ. Press, 1976), p.14。

條快速行進的小船上觀看迎面而來的景致。他用這種方式描寫了河流穿行於山谷間的沖瀉速度：

洲島驟回合
圻岸屢崩奔[20]

這些詩句製造了錯覺：運動著的是島嶼和河岸，而不是小舟！因為對於旅遊者來說，自然風光確實變成了一幅幅前進著、不斷變幻著的連續圖畫。

旅行充滿著冒險，時時處處都不知道會發生什麼事情，這使得旅遊觀光更加激勵人心。對於謝靈運來說，在山水間探險本身就是一種挑戰。他喜好描寫自己在探險中所經歷的可怕場面：

溯流觸驚急
臨圻阻參錯
亮乏伯昏分
險過呂梁壑[21]

「驚」、「險」——謝靈運就是用這樣的字眼來描述他那生氣勃勃的旅行。如果說按部就班的生活為狹隘的範圍所拘限，那麼旅行則掘進、拓展了生活的深度和廣度。難怪謝靈運要將英勇的航行看

20　《謝靈運詩選》，頁一一四。
21　《謝靈運詩選》，頁二八。

作自己一生中最大的驕傲。在篇幅最長的〈還舊園〉詩裡[22]，他披露道：

浮舟千仞壑
總轡萬尋巔
流沫不足險
石林豈為艱[23]

正是這引人注目的探險，使得謝靈運的旅行與王羲之那偶然的蘭亭郊遊有著天壤之別。王羲之和他的賓朋們僅以遙望山景為樂；相反，謝靈運則往往意在征服自然，必欲登上頂峰而後快。他對浙江石門山最高峰的遠征，是這種冒險行為的最佳證明：

躋險築幽居
披雲臥石門
苔滑誰能步
葛弱豈可捫[24]

22 這是一首自傳體的詩，詩中概述了他的祖先和他本人主要的榮譽。以歷史作品那樣的回憶者的風格來詳述自己的生活，在謝靈運詩全集中，這是僅見的一首。參見葉笑雪的評論，《謝靈運詩選》，頁八〇。

23 《謝靈運詩選》，頁七五。

24 《謝靈運詩選》，頁六九。

很清楚，這樣的山水詩反映了一種非常強健的概念，而這種概念是建築在堅韌不拔、努力實踐的基礎之上的。這基本的哲學賦予謝靈運詩的風格以十分生動活潑的情味。對他來說，「自然」不僅是可與交談的對象，而且可觸可感。

然而，具有諷刺意味的是，謝靈運詩中那探險之樂，卻是一顆鬱悶之心的產物。因為他的山水詩都是在經受政治挫折的強烈打擊之後，才創作出來的。詩中強悍的鬥爭意識反映了他生活中的不快。因此，其缺乏許多年前「蘭亭」作家們所特有的那種優游之樂，是十分自然的。

從其政治經歷的一開始，謝靈運就註定要失敗。西元四〇五年前後，當他到了仕宦的年齡，劉裕已大權在握。如前一章所說，這也是陶淵明見機而作，退出官場之時。在向權力頂峰急遽上升的過程中，劉裕成了所有世家大族共同的敵人。為了捍衛晉帝國的權威，謝靈運的叔父謝混及其盟友劉毅挺身而出，與劉裕對抗，結果於西元四一二年慘遭殺身之禍[25]。這一事件使得劉裕更加猜疑貴族出身的人。

權衡實際的政治形勢，謝靈運不得不妥協。他在社交上靠攏劉裕，並繼續在朝中任職，即使在劉宋王朝取代晉王朝以後仍然如此。憑藉自己的文學才能，他漸漸得到了劉裕次子廬陵王劉義真的愛賞。他們的友誼發展得很快，以廬陵王為核心，形成了一個小規模的文學群體。詩人顏延之也成為這個圈子裡的活躍分子。

謝靈運與劉義真的聯合很快便引發了一場意想不到的災難。他們這個文學群體使一個有權勢的官僚徐羨之起了疑心，於是廬陵王遭到徐的詆毀，謝靈運及其友人也被指控為結政治私黨。廬陵王為他們純粹的友誼而辯護道：

25 關於謝混的傳記，見李延壽，《南史》卷二〇（北京：中華書局，一九七五）冊二，頁五五〇至五五一。

靈運空疏，延之隘薄，魏文帝云鮮能以名節自立者。但性情所得，未能忘言於悟賞，故與之遊耳。[26]

可是，後來這個文學群體還是遭到了一場滅頂之災。劉裕死後不久，新天子宋少帝便將廬陵王廢為平民，並將他的朋友們放逐出朝，以使那「危險的」小集團消弭於無形。因此，謝靈運遂被迫於西元四二三年離開京城，到一個小小的海港城市永嘉去做行政長官。

我們不難想像詩人會多麼沮喪。他又羞又惱，於是在永嘉期間有意玩忽職守。彷彿他命中註定要獻出自己的一生去發展山水詩似的，永嘉恰巧是一個風景奇麗壯觀的地方。正是在永嘉，謝靈運開始領略到旅遊的樂趣，並開始在詩歌中創新，不厭其詳地描寫遊覽所見[27]。因為只有山水才能使他感悟，使他進入一個平靜的世界。

第二節　描寫的語言

儘管謝靈運活躍地四處旅行，跋山涉水，然而對他來說，重要的卻是停下腳步，在得意忘形的「永久」瞬間中賞玩山水風光。的確，美只存在於那心靈靜寂的瞬間，此刻，過去與未來俱已消泯。世上確有這樣一些瞬間：面對某個美麗的場景，遊覽者神馳於想像的空間中，在那裡，時間彷彿變化

26　《宋書》卷六一，中華書局本，第六冊，頁一六三六。

27　永嘉就是今天的溫州，地在浙江省南部。只要對西元四二三年他在永嘉所作詩歌的標題做一番簡略的檢索，便可知他實際上遊覽了這一區域內所有的風景勝地——嶺門山、東山、石鼓山、石門山、赤石、孤嶼、白石巖、綠嶂山、盤嶼山。見《謝靈運詩選》三六、三九、四一、八九、五一、五四、五五、三四、五八諸頁。他在永嘉任職僅一年，西元四二四年他便決定退職回家族領地所在的始寧。在那裡，他繼續遊覽了附近的廣大地域。

了，甚至不復存在。他所看到的，只是他面前的一幅畫，他的知覺中的一個藝術公式。對於一位絕望的詩人來說，沒有什麼比這樣一種審美實踐更有價值的了。於是，謝靈運反覆提醒自己，要牢牢把握住那極樂的瞬間：

且申獨往意
乘月弄潺湲
恆充俄頃用
豈獨古今然[28]

這視覺的經驗（visual experience）使瞬間成為永恆。它也是對我們的最大慰藉，因為觀賞山水風光可以開拓我們的心胸。陶淵明為了激勵自己，往往將目光投向古代的賢哲（即他的「知音」）；謝靈運卻不然，他幾乎總把「視覺的經驗」（他稱之為「觀」）看作撫平煩惱的法寶：

羈苦孰云慰
觀海藉朝風[29]
觀此遺物慮
一悟得所遣[30]

28 《謝靈運詩選》，頁一一八。
29 《謝靈運詩選》，頁五八。
30 《謝靈運詩選》，頁九三。

因此，謝靈運的詩大抵有一種公式，開始是敘述某次旅行，然後轉向描寫山水景觀。而讀者則受此公式引導，準備看到在其詩的中段發生一次轉變——從情節為主（action-oriented）的敘述轉為對象為主（object-oriented）的描寫。

謝靈運的「描寫」激情清楚地表露在他試圖用某種高度「描寫」的方式，去捕捉自己的瞬間印象。正如以上已經說過的那樣，在謝靈運的山水詩裡，我們能夠強烈地感受到他那掃描詳細自然景觀的筆力。然而，他並不是將偶然碰上的景觀一個接一個地堆給讀者，而是審慎地選擇和組織他的印象。我們已介紹過他那山景與水景相間錯出的詩歌結構，但還沒有觸及其描寫程序的核心——平列比較的藝術手法。

謝詩中的風景描寫，可以稱做「同時的描寫」（synchronic description）。它最成功地傳達了中國人的一種認識——世間一切事物都是並列而互補的。明顯不同於實際旅行的向前運動，謝靈運在其詩中將自己對於山水風光的視覺印象平衡化了。他的詩歌就是某種平列比較的模式，在他那裡，一切事物都被當作對立的相關物看待而加以並置。在這種有序的掃描中，無論一聯詩句內的兩組印象彼此之間的差異多麼大，它們都必然是同時產生的：

例一：

林壑斂暝色
雲霞收夕霏
芰荷迭映蔚
蒲稗相因依[31]

31 《謝靈運詩選》，頁七二。

例二：

巖峭嶺稠疊
洲縈渚連綿
白雲抱幽石
綠篠媚清漣[32]

這對比之物的並置，打破了連續時間的正常秩序。當兩個客體肩並肩地站在一起時，它們之間的聯繫就不是先後相繼，而是互相對等。在例一裡，「林壑」與「夕霏」平行並列，「芰荷」與「蒲稗」平行並列。在例二裡，「巖」「嶺」與「洲」「渚」平行並列，「白雲」與「綠篠」平行並列。所有這些平列的意象都被組合起來去營造一種充實而完滿的幻影，目的是增強一個基本概念——宇宙係由各種各樣成雙作對的客體所構成。

謝靈運的「同時的描寫」不過是中國傳統宇宙哲學的一種反映。中國人認為「對應」（parallelism）是宇宙間天生的法則。詩人試圖發現存在於自然界中的對立關係，以便將這些對立關係組織起來，鑄造為詩中的「對仗」。文學批評家劉勰對這一觀點做了精闢的概括：

造化賦形，支體必雙，神理為用，事不孤立。夫心生文辭，運裁百慮，高下相須，自然成對。[33]

32 《謝靈運詩選》，頁二六。
33 《文心雕龍・麗辭》。

毫無疑問，「對仗」被理解為宇宙的一種藝術的再創造，是趨向「形似」的一個有效方法。當然，「對應」永遠不可能做到用文學場景的「形似」去反映自然界的「形似」；可是，沒有一種描寫是客觀的，而文學描寫又深受中國人的歡迎。描寫一個場景就像評價一個人——最重要的是傳神[34]。對於謝靈運來說，描寫的職能正是抓住事物的精神，語言上的對仗法只是為達到這一目的而採用的一種便利手段。

謝靈運的成就有賴於他給山水裝上了「對應」的樞軸。他讓山景和水景有規律地輪流出現，這錯綜手法從本質上來說是植根於對稱平衡的藝術。如果重溫上文所引錄的那兩例，我們就會發現，平行並列的各聯詩句確實是按照這一特別的錯綜原則結撰而成：

例一：

第一聯：山景

第二聯：水景

例二：

第一聯：上句山景，下句水景。

第二聯：上句山景，下句水景。

34 關於魏晉時期人物品評的重要職能，參見Ying-shih Yü, "Individualism and the Neo-Taoist Movemen tin Wei-Chin China", in Munro, ed., pp.121-155。Wei-ming Tu（杜維明）, "Profound Learning, Personal Knowledge and Poectic Vision", in *The Evolution of Shih Poetry from the Han Through the T'ang*, edited by Shuen-fu Lin and Stephen Owen (Princeton:Princeton Univ. Press, 1986)。

如果說謝靈運在「對應」方面達到了他的詩歌的最高成就，那是因為像這樣漂亮地表達中國人的生活精神意識，在謝詩中捨此而無他。我們常常看到，在他的詩中，平行並置的山水風光和自然生長物的宇宙意義（這對於中國人的信仰何等重要）之間，有著驚人的聯繫。有關這一點的例證可以在他的〈於南山往北山經湖中瞻眺〉詩裡找到，這首詩在本章的前一節已經引錄。詩中寫到他在旅途中停頓下來，抒發了如下的觀感：

解作竟何感
升長皆豐容[35]

「解」和「作」是從《易經》裡借用來的重要術語。它們涉及一種特殊的說法，即萬物皆隨宇宙裂變時的一場大雷雨而來。注釋《易經》者解說道：

天地解而雷雨作。雷雨作而百果草木皆甲坼。解之時大矣哉。[36]

在《易經》看來，這繁茂的植物蓬蓬勃勃的生命力是個關鍵。令人吃驚的是，運用「對應」的方法，謝靈運在詩中有力地再造了這一傳統概念：

初篁苞綠籜

35 《謝靈運詩選》，頁九〇。
36 《周易折中》卷一〇〈彖下傳〉，清康熙五十四年（一七一五）李光地纂。

新蒲含紫茸
海鷗戲春岸
天雞弄和風[37]

重要的是，通過詩中的平行並置，謝靈運已將一種哲學態度轉變為審美經驗。因為那種萬物遵循「道」而生長其中的和諧世界，同時也是最美麗的[38]。在謝靈運手裡，「自然」變成了一連串迷人的景觀，永遠裝飾著鮮明的色彩（例如「綠籜」、「紫茸」）。正是在這圖畫般的山水描寫中，詩人的描寫激情才得到了最好的表達。

「對應」的方法從根本上來說是選擇而不是羅列。謝靈運詩中那些和諧、平衡的印象，只不過是他個人對特殊視覺經驗的一種說明。從謝靈運的對仗句法中可以看出，他喜歡按照因果推論去解釋事物[39]。下邊這些例證，都是上半句為因，下半句為果：

日沒澗增波
雲生嶺逾疊[40]

崖傾光難留

37 《謝靈運詩選》，頁九〇。

38 參見宗炳（三七五—四四三）的《畫山水·序》。

39 參見小西甚一關於六朝詩歌中日益增長著的「概念化」及其對日本《古今集》之影響的討論：Konishi Jin'ichi, "The Genesis of the Kokinshū style", trans. Helen C.McCullough, in *Harvard Journal of Asiatic Studies*,Vol.38, No.1 (June1978), 61-170。

40 《謝靈運詩選》，頁四一。

林深響易奔[41]

澗委水屢迷

林迴岩逾密[42]

不過應當注意的是，這些詩句裡隱含著的「因為」「所以」從未形諸文字。這當中就含有謝靈運以客體為主之「對應」法的威力。一方面，在這樣的景物描寫背後，隱藏著一個會分析的觀察者；另一方面，詩中處在最顯著地位的，正是自然界的客體，而不是詩人的解說。結果，事物之間的因果關係往往像是具有某種內在的特性，看起來沒有外在的聯繫。這樣的「對應」強化了一種印象：世界萬物在總體上是互相制約的。

謝靈運對「對應」法則的嫻熟運用，使他的風景描寫充滿了生機。值得注意的是，這法則要求所有的詩人都應具備意匠經營的技巧。職此之故，中國的文學批評家們經常使用「巧」這個字眼，去談論與工匠技藝性質相似的對仗技法。劉勰提出「精巧」二字作為對仗句的最高審美價值[43]。當鍾嶸讚揚謝靈運詩之「巧似」時，心中想到的自然也是他的對仗技法。而到目前為止，我們的討論已經顯示，在謝靈運的山水詩裡，對仗技法和逼真描寫的相互關係是最重要的。

寫到這裡，我們不妨觀察一下中國詩歌發展進程中非常有趣的一個現象。由於謝靈運的緣故，詩已成為更加精心描寫的文學樣式，而且對仗句表現之強烈為前此所未有。然而，詩作為一種文學體

41 《謝靈運詩選》，頁六九。

42 《謝靈運詩選》，頁三四。

43 見劉勰，《文心雕龍・麗辭》，范文瀾注本，第二冊，頁五八九。

裁，並非一開始就把「描寫」當作主要模式的。與之形成鮮明對比的是賦，賦才以精心描寫為其文體特徵。在這一點上我們不能不問：是詩中這種新的描寫意識在某些方面受到賦的影響呢？還是在詩和賦之間存在著某些方面的相互影響？

先讓我們來看一看賦的特徵。從漢代起，賦就因其傾向於長篇鴻製和鋪陳描繪，而成為描寫自然界之博大壯觀的一種理想文學樣式[44]。相反，《詩經》中的描寫則以聯想為基礎，可謂「以少總多」[45]。賦重在對不可勝數的描寫對象進行編類排比，著意於大量細節的羅列堆砌。劉勰在《文心雕龍・物色》篇中雄辯地概括了賦的描寫功能：

> ……觸類而長，物貌難盡，故重沓殊狀，於是嵯峨之類聚，葳蕤之群積矣。及長卿之徒，詭勢瓌聲，模山範水，字必魚貫。

如此，則平行並置有類「魚貫」這樣精心的寫法，最初是被賦的作者們發明出來的。賦中平行並置的做法想必為六朝的詩人們提供了靈感的資源，使他們得以在詩這種文體中發展出一種新的描寫模式。的確，我們可以證明，在六朝時期，有一種傾向正滋長著——即詩、賦兩種文體相互交叉影響。證據之一，便是這一時期的詩人和文學批評家們往往用同一套術語去評論這兩種文體。例如，沈約（四四一—五一三）就從同時代的詩歌批評中借用「形似」這一術語來評論司馬相如的賦：

44 參見David R. Knechtges, *The Han Rhapsody: A Study of the Fu of Yang Hsiung* (Cambridge: Cambridge Univ. Press, 1976), pp.42-43。

45 見劉勰，《文心雕龍・物色》，范文瀾注本，第二冊，頁六九四。

相如巧為形似之言[46]

由詩、賦兩種文體對文學批評術語和文學描寫技巧的分享，我們可以得出一個總的印象：西晉詩人陸機所做出的關於詩、賦之間最初的經典性區別——「詩緣情」，「賦體物」[47]——現在已經過時。劉勰開始宣稱，詩、賦這兩種文體都必須具有「體物」的特質[48]，而這種特質早先被認為是賦所獨有的。

然而，說所有的賦都是描寫性質的，卻並不正確。事實上，從王粲（一七七－二一七）那時候起，逐漸形成了一種特殊類型、可以稱之為「抒情」的賦[49]，直接與傳統的賦相對立。也許，這意味著賦已或多或少受到了詩之抒情特質的感染。在前一章裡我們已詳細討論過的〈閒情賦〉，就是一篇強烈的抒情之作[50]。不過，儘管新的抒情傾向已應運而起，整個六朝時期，賦仍重在描寫。正是由於這一點，我們才把謝靈運看成一位充滿活力的傑出文學家。因為在他那以描寫為主的詩裡，表現出詩、賦兩種文體之間的交叉影響，而他正站在這交叉點上。

在我們可以對詩、賦這兩種文體的會合有更多的發言權之前，我們首先當注意謝靈運賦的代表作〈山居賦〉[51]。這篇賦的內容是誇飾謝氏家族領地始寧的景致。始寧封地在會稽郡（即今浙江省北部

46 《宋書》卷六七，中華書局本，第六冊，頁一一七八。
47 見〈文賦〉，《文選》卷一七，李善注本，第一冊，頁三五二。
48 見《文心雕龍》，范文瀾注本，頁八〇、四九四。
49 參看王粲的〈登樓賦〉。
50 陶淵明的另一篇賦〈歸去來兮辭〉（見《陶淵明集》，頁一五九），也是一個很好的例證。參見Hightower, *The Fu of T'ao Ch'ien*, pp.213-230。
51 見《宋書》卷六七，中華書局本，第六冊，頁一七五四－一七七二。

的紹興），謝靈運退隱期間，在那裡逗留過兩次，第一次從西元四二三年至四二六年，第二次從四二八年至四三一年。封地最早是由謝靈運的祖父謝玄劃定的，它包括一大片山水風景區。在這家族領地的疆界之內，有的是山峰與湖泊、花園和樓閣，果木成林，鳥獸成群——真是一個人間天堂！讀謝靈運的這篇賦，我們不禁要驚歎其詳盡而成功的描寫。它的篇幅很長，無疑是以傳統的賦為範本的。那山水風光以及花木禽獸巨細無遺地羅列，也都使我們想起漢賦的作風。

但是貼近細看，人們會領悟，謝靈運的賦不管有多長，也同他的山水詩一樣，首先是植根於「描寫的現實主義」（**descriptive realism**）；而漢賦中則往往充斥著各種各樣的神話動物和虛構對象。漢代作家所撰寫的賦常常精心展示多少有點憑空想像的宮廷園囿；謝靈運此賦與之不同，正如他在序中所宣稱的那樣，注重於描寫自然的山水風光。這一對於「現實主義」的新的強調，結果是創造出了一種真正的描寫性質的賦，它沒有夸誕，而在漢賦裡，夸誕之詞比比皆是。

與時代更近一些的賦做相比，謝靈運的賦仍因其非常的「現實主義」而出類拔萃。舉例來說，它與孫綽的〈遊天臺山賦〉就有十分明顯的差異。孫賦看起來像是描寫一次真實的遊覽，而實際上它是因一幅圖畫或類似的構想而作[52]。此外，孫綽這篇賦的真正主題是向神仙世界的旅行，賦中言及太陽神的馬車馭夫為之先導，即是證明。其對於旅行的描寫當然還是很動人的，但這些描寫仍然代表著「遊仙」的風格，與謝靈運賦的現實主義手法有很大的不同。只要讀一讀謝靈運為其賦所做的詳細注解，我們就會知道，他那極度的現實主義確定是前此中國傳統的賦裡所沒有的——他不但考慮到了審美價值，同時還對地理形勢細辨入微。

謝靈運的賦與他的山水詩一樣，堅持山水互補的原則。他寫其家族園囿，整個構思既充實又圓滿

[52] 孫賦見《文選》卷一一，李善注本，第一冊，頁二二三至二二七。關於此賦的討論，見Richard Mather, "The Mystical Ascent of the T'ien-t'ai Mountains: Sun Ch'o's Yu T'ien-t'ai-shan Fu," in *Monumenta Serica*, 20 (1961), 226-245。

——山光水色，相映生輝[53]。十分清楚，謝靈運是把他的始寧封地看作縮繪圖上的一個完整世界。他用這樣的文句開始描寫封地內的山水：

其居也
左湖右江
往渚還汀
面山背阜
東阻西傾[54]

他唯恐讀者們或許不明白他的設想是對封地內山水並存的景象做一概述，於是接下去在自注裡解說這樣等量齊觀的必要性：

往渚還汀，謂四面有水，面山背阜，亦謂東西有山，便是四水之裡也。

他的看法是，如果沒有山屏水帶，那麼山水風光就失去了四圍環繞的重要特色。他之所以如此有意識地著力寫好這一特點，是因為他確信這是他個人迥異於古代作家們的戛戛獨造。心存此見，於是他批評漢賦〈七發〉的作者枚乘（？–前一四〇）因忽略山水互補的重要性而有所敗筆：

53 參見Plaks, *The Chinese Literary Garden*, p.168。
54 《宋書》卷六一，中華書局本，第六冊，頁一七五七。

枚乘曰：「左江右湖，其樂無有。」……彼雖有江湖而乏山巖。

這樣，謝靈運便指出了他的山水賦與前人之賦的根本區別。而在這一新的山水概念的背後，我們看到了他的詩、賦漸次互相靠攏。

謝靈運是第一個採取大動作縮小詩、賦間距離的人，這一點不會有什麼疑問了。結果，詩、賦的聯合成了當時詩學的一個主要特點。將它們捏合在一起的還有那個時期特殊的感覺品味——對自然界的深刻描寫、精心設色、直接觀照。但不管怎麼說，請記住這一點：詩和賦的相互影響，至少在這較早的階段，絕不意味著兩者彼此渾然無間。

歸根結柢地分析，詩無論變得多麼具有描寫性，也永遠不會脫離它初始的「抒情」功能。「抒情」是詩的要素，卻並非賦所必需。這也許是這兩種文體之間最具有決定性的區別。因此，我們發現，謝靈運賦裡的描寫並不帶有個人的主觀色彩，而在他的詩裡卻有某種對於自然之瞬間「感覺」（perception）的強調[55]。如果說「描寫」在謝靈運詩裡是強烈的，那麼他的賦則是結構龐大的。前者的基礎是「選擇」，後者的基礎則是「窮盡」。如果我們拿〈山居賦〉和同樣主題的謝詩——例如〈田南樹園激流植援〉[56]來比較一下，這兩種描寫模式之間的區別就顯得格外清楚，因為這首詩只有二十句，故須注意有代表性的細節，著重強調以瞬間抒情意識為基礎的「選擇」，而〈山居賦〉用現代印刷排版方式來計算竟長達七頁，故要求「窮盡」——賦中甚至為描寫的疏漏做了辯解：

[55] 關於詩中「感覺」的重要性，還可參見Stephen Owen, "A Monologue of the Senses", in *Toward a Theory of Description*, ed. Jeffrey Kittay, No.61 of *Yale French Studies*, 1981, p.249。

[56] 《謝靈運詩選》，頁六七。

此皆湖中之美，但患言不盡意，萬不寫一耳。

不過，在這兩種文學類型中仍然保留著一個重要的類似之處：兩者都證明，詩人以描寫美麗的景致為其主要目的。謝靈運在詩歌形式方面的成就特別重要，因為他表現「自然」的方法是個創新。他那新的山水美學，賦予他對山水的執著以一種新的詩人的準則，同時也給詩歌留下一個擴大了的視野。

第三節　孤獨的遊客

我們必須記住，謝靈運對山水風光的描寫，無論怎樣精心結撰，都只是他「自我認知」的一個出發點。或者更確切地說，謝靈運在構思他的詩時，有意無意地，總愛採用一種遞進的「故事」章法——它開始是旅行，接下去是視覺經驗，最後則是抒情。在這裡，確切的遞進順序是很重要的，因為它造成一個印象：正是視覺的感知誘發出詩人內心的強烈情感，而不是別的什麼方式。在謝靈運詩裡，往往是由篇終的抒情來截斷「平行並置」的描寫。下面引錄的詩句，是謝靈運如何結束詳細風景描寫的典型例證：

想見山阿人
薜蘿若在眼
握蘭勤徒結

折麻心莫展[57]

我們可以感覺到，通過這一陳述，詩人已從「描寫」回到了「抒情」。詩中「描寫」段落的美的世界就此完結。詩人突然被喚醒，在美麗的風景面前，他在自己孤獨的靈魂中發覺自己對真正的友誼有一種熾熱的需要。但是，要想尋找一個理想的朋友，這希望十分渺茫。他最終的慰藉只能來自對山水之中潛藏著的「道」的內在把握。於是，此詩再次從強烈的抒情轉向一種使個人感情客觀化的哲理性結尾：

情用賞為美
事昧竟誰辨
觀此遺物慮
一悟得所遣[58]

這從感情向理念的最終轉變，是典型的道家態度。對謝靈運來說，山水原本是用來放縱感情的，然而其詩寫到最後卻遠遠避開，不再讓自己充當抒情主體。這是因為他在更多的情況下，是用酷似道家的語言來做詩歌結尾的緣故[59]。但是，謝靈運不像陶淵明那樣常常在詩的開頭就表示自己已獲得了「道」；他對「過程」——不斷求索和改變所悟的過程——更感興趣。這樣一個內心鬥爭的過程，以

57 《謝靈運詩選》，頁九二至九三，第十五至十八句。
58 《謝靈運詩選》，頁九二至九三，第十九至二十二句。
59 謝靈運也有一些詩的結尾用佛家語言來陳說。關於他與佛家的論題，參見Richard Mather, "The Landscape Buddhism of the Fifth Century Poet Hsieh Ling-yün", in *Journal of Asian Studies*, No.18, Nov.1958, pp.67-79。

山水為中介，是謝靈運詩歌的真正核心。

當然，並非謝靈運所有的詩都以某種感情的轉化和消解作為結束。他有不少詩結束於懸而未決，具有一定的張力，於是從感情到理念這一慣常的行文順序便逆轉過來。下面一首詩的結尾是這種情形的典型例證：

心契九秋榦
目翫三春荑
居常以待終
處順故安排
惜無同懷客
共登青雲梯[60]

結尾兩句透露出深深的遺憾。謝靈運也和陶淵明一樣，迷戀於尋找「知音」——真正的朋友，好向他訴說「自我認知」。不同的是，陶淵明成功地在歷史和虛構的故事中找到了「知音」——如荊軻、五柳先生，還有東方之士，等等；而謝靈運的努力卻往往失敗。在這裡，兩位詩人之間的鮮明對比特別重要，因為它反映了不同的個性、不同的嗜好、不同的生活狀況，還有不同的詩歌風格。

當謝靈運陷入嚴重的孤獨時，他的求索之旅幾乎總是師法屈原的詩歌。這是一種特別的興趣。屈原最大的失敗，所有讀過《離騷》的人都瞭解，是尋求一個欣賞其價值的、理想的統治者而不可得

[60]《謝靈運詩選》，頁八七，第一首，第十五至二十句。

——這個嘗試的失敗在《離騷》中是以尋求絕世佳人的失敗為其象徵的[61]。引人注目的是，這悲觀主義的古典往往在外觀上支配著謝靈運的詩，正如可以在他的許多詩裡看到的那樣，他盼望中的「知音」似乎不可企及[62]。更其重要的是，謝靈運稱其理想的朋友為「美人」，顯然是受屈原的影響：

美人遊不還
佳期何繇敦[63]

美人竟不來
陽阿徒晞髮[64]

有一次，詩人被極度的挫折壓倒，甚至連山水風光也不能使他快活起來。事實是，他「覽物」愈多，感到的困擾也愈盛，正如他在下列詩句中所承認的那樣：

非徒不弭忘
覽物情彌遒[65]

---

61 參見David Hawkes, "The Quest of the Goddess", in *Studies in Chinese Literary Genres*, ed. Cyril Birch (Berkeley: Univ. of California Press, 1974), pp.42-68。

62 例見《謝靈運詩選》，三九、四一、六九、八七、八九、一〇九、一一二諸頁。

63 《謝靈運詩選》，頁六九。

64 《謝靈運詩選》，頁八九。

65 《謝靈運詩選》，頁三九。

撫化心無厭
覽物眷彌重[66]

他解釋道，正是由於沒有一位理解他的朋友在身邊，因此他不可能享受風景之美的瞬間永恆：

風雨非攸吝
擁志誰與宣
倘有同枝條
此日即千年[67]

其實，謝靈運是一個孤獨的遊客，儘管有數百名與遊者和他相伴。陶淵明似乎總是確信自己心中有「道」，謝靈運則不然。謝的終極歡樂來自對超越其情感的山水風光的瞬間性征服。因此，對於謝靈運來說，「美」存在於感知自然的「即刻」之中，存在於構成「即刻」的情感之中。在他看來，重要的是凝固這些瞬間，並把它們轉化為審美經驗。人們會得到這樣的印象，詩人是在時間的長河中跳躍，從一個美的持續瞬間「跳」到另一個美的持續瞬間，而不是「移動」。「美」是一個精神的王國，它總是遭到詰難，又總是再次被肯定。對於詩人來說，沒有什麼是曾經達到過的，也沒有什麼是完全達到過的。在謝靈運的每一首詩裡，我們似乎都可以看到一種打著新烙印的遞進過程，還有一種奇妙的感情：其消解無論如何「最終」，也仍然是暫時的。

66 《謝靈運詩選》，頁九〇。
67 《謝靈運詩選》，頁九〇。

謝靈運的詩歌風格中同時包含兩種基本相反的成分——自我完成的審美快感和不可避免的幻滅情感。這樣一種對立源於詩人不能消解的孤獨之哀。正如我們已經提到過的那樣，在其叔父謝混作為東晉王朝的忠臣義士殉難之後，謝靈運本人也就很難見容於劉宋新政權，其政治生涯註定要充滿苦悶與危機。更糟糕的是，他在宮廷中的庇護者和好朋友、有才華的廬陵王劉義真，終於在西元四二四年被處死。這一悲劇事件毀滅了謝靈運的全部希望和夢想[68]。於是，謝靈運自己在新王朝中也不可避免地陷入困境，最終亦慘遭殺戮。在後面的章節裡，我們將會看到，整個六朝時期，像這樣的悲劇，或由政治現狀煽起的對於個人命運的恐懼，在塑造詩歌風格方面的作用，是大大超過了人們的正常設想的。

毫無疑問，謝靈運詩中所抒發的孤獨之感，大體反映了他因政治上被疏遠而產生的苦悶。此外，在他的生活和詩歌中還充滿著從仕與退隱之間那不可消解的衝突。這個悲劇的致命傷最終把他引向了災難的結局。一方面，我們在謝靈運身上看到了對做官處理日常公務的厭惡和對隱居生活的真誠熱愛；而在另一方面，我們又得到這樣的印象：不管他歸隱與否，他總擺脫不了孤獨之感的困擾。謝靈運於西元四二四年真的退隱了，但他缺乏永遠隱居的定力，以致忘卻最終將陷他於死地的政治危險，又於西元四二八年和西元四三一年兩度回到政治中來。西元四三三年，在他被處死的前夕，他寫了最後一首詩，沉痛地抒發了自己的悔恨——未能堅持隱居以終老，因而不能快快樂樂地死：

恨我君子志
不得巖下泯[69]

68 見《謝靈運詩選》，頁八〇，謝謁廬陵王墓時所作的詩。
69 《全漢三國晉南北朝詩》冊二，頁六四五。

謝靈運在臨死前悔恨不已，這與陶淵明的表現大相逕庭。從陶氏自撰的挽歌來看，他是做好準備去接受自己的大限的。我們不能不為謝靈運感到遺憾：他是如此頻繁地接近於實現「自知」（self-awareness），卻沒有能力最終達到[70]。但是，文學自有力量超越死亡。最後是在謝靈運的山水詩裡，而不是在他的生命裡，讀者們將獲得一種滿足。因為欣賞山水之美時的心醉神迷——典型的六朝作風，第一次在詩裡被表現出來了。唐代詩人白居易在其評論謝靈運的詩作中，解說了詩歌對生命的這樣一種征服：

謝公才廓落
與世不相遇
壯志鬱不用
須有所泄處
泄為山水詩
逸韻諧奇趣[71]

如此，則最後的說詞仍然在於詩歌之抒情的永久價值。中國最優秀的詩人們都懂得這一點，並立志將他們經受磨難的閱歷寫成不朽的篇章。

70 參見Mather, "The Landscape Buddhism of the Fifth Century Poet Hsieh Ling-yün", p.73。

71 《白居易集》冊一，頁一三一。

第三章　鮑照：對抒情的追求

具有強烈對比意味的是，謝靈運的生命雖然短暫，但他的詩歌在他身後很長的一個時期內，仍然發揮了巨大的影響力，以至於整個時代都由他繼續供給養分。六朝詩歌終於遇見了謝靈運那樣魁偉的人物來界定它的品味，提煉它，甚至補救它。正是由於謝靈運，「描寫型的」和「貴族式的」才第一次成為最適合那綜合品味的形容詞。的確，人們幾乎可以認定，這個時期的詩歌風格主要是建築在一種個性風格之上的——這個現象在其他任何文學時代都難得一見。

然而，正如艾略特所言：「一位偉大的藝術家也可能產生壞影響。」[1]沒有別的論述可以更好地說明這一無法避免的矛盾——在後來的幾十年裡，一方面，詩人們深深得益於謝靈運這位大詩人的才藝，他為他們的文學標準樹立了美學基礎；但與此同時，他們的詩歌失去了那往往構成所有個性風格的獨特丰神。所謂「謝靈運派」的詩人們走得更遠，他們只是複製謝靈運的描寫，拉長了謝靈運式的對仗，卻沒有學到他的詩歌活力（poetic dynamism）。一個世紀以後，蕭綱（五〇三－五五一），亦即梁簡文帝，仍能證實謝靈運之影響的分量：

> 又時有效謝康樂……者，亦頗有惑焉。何者？謝客吐言天拔，出於自然，時有不拘，是其糟

1 T. S. Eliot, "Milton,Part 1", in his *On Poetry and Poets*, 1943. rpt. New York: The Noonday Press, 1961, p.156.

粕……是為學謝則不居其菁華，但得其冗長。

在這樣盲目模仿的情況下，很難出現令人吃驚的例外——很少有詩人尋求創造性，試圖脫離這種模仿的時代風氣。而鮑照（四一四－四六六）就是這少數詩人中的一個，即便不是唯一的。在年輕一輩的作家中，鮑照第一個有意識地在謝靈運所樹立的眼界之外，去追求一種新的文學視野。因為他懂得，沒有什麼純屬時代風格之映象的詩作可以算是好詩，也沒有什麼詩人可以為另一個創造性的、尋求抒發自己真情實感的詩人設置條條框框。當鮑照開始積極摸索在詩中發出自己獨特的聲音時，陶淵明和謝靈運都已作古——陶淵明死時，他十三歲；謝靈運死時，他十九歲。看來，時代要求他創建一種抒情詩的新模式。

鮑照創造性的革新，源於他對文學體裁的豐富多彩極為迷戀。他喜愛各有其獨特價值的每一種文體——不管是詩、賦、樂府，還是別的什麼，喜愛各種文體彼此互異之風格的和諧混合。他以詩人的巨大活力，不斷在詩歌形式上進行試驗。於是，他用新文體寫作的過程，就成了他尋求自己聲音的過程。而從他對讀者們說話的聲音中，差不多總可以見出那關鍵的要素：對於風格多樣化的真誠喜愛。

鮑照幾乎染指於所有的文體——詩歌的或散文的，典雅的或通俗的。不特他的詩歌風格多樣化，他的賦和散文也都以主旋律的廣泛混合為其特徵。在詩壇被五言詩統治著的時代，他執著地試驗創作七言樂府詩——一種源於通俗歌曲的詩歌模式[2]。當文人詩歌正在「齊言」美學的指導下向前發展

2 關於那個時代五言詩占支配地位的證明，參見鍾嶸《詩品》，此書完全是依據五言詩創作上的成就來評價詩人，並給他們分等級的。不過請注意，鮑照還用另一種原本通俗的形式——七言樂府，創作了許多詩歌。儘管早在兩個世紀以前，曹丕（一八七－二二六）已經用這形式寫過一首〈燕歌行〉；但只有到了鮑照手裡，這種樂府的形式才挺直了身軀。參見王運熙論七言詩之發展的文章，載於所撰《樂府詩論叢》（北京：中華書局，一九六二），頁一六五至一七〇。

時，他著意將「雜言」詩句和「齊言」詩句混合起來，於是創造出一種通俗的魅力。這既是從古典範圍內解放出來，又是對古典眼界的拓展[3]。他還採用了樂府歌曲的另一種形式——絕句，將通俗的風格和人文的抒情風格和諧地揉合在一起，這也是文學領域裡的新現象[4]。

差不多占鮑照全集一半篇幅的樂府歌曲，從總體上來說被公認為他最好的作品。這些樂府歌曲的特點是揭喉而唱，直抒胸臆，尤其能夠引起普通人的共鳴。令人震動的是，這種共鳴不限於南方的漢人，就連北方「夷狄」的宮廷也讚美他的樂府歌曲。下面這段文字摘自《北史》，它記錄了發生在六世紀中葉前後的一件事：

> 帝（北魏孝武帝）內宴，令諸婦人詠詩，或詠鮑照樂府曰：
>
> 朱門九重門九閨
>
> 願逐明月入君懷[5]

如此，則無怪乎北方的作家們要仿效鮑照樂府詩的風格，把他當作南朝的典範詩人來看待了[6]。然而，具有諷刺意味的是，在南朝的詩人和文學批評家們看來（至少一開始時他們這樣看），

3 最值得注意的例證是他用這種形式創作的十八首樂府詩，見《鮑參軍集》，錢仲聯注本（上海：上海古籍出版社，一九八〇），頁二〇五至二一六。

4 關於鮑照對絕句發展的貢獻，參見Shuen-fu Lin（林順夫），"The Nature of the Quatrain," in *The Evolution of Shih Poetry from the Han Through the T'ang*, edited by Shuen-fu Lin and Stephen Owen (Princeton:Princet on Univ. Press, 1986)。

5 李延壽，《北史》卷五（北京，中華書局，一九七四）冊一，頁一七四。那個宮女所詠的樂府詩句，見〈代淮南王〉，文字與《鮑參軍集注》錢仲聯注本頁二四六所載略有不同。

6 參見曾君一，〈鮑照研究〉，載《魏晉六朝研究論文集》（香港：中國語文學社，一九六九），頁一三五。

似乎沒有什麼比鮑照的樂府歌曲更不合潮流或鄙俗的。如鍾嶸即稱鮑照樂府「頗傷清雅之調」，病在「險俗」[7]。筆者以為，鍾嶸所取的立場大大受到了當時五言詩學的限定。這樣，鮑照新風格的樂府詩當然會被認為在內容和形式兩方面都缺少美的特質。顯然，這就是鍾嶸會批評那些鮑照的崇拜者為「輕薄之徒」[8]的緣由所在。瞭解了這樣的背景，當我們看見劉勰在其《文心雕龍》裡抬高謝靈運和顏延之的地位而完全忽視鮑照時，就不會感到驚訝了[9]。同樣的道理，儘管鮑照的影響絕不亞於謝靈運，但在當時卻沒能像謝那樣團聚起一組文學菁英，也沒有脫穎而出，或被評為「上品」詩人——當我們發現這一切時，亦不會覺得奇怪[10]。

然而，如果以為鮑照所有的文學作品都不怎麼被當時的詩人和文學批評家接受，那也是錯覺。這樣說或許更確切一些：鮑照的樂府歌曲似乎不太適合同時代的品味，但他的五言詩總的來說卻與流行的文學傾向相一致。在這個意義上，鮑照既是一位革新者，又是一位守舊者。他在抒情時，往往充分或者非常成功地採用樂府的形式；而當他描寫山水風光時，卻幾乎總是採用五言詩。換句話說，他在樂府歌曲裡似乎更個性化地抒情；而在詩裡則回到以描寫為主的時尚。無怪乎一個像鍾嶸那樣守舊的文學批評家居然也能認可鮑照詩裡的描寫技藝：

7 見《詩品》，陳延傑注本，四七。

8 同上。

9 在《文心雕龍・時序》篇裡，劉勰稱讚「顏、謝重葉以鳳采」，卻連鮑照的名字也沒有提。

10 鍾嶸僅將鮑照列入「中品」，見《詩品》陳延傑注本，頁四七。關於聚集在謝靈運周圍的一個文學小團體——所謂「四友」，見《宋書》卷六七，中華書局本，第六冊，頁一七七四。又見謝靈運自己的詩作〈登臨海嶠初發疆中作與從弟惠連見羊何共和之〉，《謝靈運詩選》，頁一〇六。

[鮑照]善製形狀寫物之詞，得景陽之諔詭，含茂先之靡嫚……貴尚巧似。[11]

鮑照山水詩中那種描寫技巧令人想起謝靈運和顏延之山水詩的特殊品質，並使他在文人圈子裡獲得了尊重，從而躋身於「元嘉三大家」之列。的確，「形似」的技藝與他的氣質絕無矛盾，且在事實上部分地滿足了他的創造本能——換句話說，滿足了他對視覺刺激（visual cxcitement）和直接寫實（graphic directness）的喜愛。這一描寫的形式，如果說有什麼區別的話，那就是在其自由抒情之外提供了一種可喜的變化。甚至在純粹實用方面，這種多樣化對鮑照也是特別適宜的，因為在他寫出真正具有創造性的詩歌之前，他必須花一定時間去學習如何運用常規詩體。鮑照對此是明確認可的，這表現在他真心實意地欣賞謝靈運的五言詩——一種顯然是充當其描寫之範本的詩體：

謝五言如初發芙蓉，自然可愛。[12]

在鮑照集中，約有三十首詩可以歸入山水詩一類[13]。這些詩在許多方面，包括它們的標題、風格與謝靈運的山水詩驚人地相似。例如，旅行漸次行進直至觀賞風景這樣的遞進順序，對於華美物象的展示，山景和水景的平行並列和錯綜交互，還有對旅行者不斷尋求事物間因果關係的頻繁描述——所有這些都見出謝靈運的影響。或許正是因為鮑照在這些方面似乎不特別有新意，故清代詩人兼詩選編

11 《詩品》，陳延傑注本，頁四七。

12 見李延壽，《南史》卷三四（北京：中華書局，一九七五）冊三，頁八八一。鍾嶸《詩品》中也引錄了類似的評語，但論者為湯惠休——鮑照的同時代人。見陳延傑注本，頁四三。這評語究竟出自何人，尚難遽斷。不過，鮑照與湯惠休是好朋友，這評語很可能是他們兩人的共同意見。

13 見《鮑參軍集注》卷五，錢仲聯注本，頁二五五至三二〇。

纂者沈德潛（一六七三—一七六九）評價說，鮑照的五言詩遜於謝靈運[14]。就某些方面而言，這個批評是公正的。但是，鮑照山水詩真正的力量潛藏在另外一些方面：他將舊有的寫作手法和自己革新的想像力結合起來；更特別的是，誇張某些詩歌要素——尤其是與他愛創新的脾性相諧和的詩歌要素，誇張個人的經歷。這樣，他就創造了一種全新的詩歌模式。

第一節　從山水到詠物

鮑照也像謝靈運一樣，在旅途上耗費了一生中的許多光陰[15]。不過，謝靈運的旅行通常是為了觀光，而鮑照的旅行則是在履行公務。作為一名軍事官員，鮑照不得不受命參加出征，不得不伴隨他的上司們做公務旅行。

下面這首詩是他在臨川王、《世說新語》的署名作者劉義慶麾下供職時所作，堪稱其山水詩之典範：

發後渚

江上氣早寒
仲秋始霜雪
從軍乏衣糧
方冬與家別

14　見沈德潛《古詩源》中對鮑照的評論。

15　見錢仲聯，〈鮑照年表〉，附錄於所注《鮑參軍集注》，頁四三一至四四二。

蕭條背鄉心
淒愴清渚發
涼埃晦平皋
飛潮隱修樾
孤光獨徘徊
空煙視升滅
途隨前峰遠
意逐後雲結
華志分馳年
韶顏慘驚節
推琴三起歎
聲為君斷絕[16]

詩的開頭幾句描寫在一個寒冷的冬天，對於出遠門來說最壞的季節，一支軍隊已做好準備，即將開始出征[17]。悲哀的征人下了吃苦的決心，最終告別親人，去從事公務的歷險（見第三至六句）。任何熟悉山水詩的讀者讀到這裡都會暫停一下，並想到鮑照此詩之背景與前人的山水詩相較，差別真是太大了。按傳統山水詩應有山姿水態、包含視覺愉悅（visual delight）而且是旅遊觀光的產物。但鮑照

16 《全漢三國晉南北朝詩》冊二，頁六九二。

17 鮑照的許多詩裡都記錄著同樣的冬天背景，例見《鮑參軍集注》，錢仲聯注本，三一七、三一九、三二五、四〇六、四〇七諸頁。

此詩充滿了對即便不是悲慘，至少也是沒有希望的人類狀況的描寫。

我想根本原因在於鮑照試圖創造一種較少模山範水而騰出篇幅來反映人類憂患、騷動與希冀的山水詩。這是某種既美麗又令人鼻酸、既永恆又稍縱即逝的境界——的確就是一個活生生的世界。當我們檢驗上引詩中關於風景描寫的細節時，我們感覺到詩人所給予我們的，是他認知山水風光之精神的真實印象。例如下面這段描寫：

涼埃晦平臯
飛潮隱修樾
孤光獨徘徊
空煙視升滅

「涼」、「獨」和「空」——這些就是詩人用來描繪灰塵、日光和上升之煙氣等景象的形容詞。而他所用的動詞仍然暗示著令人沮喪的孤立：「晦」、「隱」、「滅」。所有這些多少有點「抒情」的自然動靜都準確無誤地傳遞了一種憂鬱的情緒。人們會得到這樣的印象：在鮑照的詩中，風景常被扭曲了或被誇張了來抒發詩人在感知自然的那一瞬間的孤獨情感。

將人類的孤獨感轉嫁到其所感知之物上去，這是鮑照詩中描寫風格的一個特徵。在前一章裡，我們已經論證過，謝靈運的山水詩往往接近於一個孤獨遊客的印象。但值得注意的是，謝靈運詩中描寫風景的段落，出現在抒情的結尾之前，總的來說代表著一個由和諧、繁盛之景物構成的完美世界。其主人公只有他從這個凝固了的歡樂審美的瞬間、從平行並列而錯綜交互的景物中覺醒後，才變得悲哀起來。鮑照的詩則不然。儘管他對山水風光的描寫主要也是採用平行並置法，但他所提供的卻是在這個世界上「不完滿」多於「完滿」這樣一類對立的印象。正如上文所錄的那一段詩，孤獨的日光與空泛的煙氣平行並置，而所有這些詩句通過平行並置法創造出一種幻覺：世界上充滿著同樣孤立的物體。當詩人開始將這種孤獨的印象投射到鳥類和獸類身上去的時候，感情和印象的融合便成為象徵的符號：

孤獸啼夜侶
離鴻噪霜群
物哀心交橫
聲切思紛紜[18]

輕鴻戲江潭
孤雁集洲沚
……
短翮不能翔
徘徊煙霧裡[19]

顯然，鮑照有意識地把他的感情投射入他的視覺經驗。然而，他不像陶淵明那樣創造出某種象徵性印象——如青松、流雲和歸鳥，恰似其自身固定的寓意物；他對變幻著的景物所能提供的隱喻義更

18 《鮑參軍集注》，錢仲聯注本，頁三〇七。
19 《鮑參軍集注》，錢仲聯注本，頁二九七。

有興趣。光、色、動作，都賦予他的視覺探求（visual exploration）以想像力。正如可以在他對洶湧潮汐的得意比喻中所看到的那樣，鮑照特別成功之處，即在於他筆下的山水風光充滿了活力。那澎湃著的波浪永遠翻滾，似乎提供了和生活一樣動盪而唯力是從的最佳視覺變化及活力：

急流騰飛沫
回風起江濆[20]

騰沙鬱黃霧
翻滾揚白鷗[21]

不過，只有通過應用山水美學於散文寫作，鮑照才達到了他對山水風光充滿想像力的真正感應。總的來說，山水詩最重要的技法和特色已經被謝靈運探索出了。要想傳達一個最適合自己氣質的新的山水構圖，鮑照非設計一種新的形式不可。他在這個問題上的選擇，是採用了散文的形式，更精確地說，是被稱做「山水文」的抒情散文的形式。儘管這種文體的作品他只給我們留下了一篇〈登大雷岸與妹書〉，但它對後世文學家的影響，比他在山水詩上的成就似乎更為重要[22]。

鮑照的這篇文藝隨筆本是一封私人信件，這一點值得我們特別注意。從曹植（一九三－二三二）

20 《鮑參軍集注》，錢仲聯注本，頁三〇七。

21 《鮑參軍集注》，錢仲聯注本，頁三〇一。

22 例如，清代詩人譚獻讚揚鮑照此文是「詩人之文」；而另一位學者劉師培認為鮑照的這篇隨筆是「遊記之正宗」。參見《鮑參軍集注》，錢仲聯注本，頁九四；貝遠辰、葉幼明編《歷代遊記選》（湖南：湖南人民出版社，一九八〇），頁四一一。

那時起，書信已經成為傳達個人最隱祕之感情的工具，並且在「抒情」這個詞彙的真實意義上是最抒情的[23]。而這必然意味著：鮑照給他妹妹鮑令暉——能夠最好地分享他的文學和私人興味的人——的信，其意圖本來就一定是抒情的[24]。由於注重抒情，鮑照的這封信似乎司空見慣。但是，其中對山水風光描寫的強調，卻意味著在傳統的書信寫作方面，某個重要實踐的開端——即情感打發與山水描寫的揉合。這種寫法在鮑照之前的作家們那裡是找不到的，甚至在謝靈運那裡也無所見。當然，那時謝靈運已被公認為遊記文學的奠基人。不過，從其《遊名山志》的殘存片段中，我們可以看出，他的文藝隨筆視焦集中在地理細節，卻缺少強烈的抒情力量。因此，鮑照散文中抒情與描寫之別開生面的揉合，遂特別為後來的遊記作家們所偏好。在他死後僅僅一二十年內，書信體文學便鮮花怒放[25]，鮑照影響的巨大衝擊力於此可覘。

這封著名的書信寫於西元四三九年，當時鮑照才二十五歲。是年他從南京赴江西，到臨川王劉義慶麾下去供職，信即作於赴任途中。當他在大雷岸附近歇下來時，孤獨之感驀然而生，覺得不能不給妹妹寫一封信。信的開頭是對旅況的描寫：

> 吾自發寒雨，全行日少，加秋潦浩汗，山溪猥至，渡泝無邊，險徑遊歷，棧石星飯，結荷水宿，旅客貧辛，波路壯闊，始以今日食時，僅及大雷。途登千里，日逾十晨，嚴霜慘節，悲風

---

23 參見Ying-shih Yü, "Individualism and the Neo-Taoist Movement in Wei-Chin China," in Donald Munro, ed., Individualism and Holism: Studies in Confucian and Taoist Values. Ann Arbor: University of Michigan Press, 1985, pp.121-155。

24 鮑令暉是著名的女詩人，她的作品集《香茗賦集》已散佚不傳。參見鍾嶸對她的評論，《詩品》陳延傑注本，頁六九至七〇。

25 例如，陶弘景（四五六—五三六）的〈答謝中書書〉和吳均（四六九—五二〇）的〈與宋元思書〉。

斷肌，去親為客，如何如何。[26]

很少有什麼能比上面這段引文更有活力地表現寒冬旅況的艱難困苦。在苦難和掙扎中，詩人再一次發覺自己處在孤立無助的境地。他或許懊悔自己不該做官，尤其不必為一個微不足道的職位而離家。可是，他很難把握自己的命運，像這樣的四處奔波已經使他的生存變成了終身流放。這就是他想傳遞給他妹妹的某種情緒。

突然間，他的注意力不再集中在自己的情緒上；他發現四周正是暮色蒼茫：

遨神清渚，流睇方曛，東顧五洲之隔，西眺九派之分，窺地門之絕景，望天際之孤雲。[27]

接下去是一段極不尋常的山水風光描寫，其色彩的變幻、活力的強勁，反映著作者極強烈的情感：

西南望廬山
又特驚異
基壓江潮
峰與辰漢相接
上常積雲霞
雕錦縟

26 《鮑參軍集注》，錢仲聯注本，頁八三。
27 《鮑參軍集注》，錢仲聯注本，頁八三至八四。

若華夕曜
岩澤氣通
傳明散彩
赫似絳天
左右青靄
表裡紫霄
從嶺而上
氣盡金光
半山以下
純為黛色
……
其中騰波觸天
高浪灌日
吞吐百川
寫泄萬壑
輕煙不流
華鼎振涾
……
回沫冠山
奔濤空谷

磧石為之摧碎
碕岸為之齏落[28]

必須指出的是，鮑照從光線和色彩的陰影這樣的細節開始描寫，彷彿它們在和重重疊疊的雲彩與山峰做遊戲。這一描寫的視覺形象十分豐富，幾乎填滿著夢幻。然而，好像有意要使自己想起所有美麗的事物都不可靠似的，作者最終以魯莽、動盪、看起來像是在恐嚇整個宇宙的波浪，把描寫推到了高潮。這種描寫程序似乎最合他的胃口，因為他更喜歡把觀賞山水風光看作一種充滿活力的視覺探索。尤其特別的是，那令人心悸目眩的潮汐彷彿對應著他激動的情感，正像他非常生動地為妹妹所描繪的那樣：

仰視大火
俯聽波聲
愁魄脅息
心驚慓矣[29]

但是，鮑照不能繼續觀賞山水，他必須前行，無論那旅程如何艱難。在信的末尾，他向妹妹保證，不管在旅途中還會經歷什麼樣的困苦與逆境，他都將好好保重自己，直至到達目的地：

28 《鮑參軍集注》，錢仲聯注本，頁八四。
29 《鮑參軍集注》，錢仲聯注本，頁八四。

風吹雷飆，夜戒前路，下弦內外，望遠所居。寒暑難適，汝專自慎。夙夜戒護，勿我為念。[30]

就這樣，抒情之聲與深刻描寫的揉合在鮑照的散文裡達到了最大的成功。但這並不是說，在風光描寫方面，鮑照所有的五言詩都不如他的散文。在此，筆者想下這樣一個重要的斷語：鮑照的散文以闊大的山水描寫而別開生面、惹人注目；相反，他的五言詩卻以描寫物體的細枝末節見長。換句話說，我們可以看到，他的詩裡有一種新變，即將視焦集中在時人所不經意的方面——筆觸由大轉小，由概觀之山水轉向具體的物象。這種新的傾向，無論如何，與傳統的文學標準並不相悖，因為它和原型山水詩一樣，都是以審美為主的，都植根於「形似」的原理。

為了證明這一點，我們可以舉出下面這首題為〈山行見孤桐〉的詩：

桐生叢石裡
根孤地寒陰
上倚崩岸勢
下帶洞阿深
奔泉冬激射
霧雨夏霖霪
未霜葉已肅
不風條自吟

30 《鮑參軍集注》，錢仲聯注本，頁八五。

昏明積苦思
晝夜叫哀禽
棄妾望掩淚
逐臣對撫心
雖以慰單危
悲涼不可任
幸願見雕斫
為君堂上琴[31]

詩中所有的描寫都是關於桐樹的——它生長的地點、它的形狀、它悲傷的聲響，甚至它的特殊功用。詩人不是像照相機的鏡頭那樣從一個場景移動到另一個場景，而是專注於某個物象的方方面面。其效果是強烈的聚焦，與攝影中的「特寫」並無二致。由於作者在注目此樹的過程中，將自己的感情投射在它身上，因此這感情的投射也是搖動人心的。根據經驗，我們領悟到，當我們長時間固定地注視某一物象，便會傾向於把它認同為自己。在這樣的經驗中，總有某種冷靜，這恰恰構成了鮑照詠物詩的描寫風格特徵[32]。

鮑照那專注推敲的技法絕不是新創，它早已被所謂「詠物賦」的作者們用得很嫻熟了[33]。從漢代起，這些「詠物賦」就被視為與「山水賦」平行發展的文體；前者聚其視焦於單個物體，而後者則

31 《鮑參軍集注》，錢仲聯注本，頁四一〇。
32 關於鮑照其他的詠物詩，見《鮑參軍集注》，錢仲聯注本，三九二至三九七、四〇九、四一一諸頁。
33 例見《文選》卷一三、卷一四。

聚其視焦於大規模的風光。在這兩種不同類型的賦之間，鮑照顯然偏愛詠物賦。何以見得？有事實為證：他寫了許多詠物賦[34]，但就我們所知，他沒有寫過一篇山水賦。鮑照和謝靈運對賦的描寫各有所嗜，其間差異之大，令人震驚。他們分別利用了賦的兩種不同的特殊風格傾向，並按照自己的口味將其發展為詩歌風格——畢竟，詩中「形似」的概念，總的來說原本就建築在工於描寫的賦的美學原則之上。

如上所述，鮑照的革新在於對多樣化的追求。他用來表現生活的，是建築在當時十分典型的、描寫模式基礎上的視覺手法。一位有著巨大活力的詩人，自然不會滿足於因襲，鮑照就不以從前輩那裡學來的對自然物的純粹描寫為止境。於是，那使他能夠專注於物的真正衝動，那使他有可能發覺生活內在聯繫的真正活力——諸如此類，他都用來在詩中創造一個人的世界。他的詠物技藝最終被用來表達他對人類品性的審美判斷，對自然物的精心描寫轉向了對於女性美的感官描寫。

第二節　描寫與講述

鮑照在一首詩裡講述了他與兩位美人的邂逅：

學古

北風十二月
雪下如亂巾

[34] 見《鮑參軍集注》，錢仲聯注本，頁二四至四九。

實是愁苦節
惆悵憶情親
會得兩少妾
同是洛陽人
嬛綿好眉目
閒麗美腰身
凝膚皎若雪
明淨色如神
驕愛生盼矚
聲媚起朱唇
衿服雜緹繢
首飾亂瓊珍
調弦俱起舞
為我唱梁塵
人生貴得意
懷願待君申
幸值嚴冬暮
幽夜方未晨
齊衾久兩設
角枕已雙陳

願君早休息
留歌待三春[35]

在這首詩裡，我們看到了一個私人經歷的世界：一次多少有點浪漫的邂逅，一份生活豔情劇中的愉悅。不尋常的是它天然的豔情風格，以華美的想像與流暢的故事為標記。其浪漫、奇異似乎與他的詠物詩截然對立。

然而，貼近去仔細玩味，我們便會領悟，此詩所用的描寫方法與他描寫自然物的習慣手法並無二致，即視焦專注於細節。唯一的改變是對象和背景，現在詩的視焦集中在女性的美：她們的「眉目」（第七句）、她們的「腰身」（第八句）、她們的「朱唇」和「聲媚」（第十二句）、她們漂亮的服裝（第十三句）、她們的珠寶首飾（第十四句）。鮑照這顯然是豔情的手法竟創造出了一種新的描寫的現實主義。他創造的是自然現實和華美豔情相揉合而形成的中間風格。從一開始，他就更喜歡混合的而不是純粹的山水描寫。他天生的嗜好便是把張協以山水為主的描寫與張華精美的豔情描寫融為一體，正如鍾嶸《詩品》裡所指出的那樣。

不管怎麼說，在鮑照這個實例中，文學創造的效力強於描寫的效力。從上面所引錄的詩中可以看出，故事的結構同樣動人，如果不是更令人難忘的話。它的視焦集中在一個逼真的世界，並同時處理一樁奇異內在和外在的發展。故事的內容很簡單：一位孤獨的遊子正受著寒冷與思家的痛苦煎熬，突然找到了一個臨時的避難所，兩位原本來自其故鄉洛陽、美麗而優雅的女子為他提供了豔情的歡娛。令人驚奇的是，這首詩也像鮑照的許多詩作一樣，揉合了視覺形象與聽覺形象。音樂那轉瞬即逝的性

35 《鮑參軍集注》，錢仲聯注本，頁三五五。

質有效地傳遞了瞬間的內在價值，加快了故事的發展進程。故事中的男主人公和女主人公不期而遇於他們生命中的某一點，此後他們的個體生命將繼續像度過的夜晚那樣稍縱即逝。那美人所奏音樂的動人力量更強烈地突出了他們相聚的短暫。

然而，他們的相會並不是由於肉體的吸引——說得更確切一些，它是由於精神上的溝通。鮑照詩中的女性，較之前人詩歌中的女性，要活潑得多，也更愛說話。很顯然，鮑照對女性的包容力有一種基本的信任；他似乎瞭解女性通人情、能凝聚他人的個性。結果，他創造了一個為前此之詩人所未曾探索過的女性形象——即作為「知音」的女性形象，男人理想的知心朋友[36]。

鮑照詩中作為「知音」的女性幾乎都擅長音樂，她們通過歌曲或樂曲來抒發自己最隱祕的感情。讀鮑照詩，人們往往得到一種印象，音樂高頻率地左右著其詩歌的內容。不過，其詩中那些敏感的、有品味、有理解力的女性，所演奏之音樂的價值大小，取決於她們的意向，因為在音樂表達的深層，有文化上的或感情上的細微區別。人們愈是深入音樂表演者的情緒和意向，就愈是能夠欣賞其音樂曲調之美。換句話說，真正的音樂是超越聲音的。在下面所引錄的詩裡，鮑照試圖說明這一觀點：

冬夜沉沉夜坐吟
含聲未發已知心
霜入幕
風度林
朱燈滅

36 當然，人們可以爭辯說，陶淵明〈閒情賦〉中的女性形象與此非常相像。但是，陶在別處沒有對此做出新的發展。不管怎麼說，還是鮑照使得作為「知音」的女性形象成了詩歌中的重要角色。

朱顏尋
體君歌
逐君音
不貴聲
貴意深[37]

鮑照對別離——特別是與妻子極端痛苦的別離——這一主題的創造性處置，和他視女性為知音的思想是分不開的。正如前文已言及的那樣，鮑照本人就因為長期履行公務，特別是軍事公務而不得不離開家。當時，嚴酷的徵兵——這往往意味著死亡或與家人的長期分離——十分頻繁，為鮑照所親見。這一個人經歷，使得富於人性、為普通百姓公開呼籲之類具有社會內容的詩歌，在其全集中占了很大比重。因此，甚至今人也賜給他一個受尊敬的頭銜——「人民詩人」[38]。

從文學發展史的觀點來看，鮑照的「社會現實主義」（social realism）並不是使他與前輩詩人區別開來的唯一原因。關注那殘酷兵役制度的「離別」主題，早在《詩經》裡就有了；而對遠征之夫婿的思念，在始自東漢時代的樂府詩傳統中，也已成為熱門題材。鮑照的革新，在於把常規的「閨怨」改造成了男性的口吻。現在，是丈夫而不是妻子在抒發強烈的懷人之情。通過男性主人公的詳細描述，詩中的女性成為關心的焦點。只有真正欣賞女性品質的詩人，才寫得出下面這樣一首詩：

37 《鮑參軍集注》，錢仲聯注本，頁二五二。

38 參見J.D.Frodsham and Ch'eng Hsi, trans., *An Anthology of Chinese Verse:Han Wei Chin and the Northern and Southern Dynasties* (Oxford: Clarendon Press, 1967), p.142。

夢還鄉

銜淚出郭門
撫劍無人逵
沙風暗空起
離心眷鄉畿
夜分就孤枕
夢想暫言歸
孀婦當戶歎
繅絲復鳴機
慊款論久別
相將還綺闈
歷歷簷下涼
朧朧帳裡暉
刈蘭爭芬芳
採菊競葳蕤
開奩奪香蘇
探袖解纓微
夢中長路近
覺後大江違
驚起空歎息

恍惚神魄飛
白水漫浩浩
高山壯巍巍
波瀾異往復
風霜改榮衰
此土非吾土
慷慨當告誰[39]

這首詩披露了最令人沮喪的現實：孤獨的征人只有在夢中才能見到自己的妻子。在現實中不可能辨到而只能託之於夢，恰恰沉痛地提醒了征人，使他意識到自己處在孤立無助的境地。值得重視的是，作者強烈的社會正義感，不是通過直接抨擊來抒發的；說得更恰當一些，它寄寓在詳細描述夢裡重聚之動人場景的故事中。最重要的是，這夢的故事是以妻子的行動為中心的特寫構成的（第八至十六句）。詩的敘述者甚至明確地說出了一間臥室的場景，告訴我們其夫妻親暱的細節（第十五至十六句）。顯然，鮑照的視覺想像已賦予他的故事講述以某種寫象派詩歌的魅力。

詩人有時以對話或直接論說作為故事講述的重心。採用這種手法，瞬間的戲劇性緊張得到了加強，不同的觀察點得到了介紹。下面是從其著名的樂府組詩〈擬行路難〉中摘出的一個例證：

春禽喈喈旦暮鳴

39 《鮑參軍集注》，錢仲聯注本，頁三八四。

最傷君子憂思情
我初辭家從軍僑
榮志溢氣干雲霄
流浪漸冉經三齡
忽有白髮素髭生
今暮臨水拔已盡
明日對鏡復已盈
但恐羈死為鬼客
客思寄滅生空精
每懷舊鄉野
念我舊人多悲聲
忽見過客問何我
寧知我家在南城
答云我曾居君鄉
知君遊宦在此城
我行離邑已萬里
今方羈役去遠征
來時聞君婦
閨中孀居獨宿有貞名
亦云朝悲泣閒房

又聞暮思淚霑裳
形容憔悴非昔悅
蓬鬢衰顏不復妝
見此令人有餘悲
當願君懷不暫忘[40]

人們不會不注意到，在此詩的中段有一個耐人尋味的變化：由獨白轉為對白。這一轉換是以第十一句節拍的突然變動為標誌的[41]。此前為抒情，此後則轉向主人公與陌生人之間的一場戲劇式的對話。這戲劇化的轉變是十分重要的：一方面，我們看到那孤獨的征人生活在絕望的別離之中；而與此同時，我們將明白，他可憐的妻子在家裡也一樣因為社會的不公平而忍受煎熬。

詩人視點的轉換，在漢代以來的樂府歌曲中是習用為常的手法[42]。然而，在鮑照此詩裡，最重要的仍是一開頭那傳達詩人隱祕情感的抒情聲音。戲劇的要素無疑加強了這一印象：那受苦的個人最終會被看作社會的產物。正是那作為要點的「抒情」，使得個人和社會合而為一。抒情的「我」似乎是在其生命的中年說話，這使我們感到他經歷了人生許多的遭遇。也許這樣說更確切：看來，對於鮑照，總是故事講述、描寫、戲劇般對話等的抒情式混合最為強勁有力。意味深長的是，這一文學成就植根於他對變化萬端之人生狀況的深刻體認。

40 《鮑參軍集注》，錢仲聯注本，頁二三九。

41 或許，這就是有些學者認為此詩當為兩首的原因。參見鍾祺，《中古詩歌論叢》（香港：上海圖書公司，一九六五），頁九七至九九。

42 參見Hans Frankel, "Six Dynasties Yüeh-fu and Their Singers", in *Journal of the Chinese Languages Teachers Association*, No.13, 1978, pp.192-195。

第三節　抒情的自我及其世界

鮑照的詩歌已經成為外部世界與他個人世界之間的一條紐帶：他最擅長在詩裡反映他個人的經歷，同時在生活的紛繁現象中將自己對象化。他總是就自己與其世界的關係發問：「自我反映」的個人是怎樣對外部世界起反應的？一個人是應該乖乖地接受自己的命運呢？還是應該對社會的不公正進行反抗？對於這些問題，鮑照似乎沒有得到滿意的回答，不過他感到有信心的是，從他自身的經歷中可以引出重要的教訓，他願與讀者分享這些教訓。特別有意思的是，他希望不僅僅是講給他們聽，而是向他們唱出自己的心聲。因此，他在其樂府組詩〈擬行路難〉的第一首中，便用一種熱情奔放的音調向讀者們唱道：

願君裁悲且減思
聽我抵節行路吟
不見柏梁銅雀上
寧聞古時清吹音[43]

值得注意的是，這些詩句正是用樂府的形式來表達的。樂府從根本上來說是配樂的「歌詞」。中國人自遠古以來就認為音樂與抒情詩是同一類。這音樂的抒情效力主要來自它感染聽眾——即懂音樂

[43] 《鮑參軍集注》，錢仲聯注本，頁二二四。

的知音——的力量。如果說有什麼形式是鮑照可以找到、並用來向理解他的聽眾傳達他最隱祕的感情的話，那麼，它一定是這名叫「樂府」的重要的歌曲形式[44]。

即使我們忽視鮑照樂府的音樂風貌——因為其音樂失傳的緣故，我們不得不忽視它——但仍能看出，他選用這種詩體是很巧妙的。按照詩的標準來評判，樂府的風格在措詞和造句兩方面都顯得過分口語化。特別是樂府中常常使用雜言句，這使作者得以不受拘束地抒發自己最隱祕的感情。由於這些原因，所以鮑照直率抒情的力量就最強烈地表現在他的樂府歌曲裡。或許，正如一些傳統的文學批評家所指出的，這就是唐代詩人杜甫高度讚揚鮑照的理由[45]。

在這一點上，我們應當注意鮑照詩歌風格中的一個非常有趣的現象：他的描寫性質的山水詩基本上繼承了謝靈運的傳統，而他的樂府詩——在其抒情的強烈措詞方面——則有點類似於陶淵明。正如前面所提到過的，在鮑照那個時代，「形似」的概念非常流行，因此，對於鮑照來說，在一些作品中效法著名的山水詩大師謝靈運，是很正常的。但是，陶淵明詩卻長期遭到文學界的忽視，沒有被當作文學典範看待[46]。鮑照是否在某種意義上繼承了陶淵明的詩歌技巧呢？如果真是這樣，那麼他和這位前輩作家之間的聯繫又是什麼呢？

根據我們今天所能見到的資料，鮑照的確是第一位尊陶淵明為先驅的詩人。他三十八歲時創作了

---

44 就我們所知，阮籍、左思、郭璞，還有陶淵明，都沒有創作過任何樂府歌曲。儘管嵇康、陸機、謝靈運等寫過樂府，但他們的樂府比他們的詩質量差得多。鮑照則與他的前輩們不同，他的樂府詩最為傑出。關於這個問題的詳細論述，參見李直方《謝朓詩研究》，與《謝宣城詩注》合印本（香港：萬有圖書公司，一九六八），頁四至五。

45 杜甫，〈春日懷李白〉詩曰：「俊逸鮑參軍」，關於後來文學批評家們對這一評論的看法，參見《鮑參軍集注》，錢仲聯注本，頁二八一。

46 有意思的是，在謝靈運現存的作品中，甚至一次都沒有提到過陶淵明。

一首題為〈學陶彭澤體〉的詩[47]，公開表達了對於陶淵明之偉大文學地位的敬重。同時，他還寫了模擬其他著名作家如曹植、阮籍、陸機等的詩作[48]。他的學陶詩產生了巨大的——如果不是根本的——影響，因為若干年之後，有位比他年輕的詩人江淹（四四四－五〇五），也步他的後塵，寫了一首擬陶詩[49]。從文學史的角度來看，鮑照在那個時代扮演的主要角色，是第一個對陶淵明過低的身價做出同情性修正的人。這是一個真正起決定作用的角色。

在鮑照的樂府詩中，我們可以發現許多陶淵明詩歌的風格特徵——其中主要有：偏好流暢的章法，審慎地使用口語，頻繁而自如地運用詰問、對話等修辭方式，等等。正如我們在第一章裡已經提到過的，陶詩中的這些特質竟被西元五世紀的詩人們當作非詩歌的特質，而加以忽視。當然，在鮑照詩裡，同時也有一種因寫象派詩人式的客體描寫，而造成的強烈感官刺激，這看起來與陶淵明詩中質樸無華的心象是對立的。但是，在修辭方面，鮑照顯然喜歡採用陶淵明的風格，而不喜歡採用當時的流行風格。甚至在思想的術語方面，鮑照的詩歌往往也模仿陶淵明式的哲學與論辯。試比較下列例證：

陶淵明：

天地長不沒
山川無改時
草木得常理
霜露榮悴之

47 見《鮑參軍集注》，錢仲聯注本，頁三六二。
48 見《鮑參軍集注》，錢仲聯注本，一七二、三六一、一六五諸頁。
49 見《全漢三國晉南北朝詩》冊二，頁一〇四七。

謂人最靈智
獨復不如茲[50]

鮑照：

君不見河邊草
冬時枯死春滿道
君不見城上日
今暝沒盡去
明朝復更出
今我何時當得然
一去永滅入黃泉[51]

這兩段詩都就自然界的不斷更新和人類生命的短暫無常做了尖銳對比。這兩位詩人都關注「死亡」——生命不可避免的完結，以及怎樣接受它的問題。陶淵明在自挽歌中道出了「幽室一已閉，千年不復朝」的實際情況；而鮑照在他的樂府裡也表達了同樣的情感：

一去無還期

50 《陶淵明集》，頁三五。
51 《鮑參軍集注》，錢仲聯注本，頁二三〇。

千秋萬歲無音詞[52]

應當指出的是，早在西元三世紀時，這關於死亡終不可免的想法就已成為挽歌類文學作品中的老生常談[53]。然而，陶淵明和鮑照是西元五世紀前後努力復興這一古老的詩歌主題、並試圖賦予它新意義的兩位主要詩人。鮑照對此類話題的處理，似乎特別受陶淵明的影響。例如，關於死的問題，鮑照便做出了酷似陶淵明的解答——人生苦短，不飲何為？他以這樣的忠告作為〈擬行路難〉的結束：

對酒敘長篇
窮途運命委皇天
但願樽中九醞滿
莫惜床頭百個錢[54]

真正使鮑照擺脫陶淵明影響的是他對待社會的不同態度。陶淵明感興趣的是順從地接受自然，以實現其自我構想；鮑照則不然，他的靶子是社會。陶淵明主要是自言自語，而鮑照則是向他的同胞們——特別是那些為社會所不容的人——演說，或者說得更確切一些，向他們歌唱。於是，他的抒情便因其直率而一新天下人的耳目。他向讀者們坦白，他希望將自己的感情全部抒發出來，卻不敢這樣做——這是對缺少自由的中國社會的巧妙控訴：

52 《鮑參軍集注》，錢仲聯注本，頁二三七。
53 關於這個問題的討論，參見Susan Cherniack, The Eulogy for Emperor Wen, and Its Generic Biographical Contexts, draft, 1984.
54 《鮑參軍集注》，錢仲聯注本，頁二四三。

心非木石豈無感
吞聲躑躅不敢言[55]

鮑照對命運的頻頻控訴，事實上不啻是對社會的批評。讓我們貼近去看看他所創作的著名樂府組詩〈擬行路難〉。這組詩的標題是借用一首古調〈行路難〉——很顯然，這隱喻著生活道路的艱難。組詩共有十八首，每一首的焦點都集中在苦難生活的某個特殊方面。按照詩人的看法，生活中最痛苦的境遇，亦即離別和窮困，在很大程度上是由社會的不公正引起的。征人們被迫無償地在前線經受各種磨難，善良的妻子們被拋棄，貧窮家庭出身的人升官無望——生活在個人前途實際上取決於階級的六朝時期，鮑照太瞭解這樣一種社會的弊病了。如果說他不是以一個公開的抗議者出現的話，那麼也是以一個社會價值的質問者出現。在下面的詩句裡，我們看到詩人的聲音與一個落拓的官員的聲音合二而一：

對案不能食
拔劍擊柱長歎息
丈夫生世會幾時
安能蹀躞垂羽翼
棄置罷官去
還家自休息[56]

55 《鮑參軍集注》，錢仲聯注本，頁二二九。
56 《鮑參軍集注》，錢仲聯注本，頁二三一。

可是，這些反對社會的批評他不敢公開說出來，更不用說反對政府了。魏晉以來許多重要詩人——嵇康、張華、潘岳、郭璞、謝靈運——都被處以極刑，這大量的例證足以引起他的警惕，使他避免做出任何直言不諱的批評。但將個人的苦難歸之於命運，卻無妨害，這一最終的考慮導致了詩人那多少有點幻滅而又是說反話的腔調：

人生自有命
安能行歎復坐愁[57]
諸君莫歎貧
富貴不由人[58]

鮑照對社會含蓄的或直率的批判，使人想起被文學批評家鍾嶸稱為陶淵明之前驅的西晉詩人左思[59]。左思和鮑照一樣，也出身於一個貧寒的家庭，其詩中也往往顯露出對於社會之不公正的譏刺。從漢代以來，中國的社會系統就是這樣，成功的關鍵在於好的家庭背景，而不在於個人的成就。左思在他的一首〈詠史〉詩中，用隱喻的手法批判了這種階級決定的制度：

鬱鬱澗底松
離離山上苗

57 《鮑參軍集注》，錢仲聯注本，頁二二九。
58 《鮑參軍集注》，錢仲聯注本，頁二四三。
59 見《詩品》，陳延傑注本，頁四一。鍾嶸指出，陶淵明的「風力」得之於左思。

以彼徑寸莖
蔭此百尺條
世胄躡高位
英俊沉下僚
地勢使之然
由來非一朝
金張藉舊業
七葉珥漢貂
馮公豈不偉
白首不見召[60]

我們無法證實鮑照是否知道左思這首詩，但重要的一點是，鮑照顯然贊同左思的批判世界觀，因為他曾將自己與這位時代早一些的詩人做過比較[61]。這有事實為證：當宋孝武帝向鮑照問起他的妹妹鮑令暉時，他做了最有意思的回答，顯然是無意識，或者毋寧說是有意識地表現了自己對左思的親近。他自謙地表示，他們兄妹倆的才氣比不上左思和他妹妹左芬：

> 臣妹才自亞於左芬，臣才不及太沖爾。[62]

60 《全漢三國晉南北朝詩》冊一，頁三八五。

61 他們的家庭背景相似，並且都懂得從一個較低的社會階層奮鬥向上爬意味著什麼。

62 見《詩品》，陳延傑注本，頁六九至七〇。左芬，知名女詩人，左思之妹。

另一方面，鮑照沒有從社會現實中後撤，沒有捨棄它，沒有離開它——相反，他試著去面對它。讀他的詩歌，人們會得到這樣的印象：同時代的歷史事件對他的影響，似乎比對其前輩詩人的影響要強烈得多。沒有什麼能比〈蕪城賦〉更鮮明更直接地表明鮑照對歷史的熱誠了。這篇賦表明，詩人在描寫歷史事件的同時也定義了自我（self-definition）。它寫的是廣陵城的悲劇性毀滅。這座城市自漢代以來就是一片富饒地域的中心，北方和南方之間生死攸關的戰略要地。西元四五九年，宋孝武帝的兄弟竟陵王劉誕——其軍隊駐守在廣陵——突然起兵反對朝廷。孝武帝盛怒之下，命令立即消滅叛軍，並毀滅整個城市。在這場屠殺中，三千多無辜的居民死於非命，一夜之間，廣陵成了闃無人跡的廢墟。數月之後，鮑照再次來到這個城市，親眼看見了兵燹之餘：

澤葵依井
荒葛罥途
壇羅虺蜮
階鬥麏鼯
……
若夫藻扃黼帳
歌堂舞閣之基
璇淵碧樹
弋林釣渚之館
吳蔡齊秦之聲
魚龍爵馬之玩

皆薰歇燼滅
光沉響絕
東都妙姬
南國佳人
蕙心紈質
玉貌絳唇
莫不埋魂幽石
委骨窮塵[63]

鮑照的描寫現實主義是他那個時代的產物，因為詳細描寫和社會現實主義的混合本身，就是當時風氣的一部分。許多漢賦名篇精心甚至誇張地描寫都市的繁華[64]，鮑照此賦與之形成鮮明的對比，有意對破壞與恐怖的場景做了現實主義的描寫。他的現實主義亦有別於左思——左思的〈三都賦〉注重歷史和地理的準確性，而鮑照此賦則立足於對場景的視覺印象和情緒感應。如果有什麼區別的話，這抒情之視焦集中在感覺瞬間的〈蕪城賦〉，更像是詩而不是賦。

對於宋孝武帝殘殺普通百姓的暴行，鮑照迂迴地進行了抨擊，這或許更為重要。他對廣陵城昔日的興盛景象，真是再熟悉也不過了。他過去所有的上司——臨川王、衡陽王、始興王，都曾統轄過這座城市。作為這些諸侯王屬下的一名官員，鮑照有機會熟悉這城市和它的居民。現在，叛亂爆發之後，城中的百姓幾乎靡有孑遺。實在具有諷刺意味的是，他們並非死於他們所最憂懼的北方「夷

63 《文選》卷一四。
64 例如班固（三二—九二）、張衡（七八—一三九）描寫京都的賦。

狄」的入侵，而是死於漢族統治階級內部的一場權力鬥爭。目擊這場悲劇，同情人民的鮑照焉能不心為之碎：

凝思寂聽
心傷已摧[65]

可是，這篇賦從頭到尾都未敢提廣陵城的名字，更不用說皇帝和叛亂者了。他揭露一切的現實主義激情再次受阻，於是，只好讓「天」來為這場對人民的殘酷屠殺負責任：

天道如何
吞恨者多[66]

然後，彷彿是向「天」提抗議，詩人以「蕪城」之歌作為此賦的結束：

千齡兮萬代
共盡兮何言[67]

65 《鮑參軍集注》，錢仲聯注本，頁一三。
66 《鮑參軍集注》，錢仲聯注本，頁一三。
67 《鮑參軍集注》，錢仲聯注本，頁一四。

再巧合也不過的是，就在鮑照寫了這篇賦以後沒有多久，他在一場叛亂的狂熱騷動中被殺害[68]。他終於和一個城市同歸於毀滅，似乎是要完成其詩中所做出的那個預言。

68 這場叛亂於西元四六六年發生在荊州，由臨海王發難。當時，鮑照正在臨海王手下做事。

第四章　謝朓：山水的內化

劉宋王朝於西元四七九年壽終正寢後，都城建康（今南京）似乎多少有點變化。政治現在與文化達到了某種出人意料的平衡。對中國文學來說，這是齊梁時期的開端。此時期的南方，宮廷除了仍舊是政治中心外，漸漸地也成為文學的中心[1]。這不是說自西元三一七年以來就是都城的建康，直到此時才變得富麗堂皇——因為那都城中豪華的宮廷早就是中心了，在那裡，統治者不顧外面的政治騷亂，只管享受奢侈的生活。但是，由於齊武帝時文學活動的勃興，建康這才開始有了一種文雅的新品質。齊武帝和他的兩個兒子，即竟陵王蕭子良（四六〇－四九四）和後來駐荊州的隋王蕭子龍（四七四－四九四），都以詩人氣質而著稱。竟陵王尤有重名，因為他組織了一個文學沙龍，而當時所有抱負不凡的詩人皆在其中。他那宏大的「西邸」坐落在京城中風景優美的雞籠山上，詩人們經常在那裡集會。在他的獎掖下，不少詩人的文學才華和審美品味得以養成。這沙龍中最傑出的詩人被稱做「竟陵八友」，他們處在當時文學舞臺上的中心位置[2]。

謝朓（四六四－四九九），一位從十五歲起就在京城宮廷圈子裡成名的詩人，是「八友」中最偉

1 這種情況在六朝僅見於齊梁時期，中國封建社會的後半段，南京的發展與前不可同日而語。參見F.W.Mote, "The Transformation of Nanking: 1350-1400", in *The City in Late Imperial China*, ed. G. William Skinner (Stanford: Stanford Univ. Press, 1977), pp.101-153。

2 這些詩人的姓名，見李延壽，《南史》卷六，中華書局本，第一冊，頁一六八。

大的天才。他彷彿是為這個詩歌復興和文化繁盛的時代而生。在這個時代的傑出文學家中，沒有誰具有比他更好的貴族血統。他的父親與謝靈運屬於同一家族，他的祖母是著名歷史學家范曄的姐妹，他的母親則是劉宋王朝的長城公主。文學史好像正在為這新的都市文化提供其自身存在的理由，謝朓就出生在建康城內，並且很自然地熟知宮廷生活的風味。

最重要的是，謝朓的詩歌開始代表籠罩著這新的、看來為當時生活和藝術所渴望之文學沙龍的某種自我滿足意識。更確切地說，藝術的意識開始退避到文學的園囿、退避到生活為藝術之等價物的王國。

在他的〈遊後園賦〉中，謝朓令人信服地寫出了沙龍生活的藝術本質：

積芳兮選木
幽蘭兮翠竹
上蕪蕪以蔭景
下田田兮被谷
左蕙畹兮彌望
右芝原兮寫目
山霞起而削成
水積明以經復
於是敞風闈之藹藹
聳雲館之迢迢
周步檐以升降
對玉堂之沉寥

追夏德之方暮
望秋清之始飆
藉宴私而遊行
時寤語而逍遙

爾乃日棲榆柳
霞照夕陽
孤蟬已散
去鳥成行
惠氣湛兮帷殿肅
清陰起兮池館涼
陳象設兮以玉瑱
紛蘭籍兮咀桂漿
仰微塵兮美無度
奉英軌兮式如璋
藉高文兮清談
豫含毫兮握芳
則觀海兮為富
乃遊聖兮知方[3]

[3] 《謝宣城集校注》，洪順隆校注本（臺北：中華書局，一九六九），頁六四。

這篇賦所描寫的園林，當在竟陵王的西邸中。永明時期（四八三—四九三），這裡舉行過很多次豪華的宴會、音樂會和詩人聚會[4]。讀謝朓此賦的開頭幾句，我們不能不想到謝靈運的〈山居賦〉。此賦篇幅雖比〈山居賦〉要短得多，但其所描寫之山水四面圍繞的景象——那種注重自我封閉的品質——卻是一致的。謝朓像謝靈運那樣運用「形似描寫」的基本模式，試著從所有的方向和位置去描述風景——「上」、「下」、「左」、「右」（第三至六句）。第七至八句那山水風光的並置尤與謝靈運的作品相似。類比到此為止，接下去，我們漸漸被引入「步檐」和「玉堂」（第十一至十二句），緩緩到達豪貴們宴集的宮室內部（第十五至二十二句）。賦中處處展示貴族的富有——「玉瑱」、「桂漿」，最終是郡王光彩照人的風度（第二十五至二十六句）。不必終篇，我們便明白這是實寫一次詩人的聚會。

這些文質彬彬的賓客被稱做「永明詩人」。這是在竟陵王的父親齊武帝以「永明」為年號之後才有的名稱。「永明詩人」們受到特別的禮遇，他們可以到郡王繁華的園苑裡去遊覽，此類遊覽絕不亞於謝靈運的長途旅行。如此，則謝朓之借用謝靈運最喜愛的字眼「遊衍」[5]來形容他在郡王園苑裡的遊觀，也就不奇怪了（第十五句）。不過，謝朓愉悅的遊覽，產生於與謝靈運不同的環境。在謝靈運筆下的家族園林中，各種各樣的動物和植物集合起來創造一種大自然的效果；而謝朓筆下的郡王園苑則是一個藝術的、高級的生活環境。這個園苑，作為竟陵王之文學沙龍的活動場所，是自然與文化相

4 參見竟陵王詠其園林而與謝詩同題之作，載《全漢三國晉南北朝詩》冊二，頁七五三；姚思廉，《梁書》卷二一〈柳惲傳〉（北京：中華書局，一九七三）冊二，頁三三一。然而，並非所有的學者都同意這一點。吳叔儻認為謝朓此賦寫的是竟陵王的園林；而日本學者網祐次卻認為此賦是寫隋王荊州府第中的園林，從西元四九〇至四九三年，謝朓在那裡享受過類似的沙龍生活，參見《謝宣城集》，洪順隆校注本，頁六五、六九，關於這一地點的爭論不是本書所關心的主要問題，本書注重的是詩歌中對此類園林的描寫。

5 關於謝靈運對「遊衍」一詞的使用，參見《謝靈運詩選》，頁五八。

結合的縮影。沒有什麼能比象徵性地退避到這園苑裡去更藝術的了。的確，它已不再是一個避難所，而是一個美學的培養中心。

第一節　文學沙龍與詩歌的形式主義

很巧的是，詩歌的形式主義也於此時降臨文學領域。就像那一切都美的沙龍園苑，文學本身大抵是個自我調節的圓滿世界。詩人們懂得詩歌的規範，並更進一步去界定文體的分野：有韻者謂之「文」（純文學），無韻者謂之「筆」（樸素之作）。[6] 這個區別的主要目的是為了縮小古典術語「文」的定義範圍，因為它本來的定義太寬泛，籠統說來，「文學」與「文章」兩者都適用。看來，一個形式方面的判斷標準，對於永明詩人們用來界定其所謂「文」的範圍，是再好也不過了。他們的形式主義運動，起先是美學詭辯的一種表現，但後來終於成為一種有意識的文學改革，幾乎影響到中國文學的各個方面。由這種「形式修正主義」所引起的爭論，其程度近似於——如果說不是更大於——歐洲文藝復興時期關於詩歌的爭論。

對於謝朓來說，由用韻與否所界定的純文學與非文學在形式上的區別，並不全然是新鮮的。他生長在一個向來把聲韻看作詩歌之要素的家族。謝靈運對詩歌中音調和韻律效果的明察細辨，諒必向他提供了活生生的靈感。此外，他的叔外祖范曄，《後漢書》的作者，也特別以嚴辨音律而知名。范曄在獄中寫給諸甥的信[7]，自然會成為他對謝氏子弟的一種家教：

---

6 參見劉勰《文心雕龍》中關於「文」和「筆」的陳述，有關這一問題的更詳細討論，見羅根澤，《中國文學批評史》（上海：古典文學出版社，一九五七至一九六一），頁一四〇至一四一；郭紹虞，《中國文學批評史》，（一九五六年版；香港：宏智書局，一九七〇年重版本），頁五八至六五。

7 范曄在任宣城太守時，被逮下獄，最終因與叛亂有牽連而被處以極刑，事見《宋書》卷六九，中華書局本，第六冊，頁一性別宮商，識清濁，斯自然也。觀古今文人，多不全了此處。縱有會此者，不必從根本中來。言之皆有實燈，非為空談。年少中，謝莊最有其分，手筆差易，文不拘韻故也。[8]

不用說，當謝朓加入竟陵王的文學沙龍時，他立即被沙龍成員所提倡的音調、韻律革新方面吸引了。

音律形式主義的領袖是王融（四六八—四九四）和沈約（四四一—五一三）。沈約在齊梁文學界占據中心位置達三十餘年之久，作為這文學沙龍裡形式主義理論的一位終身倡導者，他的作用特別重要。他新規定的作詩法則被概括為「四聲八病」。「四聲」由「平聲」和三種「仄聲」（即「上聲」、「去聲」和「入聲」）組成，詩人們在作詩時必須分辨它們[9]。「八病」是八種關係到某些聲調和韻律相犯的特定條款[10]。這一完整的韻律學系統，可以說主要是基於下列想法：在一句之中和句

---

8 《宋書》卷六九，中華書局本，第六冊，頁一八三〇。

9 「平聲」相當於今天北方話或標準普通話裡的第一聲與第二聲，而「上」、「去」二聲則各自相當於今天北方話或標準普通話裡的第三聲與第四聲。「入聲」在現代標準漢語中已不復存在，它很久以來即被重新派入其他三聲，一部分派入「平聲」，另一部分則派入「仄聲」中的「上聲」和「去聲」。

如今大部分中國人已不難分辨這些聲調，但在沈約那個時代，當「四聲」之說第一次被提出時，對一些人來說，它的確不太容易掌握。甚至連蕭衍——「竟陵八友」之一，即後來的梁武帝，據說也主張不必對這種上、去等聲調的分別太認真。參見[唐]釋空海，《文鏡祕府論》（北京：人民文學出版社，一九七五），頁三一至三二；[唐]姚思廉，《梁書》卷一三，中華書局本，第一冊，頁二四三。

這「四聲」系統看來是建立在北方洛陽方言之南風變種的基礎上。北方洛陽方言是當時應用於南方宮廷的官方語言，當時的文學語言即以它為本。參見Richard B.Mather, "A Note on the Dialects of Lo-yang and Nanking During the Six Dynasties", in *Wen-lin,Studies in the Chinese Humanities*, ed.Tse-tsung Chow (Madison: Univ.of Wisconsin Press, 1968), pp.247-256。仍可參考陳寅恪，〈東北南朝之吳語〉，載《陳寅恪先生文史論集》冊二，頁一四三至一四八。

10 參見空海，《文鏡祕府論》，頁一七九至一九七。一說，「八病」並不都是沈約的發明，見馮承基，〈論永明聲律——八八二五至一八二八。

與句之間，「平聲」和「仄聲」應相反而相成。沈約及其詩友們當然不曾想到，他們對這套新規則的系統性論述，不啻是朝著唐代律詩的方向邁出了重要的第一步。而唐代律詩代表著中國詩歌的理想模式，這種狀況直到二十本世紀才根本改觀。然而，永明詩人及其追隨者都相信，他們所創造的詩法具有某種從未有過的重要性，且的的確確是「新變」[11]。

他們關於「四聲八病」的理論，影響迅速擴大，同時也很快遭到某些文學批評家的抵制。在西元四八八年曾特意與謝朓討論詩學的鍾嶸[12]，就顯然不為這些沙龍裡自封的革新者所動。在《詩品・序》中，他嚴厲地攻擊了沈約、王融和謝朓，按照他的觀點，由聲音自然融合而成的聽覺效果是最好的：只要讓聲音順暢地流動，嘴唇和諧地翕張，這就夠了。他詫異有什麼必要非去制定新的作詩法則。

如果在詩歌中製造音樂效果的傳統方法還能令人滿意的話，為什麼革新者們突然要鼓吹「四聲」系統呢？這是一個極端重要的問題，沒有一位認真的中國詩歌研究者可以迴避它。

現代歷史學家陳寅恪認為，永明時期關於「四聲」的創新，直接受到漢語佛經吟唱方法的啟發。當時，在京城地區的佛教徒圈子裡，佛經吟唱已日益大眾化了[13]。這種被稱做「新聲」的吟唱方法，為當地的僧徒所程式化，據說它建立在僧徒們對於「三聲」之理論性領悟的基礎上，而「三聲」則仿自古印度「調節重音」（pitch-accent）的概念，適合於梵語或梵語方言佛經[14]。雖然語言學家們後來

病〉一文，載羅聯添編《中國文學史論文選集》（臺北：學生書局，一九七八），頁六三七至六四九。有趣的是，甚至日本的詩學也受到這些禁令的影響，見藤原濱成，〈歌經標式〉（西元七二二年），載佐佐木信綱編《日本歌學大系》（東京，一九五六）冊一，頁一至一七，關於這一點，我得益於Judith Rabinovitch者良多。

11 參見《梁書》卷四九〈庚肩吾傳〉，中華書局本，第三冊，頁六九〇。

12 參見《謝宣城集校注》，洪順隆校注本序言，該書頁五至六；《詩品》，陳延傑注本，頁四八。

13 參見陳寅恪，〈四聲三問〉，《陳寅恪先生文史論集》冊一，頁二〇五至二〇八。

14 同上，頁二〇五。

證明，詩人們關於「四聲」的創新基於體現在漢語口語本身中的聲調語音區別[15]，但是陳寅恪最初的理論為我們審視永明時代的文化環境提供了一種新的眼光。

最值得注意的是這樣一個事實，同一位竟陵王，既在他的沙龍裡負擔文學活動，又對佛教「新聲」不遺餘力地支持。他熱心於佛經吟唱的事蹟，清楚地被記錄在某些現存的佛教史料中[16]。自西元四八七年開始，他的西邸也成了這種活動的大本營。《南齊書》記載說：

> 〔永明〕五年……移居雞籠山邸，招致名僧，講語佛法，造經唄新聲，道俗之盛，江左未有也。[17]

兩年以後，竟陵王在京城召集許多有語言技巧的高僧，舉行了盛況空前的大型誦經表演，使這樣的集體嘗試和革新達到了高潮[18]。這場表演的目的，無疑是為了向公眾證明「新聲」如何嘹亮動聽。沈約及其詩友們是否知道由同時代僧人所構建的「新聲」音調系統呢？我們缺乏充分的證據來坐實這一點。不過，他們的贊助人竟陵王可能是精於「新聲」的。因此，說他們或從「新聲」中得到靈感，庶幾乎近是。不管怎麼說，反正「四聲八病」的理論就建立在這一時期，萌發於京城同樣的文化環境中。

15 據一些歷史語言學家說，在漢代以前，漢語或許沒有各種音調。當漢語中某些有區別特徵的音素失去後，為了補償它們，音調便產生了。沈約的發明其實只是注意到了漢語中出現的這個新現象。關於這一點，我從F.W.Mote那裡獲益非淺，還可參看羅常培，《漢語音韻學導論》（香港：太平書局，一九七〇），頁五四至五七。

16 見陳寅恪，〈四聲三問〉所引，《陳寅恪先生文史論集》，頁二〇八至二一〇。

17 卷四〇，中華書局本，第三冊，頁六八九。

18 這場表演於永明七年（四八九）二月十九日在建康舉行，見陳寅恪〈四聲三問〉所引僧辯的傳記，《陳寅恪先生文史論集》，頁二〇八。

永明詩人的發明，是在此前詩人們憑直覺懂得的法則之外，構建了另一個作詩法則系統。一如僧人們在另一種語言固有的「調節重音」的基礎上，建立了「三聲」的吟唱方式。構成沈約《四聲譜》核心內容的「四聲」，許多人認為或許源於平常的漢語口語[19]。不過，畢竟是這些創新的詩人為那些聲調命了名，並有意識地為詩歌寫作開創了一種自我限制的形式。看來，這些詩人想作的，是在詩歌中創造與音樂裡的「五聲」音階相對立的作詩法。而對於音樂之「五聲」音階，前此的詩人們已常常——如果不是非常明白地——予以關注，因為他們也希望自己的作品產生美聽的效果[20]。這種使詩歌聲律從音樂中獨立出來的願望，反映了語言的複雜變化勢必引起新的聲韻分類。鍾嶸不瞭解這種革新背後隱藏著的根本理由，且仍舊為「音樂定位」的傳統詩學所拘限，因而不能不提出一個天真的問題：

> 今既不被管弦，亦何取於聲律耶？[21]

然而，這恰恰是新的聲調系統存在的理由：創製一種在理論和實踐兩方面都可以自足的人為的作詩法[22]。

---

19 關於這一觀點，見空海《文鏡祕府論》所引之史料，該書頁三三至三四，鍾嶸不贊成這新的「四聲」系統，他也指出，《國風》中就已經注意避免「蜂腰」與「鶴膝」了。

20 參見郭紹虞，《中國文學批評史》，頁七三至七四。當然，正如空海《文鏡祕府論》中許多引證文字所指出的那樣，「四聲」系統可能已經受到音樂之「五聲」音階的影響；不過，它仍然是一種新的精製系統。

21 《詩品》，陳延傑注本，頁五。

22 這並不是說它也適用於樂府詩的寫作。樂府詩本是一種歌曲的形式，直到謝朓時期還在繼續使用，但人們認為它與新聲調系統的作詩法並不相干。

雖然世所公認這聲調革命的發言人是沈約，但在作品裡展現了這種新作詩法之長處的，卻是才華橫溢的謝朓。因此，數百年後的唐代詩人——從總體上來說，高度發展了詩歌聲律系統並致力於此的唐代詩人——也回過頭來將謝朓看作詩歌中的一個理想典範[23]。在他那個時代，謝朓的形式主義不啻是對傳統詩歌的一個決定性改變，雖然他不可能預告他正朝著最重要的那種詩法所在的方向掘進。至於沈約，看到像謝朓這樣一位有才幹的年輕詩人，如此奇異地驗證了他的理論，並開墾了其他新土地，他自然是再高興也不過的了。他們兩人成了親密的朋友，僅此一端就給了當時的詩歌創作一種刺激性影響。他們都熱心於新的詩法，共同釀成了一場對詩歌多樣性變化的實驗。其中有些收穫後來發展成為重要的法則，併入了唐代的「近體詩」。

他們就詩歌形態而進行的實驗畢竟有些複雜，這裡，我們只挑出作為其聲調革新之中樞的一個方面略加探討。

讓我們先從聲調在單句中的交互作用說起。上文已經提及，「四聲」作詩法的真正意義在於「平聲」（下文用「○」來表示）和「仄聲」（下文用「×」來表示）的對立與交互。通過聲調有序地間隔排列，永明詩人們試圖發揮漢語聲調系統中最佳韻律的作用。下面是謝朓五言詩裡常見的一些聲調組合[24]。

1. ○○○××
2. ○○××○

23 李白和杜甫都在詩裡特別讚揚謝朓善於創作和諧美聽的詩歌。參見《李太白全集》，王琦注本（北京：中華書局，一九七七）冊一，頁四五〇；《杜詩詳注》，仇兆鰲注本（北京：中華書局，一九七九）冊三，頁一二六二。

24 還可參見洪順隆，〈謝朓生平及其作品研究〉一文，《謝宣城集校注》，洪注本，頁二〇至二五。

3. ×××○○

4. ××○○×

5. ○○×××

6. ××○○○

前四種組合最終成了唐代律詩中四種規定的句式。

有爭議的是一聯對句之間聲調相犯的規則，它實行起來較為困難。在謝脁詩裡，很容易發現永明詩人作法自覺的現象。例如，「八病」法則之一：第二句的頭兩個字不能與第一句的頭兩個字聲調重複。然而，謝脁最著名的一聯詩卻明顯違犯了這條禁令：

○○○×× 江南佳麗地

○○×○○ 金陵帝王州[25]

無疑，謝脁的詩歌只代表律詩發展過程中的早期實驗階段[26]，而「八病」中的某些禁令後來也為唐人詩法所摒棄。但是，對唐代的詩人們來說，後世稱之為「新體詩」的永明詩歌[27]，使他們想起了一個黃金時代，在那個時代，實驗就是目的，而形式則是它自己的表現。

25 見李直方編《謝宣城詩》（香港：萬有圖書公司，一九六八），頁六。

26 甚至初唐詩人們創作的律詩，在聲調的交互方面也常有缺點。

27 「新體詩」這一術語，是王闓運在其《八代詩選》裡首先採用的。此後，它成了人們言及永明詩歌時所用的標準術語，參見劉大杰，《中國文學發展史》（上海：中華書局，一九五七至一九五八）冊一，頁二八七；陸侃如、馮沅君，《中國詩史》（北京：作家出版社，一九五七）冊二，頁三八二。

另一種形式上的發展或美學的選擇，將對唐代詩歌發生決定性影響的是，在「新體詩」中精簡篇幅。謝朓詩今一百三十餘首，其中大約有三分之一是八句詩，與唐代的八句律詩很相似。我們有一切理由假定，這結構上的精簡使得謝朓的詩歌特別投合同時代年輕讀者的心意。蕭衍，亦即後來的梁武帝，挑出謝朓與何遜（?－五三五）——一位專作「新體詩」的後起之秀，認為他們兩個是最有才能的詩人，他們的作品以質量而不是以篇幅出名[28]。蕭衍的兒子蕭綱批評謝靈運的詩歌冗長，卻認為謝朓和沈約的作品「實文章之冠冕」[29]。鍾嶸雖不贊成新的聲調之說，但也不得不承認謝朓的詩是年輕一代羨慕的對象[30]。所有這些不過再次肯定了我們的一個常識：每當詩歌裡產生一種新的結構，讀者們也將發展出一套新的文學批評標準。正如在齊梁詩歌這個問題上，讀者們的美學嗜好分明是短詩。

八句詩之興起於文學沙龍中這一現象，頗值得我們進一步地關注。根據筆者的觀察，現存作於這一時期詩人集會上的詩歌，大多數是八句詩。而題材往往多為詠物，是宴會上的文字遊戲之作，即與宴者按照一套題目各人分詠一件物事[31]。有幾次謝朓參加過的詩人宴集，所詠之題如下：

1. 同詠樂器
2. 同詠座上器玩

28 參見《梁書》卷四九，中華書局本，第三冊，頁六九三。

29 見郭紹虞編《中國歷代文論選》冊一，頁三二八。

30 見《詩品》，陳延傑注本，頁四八。

31 值得注意的是，二百年後，日本長屋王（六八四—七二九）的文學集團也開始發展類似於詠物詩的一種創作模式。按照小西甚一的觀點，長屋王似乎知道「竟陵八友」，並有意模仿竟陵王，見Konishi Jinichi, *A History of Japanese Literature*, Vol.I, The Archaic and Ancient Ages, Chapter 9 "The Composition of Poetry and Prose in Chinese", trans.Aileen Gattan and Nicholas Teele, ed.Earl Miner (Princeton: Princeton Univ. Press, 1984), pp.377-392。

3. 同詠座上所見一物[32]

顯然，這類題目本是為了社交的目的而擬定的。不過，那文學沙龍最初的宗旨正是社交。集會的社交性質愈大，其所取得的聯繫也就愈廣泛。

詠物詩最重要的特點是形式與內容之間象徵性的一致。精簡為八句的結構，似乎反映了一個同等壓縮而自我封閉的世界。這些詩人未必是有意識地苦心創製一種新的形式去反映他們特權生活方式的理想，但八句詩短小的形式看來有其產生的適當背景——沙龍生活環境。漸漸地，它在形式上與傳統詩歌區別開來，分道揚鑣了。在這類詩歌裡，有一種瑣細的內容與認真的形式共同構成的奇妙組合。不過，它愈是變得形式化，也就愈是像一種獨立的文體那樣獲得了不同的個性。

下面這首詩，是謝朓在一次社交晚宴上創作的。它很好地證明了那些八句詠物詩的本質。

琴

洞庭風雨榦
龍門生死枝
雕刻紛布濩
沖響鬱清危
春風搖蕙草
秋月滿華池

32 《謝宣城集校注》，洪順隆校注本，頁四四七至四六二。

是時操別鶴
淫淫客淚垂[33]

這首琴詩是宴集所定詩題「同詠樂器」的分詠之作，它具有此類詩典型的描寫性風格：開始描寫未經加工的琴材，接著轉而描寫琴的形狀和聲音，最終描寫它作用於聽眾的藝術效果。詩人對於這一客體的細節描寫，似乎是對鮑照之特寫技法的回歸。它使我們想起鮑照詠桐的樂府詩。在那首詩中，鮑照著重描寫了桐樹的生長地、桐樹的形狀、桐木製成琴後彈出的聲音，以及此琴動人心弦的潛在能力[34]。最有趣的是，謝朓詩中的琴所賴以製造的材料，恰是鮑照詩中的桐樹。而更令人吃驚的是，鮑照詩中那孤獨的桐樹，竟大聲疾呼，要求將它製成有用的琴：

幸願見雕斲
為君堂上琴[35]

看來，謝朓此詩確曾在某些方面受到鮑照彼詩的影響。至少，這兩首詩可以作為詩歌描寫模式的一對例證來研究。不過，更能引導我們進一步領悟新興之沙龍風格的，是兩人的差異，而非他們的類同。在謝朓此詩中，有一些新的傾向值得注意：其一，他所描寫的客體趨於纖小。它不再是高大的樹

33 《謝宣城集校注》，洪順隆校注本，頁四四七。
34 在本書第三章第一節裡，我們已引錄並討論過鮑照的〈山行見孤桐〉詩。必須強調的是，關於桐樹之作為未曾加工的琴材，這種意象可以在早先的賦裡看到，例如嵇康（二二三—二六二）的〈琴賦〉。
35 《鮑參軍集注》，錢仲聯注本，頁四一〇。

木，而是一張細長的琴，被一雙手——可能是一位女性的手——在彈撥著。其二，這客體已從山野來到了豪華的宴會上。也許有讀者要問，謝朓此詩會不會是個特例？為了回答這個問題，讓我們來看一看沙龍成員們另外一些詩作的題目：

〈詠箎〉（沈約）
〈詠琵琶〉（王融）
〈詠烏皮隱几〉（謝朓）
〈詠竹檳榔盤〉（沈約）
〈詠幔〉（王融）
〈詠簾〉（虞炎）
〈詠席〉（謝朓）
〈詠席〉（柳惲）
〈詠竹火籠〉（謝朓）
〈詠竹火籠〉（沈約）
〈詠燈臺〉（謝朓）
〈詠燈〉（謝朓）
〈詠燭〉（謝朓）

這些詩歌也都比鮑照那首十六句的詩更為規則化，因為它大都是用八句詩的格式寫成的。

然而，無論八句詩在沙龍的圈子裡怎樣流行，它本身卻不可能產生什麼價值。直到它最終超越其失之瑣屑的內容，更準確地說，直到這些詩人開始用它來抒發自己個性化的情感，這新的詩歌載體才真正顯得重要起來。這的確是個極大的諷刺：沒有沙龍裡的社交環境，新的詩歌形式不可能有合法的地位；但為了創造一種反映自我的詩歌，詩人們最終必須遠離這互相模仿的氛圍。這正是謝朓的歷程：他在二十六歲時離開竟陵王的沙龍，此後便中斷了詠物詩的寫作，逐漸轉向用詩歌來抒發自己的感情。

第二節　感情的結構

對於謝朓來說，一切都來得那麼突然。西元四九〇年，他被任命為隋王文學——一個有名望的職位，並將跟隨隋王西行遠赴荊州（在今湖北省）。那時，荊州是一個成長中的城市，像建康一樣繁華。升官晉爵固然可喜，但想到要離開京城文學界的朋友們，他又不禁有些悵然。在餞行的宴會上，沙龍中通常才情橫溢的興味為陰鬱的離情別緒所替代。朋友們寫了許多送別的詩，謝朓則賦此作答：

春夜別清樽
江潭復為客
歎息東流水
如何故鄉陌
重樹日芬蒕
芳洲轉如積
望望荊臺下

歸夢相思夕[36]

可以理解的是，這同一系列的所有送別詩都是用沙龍體八句詩寫成的，不過其語調是抒情的，與詠物詩明顯有別。在這些詩中，不再有以客體為主的描寫和對宮室內部空間的注視。當然，我們很難斷言這些送別詩是永明詩人們所寫的第一批抒情性八句詩；但這作為一個整體的詩歌系列，不啻是對他們所鍾愛的詠物模式來了一次象徵性的突破。

對於謝脁本人來說，這首離別詩只代表著一個開端，發現新的抒情結構的開端。在這首詩裡，我們已經看到了將成為唐詩抒情結構之典範的一大特點——對仗句和非對仗句有規律的分布。唐代律詩章法中最主要的規則是：四聯對句構成一首八句詩，中間兩聯必須對仗，首尾兩聯則一般不必對仗。這一形式化的結構對應著一種充滿生氣的運動，以象徵抒情過程的「時間－空間－時間」為順序的運動；因為在一首典型的唐詩中，抒情的自我猶如經歷了一次象徵性的兩階段旅行：（1）從非平行的、以時間為主導的不完美世界（第一聯），到平行的、沒有時間的完美狀態（第二聯和第三聯）；（2）從平行而豐滿的世界，回到非平行和不完美的世界（第四聯）。通過這樣一種圓周運動的形式化結構，唐代詩人們或許會感到他們的詩歌從形式和內容兩方面，都抓住了一個自我滿足之宇宙的基本特質。

謝脁的這首離別詩的確具有一種像唐律那樣分成三部分的結構形式[37]：

36 見李直方編《謝宣城詩注》，頁一〇七。

37 必須指出，詩歌中成串使用對仗句或半對仗句的傾向，其起源至少應回溯到西晉時期。這樣一種詩歌結構，不可能在謝脁時代突然出現。

第一聯　（不對仗）
第二聯和第三聯　（對仗）
第四聯　（不對仗）

這種抒情詩的一個新異之處，在於個人情緒和外界景物之間有規則的平衡，它與對仗句和非對仗句之間有規則的平衡是直接相對應的。西元四九〇年的荊州之行突然喚醒了謝朓，使得他以最強烈的方式做自我反省（self-reflectiveness）。這個事實很難解釋。然而不管怎麼說，他的離京外任預兆著一個澈底的突破——突破單獨無聊的瑣事和無憂無慮的享樂。他在京城的生活一直是單純的，儘管按他自己的方式來說也算熱烈；而荊州的生活可就無法逆料了，他還得學習如何在隋王的宮廷裡與其他官員們周旋。在西行的前夕，謝朓登上建康的一座塔樓，寫了下面這首詩，強烈地抒發自己的恐懼和悲哀：

將發石頭上烽火樓

徘徊戀京邑
躑躅躧曾阿
陵高墀闕近
眺迴風雲多
荊吳阻山岫
江海含瀾波
歸飛無羽翼

其如離別何[38]

這首詩的意義在於，它那情感與景物的編排方法，在以後的歲月裡，將成為謝朓八句詩的一種特殊風格——那就是，第一聯導入情感狀態；第二聯、第三聯以描寫自然景物為中心；第四聯回到情感，並將它投射向不可知的未來。在這首詩裡，我們再次看到了謝朓詩法與唐代律詩詩法之間驚人的相似。這感情與形式的結構極端複雜，但看上去卻很簡單，瞻前顧後，我們可以說，沒有什麼比它更精巧的了。八句詩是一種完美的形式，它能夠使抒情的視覺以及其所注視的自然景物同時展開。當抒情的眼睛從自然界各種各樣的景物上掃過，它發現自己處在包羅萬象之山水風光的中心，巨大而不可抗拒。關於這一抒情的經驗，總有一種龐大壯觀的印象，無論它是令人喜悅還是令人敬畏。但「我」最終不得不退走，將自己重新定位在人類世界。所有這一切，都是用最有效的方式在八句中完成的。

當然，在謝朓手裡，八句詩還不是一種定型的文體，「律詩」這個名字直到唐代才出現。然而，他是積極參與創造微型詩體的第一位詩人。我們有理由假定，為了最有效地表達他那自我封閉的詩歌世界，謝朓不停地用各種形式做實驗，試圖找出一種滿意的方法來聯繫內容與形式，並把它們鍛造成最小的結構。朝著這個方向，他邁出了有意義的一步。他曾用這樣一個比喻向他的同時代人描述他心目中理想的詩歌：

好詩圓美，流轉如彈丸。[39]

38 《謝宣城詩注》，頁三三。

39 《南史》卷二二，中華書局本，第二冊，頁六〇九。

這彈丸之喻給我們以一種圓滿自足的印象。它的圓滿有賴於聲律的和諧與結構的完美——的確，有賴於一切皆無瑕疵。然而，最重要的是，它提出好的詩歌必須將自己的無限具體表現在一顆小小的彈丸上，而彈丸乃易動之物，無須外加力量。

謝朓到達荊州後，甚得隋王青睞，而隋王本身就是一個天才詩人。隋王的園苑裡有著與竟陵王園苑裡相同的迷人景色和風雅樂事，且其周圍也有一個類似的文學團體。不過，隋王對自然界奇異景觀的迷戀中仍有新的特點。他賦予自己的山水之遊以雙重的意義：私人的滿足和眾人的參與。謝朓在其詩裡最出色地描寫了隋王園苑中如畫般的風景和盛大的春遊：

方池含積水
明流皎如鏡
規荷承日泫
彯鱗與風泳
上善叶淵心
止川測動性
幸是芳春來
側點遊濠盛[40]

這首詩摘自謝朓〈奉和隋王殿下詩十六首〉[41]。這十六首詩是他荊州生活的記錄。它們不僅包括

40 《謝宣城詩注》，頁一四六。
41 見《謝宣城集校注》，洪順隆校注本，頁四〇九至四一二。

隋王園苑內不同季節自然景觀的多彩描寫，而且還透露了詩人那一階段若有所思的隱祕念想。

這十六首詩中，有十首以上採用了八句詩的形式，有三首寫了十句。與謝朓的其他組詩相比，這一組詩中八句詩所占的比例最大，因此，組詩整體上顯現出一種新的風格。筆者以為，這件事實對於謝朓在荊州期間之創作實踐的性質，具有重大的意義。作為隋王的「文學」，其職務諒必向他提供了一個特別的機會，去對隋王及其文學圈子裡其他成員的詩歌風格施加影響。從慣例中我們可以猜到，謝朓所和答的隋王十六首原唱應當是用同樣的篇幅、同樣的韻腳寫成的。果然如此，那麼我們可以推論，在謝朓的影響下，隋王也喜歡上八句詩這種形式了。事實是，現在碩果僅存的一首隋王詩[42]，除了它有十句而非八句外，其他方面都和謝朓的新體詩有著驚人的相似之處。

正是在荊州的那些年，謝朓開始精研在八句詩裡融合情與景的技巧。隋王的生活方式尤其適合他的詩歌實踐以及他那時的脾性。竟陵王在更大程度上是倡導者而不是詩人；隋王則既有詩人之才而又刻苦實踐，在詩歌創作方面花了許多時間。於是，謝朓自然很快便成了隋王最親密的朋友，朝夕與之切磋詩藝，討論詩學[43]。謝朓對隋王的感情是平靜而真摯的，和他早先與竟陵王之間以純粹宴樂為特徵的友誼恰恰相反。此外，隋王對自然風光的喜愛似乎也刺激了他描寫的敏感，因而從總體上豐富了他的詩歌技巧。的確，我們發現謝朓那個時期的詩歌展示了一種特質——視覺描寫的優雅之中，不知不覺地摻雜著感情：

年華豫已滌
夜艾賞方融

42 見《全漢三國晉南北朝詩》冊二，頁七五四。
43 參見蕭子顯，《南齊書》卷四七〈謝朓傳〉，中華書局本，第三冊，頁八二五。

新萍時合水
弱草未勝風
幽閨瑟易響
臺迴月難中
春物廣餘照
蘭萱佩未窮[44]

在上面這首詩裡，有一種自我映寫（self-reflection）的敏感音調隱藏在寂靜的月夜場景中。這種感情，無論它是什麼，總之是通過自然物象含蓄地表現出來，而非直截了當地陳述。我們可以感覺到，詩人的聲音多少已有點轉向低沉。

詩人想要表達的真正感情是什麼？從《南齊書・謝朓傳》中，我們瞭解到詩人和隋王的友誼最終引起了荊州一些官員的猜忌。謝朓平生第一次懂得了陷入政治圈子會付出什麼樣的代價。他的詩歌技藝和風流容姿，過去是他邀寵的資本，而現在卻突然變成他那些妒忌的同僚們把他視為眼中釘的禍根。於是，詩歌成了他唯一的安慰，他不得不通過這個媒介來表達憂鬱之情。然而，其產物卻是上面那首寫象派風格的作品，主旨似在刻意描寫一個極為美麗的月夜場景。或許只有再三咀嚼，人們才會看出自然物象和詩人憂思之間可能存在的某種聯繫——他就是河邊那被風摧殘而孤立無援的小草（第三至四句）；不管他人如何誹謗，他都靜默如明月、純潔如香蘭（第五至八句）。我們無法證實這就是詩人想要傳遞的感情，但這首詩的美妙恰恰在於這種朦朧的特質。寫象派的遊戲允許謝朓賦予他的

44 《謝宣城詩注》，頁一五一。

詩歌以雙重的美——既有生動的自然景物描寫，又有無盡的弦外之音。這寫象派的暗示法，後來成了謝朓詩歌裡最重要的品質。

荊州政治圈子裡這種令人不安的緊張情勢，因西元四九三年齊武帝突然召謝朓回京而達到頂點。事實真相是，隋王的一名部屬王秀之祕密報告武帝，說謝朓對隋王施加的影響超乎尋常[45]。武帝得到這消息後大吃一驚，決定把這兩個年輕人分開。對於謝朓，這就像一場風暴那樣來得突然。他沒有選擇的餘地，只好立刻離開荊州。

作為一位抒情詩人，謝朓真正的偉大即始於這次突然的走倒運。在回京城的路上，他寫出了最負盛名的詩篇。這詩的首聯很有力度：

大江流日夜
客心悲未央[46]

這裡值得注意的是，心潮無所阻礙地湧流，活力洶洶，傾注向前，猶如滔滔不竭的江水。作為一個孤獨的、悲歎自己時運不濟的旅客，詩人努力使所有的自然現象一下子都對他有了意義：為什麼在大自然的歡樂與人類的苦難之間有著這樣一種背反？人有沒有辦法做到支配自我、擴張自我，像大自然那樣超脫於一切威脅與無常之外？這些問題必須回答。然而，此時的大自然遠不是一種慰藉，相反卻加進來增強詩人對人類現實的絕望。長江憑藉其偉力靜靜地流瀉，彷彿在確認詩人的遭受磨難。夜是漆黑的，而黑暗堆疊著黑暗。當他到達京城時：

45 見《南齊書》卷四七，中華書局本，第三冊，頁八二五。

46 《謝宣城詩注》，頁四〇。

秋河曙耿耿
寒渚夜蒼蒼
引領見京室
宮雉正相望
金波麗鳷鵲
玉繩低建章

面對這熟悉的宮殿，他知道自己再也不可能回到隋王那裡去了。從時間和空間兩方面來說，他們的分離都是絕對的：

驅車鼎門外
思見昭丘陽
馳暉不可接
何況隔兩鄉
風雲有鳥路
江漢限無梁

最後，樂觀的那一刻出現了，自由的希望油然而生。過去就是過去，別的什麼也不是；而將來仍然屬於他。於是，他用類似自由宣言的詩句「寄言」他的政治敵人，結束了全篇：

寄言罻羅者
寥廓已高翔

然而，自由並沒有到來，因為在建康很快就開始了一個恐怖的時代，每個人都被捲進恐慌之中。就在謝朓到京城後不久，武帝駕崩，宮廷為一系列有關王位繼承的問題所困擾——背叛與謀殺。在不到兩年的時間內，王位三度易手。一向為京城提供藝術修養的文學沙龍風流雲散——首先，王融被處死；接著，竟陵王憂憤而逝。西元四九四年，另一場災禍高潮跟著到來：隋王在荊州遇離。由於這一事件，謝朓徹底絕望了。

目擊了這一幕幕殘酷無情的政治悲劇，詩人變得明智起來。如果不可能做一個真正的隱士，那麼至少他可以隱居於某個清靜的地方。但是，隱居於何處？怎樣才能做到這一點？

西元四九五年，機會來了，他被新即位的齊明帝（四九五－四九八年在位）任命為宣城太守。宣城是今安徽省的一個城市，以山明水秀著稱。謝朓的舅祖父范曄就擔任過宣城太守，並在那裡寫出了他的傑作《後漢書》。對謝朓來說，宣城將是亦官亦隱、完美折衷的一處理想之地：

既歡懷祿情
復協滄洲趣
囂塵自茲隔
賞心於此遇
雖無玄豹姿

終隱南山霧[47]

謝朓很快就發現他終於找到了一塊樂土，他稱宣城為「山水都」，後來，他在這裡創作了不少令人難忘的山水詩，竟至為許多唐代詩人——特別是李白——所懷念。

第三節　作為藝術經驗的山水風光

謝朓在寫山水詩，尊其同宗、著名的山水詩人謝靈運為先驅，這一點也不奇怪。首先，他的生活方式令人想起謝靈運。在宣城的一年半，他似乎花了相當多的時間在當地的風景區域內四處遊覽。這清楚地表現在他某些詩作的標題中：如「宣城郡內登望」、「望三湖」、「遊山」、「遊敬亭山」、「遊東田」。

他對引人入勝的風光——諸如嵯峨險峰、蜿蜒溪流——的熱烈尋求，也把我們帶回謝靈運的世界。他在〈遊山〉一詩中寫道：

幸蒞山水都
復值清冬緬
凌崖必千仞
尋溪將萬轉

47 《謝宣城詩注》，頁五三。

堅崿既崚嶒
回流復宛澶[48]

在謝朓那裡，新的是一種不同的態度，即趨向於「半隱於官場」——所謂「朝隱」[49]。對他來說，在這「山水都」擁有一官半職，是從積極參與政治生活中撤退出來的一個好辦法。這樣，所有的餘暇都可以用來享受隱士之樂，而同時又不必公開抨擊官場的價值觀念。他的確為這樣一種生活方式的成功自我慶幸，正如他在一首詩裡向好友沈約所描寫的那樣：

況復南山曲
何異幽棲時[50]

在答詩中，沈約也表達了自己對這共同理想的堅定信念：

從宦非宦侶
避世不避喧[51]

48 《謝宣城詩注》，頁六四。
49 參見王瑤，《中古文人生活》（上海一九五一年版；香港：中流出版社，一九七三年重版本），頁一〇七。
50 《謝宣城集校注》，洪順隆校注本，頁三六三。
51 《文選》卷三〇，李善注本（臺北：河洛圖書出版社本）冊一，頁六七二。

有這樣一種半隱於官場的平易之心，便邁出了仕與隱這兩難選擇、進退維谷之境的一大步；而仕與隱的兩難選擇，恰是謝靈運的煩惱。在本書的第二章中，我們已經討論過，謝靈運一生都被他那個時代知識分子普遍的矛盾心理困擾著。按其性情，他熱切希望享有隱士的閒暇；但他從來未能忘懷政治生活的「債務」或者說誘惑。因此，在官場上，他始終傾向於退隱；而一旦閒居在封地，他又懷念起政治來。結果，他只好在這兩者之間徘徊進退。他不止一次試圖在做官時像隱士那樣生活，但這樣做時他覺得很不自在，甚至不可避免地產生一種負罪感。在從永嘉自動退職回家的路上，謝靈運承認自己無法將做官和隱居這二者調和起來：

顧己雖自許
心跡猶未併[52]

然而，對謝朓來說，隱居生活更多的是思想上而不是肉體上的退隱，儘管他偶爾也在詩歌中表達對退休的渴望。這正是他所熱衷之自由的特質[53]。的確，他在宣城的生活看來充滿了輕鬆的氣氛，使人聯想而及典型的隱士生活。在下面這首詩裡，謝朓描寫了從自己高高的書齋內眺望山水風光的愉悅感受：

郡內高齋閒望答呂法曹

結構何迢遞
曠望極高深

52 《謝靈運詩選》，頁六二。
53 參見王瑤，《中古文人生活》，頁一〇八至一〇九。

窗中列遠岫
庭際俯喬林
日出眾鳥散
山瞑孤猿吟
已有池上酌
復此風中琴
非君美無度
孰為勞寸心
惠而能好我
問以瑤華音
若遺金門步
見就此山岑[54]

題中一個「閒」字披露了這首詩的中心意旨。正是這舒緩的閒暇賦予隱士一種超越時間拘限的充實感覺。這充實也是空間的：當詩人凝視那遠處的高山深谷時，距離似乎消失了（第一至二句）。因為此刻所有的感官印象都被壓縮進藝術，結晶在這一瞬間——一切都被窗戶框定了（第三句）。平靜，真正的平靜，統轄著這一自我滿足的世界：無聲的日出驚散了鳥兒；除了孤猿的吟嘯，再也聽不到別的聲音（第五至六句）。一切都恆久而充實——完美的山水風光、酒、音樂，最後還有作詩的愉悅（第七至十句）。

54 《謝宣城詩注》，頁一〇〇。

於是，謝脁通過對山水風光非凡的內化（internalization），創造了一種退隱的精神，一種孤獨而無所欠缺的意識。想必就是這樣一種絕對平衡的情感，使得唐代詩仙李白將他與陶淵明相提並論，作為自己最卓越的詩人典範：

> 宅近青山同謝脁
> 門垂碧柳似陶潛[55]

不過，謝脁與陶淵明還是有區別的。謝脁的山水風光附著於窗戶，為窗戶所框定。在謝脁那裡，有某種內向與退縮，這使他炮製出等值於自然的人造物。他所創造的一切，或明或晦，有意無意，幾乎都表現出結撰和琢磨的欲望。

他用八句詩形式寫作的山水詩，可能就是這種欲望——使山水風光附著於結構之框架——的產物。我們已經提到過，其八句詩的中間兩聯通常是由對仗構成的，而它們原則上是描寫句。現在，其中間的聯句已不僅是描寫自然了，更明確的是描寫山和水。例如下面這首詩：

> 山中上芳月
> 故人清樽賞
> 遠山翠百重
> 回流映千丈

55 見《李太白全集》卷二五（北京：中華書局，一九七七）冊二，頁一一五六。

花枝聚如雪
蕪絲散猶網
別後能相思
何嗟異封壤[56]

第三句寫山景，第四句寫水景；第二聯寫遠景，第三聯寫近景。這種交錯描寫的方式，使人想到謝靈運山水詩的基本技法。不過，謝朓並沒有襲用謝靈運羅列式的描寫，他只用很少的句子來組織其精工鑲嵌般的印象。結果，他的詩似乎達到不同類別的另一種存在——一個相當於窗戶所框定之風景的自我封閉世界。其中有一種新的節制，一種節約的意識，一種退向形式主義的美學。

筆者的意思不是說謝朓在宣城期間寫下的所有山水詩都是採用八句詩的形式。事實上，它們有半數以上是用「古體」寫成的[57]。其有顯著特色的新意——在表現南齊時代形式主義態度這個意義上的新意，是其凝縮山水風光的傾向。這一傾向後來成了唐代自然山水詩歌的基本風格。

第四節　袖珍畫的形式美學

謝朓在這個階段為中國詩歌做出的另一重要貢獻，是在其創造性實驗中還包括另一種袖珍畫的形式——四句詩。和八句詩一樣，這種新形式也第一次在文人的社交場合占有了一席之地。

56 《謝宣城詩注》，頁七三。
57 這裡，我們使用有時代錯誤的術語。「古體詩」這個說法在唐以前是不存在的。當唐代詩人從用舊體式寫作的詩歌中發展出律體詩以後，它才有存在的必要。

從一開始，謝朓就不是他那「山水都」裡孤獨的觀光客。孤獨感在謝靈運的山水詩中表現得非常典型，但在謝朓的山水詩中卻不見其跡。相反，我們發現他大量描寫自己如何與朋友們一起愉快地遊覽，伴之以飲宴和遊戲。作為城市的長官，他在自己身邊集合起一個享有特殊待遇的文學團體，與其年輕時所屬的那個沙龍並無二致。唯一新鮮的是，這個集團的成員們不僅進行詩歌創作，而且還共同尋訪美麗的山水。

謝朓和他的朋友們不像竟陵王沙龍的成員們創作詠物詩時那樣，採用八句詩的形式來描寫其聯袂之遊。他們寧可選擇四句相續亦即所謂「聯句」的形式，詩人們一個輪一個地各寫四句詩，相接若環，連成一篇。這有點像後來發展起來的日本連歌，儘管不如連歌複雜[58]。在中國，聯句的寫作不自謝朓始，它可以追溯到晉代[59]。陶淵明、鮑照等偶爾也和朋友們一起聯句。但那時的聯句，參加者興之所至，各人所寫句數多寡不一；而到了謝朓手裡，聯句開始格式化，成為一種人各四句、連續不斷的序列詩。更重要的是，謝朓及其友人著手用這種社交性質的詩體，創立了一種以山水為其主要內容的描寫模式。下面這首題為〈往敬亭路中〉的聯句[60]就是一個例證：

（一）謝朓：

山中若杜綠

江南蓮葉紫

---

58 關於日本連歌，參見Earl Miner, *Japanese Linked Poetry: An Account with Translations of Renga and Haikai Sequences* (Princeton: Princeton Univ. Press, 1979)。

59 參見羅根澤，〈絕句三源〉，載其《中國古典文學論集》（北京：五十年代出版社，一九五五），頁二八至五三，關於唐代聯句的討論，參見Stephen Owen, *The Poetry of Meng Chiao and Han Yü* (New Haven: Yale Univ. Press.1975), pp.116-136。

60 《謝宣城詩注》，頁一七一。

芳年不共遊
淹留空若是

（二）從事何：

綠水豐漣漪
青山多繡綺
新條日向抽
落花紛已委

（三）舉郎齊：

弱蔓既青翠
輕莎方靃靡
鷺鵠沒而遊
麇麚騰復倚

（四）郎陳：

春岸望沉沉

清流見瀰瀰
幸藉人外遊
盤桓未能徙

（五）謝朓：

鶩枻把瓊芳
隨山訪靈詭
榮楯每嶙峋
林堂多碕礒

這些詩加入鏈式序列，共同構成一首描寫性質的長篇山水詩。其內容可以概括如下表：

	第一聯	第二聯
詩一	山和水	遊覽之序曲
詩二	山和水	樹和花
詩三	樹和花	鳥和獸
詩四	水景	對此遊之評論
詩五	對此遊之評論	山景

這首聯句詩裡的所有各聯，除了詩一和詩四中有兩個小小的例外，都是對仗句。因此我們可以說，對仗是這種序列詩的外形特徵。現存謝朓及其詩友們合作的聯句詩，除一首外，其他都作於謝氏在宣城任職期間。有鑑於此，我們推論：這種形式是謝朓在宣城組織起自己的文學集團後才普及開來的。從這一詩體的社交性質來判斷，我們有理由相信，謝朓及其文學集團的其他成員主要是把它當作提高自己對仗技藝的一種遊戲。而這種從自然界山和水的對應中悟得的對仗結構，對他們來說想必是一個模仿的良好典範。

有的時候，詩人們在不同的地點創作各自的四句詩，而後串在一起，成為一篇聯句[61]。當個別的詩人無法將自己的詩與朋友們的詩連綴在一起時，他們便稱自己獨立的四句詩為「絕」，意思是「斷」[62]。此類創作實踐使「絕句」這個術語得以在梁代產生，後來更成了稱呼所有類型四句詩的標準術語。

然而，四句詩作為一種文學樣式，在它被命名以前的很長時間裡，一直存在於樂府的傳統之中。在六朝時期，四句詩充滿活力地成長為通俗歌曲的一種主要體式，它在一般民眾中的普及和成功已是不爭的事實。可是，這種體式長期以來為名流詩人們所忽視，直到鮑照——一位多才多藝、醉心於文體革新的詩人——才開始模仿通俗的風格，創作少量可愛的四句詩，例如下面這首樂府：

梅花一時豔
竹葉千年色
願君松柏心

61 例見《謝宣城集注》，頁四六九。
62 參見羅根澤，〈絕句三源〉，載其《中國古典文學論集》，頁四三。

采照無窮極[63]

謝朓的貢獻在於他為尚未定型的四句詩設置了一種成熟的結構——他毫不猶豫地將八句詩的創作程式應用於這一本屬通俗的詩體，結果產生了一種新的詩歌樣式，即濃縮的詩歌。對謝朓來說，四句詩是「小詩」，其濃縮的本質最適合他那自我封閉的抒情。

他與朋友們的聯句，典型特徵為描寫。與此適成鮮明的對比，他自己的「小詩」卻明顯是抒情的。正是在這類詩作中，他那作為短詩之大師的偉力才得以最充分地顯露出來。僅此一例就足夠證明他那以少總多的哲學：

落日高城上
餘光入繐帷
寂寂深松晚
寧知琴瑟悲[64]

這首詩由日落的生動景象開始，以傳達悲哀的問句結束。第一眼看去，這四句詩彷彿只是一個瞬間知覺的簡單陳述，而它也的確可以從這一層面上去做非常適當的欣賞。然而，這日落景象實非尋常——它是一片墳場上的日落！

63 《鮑參軍集注》，錢仲聯注本，頁二一六。
64 《謝宣城詩注》，頁二八。

而那墳場也不是一片普通的墳場：它充滿著歷史意義和人文內涵。那裡葬著曹操（一五五—二二〇），一位英雄，他對權力無情的追求使他在中國歷史上和通俗小說中成為大名鼎鼎的人物。他於東漢末年成功地統一了中國北方，但他野心勃勃，還想占據整個中國，建立自己的王朝。西元二〇八年，他在赤壁（地在今湖北境內）被孫權和劉備打得大敗，奪取長江流域的企圖未能得逞。按照流行的觀點，正是赤壁之戰最終導致中國鼎足三分為魏、蜀、吳。曹操第一次領悟到自己的力量有限，野心的失敗致使他產生了一種孤獨，他要用另外的手段來製造自己巨大而永恆的感覺。於是，他於西元二一〇年在鄴城（在今河南）西郊建造了一座高聳入雲的樓臺，樓臺的頂端立著一隻巨大的青銅雀。其設想是，作為他雄心壯志的永久性象徵，這銅雀隨時準備沖天高飛。他希望：自己死後就葬在附近的小山上，墳墓面向銅雀臺；他身後留下的許多女人——他的嬪妻和妾，將居住在這擁有一百二十間房屋，俯瞰其長眠之地的高臺上；每月的十五日，歌伎們將被召來在樓中演出，這時，他的兒子們將登臺眺望他的陵墓[65]。

謝朓的這首四句詩是一首樂府詩，它以〈銅爵（同「雀」）悲〉為題，明白無誤地把讀者引向了曹操的悲劇。這位英雄之個人榮耀的紀念性建築，本身就是空無與殘缺的象徵。他是偉大的，但他戰勝不了死亡。他不明白這一點，希望超越現在，給自己留下一個不朽的幻想。謝朓此詩的力量，在於它能夠把視焦調聚到時間中那本來就是最空幻無常的一刻：落日行將消逝，黑暗很快就要籠罩這高樓和墓地。此時此刻，我們看見落日黯淡的餘光無力地透過窗簾，聽見高樓中正演奏著悲涼的音樂。曹操的遺孀們仍在哀悼他的死亡，可是墓中那孤獨的英雄，只有寂靜的松林相伴，永遠地死去了。他不再知道人類的感情，更無論自己的偉大。

65 這個傳說見〈鄴都故事〉，引自[宋]郭茂倩，《樂府詩集》卷三十一（北京：中華書局，一九七九）冊二，頁四五四。

所有這些意思，都被歸併在此詩的寫象性暗示中，而全詩只有四句[66]！結尾的問句尤有餘音繞樑的情韻，通過這一問，詩人彷彿把視線投射向某種超越之境——超越此詩即時的界限，超越曹操個人的歷史，我們正被引向關於生命之普遍悲劇以及其種種糾葛的深沉思索。其所創造出的效果是此詩以不了而了之。

謝朓還有另一種類型的四句詩，雖以陳述句作結，但同樣也取得了餘音裊裊的效果：

王孫遊

綠草蔓如絲
雜樹紅英發
無論君不歸
君歸芳已歇[67]

通過結尾的強調，此詩釀成了一種繼續掛念的情感。它就像一座橋，通往一種新的思想狀態。

謝朓四句詩的一般做法是：以一召喚性的自然物象開頭，以一種強烈的抒情結束——不管它採用的是詰問句還是陳述句。他這種風格上的表徵，在後來的絕句中成了一種重要的慣用手法[68]。這餘音不盡之美，是中國傳統詩學概念「意在言外」的最高表現。

---

66 林順夫稱這樣的詩學功效為「不可端倪的美學」。見其所撰"The Nature of the Quatrain", in *The Evolution of Shih Poetry from the Han through the T'ang*, edited by Shuen-fu Lin and Stephen Owen (Princeton: Princeton Univ. Press. 1986)。

67 《謝宣城詩注》，頁二七。

68 參見Yu-kung Kao（高友工）and Tsu-lin Mei（梅祖麟），"Ending Lines in WangShih-chen's Ch'i-chüeh:Convention and Creativety in the Ch'ing", in *Artists and Traditions*, ed.Christian F.Murck (Princeton: Princeton Univ. Press, 1976) pp.134。

謝朓本來應該可以在詩學革新方面做出更大的貢獻，但他沒有機會了，因為他死得太早。他的生命在三十五歲時猝然結束，一位朋友的密謀毫無根據地牽扯到他，致使他被處以極刑。他的一生就像一首四句詩，中止在沒有完成的那一點，給後來的詩人們留下了深深的遺憾。儘管中國之於詩歌也甚厚，但它待其詩人卻甚薄！

謝朓死後三年，「竟陵八友」之一的蕭衍即出發到京城去，從其侄兒手中奪取了帝位。一個新的王朝——蕭梁於西元五〇二年建立，而文學再次凌駕於王朝更迭之上，精神格外飽滿地支撐住了自己。

第五章　庾信：詩人中的詩人

第一節　宮廷內外的文學

因為有了梁武帝蕭衍，南朝文學忽然鮮花怒放。這位皇帝出奇地長壽——他與謝朓同庚，卻比謝朓多活了五十年。這給中國帶來了對文學之繁榮來說至關重要的和平與穩定感。梁武帝本身就是一位有素養的詩人，因此他樂於在宮中創造一種文學的環境。他在文德殿和壽光殿設置了兩個新的機構，專門蓄養青年才士並開展詩歌活動。除了謝朓和王融，他在竟陵王沙龍裡交結的老朋友們還健在、還活躍著。特別是沈約，在宮中頻頻舉行的文酒之宴上，仍時常與武帝以詩歌往還。這樣的活動不限於中央朝廷，豁達大度的梁武帝甚至鼓勵他的許多兄弟——他們都是藩王——去組建類似的文學團體，他的兒子們後來也建立了自己的沙龍。這些沙龍最終成為梁代主要文學派別的中心[1]。

不同於竟陵王重視文學形式的作風，梁武帝對當時流行於南方的通俗而浪漫的樂府歌曲特別迷戀。歌女們所唱的這些歌曲，直截了當地表達性愛，與正統的漢魏樂府大不相同。新興樂府兩種最流行的曲調名曰「吳歌」和「西曲」，都是四句詩的形式，唯前者起於京城地區、後者起於荊州地區而已。恰巧梁武帝特別通曉這兩個城市的社會習俗，這得感謝他早年在荊州為藩王的經歷以及他在京城建康的長期生活。

---

1 參見John Marney,*Liang Chien-wen Ti*(Boston:Twayne Publications,1976),pp.60-75。

新興樂府歌曲——梁人稱之為「近代」歌曲的流行，是齊代永明時期以來都市發展繁榮的結果[2]。《南史》令人信服地說明了都市發展與時人對新興娛樂形式之共同追求的關係：

永明繼運，垂心政術……十許年間，百姓無犬吠之驚，都邑之盛，士女昌逸，歌聲舞節，炫服華妝，桃花淥水之間，秋風春月之下，無往非適。[3]

不須驚訝，在都市中流行的愛情歌曲，反映著歌女們的生活，這些炫服華妝、成群結隊的女子，是買歡逐笑的對象。她們用下面這類歌曲取娛客人：

青荷蓋淥水
芙蓉葩紅鮮
郎見欲採我
我心欲懷蓮[4]

這些短小的樂府詩使得梁武帝樂此不疲，他在宮裡也開始模仿流行歌曲的格調來寫四句詩：

2 關於「近代」這一術語，見徐陵（五〇七—五八三）編《玉臺新詠》卷一〇。至於這些歌曲的出現與當時社會現象之間的關係，參見廖蔚卿〈南朝樂府與當時社會的關係〉，載於羅聯添所編《中國文學史論文選集》（臺北：學生書局，一九七八），頁五六九至五八九。

3 《南史》，卷七〇，中華書局本，第六冊，頁一六九六至一六九七。

4 《樂府詩集》（北京：中華書局，一九七九）冊二，頁六四六。

江南蓮花開
紅光復碧水
色同心復同
藕異心無異[5]

在措詞和主題——特別是在使用流行雙關語「蓮」來表示「憐」（愛）等方面，梁武帝的詩很容易被認作一首歌女的歌。這位皇帝對流行歌曲的模擬，是當時新的文學傾向的一個表徵。

當然，所謂「吳歌」和「西曲」在梁代以前就已得到了一些帝王的喜愛。例如，劉宋孝武帝曾寫過這樣一首模仿吳歌的作品：

丁督護歌

督護北征去
相送落星墟
帆檣如芒檉
督護今何渠[6]

還有竟陵王的父親齊武帝，也寫過一首合乎西曲的四句詩：

---

5 《樂府詩集》冊二，頁六四九。
6 《全漢三國晉南北朝詩》冊二，頁五八〇。

估客樂

昔經樊鄧役
阻潮梅根渚
感憶追往事
意滿辭不敘[7]

這類時有所見的文學創作無疑是重要的實驗，它們為梁武帝之沉湎於流行歌曲文化鋪平了道路。不過，梁武帝的新姿態仍有重大的意義：他那些高貴的先輩歌曲中注重描寫戰場，那主題符合他們的帝王身分；而梁武帝卻著意於摹寫美人——在此前的中國歷史上，還不曾有另外一個時代可以看到一位帝王在詩裡如此愉快地展示對女人的興趣。

然而，梁武帝摹寫女性的歌曲在一個特殊的方位上，有異於同時代的流行歌曲。總的說來，典型吳歌、西曲中的感情內容在他的樂府四句詩裡是不存在的。他的詩歌缺少對個人感情的抒發，多的是對美人的客觀審視——而且，這是男人的觀察，不是女人自己的觀察，他的〈子夜歌〉是一個典型的例證：

朝日照綺窗
光風動紈羅
巧笑蒨兩犀
美目揚雙蛾[8]

7 《樂府詩集》冊三，頁六九九。
8 《全漢三國晉南北朝詩》冊二，頁八三五。

梁武帝的詩歌風格無疑是受鮑照的影響。正如我們在第三章裡已經論述過的那樣，鮑照是他那個時代唯一大量採用樂府體寫作的詩人。他的大多數歌曲，用的是典型的正統樂府的長篇形式，主題多為批判現實社會或發個人的牢騷。不過，他也寫了一些（今存十三首）配合同時代流行曲調的四句詩[9]。下面這首鮑照所作的歌曲，使人想起梁武帝四句詩的典型描寫性風格：

中興歌

白日照前窗
玲瓏綺羅中
美人掩輕扇
含思歌春風[10]

這些歌曲所體現的描寫性風格酷似自南齊以來流行的詠物詩。這絕非巧合。正如我們在前一章裡論及的那樣，竟陵王沙龍裡最重要的成果之一，便是集體寫作歌詠文酒之宴上各種不同物件的八句詩。現在，梁武帝蕭衍在他的宮廷沙龍裡繼續練習寫作這類詩歌，不過他更喜歡用四句詩不不是八句詩的形式來詠物——這說明四句詩正愈來愈時髦。例如他的〈詠笛〉詩：

柯亭有奇竹
含情復抑揚

9 見其題為〈中興歌〉和〈吳歌〉的樂府組詩，《鮑參軍集注》，錢仲聯注本，頁二〇六至二〇七、二一三至二一六。

10 《鮑參軍集注》，錢仲聯注本，頁二一四。

妙聲發玉指
龍音響鳳凰[11]

這首詩所喚起的注意，不僅是對笛本身，更重要的是對那女性演出者白玉般的纖指[12]。這是決定性的一點，因為它顯示女性已成為沙龍生活中不可或缺的一部分。後來，美人被當作珍愛的描寫對象，寫美人及其外表和舉止的詩逐漸被看成描寫性詩歌的一種主要類型。

在這類詩歌中，美人看起來往往比其他對象更生動。這是因為，當一個女性對象開始動作，表演的場景自然就出現了。關於這一點，梁武帝的〈詠舞〉詩是個適當的例證：

腕弱復低舉
身輕由回縱
可謂寫自歡
方與心期共[13]

這一點對我們來說是清楚了：這樣的宮廷詩歌，儘管它的風格顯然是描寫的，它仍像流行在京城和荊州地區的浪漫樂府歌曲一樣，關注的是豔情。這就明白無誤地顯露出六世紀初的沙龍詩歌與流行歌曲一拍即合。

11 《全漢三國晉南北朝詩》冊二，頁八九六。
12 梁武帝或許是從沈約早先在竟陵王沙龍裡所寫的一首八句詩中借用了這一想像。參見《謝宣城集》，洪順隆校注本，頁四五〇。無論如何，這只能確證，一種主要文學傾向的出現，從來不會是突然的或沒有理由的。
13 《全漢三國晉南北朝詩》冊二，頁八六八。

蕭衍登基時，年當三十八歲。但他在五十歲後幾乎變成了另一個人——一個虔誠的佛教徒和禁欲主義者，摒棄了對美人、酒和音樂的享受[14]。他在生活方式上引人注目的轉變，反映在可能是他老年時期所創作的許多佛教詩裡。我們有理由推論，他那起先為中國文學提供新的豔情詩歌的文學沙龍，現在已改弦易轍。宮殿裡出現了一位睿智的老人，他已不再有其春秋鼎盛時期的那些輕浮無聊之舉。

當梁武帝成了一個虔誠的佛教徒，他的太子蕭統（五〇一－五三一）漸漸成熟起來。蕭統生來就更喜歡比較正統的文學和經典作品，而非流行的華麗、豔情詩歌。其父矯正了的文學趣味最合乎他的胃口。他十五歲時就在自己的東宮裡集合了許多學者和詩人，並以極大的熱情從事宮廷中所有類型的文學活動。為了編著書籍以及其他文學事業，他建造了一座大殿，並為他那些傑出的詩人朋友畫了肖像，懸掛在殿裡[15]。若干年後，蕭統和他的朋友們一道，選輯自漢下迄於梁歷代作家的文學作品，按文體編排，纂成了著名的詩文總集《文選》。這是中國文學史上第一部詩文合編的總集，對於當時詩歌中種種新的輕薄傾向，它可以說是一個反撥。令人吃驚的是，蕭統把許多南方豔情樂府和詠物的描寫類詩歌都摒除在這部總集之外，雖然他本人也寫過兩首或三首詠物詩[16]。可是，《文選》中又收了許多用賦的形式寫成的詠物作品，例如謝惠連的〈雪賦〉，謝莊的〈月賦〉。為什麼會有這樣的矛盾？原因或許是，蕭統覺得〈詠物〉作為一種模式應該被限制在賦這一文體，而詩則必須堅持抒情，不能越雷池一步——這是一個守舊的觀點，他的自由的同時代人可能是不會贊成的。

於是，我們面前出現了最有趣的文學修正案例。在此前所有的著名文學家中，蕭統挑出陶淵明一人——一位已被忽視和遺忘達一個世紀之久的詩人——作為完美的典範。他開始為陶淵明編全集，並

14 見《梁書》卷三，中華書局本，第一冊，頁九七。
15 見《梁書》卷三三〈劉孝綽傳〉，中華書局本，第二冊，頁四八〇。
16 見《全漢三國晉南北朝詩》冊二，頁八七八。

寫了一篇序，吐露了他對陶淵明的無上尊崇：

其文章不群，詞采精拔，跌宕昭彰，獨超眾類……加以貞志不休，安道苦節……余愛嗜其文，不能釋手，尚想其德，恨不同時。……[17]

對蕭統來說，這可能是文學獨立的宣言：正如陶淵明之憑藉質樸的詞句和人格高尚的內容，使其詩歌創作迥不同於流俗，他也希望在實現自己的個人品味方面能夠凌轢於芸芸眾生之上。蕭統實在太嚴肅了，嚴肅得竟致認為所有抒發愛情的作品都是鄙褻的。他非常遺憾地批評陶淵明的〈閒情賦〉如「白璧微瑕」[18]，儘管這篇賦的主題恰恰是否定不受約束的感情。

蕭統第一次為陶淵明的作品編了全集，毫無疑問，這使當時的詩人和讀者重新對陶淵明產生了興趣。不過，當時的讀者顯然對陶淵明那堪作楷模的美德印象更深，而對他的文學風範並不太注意。他們願意學習他對待生活的恬靜態度，而不是其不加鍛鍊的詩歌。例如蕭統之弟蕭綱（五〇三－五五一），雖然他也高度讚揚陶淵明的作品，但他自己的詩歌中卻浸染著華美的豔情[19]。蕭綱在寫給當陽王的信中，對生活方面的自我道德修養與文學方面的耽於豔情這兩者的奇怪結合做出瞭解說：

立身之道，與文章異。立身先須謹重，文章且須放蕩。[20]

17 《陶淵明集》，頁一〇。
18 見《陶淵明集》，頁一〇。
19 參見顏之推（五三一－五九一），《顏氏家訓》第九章。
20 見歐陽詢，《藝文類聚》卷二三（上海：上海古籍出版社，一九八二）冊一，頁四二四。

蕭統和蕭綱這兩兄弟在詩歌趣味方面的差異不可能再大了。作為太子，蕭統在宮中，在其老父矯正後的觀點影響下長大。蕭綱則從六歲這不懂事的年紀開始，便馬不停蹄地從一個藩郡遷徙到另一個藩郡。他對吳歌和西曲彷彿有著與生俱來的賞會，對語言的豐富表達也有特殊的天賦。他的文學活動令人想起他的父親年輕時的經歷。命運還給了他更多的恩典：作為皇子，早自童年時代，他就有幸從優秀的師傅那裡接受連貫的教育。他的兩位師傅，庾肩吾（四八七－五五一）和徐摛（四七二－五五一），都是最有才幹的詩人。在他歷任職守期間，他們都陪伴著他。當他成年以後，有這兩位師傅做顧問，他成了一個文學沙龍的領袖。他最終的任所是雍州——離西曲的發源地荊州不遠的一個城市（今湖北襄陽）。正是在雍州的那七年中，他終於從流行歌曲中學到了感官現實主義的特定風格，因而他的沙龍無論是在規模還是在影響方面，都引人注目地擴大起來[21]。

西元五三一年，太子蕭統突然在一次事故中死亡，蕭綱立即被召回京城並當上了太子，時年二十七歲。由於新太子的出現，宮廷文學順理成章地再次改變了方向，這次是轉向那後來多少有點聲名狼藉的宮體詩。

宮體詩在很大程度上與梁武帝早期的詩歌相類似。可是，當這種詩歌聳人聽聞地在宮中流行起來時，卻遭到了那位老皇帝的反對。惱怒之下，梁武帝立刻召見蕭綱的師傅徐摛，申斥他教育失職[22]。隨後，武帝考問徐摛所有的學問，包括佛學在內，而徐摛對答如流，使武帝大為驚奇。從此，武帝對徐摛愛重有加，不再查問他對太子的教育質量。

蕭綱和他的文友們把宮體詩說成是一種「新變」，其中或許有這樣的涵義：他們這場文學運動在重要性上可以與幾十年前的聲律革新相提並論。「新變」一詞幾乎成了他們詩歌的一個商標。進入

21 見《南史》卷三〇〈庾肩吾傳〉，中華書局本，第四冊，頁一二四六。

22 見《梁書》卷三〇〈徐摛傳〉，中華書局本，第二冊，頁四四七。

東宮後不久，蕭綱就寫信給他的弟弟蕭繹——當時的湘東王，後來的梁元帝——發牢騷說京城的文學狀況陳腐而呆滯[23]。蕭繹（五〇八—五五四）亦很有才華，他很快便捲入了兄長的文學官司，最後寫出了一篇重要的文學批評論文〈立言〉，這篇論文收在他著名的文集《金樓子》裡。為了更新文學的概念，蕭繹在文中辯論道，時代需要一種更成熟的方法來區別「文」（純文學）和「筆」（一般文章），當前將押韻與否作為「文」的唯一判斷標準，這種做法看來已不合時宜。他認為，「文」必須具備以下三種特質：情、采、韻[24]。也就是說，宮體詩人們現在為純文學增加了「情」和「采」兩個判斷標準。最有趣的是，他們對「情」的定義並非泛指一切情感，而主要是把「情」認作男女之間的情欲。因此，在他們看來，這所謂的「情」在傳統文學中，例如在謝靈運的詩歌中，是很欠缺的[25]。

然而，對於今天的讀者來說，缺少情感的恰恰是宮體詩。除了那些豔情的暗示，宮體詩基本上是一種客體描寫的樣式：它注重宮中美人濃豔的化妝、華美的衣著、纖弱的腰肢等細節，並從總體上描寫她們的美麗。當然，這類詩歌中各式各樣媚人的細節不能說完全與「情」無關。但是，由於這「情」不是個人的，它給人的印象就僅僅是一種純客觀的表現——有些詩裡甚至描寫性行為的客觀性[26]。

宮體詩人們堅持描寫客體——在大多數情況下是漂亮的女性。瀏覽蕭綱現存的詩歌，我們發現許多詩題中都有「美人」或「麗人」字樣[27]。此類以審美為主的詩歌，所關心的是美本身。我這裡所說

23 見蕭綱致湘東王書，郭紹虞主編《中國歷代文論選》（上海：古籍出版社，一九七九至一九八〇）冊一，頁三二七。

24 關於這一點的更詳細討論，見羅根澤《中國文學批評史》（香港：天文出版社，一九六一年重版本），頁一四三。

25 見蕭子顯，〈南齊書傳論〉，郭紹虞主編《中國歷代文論選》冊一，頁二六四至二六五。

26 例如，蕭綱有首詩描寫一個充滿誘惑的睡美人，見《全漢三國晉南北朝詩》冊二，頁九一〇。還有一首詩描寫孌童的同性戀，同上，頁九一一。

27 見《全漢三國晉南北朝詩》冊二，九〇八、九一〇、九一九、九二〇、九三二諸頁。

的「審美」，是指超脫於感情之外的審美，因為一旦有感情捲入，就永遠不可能實現純粹的審美。西方美學家所謂漠不關心之凝視式審美一說，正是宮體詩人之創作的寫照。

詩歌對於蕭綱來說，是為藝術而藝術，而不是為生活而藝術。他認為詩歌的功用是將美化做具體體現其現實和存在理由的審美特質。這種態度最清楚不過地表露在與圖畫有關的詩歌中。例如蕭綱的〈詠美人看畫〉詩：

殿上畫神女
宮裡出佳人
可憐俱是畫
誰能辨偽真
分明淨眉眼
一種細腰身
所可持為異
長有好精神[28]

詩人對宮中美人和畫上神女的仔細比較是很有趣的：他像是在細細檢看兩件藝術品。詩中的一切都與對美人外表的準確描寫相關，這人為地造成了與外部世界的隔離。詩的最後一聯，最貼切地反映了蕭綱對藝術品之永恆價值的確信——畫上的美人將永遠活著，而真正的美人則不過是短暫的存在。

[28] 《全漢三國晉南北朝詩》冊二，頁九二〇。

可是，這樣的詩歌能有什麼文學價值？為了向時人答覆這一詰難，蕭綱命徐摛之子徐陵（五〇七－五八三）編一部描寫女性的詩歌總集，從古代到本朝，按順序排列——以便用實例論證他們的宮體詩自有經典可援。這就是十卷洋洋大觀的《玉臺新詠》，其中第七、第八兩卷特意收錄蕭綱及其家族、沙龍成員所寫的宮體詩。

在各方面，這部總集都與蕭統的《文選》針鋒相對。《文選》僅收已故作家的作品，因此當代的詠物詩與豔情歌曲大都在摒除之列；而《玉臺新詠》則集中收錄古往今來的豔情詩。在文體的涵蓋面上，《玉臺新詠》不像《文選》那樣廣泛，但它的優勢在於反映當時人的文學品味。

蕭綱於西元五三一年剛當上太子時，絕不會想到這太子一當就是十八年——梁武帝對南中國的統治一直延續到西元五四九年。這無憂無慮的十八年並不平凡，它看到了宮體詩的勝利——既體現在表面的輝煌，又體現在潛力的豐厚。這個階段在中國文學上煽起了新的觀念，儘管文學批評家們在評判它的文學成就時，往往要使用某些帶有貶義的術語。

第二節　因襲和新創

這一階段最偉大的詩人庾信（五一三－五八一），在一切意義上都是該時代最傑出的產物。他的父親庾肩吾是蕭綱的師傅，因此，他能夠享受到宮廷中所有特權——從教育、社交直至政治方面的特殊待遇。他在十四歲左右的年紀便躋身於太子蕭統的社交圈，而蕭統足足比他年長十二歲。當蕭綱於西元五三一年進入東宮時，也立刻看中了博學多才的庾信。在此後的二十年裡，庾信和他的父親與徐摛、徐陵父子一道，生活在宮廷文學與帝王恩寵的中心。作為這個集團中最年輕的成員，庾信的文名與日俱增，甚至遠播到北朝。在中國歷史上，很少有詩人能夠像他一樣從各個統治階級那裡贏得如此的恩寵與敬重。上蒼給了他許多好運和厄運。它們共同作用於他，使他的詩歌天才得到了最大的發揮。

庾信早期作品的風格明顯受到他父親庾肩吾和蕭綱的影響。這也是一個歌舞表演在宮中極為盛行的時代。在貴族悠閒生活中長大的庾信，對遊戲藝術的敏銳感受能力日漸增長。宮廷生活的戲劇般場景，每每賦予他的宮體詩以一種精力特別飽滿的風味。在他那活生生的描寫中，皇宮彷彿是一個戲劇舞臺，高質量的表演使得每一個音符、每一個舞步都具有一種藝術的意義：

洞房花燭明
燕餘雙舞輕
頓履隨疏節
低鬟逐上聲
步轉行初進
衫飄曲未成
鸞回鏡欲滿
鶴顧市應傾
已曾天上學
詎是世中生[29]

[29] 《庾子山集注》，倪璠注本（北京：中華書局，一九八〇）冊一，頁二六一。

庾信的詩歌，引伸了蕭綱關於文學是自主的這一信念，堅持了所有藝術獨立的本質。對他來說，藝術必須超越「形似」的原則去創造它自己的真實、自己的本體。正是詩人的虛構，將生活改造成了藝術。在其〈詠畫屏風二十四首〉中，庾信就是這樣做的。通過仔細的觀察和敏銳的想像，詩人在其作品裡再創造了二十四幅畫，每一幅畫都有自己的血肉和自己的世界。這樣一個自我滿足的藝術世界，既非「描寫」、也非「現實主義」所能界定。或許我們可以把它比作約翰・濟慈的〈希臘壺頌歌〉，因為在〈頌歌〉裡，生命與活力長存在壺上所繪凝固了時間的客體中[30]。

庾信這組詩中所描寫的大多數圖畫是皇宮中的場景。下面這首詩，即組詩的第六首，就非常典型：

高閣千尋起
長廊四注連
歌聲上扇月
舞影入琴弦
澗水才窗外
山花即眼前
但願長歡樂
從今盡百年[31]

正是通過詩人的想像，圖畫和真實之間的界限才泯去了。儘管篇幅很小，但其所描寫的圖畫卻努

30 參見*John Keats: Selected Poetry and Letters*, ed. Richard Harter Fogle (San Francisco: Rinehart Press, 1969), pp.249-250。
31 《庾子山集注》冊一，頁三五四。

力營造一個自我封閉的充實世界：在這個世界裡，有「高閣」和「長廊」（第一至二句），音樂和舞蹈（第三至四句），還有山水風光（第五至六句）。的確，詩人想像中的無限空間驅使他希望得到只有在藝術中才可能有的「長歡樂」（第七至八句）。

庾信的這組詩反映了他那個時代的一種非常重要的文化現象，即貴族圈子裡的山水畫藝術。當時，最傑出的山水畫家有兩位，一位是蕭繹，即蕭綱之弟，《金樓子》的作者，後來於西元五五二年做了梁朝的皇帝；另一位是蕭賁，齊竟陵王之孫，因在宮中仕女喜愛執持的團扇上畫小山水而著稱。後世的藝術批評家令人心信服地說出了小幅圖畫的美學原理：

> 咫尺之內，而瞻萬里之遙
> 方寸之中，乃辯千尋之峻[32]

用它來評論庾信的組詩也很合宜，山水畫與六世紀詩歌的新傾向之間的關係，本來就是非常親密的。

在庾信那裡，有某種對於所謂宮體詩的超越。即如上詩，其中有關宮中美人的描寫固然很重要，但更重要的卻是這一事實：她只不過是圖畫的一個組成部分。讀庾信這一組詩，我們發現，它們與一般宮體詩的不同之處在於創造了一個烏托邦，二十四幅畫中的每一幅都包含著一個遠離塵囂的極樂世界。它們給人的印象是，詩人在竭力製造陶淵明之理想國「桃花源」的一個新的藝術翻版：

[32] 姚最，《續畫品》（北京：中華書局，一九八五），頁八。

逍遙遊桂苑
寂絕到桃源[33]

略有不同者，庾信的烏托邦是凝縮在一幅畫裡的，在規模上已小了許多。

庾信的不少作品有結構嚴謹、韻律工穩的特點。他的詩歌比謝朓的詩歌離唐代律詩更近一步。他現存的詩歌有半數以上是用八句詩的形式寫成的，而其組詩〈詠畫屏風〉除第二十三、第二十四首外，其他也都是八句詩。在平仄的更迭和字詞的對仗等方面，他的詩歌有時可以置於唐律中而莫辨[34]。這樣的說法當然有乖於時代順序，我們最好還是檢驗一下，庾信在形式和聲律上的成功實驗對後來唐代詩學的影響。

極為巧合的是，庾信的出生與沈約的逝世在同一年。沈約一死，他那一代人所有的聲律革新都成為歷史。我們可以象徵性地把庾信看作聲律革新者們的繼承人。而在現實中，也正是庾信和徐陵，宮廷圈子裡這兩位較年輕的詩人，以其對於詩學規則的嚴格遵循，積極地復興了聲律革新運動。梁武帝在年輕時雖然也屬於竟陵王那個圈子，但現在他卻拒不贊同四聲音學[35]。蕭綱作為一位詩人，對於聲律是比他父親更敏感的，但他也批評同時代的某些作家盲目地墨守規則[36]。最後，我們是在庾信那裡看到了聲律之鍛鍊與宮體詩之豔情的新的統一。

33 《庾子山集注》冊一，頁三五四。

34 例如，他的〈舟中望月〉詩（見《庾子山集注》冊一，頁三四七）可以說是一首完美的律詩。他的〈詠畫屏風〉組詩第十一、十五首與律詩只差一點，即違背了「粘」的規則。按照這一規則，律詩的第三、五、七各句，第二個字的平仄必須與前一句第二個字的平仄相同。

35 參見《梁書》卷一三，中華書局本，第一冊，頁二四三。

36 關於這個問題的討論，參見Marney, *Liang Chien-wen Ti* (Boston: Twayne Publishers, 1976), pp.82-83。

庾信的努力創新還採用了另一種形式，這在中國文學傳統上別開了生面——在他手裡，「賦」這一文體突然轉變成彷彿是詩的一種。我們在本書的第二章裡已經討論過，詩在五世紀時曾以其對「形似」的注重而顯現出受賦影響的跡象。可是現在，一個世紀之後，卻輪到詩用給予賦體一個新的形式主義外觀的方式來報恩了。在庾信這一個案裡，文體交叉（cross-generic）的新現象或許只反映著他個人的趣味，因為他的性情偏向於形式上的革新；可是，他的作品最終為後來中國文學不同體裁之間的相互作用打下了堅實的基礎。

在一種文體中，節奏的作用十分重要。從一開始，賦就在很大程度上由偶字句構成。不管這句子押不押韻，它都或多或少傾向於製造一種散文效果。在庾信那個時代前後，賦已要求多少有點固定的四六字節奏，這明顯是受了駢文或後來被稱做「四六文」的那種文體不可抗拒的影響。六朝的賦主要是駢賦。它在節奏上與新體詩截然對立。

駢賦採用四六字句，新體詩則採用五七字句，兩者適成鮮明的對比。對於詩人來說，五字句特別強健有力，因為它是詩歌中典型而制約的形式。以五字之寡，而詩人竟能夠在一句之中創造偶數字節奏與奇數字節奏的對抗，創造一種也許是體現「寓異於同」這一美學原則的詩歌效果。唐代的律詩恰恰建築在這一節奏變化體系的基礎之上。

無疑，庾信是清楚地知道詩、賦節奏之辨的。然而，他似乎決定打破這種不過是想像出來的桎梏，通過把奇字句融入賦中的方式，給予賦的節奏以一種更為詩化的靈魂。例如，他的〈春賦〉即以七字句開頭：

宜春苑中春已歸
披香殿裡作春衣

新年鳥聲千種囀
二月楊花滿路飛
河陽一縣並是花
金谷從來滿園樹
一叢香草足礙人
數尺游絲即橫路[37]

這篇賦還以七字句和五字句的混用來結束全文：

三日曲水向河津日晚河邊多解神
樹下流杯客
沙頭渡水人
鏤薄窄衫袖
穿珠帖領巾
百丈山頭日欲斜
三晡未醉莫還家
池中水影懸勝鏡
屋裡衣香不如花[38]

37 《庾子山集注》冊一，頁七四。
38 《庾子山集注》，頁七八。

類似的例證還可以在他所有現存的早期賦作——〈燈賦〉、〈對燭賦〉、〈鏡賦〉、〈鴛鴦賦〉、〈蕩子賦〉中發現，據說，庾信的革新導致用詩的節奏來寫賦的風尚在宮廷範圍內蔓延開來[39]。

庾信對賦的節奏所做的實驗，將一種新的「形式現實主義」強加於賦，使它與當時詩歌的總體風格保持一致。他的賦用的既是詠物模式，又是宮體詩模式。也就是說，他的賦與當時的詩一樣注重豔情。現在又增加了一個更為詩化的節奏，於是，他的賦更具備了一種新的、詩的成熟，一種尤為六朝詩人所看重的特質。這形式上的革新，其實是支持當時有所轉變之時代精神的一種特殊表達。

庾信是他那個時代近乎完美的一個體現。然而，他個人的境遇實在太特殊了，因此他必須從中擺脫出來。現在，是他走出華美宮牆的時候了。西元五四五年，他被梁武帝選中，作為外交使節前往北方的東魏。當時，北中國正處在政治分裂狀態。經過一場長期的內戰，北魏於西元五三四年為兩個獨立的帝國所取代；一個是以鄴（在今河北南部）為中心的東魏，另一個是以長安地區為中心的西魏。這兩個少數民族的北方政權互相敵對，又各以南方的梁為敵國。但隨著時間的推移，他們開始有了共同點：都熱心地學習漢民族的文化遺產，並經常要求南朝派遣優秀的文學家如庾信輩作為文化使節。由於政治必要，也由於性情的緣故，梁武帝對這樣的文化交流最感興趣，一如他本人也曾邀請北方的高僧到他的宮廷裡來[40]。

庾信這次出使東魏是很合宜的。當時，他三十二歲，已經以中國最優秀的詩人而聞名於北方。他一到達東魏的京城，就成了舉國矚目的中心。北方的民眾為其詩人的辯才和優雅的丰姿所傾倒，而宮廷則用最美好的宴席與社交活動來款待他。的確，再沒有一個對等的王朝能夠如此高度尊崇一位來自

39 當然，我們無法證明庾信是第一個開始用這種混合節奏來作賦的。但是大多數文學批評家在清代學者倪璠對庾信全集所做注釋的基礎上，奠定了他們的觀點，認為這種風格為庾信之首創。詳見《庾子山集》冊一，頁七四。無論如何，在宮廷圈子裡，庾信是此類賦作最多產的詩人。

40 參見Arthur F.Wright, *Buddhism in Chinese History* (Standford: Standford Univ. Press, 1959), pp.50-51。

其他王朝的詩人使臣。此後不久，庾信代表蕭梁與東魏簽訂了一個和平條約。在離開東魏時，他寫了一首充滿感激之情的告別詩：

……

交歡值公子
展禮覿王孫
何以譽佳樹
徒欣賦采繁
四牢欣折俎
三獻滿罍樽
人臣無境外
何由欣此言
風俗既殊阻
山河不復論
無因旅南館
空欲祭西門
眷然惟此別
夙期幸共存[41]

[41] 《庾子山集注》冊一，頁一九八。

從這首詩裡我們可以十分清楚地看到，庾信的詩歌並不像他同時代的詩人們那樣，非常排他地局限在宮體詩的藩籬內。他那強烈的抒情和質樸的用語使人想起陶淵明的詩歌。這並不奇怪，因為風格總是和主題緊密地聯繫在一起的。庾信愈是超出了南朝的疆域，其詩歌的眼界也就愈是廣闊。如果說他有修辭華美和豔情主義的傾向，那只存在於他對蕭梁宮廷生活的描寫中。有意思的是，無論他在詩裡多麼需要抒情的口吻，他卻更有意識地偏要採取用典的修辭手法。例如，上文所引的那首詩，其中豐富的用典立刻使它與典型的宮體詩區別開來，因為總的來說，宮體詩一般是不大用典的。

第三節　向抒情回歸

庾信的——或者說得更恰當一點——整個時代無憂無慮的縱樂持續不了多久了。在他結束東魏之行返回蕭梁後僅僅三年，他就眼睜睜地看到自己的國家陷入了滅頂之災。西元五四八年，一個叛離東魏投奔梁朝的將軍——侯景，突然舉兵反對朝廷。整個建康城——庾信在那裡擔任副長官——很快便落入叛軍之手。在接下去的三年中，京城不斷發生謀殺和死亡。首先，梁武帝嗚呼哀哉，太子蕭綱繼位，成了侯景的傀儡皇帝（即梁簡文帝，西元五五〇－五五一年在位）。接著，享盡太平逸樂的蕭綱突然死於非命。他是被侯景的人謀殺的，皇位由親戚繼承。在這政局變亂的漩渦中。庾信經歷了一系列的家庭悲劇，其中最主要的是三個孩子的死亡。然而，他終於設法逃到了江陵（在今湖北），在那裡，蕭綱之弟蕭繹建立了一個與建康對抗的朝廷。最後，侯景的軍隊於西元五五二年被消滅，蕭繹宣布自己為皇帝，是即梁元帝。那時，國家圖書館從建康遷往江陵，元帝讓庾信主管朝廷的文學事務。於是，自從侯景之亂爆發以來，庾信第一次得以重新置身於宮廷文學之中。

西元五五四年，他再度被挑選擔任文化使節前赴北方。這次是去另一個王朝——西魏。誰也沒有料到，由於這次遠行，他再也不能回到故國，而是被強留在北方終其餘年。

庾信到達北方不久，西魏的軍隊南下侵犯蕭梁的新都城江陵。梁王朝又一次陷入皇室內部無休止的謀殺和背叛。梁元帝被他的侄兒、叛國投敵的蕭詧殺害。經過一連串的政治劇變，原先在梁元帝那裡執掌軍權的陳霸先於西元五五七年篡奪了皇位，建立了一個新王朝——陳。於是，庾信走後僅三年，不幸的梁王朝便灰飛煙滅。

在庾信為祖國的悲劇命運而傷懷的同時，他被強留在西魏，不能再回南方。稍前於此，西魏於西元五五四年第一次劫掠江陵，擄回一大批梁朝的貴族和官員，庾信很幸運地從中找到了自己的家人。事實上，北方朝廷對庾信已慷慨得不能再慷慨了，他被授予許多重要的頭銜，並一直受到尊敬。西元五五七年，文化名流的一位領袖宇文覺在長安攫取了西魏帝國的權力，建立了自己的新王朝——北周。從此，庾信獲得了更高的職位，且擁有相應的實權。宇文氏向來十分仰慕漢族文化，有南朝最優秀的詩人聽其任用，他們當然大喜過望。日居月諸，他們贏得了庾信的友誼，彼此之間對文學的共同愛好似乎給了這位飽受悲傷折磨的詩人某種慰藉。

但是，庾信永遠也不能忘記這場引起梁王朝覆滅的大災難。作為生活在異族統治下的許多漢族被征服者中的一員，他始終因為恆久不去的恥辱和無助而煩惱。但我們在他的詩歌裡開始看到一種可謂之「廣抒情性」（expanded lyricism）的新視點，其中兩種主要的因素——「個人的」和「政治歷史的」——很自然地合而為一了。

或許就在其亡命北方的第一年裡，庾信寫出了他的名作〈擬詠懷〉組詩。通過這個詩題，他明白無誤地把自己等同於創作著名抒情組詩〈詠懷〉的阮籍（二一六－二六三）。他像阮籍一樣，試圖在他自己的〈詠懷〉詩裡抒發其內心最想要自由表達的感情。可是，在兩位詩人那裡，這種感情都只能被定義為自我與政治世界之間的一種相互作用[42]。讀庾信的〈擬詠懷〉組詩和他在流亡之中所寫的大多數詩歌，人們會有這樣的印象：通過使用豐富的引喻，他的詩歌似乎想把同一種複雜現象描寫成文化現象或政治歷史現象。然而，在抒情詩裡，總是有個內在的統一的自我，來把五花八門的現實調整到一個純粹是個人的口吻中去。因為，詩人通過他對歷史和政治的思考，只能揭露能夠被揭露的那麼些歷史和政治。在這種抒情詩的歷史模式中，是主觀感情在擔負著最重要的任務。

在很長的一段時間裡，庾信生活在對過去的強烈回憶中——回憶他的祖國梁的歷史。顯然，他對解救梁元帝以及自己的同胞無能為力，正是當他在長安與西魏進行和平談判時，西魏的軍隊劫掠了江陵城。這一事實很令他傷心。明乎此，我們就不難理解，為什麼〈擬詠懷〉組詩中的主要內容之一便是對這不幸事件的悲歎了。他在組詩的第二十三首中寫道：

鬥麟能食日
戰水定驚龍
鼓鞞喧七萃
風塵亂九重
鼎湖去無返
蒼梧悲不從
徒勞銅爵伎

42 關於阮籍詩歌中的這一特質，參見Donald Holzman, *Poetry and Politics:The Life and Works of Juan Chi, A.D.210-263* (Cambridge: Cambridge Univ. Press, 1976)。

遙望西陵松[43]

詩中對國運攸關之江陵戰役的描寫，當然是想像來的（第一至四句），值得注意的是其中的感情以及詩人創造出來、如繪畫般生動的事件描寫。在庾信詩裡總有一種主導傾向，即描寫事物歷歷可見，無論這描寫看起來多麼籠統。這描寫的活力使得一個真正深入而又具體的表現成為可能。由於這個原因，他的詩歌風格往往比略顯曖昧的阮籍詩歌直率[44]。

因此，雖然用了許多引喻，這首詩完全把當時的政治氣候表現出來了。詩人試著描述了這場戰爭的悲慘結局：梁元帝暴死，沒有人留下來為他守陵。和曹操相比，曹操至少還能要求他的姬妾和歌伎們用盛大的禮儀排場來悼念他；而梁元帝則更悲慘、更孤獨！使庾信心碎的是，自己作為梁元帝的一名忠實臣子，甚至不能盡責為之弔唁。畢竟，是梁朝宮廷養育了他，使他能夠鐘鳴鼎食的呵！他哀歎難以逆料的世事變遷使他無法回報祖國曾經給予他的厚惠深恩。在這組詩的第六首中，他最清楚不過地和盤托出了這一苦惱：

疇昔國士遇
生平知己恩
直言珠可吐
寧知炭欲吞
一顧重尺璧

43 《庾子山集注》冊一，頁二四六。

44 參見Holzman, *Poetry and Politics*, pp.1-33。

千金輕一言
悲傷劉孺子
淒愴史皇孫
無因同武騎
歸守灞陵園[45]

最後，詩人抒發了他最深的悲哀：一種極端孤獨的感覺。他的感情是一種不可解脫的感情，沒人理解他內心的想法。或許，除了他的前驅阮籍，誰也不能理解這一悲哀：

惟彼窮途慟
知余行路難[46]

然而，最使他傷心的是，他的流亡生活像是癱瘓，一種活著的死。他借用一棵快枯死的槐樹這物象來描寫這種感受：

懷愁正搖落
中心愴有違
獨憐生意盡

45 《庾子山集注》冊一，頁二三二。
46 《庾子山集注》冊一，頁二三一。

空驚槐樹衰[47]

這裡用的是東晉名流殷仲文的典故。殷仲文曾經說：「槐樹婆娑，無復生意。」[48]原話當然是有緣由的，但不管它可能是什麼意思，它在庾信的作品裡總是最占支配地位的一個象喻。詩人中年羈留異邦，不能不有前路茫茫之感。真正的力量，一向支撐他的精神力量，現已不復存在。因此，他對「枯樹」這一象喻幾乎到了著魔的程度：甚至將一座斷山與一棵老樹相比[49]。對於老樹物象的偏執，在其名作〈枯樹賦〉裡達到了頂點，這篇賦後來成了唐代詩人類似寓言作品的一個原始範本[50]。

覺醒了的庾信決心在逆境中正直地生活。他學著在保持最根本的個人價值的同時，扮演其公開的角色。他的選擇有點像謝朓在宣城的那些年，亦即「朝隱」。雖然總在朝為官，但他真的——至少在精神上——像一個隱士那樣生活。這反映在其詩中對張衡、疏廣、疏受還有最重要的陶淵明等前代隱士的頻頻引喻[51]。他假託自己現在的簡樸生活堪與陶淵明相比，並引以為榮：

野老時相訪
山僧或見尋
有菊翻無酒

47 《庾子山集注》冊一，頁二四四。

48 劉義慶，《世說新語》，第三十八章「黜免」，第八節。《世說新語校箋》，楊勇校箋本（香港：大眾書局，一九六九），頁六五〇。

49 《庾子山集注》冊一，頁三二四。

50 參見Stephen Owen, "Deadwood: The Barren Tree from Yü Hsin to Han Yü", in *Chinese Literature: Essays, Reviews*, 1, 1979, pp.157-159。

51 例見《庾子山集》冊一，三〇五、二七九、二八〇、二八三、三〇六、三六二諸頁。

無弦則有琴[52]

在其〈小園賦〉中，他描寫自己的「敝廬」，遣詞用語令人恍然若見陶淵明的草屋：

余有數畝敝廬
寂寞人外
聊以擬伏臘
聊以避風霜[53]

庾信走向「小園」的退隱不能光從文學意義上來看，如果從文學意義上來看，它至多不過充當了詩人自足個性的一種象徵。我們必須注意，從性格上說，庾信毋寧是個天生傾向於中庸的現實主義者，這與生俱來的品性，給了他一種必不可少的安全意識來進行自我保護。儘管他不滿於世事，但他的內心平衡使他能夠專心致志地去作詩。無論如何，大自然——包括其外在的美及其內在深不可測的意蘊——都屬於他。他有足夠的自由去創造一個超越其個人悲慼的詩歌世界。

於是，我們在他的詩裡開始看到一種新的對於自然、特別是對於自然之變化狀態的敏感。詩人像一位鎮靜的畫家，用其感官觸覺的特殊天賦，竭力捕捉每個正在流逝的季節現象。對於北方氣候與南方氣候的截然不同，他真誠地為之迷戀[54]。例如，南方的梅樹總是在冬天開花，從不拖延時間去等待

52 《庾子山集注》冊一，頁二八三。
53 庾信：《庾信詩賦選》（譚正璧，紀馥華選注，上海：古典文學出版社，一九五八），頁五二。
54 參見內田道夫，〈江南的詩和朔北的詩〉，載《東洋學集刊》一九九六年第十六輯，頁一至八。

詩人作詩讚美她迷人的風韻；可北方已經是春天了，梅樹卻仍然披著一身雪，拒不綻開她的蓓蕾：

當年臘月半
已覺梅花闌
不信今春晚
俱來雪裡看
樹動懸冰落
枝高出手寒
早知覓不見
真悔著衣單[55]

雪景的確賦予庾信詩以一幅全新的圖畫。詩人彷彿被寒冷呼嘯的風雪迷住了，或者被它觸動了悲哀。也許，他試圖通過這樣的視覺現實主義，來傳達一個孤獨的客子永遠與溫暖的南方相隔絕的淒切之情。

庾信似乎努力在使每一個物象都直接契合他對過去的回憶。他能夠通過純粹的聯想，無比生動地表現活在他記憶中的永恆場景。〈忽見檳榔〉詩是此類詩歌成就的典型例證。詩人意外地看到這種來自南方的熱帶水果，立刻想起那果樹的蔥蘢景象：

[55] 《庾子山集注》冊一，頁三六四。

綠房千子熟
紫穗百花開
莫言行萬里
曾經相識來[56]

庾信這一時期的描寫風格給了我們強烈的印象：它迥然不同於他早期典型的以奢華為特徵的豔情詩。然而，如果我們以為在其早期詩歌風格與晚期詩歌風格之間有什麼絕對界限的話，那就錯了。有關庾信的傳統研究成果對此已做了明確的推斷。誠然，庾信晚期的詩歌遠遠超出了宮體詩的範圍；但他的許多描寫技法，實際上仍有賴於他早期所擅長的感官模擬。在某些實例中，他晚期的詩歌讀來的確很像他早期的宮體詩，特別是他與其好友、有才華的趙王宇文招唱和的幾首詩[57]。例如下面這首：

和趙王看伎

綠珠歌扇薄
飛燕舞衫長
琴曲隨流水
簫聲逐鳳凰
細樓纏鐘格
圓花釘鼓床

56 《庾子山集注》冊一，頁三八一。
57 《庾子山集注》冊一，頁二五九至二六〇、三七四。

懸知曲不誤
無事畏周郎[58]

事實上，也正是庾信的宮體詩最先打動了北周的皇族。趙王和他的幾個兄弟，其中主要有後來的北周明帝宇文毓和滕王宇文逌，都是南朝宮體詩的熱誠模仿者。《周書》中記述趙王「好屬文，學庾信體，詞多輕豔」[59]。

北周宮廷全然不以「輕豔」為非，相反，北方一直尊崇這種代表性的漢族文化風致。所以，很難說流亡詩人庾信反倒要故意拋棄這種使他的詩歌風靡一時的格調。然而重要的是，庾信對個人價值的新的強調，使一種新的風格，或者毋寧說是一種混合的風格得以興起。這種風格，是更為廣闊的現實主義與詞藻修飾，直率抒情與豔情描寫的聯姻。

為了看一看庾信是怎樣將其感官現實主義轉變成一種抒情的新風格，讓我們來讀一首其主題與任何輕薄旨趣不相關的詩作：

忝在司水看治渭橋

大夫參下位
司職渭之陽
富平移鐵鎖
甘泉運石梁

58 《庾子山集注》冊一，頁三四一。
59 卷十三（北京：中華書局，一九七一）冊一，頁二〇二。

跨虹連絕岸
浮黿續斷航
春洲鸚鵡色
流水桃花香
星精逢漢帝
釣叟值周王
平堤石岸直
高堰柳陰長
羨言杜元凱
河橋獨舉觴[60]

這首詩作於西元五五七年，當時庾信任司水下大夫，正在視察渭水東面一座橋樑的修繕工程。詩中，特別是後半首中，有一個主導傾向，即或明或暗地揉合景物描寫與個人抒情。像這樣的手法，在庾信早期以描寫為主的詩歌中是看不到的。總的來說，其早期詩歌缺乏抒情性。這裡，我們可以清楚地看出，詩人在努力擺平「描寫」與「抒情」這兩種模式，於是，詩中便兼有了這兩種模式的美學效果。

不過，這首詩中的「描寫」風格是建立在措詞法和字句排列法的基礎之上的，是建立在宮體詩的美學基礎之上的，儘管在新的文章脈絡裡，其全面效果並不相同。首先，正如第七、八兩句所表現的那樣，顏色和嗅味的美好感覺，因為稍近凡俗而使人驚奇：

[60] 《庾子山集注》冊一，頁二六九。

春洲鸚鵡色
流水桃花香

這當然是典型的春景。構成小洲特徵的草色之綠似乎並不陌生。一春復一春，所有那些生活在水邊的人想來都嗅到過從水中漂來的桃花芳香。然而，在詩歌裡，至少在文人的詩歌裡，如此美麗的景色直到梁代才得到重視。梁代的宮廷詩人們開始發展出一種以華美的感官經驗為特徵的品味。庾信年輕時特別擅長描寫這種迷人的桃花景色。在他早期所作〈詠畫屏風〉組詩中，有一首這樣寫道：

流水桃花色
春洲杜若香[61]

任何讀者都會把這一聯詩看作「渭橋」詩中景物描寫的範本。詞彙幾乎逐字重複，描寫風格也是相同的。可是，兩首詩的上下文卻大不一樣：〈詠畫屏風〉詩寫的是一處宮中園林的景色，其間有美人在黃昏中徘徊；而「渭橋」詩的構圖則出自一位司水長官的眼睛，新修繕的大橋橫跨河上的壯觀景象令他喜悅不已。

如果做進一步的觀察，我們就會發現，對於渭水之濱柳蔭堤岸的景色描寫（第十一至十二句），也是從其早期詩歌中直接挪借過來的。試比較以下兩聯：

61 《庾子山集注》冊，頁三五五。

（一）
上林春徑密
浮橋柳路長[62]

（二）
平堤石岸直
高堰柳陰長

例（一）出自〈詠畫屏風〉詩其十六，例（二）則見上文我們所討論的那首詩。這兩首詩的主題也完全不同，可是當上述詩句被單獨吟誦時，它們使人想起的是非常相似的景色。這樣的例子還有許多，我們不能不推斷，關於庾信後期的描寫技法，唯一的新創是其特別的方式：他把寫象派詩人的敏感與一種更老成的抒情混合在了一起。

庾信的四句詩在最真實的意義上顯現了其抒情詩的活力。他通過四句詩的形式，努力爭取做到抒情口吻既是個人的，又是直率的。詩人也知道應如何在這種微縮的形式中得到最佳效果：他往往將四句詩寫得像私人信件。

我們已經提到過四句詩在創造裊裊餘音方面的特殊法力，看來，沒有什麼比使用這種詩歌作為一種以微妙涵義交流私人感情的手段更為合適的了。庾信被強留在北方，他常常有與南方的老朋友通信的強烈衝動。他想必在四句詩這種樣式裡，發現了潛在的抒情能力。下面是兩首這樣的書信，一首致

62 《庾子山集注》冊一，頁三五八。

王琳，另一首致徐陵：

寄王琳

玉關道路遠
金陵信使疏
獨下千行淚
開君萬里書[63]

寄徐陵

故人倘思我
及此平生時
莫待山陽路
空聞吹笛悲[64]

第一首四句詩顯然是對王琳來信的答覆。根據歷史資料，王琳卒於西元五五七年，他是作為梁王朝的忠臣在與陳霸先的戰爭中死難的。他和庾信的通訊，當在西元五五四至五五七年之間。這是梁王朝最後的歲月，政局混亂如麻，宮廷朝不慮夕。此時此刻，收到一位親密朋友的來信，而這位朋友正在南方為祖國戰鬥，我們可以想見庾信當時的感情是何等痛苦。詩人一定有股強烈的衝動，亟欲將自

63 《庾子山集注》冊一，頁三六八。
64 《庾子山集注》冊一，頁三六七。

己的感情明白地吐訴出來；可是，他最終寫出的卻是一首短小的四句詩，僅僅報告拆開友人來信時那引人注目的瞬間，其他的一切都含蓄在沉默之中。

至於寫給舊日梁朝宮廷密友徐陵的四句詩，則用完全不同的手法——急迫的祈使——來造成類似的暗示。在那祈使的背後，是有一個具有很大影響的歷史典故：西元二六二年嵇康被處死後不久，他的好友向秀寫了一篇悼念他的賦[65]。這篇抒情的賦產生於絕對難以壓抑的悲傷。然而，公開承認自己對一個政治罪犯的感情，這是很危險的，即使那罪犯已經死去。因此，向秀在賦的序言裡解釋了自己寫作此賦的緣由：當他經過自己在山陽的舊居時，恰巧聽到鄰人在吹笛。他被笛聲深深地觸動了，情不自禁想到自己過去和嵇康的交誼，於是不能不寫此賦，以表紀念。庾信在詩裡有意曲解這個典故以遷就自己的抒情。他說得更直率、更懇切：「不要像向秀對待嵇康那樣，等我死後才來想我！」整首詩就由這一簡單的「捎口信」構成，再沒有別的內容。然而，這個「口信」可能惹起的傷感甚於它所希望消除的。詩人的祈使準確無誤地傳達了他那沒有安全感、無法掌握自己命運的悲苦心情。

這樣強烈的抒情，在先前盛行於宮廷沙龍中、以客體描寫為主的四句詩裡是很難看到的。庾信後期的詩歌，含有大量罕見其匹的自我抒發（**self-expression**）和自我認知（**self-realization**）。和謝朓的樂府四句詩相比，庾信的四句詩是大大地個人化了的，因為它們不再像謝朓詩裡常見的那樣，用一個無處不在的旁觀者口吻說話。抒情詩在庾信手裡這一個人化的轉變，對於作為主要抒情文體之絕句的發展，有著決定性的歷史意義。

然而，庾信在抒情方面的最高成就是將個人的感情和對歷史的深切關心——這種關心最終超越了狹隘的自我——統一了起來。他在晚年寫成的一篇宏文——〈哀江南賦〉，從內容到情感這兩方面都

[65] 見《文選》冊一，頁三三〇至三三二。

最成功地證明了其抒情經驗的深度。此賦的主題是梁朝的覆亡悲劇，但其敘事卻開始於概說自東晉下迄蕭梁之南朝政權的盛衰興替。詩人感知這一歷史階段的主要模式也就是他所希望傳達給後世子孫的意味深長的哀歎：

追為此賦
聊以記言
不無危苦之辭
惟以悲哀為主

在其黃昏歲月，大多數朋友已作古人，一種特殊的迫切感促使他去寫他早就想寫的歷史性詩歌：

日暮途窮
人間何世
……
零落將盡
靈山巋然
……

這篇賦兼有詩歌與歷史兩方面的特點，要想完全領悟它的影響，我們必須瞭解它與「立言」這一重要文化概念之間的聯繫。庾信也像所有在塵世中受到挫折的傳統中國知識分子一樣，試圖通過為後世留下文學傑作的方式來彌補缺憾。文學家所努力爭取的是自我認同的感覺——感覺自己將依靠一種更為恆久的媒體而不是政治途徑，以獲致完全而正確的理解。兩百年後，庾信在唐代詩人杜甫那裡，一如陶淵明最終在宋代詩人蘇軾那裡，找到了自己真正的朋友，理解之深度超越了歷史界限的朋友。杜甫晚年就仿效庾信之老成。他為庾信寫了一首著名的頌歌，對這位六朝的大詩人做出了千古定評：

詠懷古跡

支離東北風塵際
漂泊西南天地間
三峽樓臺淹日月
五溪衣服共雲山
羯胡事主終無賴
詞客哀時且未還
庾信平生最蕭瑟
暮年詩賦動江關[66]

至於庾信本人，他經過選擇而加以認同的是偉大的漢代歷史學家司馬遷。司馬遷超越自己人生中的巨大苦難，寫出了不朽的傑作《史記》。作為一個流亡者，庾信似乎經歷了司馬遷在遭受宮刑的恥辱之後曾有過的精神危機。他認為自己與司馬遷的生活道路如此相近，因此不能不寫一部類似的歷史

66 《杜詩詳注》卷一七，中華書局本，第四冊，頁一四九九。

著作。他在〈哀江南賦〉裡承認：

生世等於龍門
辭親同於河洛
奉立身之遺訓
受成書之顧託[67]

〈哀江南賦〉被認定為庾信於西元五七八年，亦即他辭世之前三年所作[68]。斷定此賦作於這一特別的年份是很重要的：因為正是西元五七八年，庾信在洛陽任職一年後回到了長安。若干個世紀之前，司馬遷就是在洛陽接受他父親臨死前關於撰寫史書之訓令的。洛陽原屬東魏（五三四－五五〇），也就是庾信年輕時受梁朝派遣作為外交使臣出使過的那個王朝，但此時它已成為東魏的取代者北齊的領土達二十年之久了。西元五七七年，當北周攻滅北齊，統一了北中國，庾信被授以要職洛陽的軍事長官。到此時為止，老去的詩人已目睹了重複許多遍的王朝興替——在南方，他的祖國為陳所滅；在北方，北齊和北周分別接管了東魏和西魏，不久又彼此以刀兵相見。對於這樣的政治變遷，庾信的情緒反應總是很強烈的，他總是與其他那些亡國者同病相憐。例如，當他於西元五六九年受命接待北齊的外交使臣時，不由得想起自己在洛陽的老相識——他們和他一樣，現在也是征服者新王朝的臣民了：

67 《庾子山集注》冊一，頁一四一。
68 參見陳寅恪，〈讀哀江南賦〉，《陳寅恪先生文史論集》冊二，頁三四〇。

故人儻相訪
知余已執珪[69]

這真是生活中的一個極大諷刺，庾信竟成了洛陽的軍事長官！洛陽一帶是他的祖籍所在，西晉覆亡前後，庾氏家族才徙往南方，臣事東晉政權。詩人現在回到了祖先的故鄉，他比過去任何時候都感到遺憾——已臻暮年，自己還沒有完成父親希望自己完成的工作。筆者以為，正是在此時，庾信決心撰製他的壓卷之作〈哀江南賦〉。何以見得？有事實為據。他在洛陽期間所寫的一首詩裡，坦白地宣稱自己決心效法偉大的歷史學家司馬遷：

留滯終南下
惟當一史臣[70]

〈哀江南賦〉對歷史的抒情性革新彷彿喚起了我們對鮑照〈蕪城賦〉的記憶，儘管它們在篇幅和主題上有所差異。兩位詩人有一種共同的孤立無援之感，他們在政治的大動盪面前同樣感到幻滅。但是，庾信此賦遠比鮑照的〈蕪城賦〉更有個人色彩，它把政治歷史和自傳揉合在一起——把作者自己的生活，甚至祖先的生活，都作為王朝變遷的一個主要內容寫進了賦中。這是因為他早期在宮廷圈子裡的賞心樂事與後來政治動盪所引起的一系列個人悲劇，反差之大，判若天壤的緣故。這樣的遭遇，

69 《庾子山集注》冊一，頁三一八。
70 《庾子山集注》冊一，頁一八三。司馬遷《史記‧自序》曰：「天子始建漢家之封，而太史公留滯周南。」摯虞曰：「古之周南，今之洛陽。」「周南」又名「終南」。

在他之前或之後，很少有詩人可以與他相比。

庾信也像鮑照那樣，常常把對天控訴作為一種有力的修辭手段。然而，鮑照的批判總是含蓄的；庾信則相反，他傾向於用明顯是譴責的聲調做出審判。作為來自一個覆滅了的王朝的流亡者，庾信似乎獲得了說話的自由。於是，他得以無情地詳盡分析那個王朝覆亡的原因。間或他也衝動地直抒個人的悲哀：

窮者欲達其言
勞者須歌其事
陸士衡聞而撫掌
是所甘心
張平子見而陋之
固其宜也

但引出的結果卻是對於這一階段的歷史所做的最抒情、最詳細的說明。詩人敘述侯景之亂的悲劇性原委，哀歎造成此亂竟然得逞的人為過錯：由於梁武帝迷戀於宗教和文化，沒能看出桀驁不馴的侯景是個隱患，而臣僚們則普遍對迫在眉睫的戰爭缺乏準備。所有這些命運註定的局面像夢魘一樣壓在詩人的心上：

嗚呼
山岳崩頹
既履危亡之運

春秋迭代
必有去故之悲
天意人事
可以淒愴傷心者矣

然而，對庾信來說，最令他痛心的事實是：梁王朝最終的覆亡，與其說是侯景之亂所致，毋寧說是王室內部無法控制的傾軋使然。是梁武帝的侄兒兼養子蕭正德首先背叛朝廷，招來「夷狄」對京城建康進行突然的攻擊[71]。說到最後的殺氣撲向他的祖國，庾信的憤激和悲痛達到了頂點：

惜天下之一家
遭東南之反氣
以鶉首而賜秦
天何為而此醉[72]

於是，這個南方的王朝永遠地逝去了，詩人拚命想招回它的魂魄[73]。

71 蕭正德覺得自己既為梁武帝所收養，已獲得皇子的資格，故對武帝選擇蕭統做太子懷有怨恨。參見Marney, *Liang Chien-wen Ti*, p.47。

72 《庾子山集注》冊一，頁一六五。

73 「哀江南賦」這個標題取自據說是古代楚國詩人宋玉的一首詩〈招魂〉，其中有這樣關鍵的一句：「魂兮歸來哀江南！」顯然，庾信試圖將自己認同於楚國詩人，這裡面還有一個特別的因素——江陵是宋玉的故鄉，古代楚國之地，庾信南遷的祖先最終就定居於此。

〈哀江南賦〉的結尾具有強烈的諷刺意味，它注意到了人類社會生活的循環運動，預言中國的政治中心終將回歸北方：

且夫天道迴旋
生民預焉
余烈祖於西晉
始流播於東川
洎余身而七葉
又遭事而北遷
……

在所有的意義上，詩人庾信都證明了自己是六朝精神的活的表達。他一直活到西元五八一年——這個時代的象徵性的截止。這一年，隋王朝的創立者楊堅在長安奪取了北周帝國的權力，加快了自西元三一七年以來南北政治長期分裂局面之結束。但在文學上，作為一個偉大的詩歌革新的時代，「六朝」還活著。在這個時代，儘管政治上不統一——或許正由於政治上不統一，中國詩歌之抒情被探索到了極限。

輯二

《情與忠：陳子龍、柳如是詩詞因緣》

孫康宜著　李奭學譯

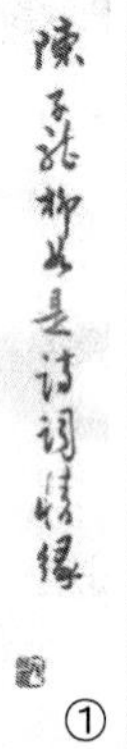

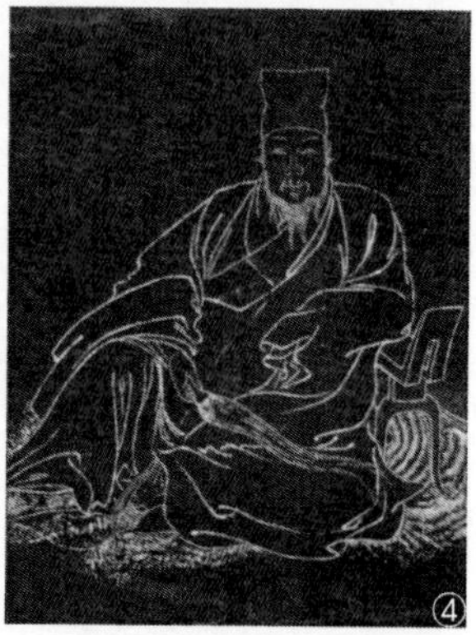

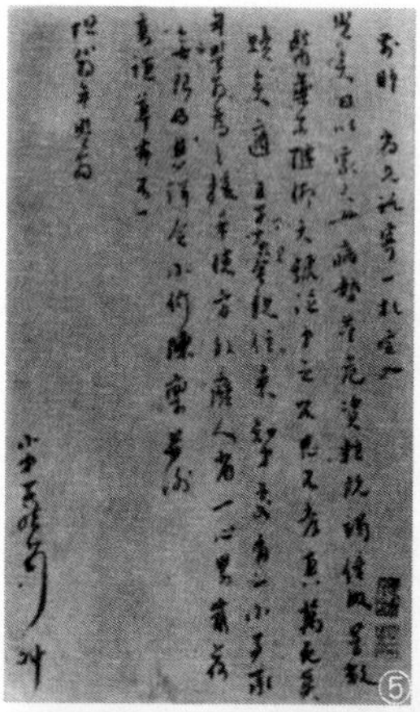

①1991年父親孫保羅為《情與忠》英文原著手書中文書名

②1991年耶魯大學出版社出版《情與忠》的英文原著，*The Late-Ming Poet Ch'en Tzu-lung: Crises of Love and Loyalism.*

③1991年耶魯英文版的封底

④陳子龍雕像（拓自陳氏墓表）

⑤陳子龍手跡

⑥松江陳子龍墓園（包瑞車[Richard Bodman]攝）

⑦顧廷龍手書《陳子龍事略》拓本（今藏北大國際漢學家研修基地，「孫康宜潛學齋文庫」）

⑧常熟柳如是之墓（Dieter Tschanz攝）

北大修訂版自序

本書的英文版（*The Late Ming Poet Ch'en Tzu-lung: Crises of Love and Loyalism*）於一九九一年由耶魯大學出版社出版，中文的繁體版（李奭學譯）則於次年由臺灣的允晨文化實業股份有限公司發行。轉眼間二十年已經過去。如今事過境遷，我撫今追昔，終於有機會重讀舊作，並隨讀隨訂。因而有了出版一本較為完整的修訂版之想法。

這本北大修訂版之所以能順利出版，首先要感謝陳平原教授，是他多年來的熱心和執著的建議才使其終於如願地出現。同時，我也要感謝北京大學出版社副總編輯張鳳珠女士的大力支持以及編輯徐丹麗的努力。對於臺灣允晨文化公司發行人廖志峰先生的授權，以及黃進興博士的幫助，我同樣獻上感謝。

這些年來我也衷心感謝史景遷（Jonathan Spence）、張健、嚴志雄（Lawrence Yim）等人對拙作的繼續批評和鼓勵。同時，胡曉明先生在一篇有關拙作的書評裡，給了我很大的啟發。他認為本書「最引人注目」的新意，是其「大力揭示」所謂「情」與「忠」合一的詩學觀。他說，從前在表達這一種批評概念時，人們往往容易陷入三種困境——（一）主觀印象主義；（二）缺乏傳記文獻與史料的實證；（三）過於附會於某一人或某一事。但他說，拙作在其「理論進路」、「細心的文本解析」以及「適當的史學依託」的種種配合下，卻能「有效地避免了上述困境，成功地完成了一個情忠合一的詩學闡釋」，進而「將一個幾乎過時的詩學遺產，重新喚醒裡頭古老的生命」。因此他認為，拙作當初的中文譯名《陳子龍柳如是詩詞情緣》「實不如原著英文書名更為符實」。他這個建議很令人信服，所以我和譯者李奭學先生就為本書起了「情與忠：陳子龍、柳如是詩詞因緣」的新名。

必須說明：在他的書評裡，胡曉明先生也同時表示對拙作的一些問題和缺失感到「遺憾」。他那些誠懇的批評開導激勵了我現在改寫書中許多段落的決心。此外，還有其他學者（如謝正光、孫賽珠等）先後撰文指出拙作的一些錯誤，並供給寶貴資訊。這些批評和指正極有利於本書的修訂，我已在書中一一注明，表示感謝。

近年來我努力研究中國古典婦女文學，今日回想起來，其最初的原動力實自撰寫本書的英文版開始。研究柳如是，不得不熟讀陳寅恪先生的《柳如是別傳》。同時，也不得不考慮到晚明婦女的新形象；通過文學分析，我開始對中國傳統的性別觀感到興趣。此外，這些年來從女詩人選集及專集的廣泛涉獵中，我逐漸對所謂「女性」文學的傳統有了較清楚的概念。我發現，自明末以後，婦女詩詞選集的刊行出現了空前的繁榮，而所謂「名媛詩詞」實已成了當時的暢銷書。明清時代雖無今日意義上的「婦女研究」，但從當時男性文人對女性文本的迷醉上來看，我們可以說，編選和品評女性詩詞本身就是一種廣義的婦女研究。對現代的研究者來說，閱讀這些女性選集絕不可僅限於作者生平及歷史考古的目的。更重要的是，我們應當從舊的文本中發現出一些「新」的東西，進而「重讀」當時才女的寫作與生活。

在明末清初的才女中，柳如是算是一位對編纂女性選集特別有貢獻的人。雖然她從事編選的工作是在她離開陳子龍多年之後（即嫁給錢謙益之後）才正式開始的，但我相信本書的讀者會對這個題目感興趣。因此，我在本書「附錄」中加上一篇與女性選集有關的拙作：〈明清女詩人選集及其採輯策略〉（原作為英文論文，由臺灣大學外文系的馬耀民先生譯成中文）。

此外，我要向施蟄存先生（已於二〇〇三年去世）致上謝意：作為一個松江人（與陳子龍同鄉），他不斷教給我許多有關松江的歷史及文化知識。一九九六年六月，他還特別安排讓我親自參觀陳子龍和夏完淳等人的墓園，使我多年來的夢想終於成為事實。

最後，我也要對我的恩師高友工教授以及朋友李紀祥、張宏生、康正果等人表達我的謝忱。當然，還更應當向譯者李奭學獻上最大的謝意。如果不是他二十多年前竭盡全力將拙作英文版譯成中文，也就沒有今日這個修訂版《情與忠》的出版了。對於奭學的學問、功力和為人，我是永遠佩服的。

二〇一二年十一月於耶魯大學

譯者原序

學術性著作可以寫得高深莫測，令人如墜五里雲霧之中，也可以寫得朗朗上口，雅俗共賞。本書深入淺出，應屬後一範疇，文史學者或一般讀者，相信閱後都會受益匪淺。今年元月孫康宜教授把英文版樣書寄給我時，我的第一個反應就如上述。接書當晚，我摒開雜事，一口氣讀了半數章節。隔天微明即去函孫教授，奉知我很樂意從事她所託付的中譯工作。如今梓行在即，我應趁此機會感謝一些識與不識的本書幕後功臣。

首先要致謝的當然是孫教授本人。我從未見過像她那樣兼具耐心與細心的「審稿人」。我每譯完一編，總會把手稿寄到新港請她指正，而她的工作效率驚人無比，在研究、教學與行政工作三忙之際猶能「逐行逐字」檢視一過。我遍尋不獲的原引文，她也不憚其煩從藏書或圖書館檢出補正。她不曾因身為美國一流學府的系主任而擺起姿態，對後學仍然有請必應，有問必答，而且一絲不苟。本書文體當然是我的，但內容若無訛舛，孫教授當居首功。

在本書書序中，孫教授已經向允晨出版公司的楊志民經理致謝，我還應該向該公司圖書組組長廖志峰先生特致謝忱。本書相關事項幾乎都是他在幕後執行；他的專業經驗也幫我省去很多編輯上的難題。允晨公司內參與編校的工作人員，在此並申謝悃。

翻譯本書之前，我和耶魯大學素無淵源，然而因為本書中譯計畫與孫教授的奔走，耶魯在我尚未完成工作之前，就先贈我一筆翻譯與研究獎助金，使我更能全神投入工作。飲水思源，我的感激自是難以言表。此外，本書書末的書目資料乃內人靜華一手整理，在翻譯的過程她也給我許多文體上的建議，鐫版後又全程參與校對工作。這種種襄助豈是片言隻語就可道謝得了？僅誌於此，聊表寸心。

李奭學謹識

一九九一年九月於芝加哥大學

年譜簡表（西元紀年）

1608 陳子龍生於松江。其母於產前夜夢神龍大放光明，寢室生輝，產後因命名「子龍」。

1612 陳母亡，遺孤託祖母高太安人撫養數年。

1613 陳子龍啟蒙，始讀經籍。

1615 陳子龍開始詩教，詩聯對仗無一不習。

1618 柳如是生。

1619 陳子龍文定，對象是宦門名儒張方同長女。

1626 十二月，陳子龍父卒，他正式成為一家之主。

1628 陳子龍服孝期滿，迎張氏入門。

1629 陳子龍加入以張溥為首的復社。

1630 陳子龍至金陵赴省試，中舉。

1631 陳子龍赴京師會試，不第。

1632 陳子龍遇柳如是。

1634 陳子龍再赴會試，仍不第。

1635 春夏：陳子龍與柳如是同居南園。
秋：柳如是被迫離開陳子龍，後重返盛澤伎館。

1637 陳子龍三赴會試，進士及第。是年繼母丁憂，他未及奉派即請返鄉服喪。
1638 柳如是刊刻《戊寅草》，陳子龍為其撰〈序〉。
1640 陳子龍始任公職。
1641 柳如是適錢謙益。
1644 清兵陷京師。柳如是在黃媛介畫上揮筆題下陳氏贈詩。
1645 清兵陷金陵。柳如是投水自裁，獲救。
1646 陳子龍祖母去世，他即請加入吳易領導的義軍。
1647 陳子龍加入吳勝兆的抗清運動，五月殉國。
1648 柳如是加入黃毓祺的抗清運動。
1649 錢謙益編《列朝詩集》，柳如是代其編成女詩人部分（《閏集》）。
1654 柳如是助鄭成功進兵長江地區。
1659 柳如是勸服其他明室遺民加入金陵的鄭氏所部。
1664 錢謙益亡，親族需索無度，柳如是自殺抗議。

重要書目簡稱

《安雅堂》 陳子龍，《安雅堂稿》，三冊重印本，臺北：偉文圖書出版公司，一九九七年。

《全宋詞》 唐圭璋編《全宋詞》，五卷本，北京：中華書局，一九六五年。

《詩集》 陳子龍，《陳子龍詩集》，施蟄存和馬祖熙合編，二冊，上海：上海古籍出版社，一九八三年。

《全唐詩》 彭定求（一六四五－一七一九）等編《全唐詩》，十二冊標點本，北京：中華書局，一九六〇年。

《彙編》 林大椿編《唐五代詞》，原版於一九五六年刊行，重印改題為《全唐五代詞彙編》，二卷本，臺北：世界書局，一九六七年。

《先秦》 逯欽立編《先秦漢魏晉南北朝詩》，三卷本，北京：中華書局，一九八三年。

IC William H. Nienhauser, Jr., ed.and comp. *The Indiana Companion to Traditional Chinese Literature*, Bloomington: Indiana Univ. Press, 1986.

《別傳》 陳寅恪，《柳如是別傳》，三冊，上海：上海古籍出版社，一九八〇年。

《叢編》 唐圭璋編《詞話叢編》，五冊重訂版，北京：中華書局，一九八六年。

原英文版前言

在陳子龍（字臥子，一六〇八－一六四七）的詩詞中，「情」為何物？「忠」又代表什麼？這些問題多年來在我心中縈繞不去，也構成了本書的題旨。我原先只想為十七世紀的中國詩詞撰一通說，但再三嘗試各種詮解的方法之後，我發覺我對當時詩詞與文化潮流的興趣逐漸集中到陳子龍身上。陳氏生當動亂頻仍之際，對時代變革也有過人的反應。他的作品乃以想像在記錄日常經驗，同時也是十七世紀中國文化史的重要見證。此外，同代詩人幾乎唯他馬首是瞻，許為最佳的詩人詞客。

常人多以為陳子龍乃明末志士，為國捐軀，九死無悔。陳氏在歷史上據有一席之地，無疑這是主因。但是，這一點也有負面影響，因為一般學者僅僅知道他是愛國詩人，不及其他。所以，迄今為止在西方漢學界中，罕有人對陳氏的貢獻下過公允的判決，視其整體成就為「文學」者更是少之又少。其人詩詞乃重要瑰寶，惜乎學者、讀者多充耳不聞。「豔情」又為其詞作重點，所寫尤其關乎詩人歌伎柳如是。他們之間過從甚密，史有信徵。然而，傳統傳記家或為護持陳氏「儒門英烈」的名望，大都擱筆不談他和柳如是之間的情緣。以明、清學者常常徵引的《牧齋遺事》為例，對此便多所扭曲（《別傳》，上冊，頁八八至八九）。當然，陳寅恪的《別傳》一出，我們對陳氏的感情生活頓然有較深入的認識。

明人相信，一往情深是生命意義之所在，也是生命瑕疵的救贖樑柱。這種看法便是晚明豔情的中心要旨。此一情觀重如磐石，特殊脫俗，也是內心忠貞的反映。「忠」乃古德，有史以來就是君臣大義，不過本書對此自有新意發微。看在陳子龍及其交遊眼裡，晚明嬋娟大可謂「情」與「忠」的仲介：心中佳人乃豔情的激勵，也是愛國的憑藉。胸中無畏，「露才揚己」，又是晚明人士理想的女性形象，也深合時代氛圍。晚明諸子絕少以為情忠不兩立：此事說來話長，但原因全如上述。時勢既而兩趨，從明到清的文學當然結合兩者所長。然而，朝代興革所形成的社會動亂，自然會把兩種理想推向崖際。此事尤可想見。

上述課題，陳子龍的詩詞多所關注。首先，他和柳如是的情緣革新了情詞的方向，是「詞」在晚明雄風再現的主因。其次，陳子龍晚期的作品——尤其是他的愛國詩——掀露了中國人的悲劇觀：天地不全，人必須沉著面對命運悲歌，義無反顧。在「愛情」與「忠國」之間，詩人尤其要能夠掌握分寸。這種辯證性的「最後抉擇」往往摧心瀝血。再次，陳子龍早年的情詞不但不是絆腳石，反而在晚年為他激發過力撼山河的憂國詞作，十分有趣。我尤其想指出陳詞以隱喻和象徵來表現君國之思的傾向與方法，說明他早期情詞如何轉化為晚期憂讒之作的詞學，最後還要澄清豔詞何以是愛國心緒的最佳媒體。在此同時，我也要向讀者解明陳氏的秋水伊人柳如是何以變成故國的象徵，詞人又是如何推衍人類情感，使之成為精雕細琢感天動地的表記，從而強化了忠君愛國的修辭力量。

陳子龍的詩詞意義紛呈，包羅萬象。我難免特別注意晚明婦女的形象，尤其是她們在當代社會、藝術與文學上所具有的地位。本書目錄已經明陳，就算要詳說細解陳子龍的詩詞，我也有必要讓讀者熟稔柳如是的生平與文藝造詣。從各方面來看，柳如是都是其時才伎的典範（paradigm），所代表的正是無數藝伎的關懷與才能。在撰寫本書的研究過程裡，我特別注意柳如是的詩詞，尤其著迷於她和陳子龍唱和的「詞」。對柳氏或對陳氏而言，生命意義和經驗的流通，有賴永無止境的追尋，而詩詞正是這種追尋最活躍的一部分。最重要的是，柳如是的詩詞透露了一些女性問題，為她們重新定位。因此，只要時機得宜，我絕不諱言柳如是的生活與詩詞，甚至進而強調她與陳子龍的關係。當然，她博學多聞，想像力與創造力俱屬一流。這點更不會逃過我的注意。

拙作還有一個千絲萬縷總是不離的強調：詩體的問題。文人對過往體式文類汲汲看重，必然會傾力注意詩體之別，而這幾乎便是詩人傳達個人聲音最有力的策略。體式的問題一旦求得解答，我們即可據以瞭解詩人對傳統的反應為何，甚至也可以認識他個人美學觀的傾向。本書目的之一，就是要說明陳子龍所寫的詩、詞皆有其個人情愛與家國之思的雙重強調：在他筆下，詩、詞恰可傳遞「情」與「忠」的「不同」層面。我興致特別盎然的地方，在陳氏所欲表達的意義往往隨著詩體的變動而變。這也就是說：陳詞常常思索得失的問題，但陳詩往往超越了這些問題。我相信類此的文類研究（genre study）是認識陳氏文學貢獻的樞紐。就中國詩詞的內容而言，這種研究也有更開闊的意義。

迄今為止，還沒有一本用英文撰寫陳氏詩詞的專著。以中文所做的努力，也是寥若晨星。中國人總以唐詩宋詞元曲與明清通俗小說來為時代與文學定位。這種說法甚囂塵上，卻非正確的文類演變轍跡。難怪明清詩詞的研究欲振乏力，現代學者多半視若無睹。這種情形也大大扭曲了傳統文類發展的本然。事實上，詩、詞一旦生發，就不可能會在歷史上消失，吟詠填製者反而代有其人。職是之故，本書自感責無旁貸的一點，也就是要填補中國詩詞研究上的這個大罅隙。除此之外，從十七世紀以迄本世紀初，中國文學史更經歷了一場古典詩詞的文藝復興。我敢說詞體重振，陳子龍居功至偉。他籌組雲間詞派，免得明詞墮落不振。較諸「詞」在南唐（九三七－九七五）所處的黃金盛世，陳子龍確實認為明詞墮落頹唐，有待振興。

歷來的中國人多認為，從明轉清的朝代更替，代表著某種世界的結束。想想西方長者記憶中的一九一四年，我們就不難明白中國人這種感覺。明清鼎革是孔尚任《桃花扇》裡的一幕，陳子龍的生涯又是此刻歷史的另一轉折。如同史景遷（Jonathan Spence）和魏爾士（John Wills, Jr.）所說的：「清軍橫掃中國與明人的抗敵運動，為道德典範樹立起前所未見的悲劇視境。晚明志士但求為國捐軀，不事二主。在中國的某些通都大邑，時代菁英紛紛投入徒勞無功的戰役之中，即使可以伺機再起也不願後撤。他們拒絕為二臣效力，更不願變成清廷鷹犬，昂然就義。」[1]本書嘗試描繪的，就是這麼一位為國族押上性命的忠烈英哲。

陳子龍乃不世之才，也是時代的代表。我想呈現在讀者眼前的就是這麼一個人。陳子龍的詩詞大業是否成功，這得由讀者揣想評定。但是，不容否認，他把「情」與「忠」這兩個不同的主題交織成為一體，也把前人傳下的風格與體式融通重鑄，以便含容新的內蘊。至於他的詩體革新的成效，仍然有賴讀者把脈評估。

孫康宜

一九九〇年於耶魯

1 Jonathan Spence and John Wills, Jr, eds., *From Ming to Ch'ing* (New Haven: Yale Univ. Press, 1979), xvii-xviii.

第一編　忠國意識與豔情觀念

第一章　忠君愛國的傳統

中國歷史悠久，朝代數易，如江流滾滾，奔騰不止。對非炎黃子孫來講，這種歷史皮相不過顯示世事無住，年命有時而窮，到底是自然現象。可是，對中國人而言，朝代的興廢卻是人間慘劇的表徵，其力足以撼動山河，殆無疑問。對仁人志士來講，朝代的更替更是歷史悲劇。他們拒絕承認舊秩序崩解，在興亡之際尤得面對以身殉國或苟延殘喘的難題，甚至還得預估就義的時間。陳子龍乃明末忠貞人士之一，眼見家國傾圮，以詩詞作為歷史的鏡鑑。職是之故，陳子龍不可以尋常墨客視之。中國文化所具現的生死觀，常可在他的詩詞中一見。其義憤填膺處，每每令人動容。

陳子龍既為烈士遺民，明亡之後，乃涉入多起反清復明的抗爭。一六四五年，他在故鄉松江舉事。這一戰轟轟烈烈，只可惜功虧一簣。清兵敉平亂局後，陳子龍擬逃至某佛寺暫避風頭，故喬扮佛僧，改名信衷。再過不久，他結合朋黨圖謀再起，不料事發被捕，時為一六四七年五月。清軍將他解送南京，擬再盤問逼供。陳子龍自忖義無再辱，遂於途中跳水自裁，時年方才三十九歲。據當時傳世的文獻稱，陳氏成仁前和清吏有一段對答：「問：『何不剃髮？』先生曰：『吾惟留此髮，以見先帝於地下也。』」[1]

1 陳子龍著，施蟄存、馬祖熙編《陳子龍詩集》（上海：上海古籍出版社，一九八三）下冊，頁二一。另參William Atwell, "Ch'en Tzu-lung (1608-1647): A Scholar-Official of the Late Ming Dynasty" (Ph.D.diss., Princeton Univ., 1975), p.140。

陳子龍畢生為職志奮鬥不懈，死而後已。這種英烈精神永世不朽，是他得以名垂青史的主因[2]。流亡那幾年，他用詩詞記下所見所察，直到一六四七年壯烈成仁為止。同代人譽之為詩苑幹將，而他託身黍離之悲，自有一股高風亮節[3]。即使是今天的中國人，也都認為他的道德勇氣過人，兼以身任文章魁首，風範足式。因此之故，陳氏墓園近年業經大大整修，煥然一新[4]。英國文史大師卡萊爾（Thomas Carlyle）倘有幸一識陳氏，必然會把他寫進名篇〈英雄式詩人〉（The Hero as Poet）之中[5]。

惜乎，陳氏就義之後，詩名不彰幾達百年以上。卓爾堪（約於一六七五年知名於世）《明遺民詩》一編是此一領域篳路藍縷的選集[6]，但是不收陳子龍之作，就是顯例。清廷查禁陳氏著作，是他不為人知的癥結。好在一七七六年乾隆下詔為他平反，還其英烈原身，陳氏死節始能大白於世。乾隆多少懷於陳氏的「浩然正氣」，乃在責無旁貸的心緒下追諡這位「英雄詩人」為「忠裕」，替他在史籍註冊[7]。平反之後，陳氏詩詞開始流通，然而時人所獲者僅餘少數。在乾隆庇蔭之下，學者乃積極展開陳氏遺作的搜集。不過，編纂進展遲緩，因為許多陳著都已流落到私人收藏家手中。一八〇三

2 齊皎翰（Jonathan Chaves）在一篇論文裡曾提到「道德英雄作風」（moral heroism）一詞，想來亦可形容陳子龍。見Jonathan Chaves, "Moral Action in the Poetry of Wu Chia-chi (1618-1684)," *Harvard Journal of Asiatic Studies* 46.2(1986): 392-394。

3 見吳偉業，《梅村詩話》，《梅村家藏稿》卷五八（一九一一年；臺北：學生書局，一九七五年重刊），第三冊，頁九八八。

4 林曉明，〈陳子龍墓修復竣工〉，《新民晚報》一九八八年十二月十四日。並請見本書附圖。

5 卡萊爾的名著*On Heroes, Hero-Worship and the Heroic in History* (edited by Carl Niemeyer; rpt. Lincoln:Univ.of Nebraska Press, 1966) 有一章題為"The Hero as Poet"。

6 見其所編《明遺民詩》（上海：中華書局，一九六一年重印）。

7 見陳子龍著，王昶編《陳忠裕全集》（出版單位不詳，一八〇三），頁一甲至三甲的乾隆敎文。

年，王昶（一七二五－一八〇七）力圖完成官修《陳忠裕全集》[8]，然此時清廷書檢極嚴，即使王氏亦不能免俗，致令所編離真正的「全集」尚遠。事實上，一部讓人滿意的陳詩箋注要到一九八三年才由中國內地的學者施蟄存和馬祖熙合作推出，而陳氏也要等到這一年才能還其大詩人之名[9]。

陳子龍的許多生平際遇，都會令人想到文天祥（一二三六－一二八三）的命運——這位宋代的愛國志士一生忠貞不貳，最後因此捨身而亡[10]。一二八三年殉國以後，他的詩文也要過了好幾十年才能出現在國人眼前。他更要等到四十年後，才有人膽敢公開獻祭[11]。殺文氏者蒙古人也，但最欽敬文氏者亦蒙古的將官，尤其是忽必烈[12]。不過，誠如布朗恩（William Brown）所見，文天祥的英烈形象「要等到異族的元人敗亡，漢家天下重建的明代以後」才能樹立。他是「赤膽忠誠」的象徵[13]。

毫無疑問，陳子龍和矢志反清復明的許多朋輩，都以文天祥為效法的對象。文氏被捕之後，押解北還。元軍一再勸降，堅不屈服，名詩〈過零丁洋〉便寫於此際[14]，目的在明志。而陳子龍一夥明末死士，尤以為這首詩是英烈千秋的最佳寫照：

---

8 見《陳忠裕全集》。

9 見《詩集》。

10 有關文天祥的詩人生涯，參見Horst W. Huber一九八九年三月在華府亞洲學會年會（Association for Asian Studies Annual Meeting）所提之論文"The Upheaval of the Thirteenth Century in the Poetry of Wen T'ien-hsiang"。

11 William Andress Brown, *Wen T'ien-hsiang: A Biographical Study of a Sung Patriot* (San Francisco: Chinese Materials Center Publications, 1986), pp.45-46.

12 Brown,44-45.

13 Brown,49.有關明人眼中文天祥的英烈形象，見F.W.Mote,"Confucian Eremitism in the Yuan Period",在*The Confucian Persuasion*, ed. Arthur F. Wright (Stanford: Stanford Univ. Press, 1960), p.233。

14 見羅洪先據一五六〇年《重刻文山先生全集》所編之《文天祥全集》（北京：中國書店，一九八五）卷一四，頁三四九。

辛苦遭逢起一經[15]
干戈寥落四周星
山河破碎風拋絮
身世飄搖雨打萍
皇恐灘頭說皇恐
零丁洋裡歎零丁[16]
人生自古誰無死
留取丹心照汗青

因此，誠如當代史家余英時所說，文詩第五句提到的皇恐灘，就此變成明末志士嚮往的聖地[17]。明代大儒方以智（一六一一－一六七一）曾涉入反清運動，遭清兵逮捕，乃自沉於皇恐灘附近。此事絕非偶然，蓋方氏自許為文天祥再世[18]。以文天祥的事蹟為取典對象的事例，最令人動容者無過於方中履以《皇恐灘集》自題詩文一事[19]。中履乃以智子，這樣做顯然在追悼父親的死節。而這種種現象又說明了一個事實：文天祥已經變成一種新的英雄觀的化身——救國拯民，死而後已，個人苦難，置

15 這句詩的本意是：「自從我通過殿試進士及第以來。」有關「明經」一詞的定義，請見Charles O. Hucker, *A Dictionary of Official Titles in Imperial China* (Stanford: Stanford Univ. Press, 1985), p.333, no.4007。

16 這兩行詩的英譯見Brown, *Wen T'ien-hsiang*, p.155。

17 余英時，《方以智晚節考》（臺北：允晨文化公司，一九八六）增訂版，頁一〇六。

18 由於載籍有闕，方以智自沉的經過三百年來未曾公開。余英時在一九七二年撰《方以智晚節考》，方使方氏死節大白於世。參見該書一九八六年的增訂版，頁九五至一二二及二〇五至二四六。

19 余英時，《方以智晚節考》，頁一〇七、二一二。

之度外，成仁取義，仰之彌高。此乃新觀念之內容，無怪乎文天祥〈衣帶贊〉用詩見證道：

孔曰成仁
孟曰取義
惟其義盡
所以仁至[20]

忠於明室者紛紛效法文天祥，在捨生取義前譜下自己的挽歌[21]。就在清廷追謚陳子龍前兩年的一七七四年，乾隆在文天祥用過的硯背鑑下數字，用褒志節[22]。此事亦非偶然，蓋文天祥從晚明以來，確實已變成忠義的代名詞，是英雄觀念的鑄造者。流風所及，連屈原的形象也受到影響，跟著水漲船高，大大改變。在前人眼中，這位《離騷》裡的古詩人乃宮中上官大夫的肉中刺，屢為讒言所害。但到了晚期，他卻變成不畏強權的抗議英雄[23]。

明末之所以會形成拯國救民的英雄觀，另一重要因素涉及當時一言九鼎的復社。這個組織有許多成員捲入江南的抗清活動。只消正視這個事實，即不難瞭解復社與忠君思想的聯繫[24]。首先——誠如

20 《文天祥全集》卷一〇，頁二五一。另見Brown, *Wen T'ien-hsiang*, p.223。

21 較著名的例子有黃道周、夏允彝與夏完淳等人。參見袁宙宗編《愛國詩詞選》（臺北：商務印書館，一九八二），頁四六一。

22 Brown,*Wen T'ien-hsiang*,p.56.

23 Laurence A. Schneider, *A Madman of Ch'u: The Chinese Myth of Loyalty and Dissent* (Berkeley:Univ.of California Press,1980),pp.83-85。當然，即使在明代以前，屈原的形象也已經數變。例如，在柳宗元（七七三－八一九）的詩文裡，屈原的傳說和「放逐」這個主題就有密切關係，參見William H.Nienhauser, Jr.,et al., *Liu Tsung-yuan* (New York: Twayne,1973),pp.36-37,p105。

24 見杜登春，〈社事始末〉，《昭代叢書》卷五〇。另見Frederic Wakeman, Jr., *The Great Enterprise: The Manchu Reconstruction of*

艾維四（William Atwell）的觀察，復社「可能是古中國有史以來最龐大與最靈活的政治組織」，「晚明的地靈人傑紛紛加入」[25]。一般說來，中國曩昔的文學團體「若非在為宦途錦上添花，便是加官晉爵的踏腳石」[26]。但是，復社不同，這個組織極力鼓勵社員參政論政。在中國歷史上，我們也首度看到儒生決心集眾志成城，主控政壇動向。

就各方面而言，陳子龍皆可謂朋黨的代言人。他喜歡宣揚「改革」，多所致力於「學者問政」，尤其引人注目[27]。他念茲在茲，思索了許多當前局勢的澄清之道。他在毫無前例可援的狀況下，又獨力編成五百卷以上的《皇明經世文編》[28]，就可印證前文一斑。復社在松江有一分支機構，稱為「幾社」，陳子龍係其創始人之一。在朋輩如張溥（一六〇二－一六四一）與夏允彝（一五九六－一六四五）的襄贊下，陳子龍大力鼓吹奮鬥、奉獻與熱忱的哲學。他也像其他復社領導人一樣，廣收門生，到處公開講學，宣傳高層次的道德標準[29]。明亡以後，復社成員變成前朝的死節之士，原是再自然不過的事。蹈海誓不帝秦而身亡命喪者多如過江之鯽，確實也是中國史上前所未見。此所以乾隆在稍後頒發〈專諡文〉，「俾天下後世讀史者有所考質」，蓋「明季死事諸臣多至如許，迥非漢唐宋所可及」也[30]。

Imperial Order in Seventeenth-Century China (Berkeley: Univ. of Caifornia Press, 1985), I:pp.665-674。

25 William S.Atwell, "From Education to Politics:The Fu She", in *Self and Society in Ming Thought*, ed. Wm.Theodore de Bary (New York: Columbia Univ. Press, 1970), 358,347。另見胡秋原，《復社及其人物》（臺北：中華雜誌社，一九六八）。

26 Atwell, "From Education to Politics", p.335.

27 同前注，頁三四八。另見Lynn Struve, "Huang Zongxi in Context:A Reappraisal of His Major Writings", *Journal of Asian Studies* 47.3 (1988): p.478。

28 見《皇明經世文編》（一六三九年；香港，一九六四年重刊）。

29 Atwell, "From Education to Politics", p.347.

30 陳子龍，《陳忠裕全集》，頁一乙。據乾隆云，明末有三百名官吏殉國。當然，這個數字還不包括「為逃避異族鐵騎所當然，這並不是說明末志士都死於反清運動中：死也必須死得光榮，死得其所。獻身大業的明末遺臣甚多，像詩人王夫之（一六一九－一六九二）就是一位：他積極參與復明志事，幸而劫數未到，最後在野講學，誓不與清人妥協。又如張岱（約一五九七－一六七一以後）等人雖未參與反清大業，不過誠如宇文所安（Stephen Owen）所說，只要「情勢需要」，他們隨時都有「赴死」的打算。這些忠貞之士變成鄉野「草民」，顯然都效法司馬遷「隱忍苟活」，以便完成文史大作[31]。這些遺民深知自己的地位微妙，和當代社會已有隔閡，因此都希望自己的文化使命有其歷史新義。他們已預知自己的歷史定位，也順著這種成見在塑造自己的生命。巧的是，宋人鄭思肖的要籍《心史》於一六三八年「出土」。鄭氏詩畫雙絕，事君不二，他的手稿再度鼓舞了明末志士的精神[32]。誠如當代史家牟復禮（F.W.Mote）所說：「本書發現之時，適逢仇外與忠貞之忱有待加強之際。書中微言恰能強化時人反滿心緒，無視威脅。」[33]鄭著保存在蘇州某處井底的鐵函之中，非但歷三百年而不朽，抑且還有出井面世的一天，予時人新希望與人生新義。此事倘若不虛，則明末的孤臣孽子當可如法炮製，以「石匱藏書」[34]。這些碩果僅存的明室遺臣，變成原型式的苦難象徵，同時還是文學贖罪之力的化身。他們

辱」而殉國的無數男女，見Jonathan Chaves, "Moral Action in the Poetry of Wu Chia-chi", pp.387-405。

31 宇文所安對這點有所申述，見Stephen Owen, *Remembrances: The Experience of the Past in Classical Chinese Literature* (Cambridge: Harvard Univ. Press, 1986), pp.136-137。

32 包括歸莊與顧炎武（一六一三－一六八二）在內的許多忠於明室的人，都寫詩談過鄭思肖的故事。蘇州井底發現的《心史》的真偽，也有人提出異議。不過，今天的學者大都認為此書無偽，見楊麗圭，《鄭思肖研究及其詩箋注》（中國文化大學碩士論文，一九七七），頁八二至一〇一。有關《心史》較佳的今版，見鄭思肖，《鐵函心史》（臺北：世界書局，一九五五年重刊）。

33 Mote, "Confucian Eremitism in the Yuan Period", p.352, n.50.

34 《石匱藏書》是張岱的書名。張氏效法司馬遷的《史記》寫下此書，記錄明史。見張岱，《石匱藏書》（上海：中華書局，一九五五）；另見Owen, *Remembmnces*, p.137。

一旦不能藉政治明志，就逐漸把政治外相轉移成為內在情操。所以，我們還是可以他們的作品——尤其是詩作——為主，著手探悉其生命態度。若非這種態度，他們還真不能奮起於沮喪的折磨與個人悲劇之中。對這些忠貞之士來講，「以詩傳情」幾乎就等於「揭竿而起」了。

陳子龍的一生和所著詩詞，唯有從這個角度來看才有大意義。什麼「意義」呢？死士的價值和藝術上的體受力。像文天祥一樣，陳子龍在真實世界裡經歷了真正的苦難。他以身殉國，不是死在抽象苦難的觀念中。像文天祥一樣，他也寫下足以光照歷史的詩詞，把個人的道德感顯現出來。不過，他還是有一點和文天祥不同。宋亡不久，文氏即遭執囚禁[35]，而明亡後陳子龍仍能東藏西躲，直至一六四七年投水殉國。若非他復明密謀東窗事發，旋即就逮，他大可學張岱延命苟活，做個前朝遺民，直到老死。但明亡之後，陳子龍畢竟只苟活了三年，而這三年也正是改朝換代的關鍵期。從亡國到亡身這段期間，他仍然能夠記下孤臣孽子的情懷，以詩人之身公開敘寫現實裡的悲劇或生死之間的抉擇。此外，他的詩常具有克里格（Murray Krieger）所謂「撫慰式的優雅」（soothing grace）。這是「悲劇英雄」才能展現的靈視，也是道德與美學原則經過最後的融通後才能表現出來的靈見[36]。換言之，陳子龍的作品——尤其是明亡後他所寫的作品——可以讓我們體會出詩詞所扮演的一種新角色。我們對道德與抒情合而為一的悲劇性瞭解，必須透過這種角色來促成。上述的「合而為一」，其實就是「忠」與「失落」的交相綰結。

35 文天祥在一二八三年初被元人處死之前，曾被下獄囚禁了三年。

36 Murray Krieger, *Visions of Extremity in Modern Literature*, Vol.I, *The Tragic Vision* (Baltimore: Johns Hopkins Univ. Press, 1973), pp.3-4.

第二章　晚明情觀與婦女形象

陳子龍晚期的忠君愛國詩若以情感強度著稱，則他早年的浪漫情詩亦不脫此一色彩。在陳氏的詩詞裡，「忠」與「情」像煞孿生兄弟，表現得咄咄逼人，令人震懾不已。前人柴虎臣的評論頗能道其精蘊：

華亭腸斷
宋玉銷魂
惟臥子有之[37]

陳子龍相信：「豔情」非但不會損人氣概，而且是強直偉士必備的條件。實際上，十七世紀多數中國士子亦持此見。他們對女人的看法逐漸轉變，此或其所以然也。故時人不再認為女人是「紅顏禍水」（femme fatale），不再是仁人君子避之唯恐不及的紅粉骷髏。晚明碩學周銓的〈英雄氣短說〉便明白論及此一新的情觀：

或者曰：「兒女情深，英雄氣短。以言乎情，不可恃也。情溺則氣損，氣損則英雄之分亦虧。故

[37] 柴虎臣，《倚聲集》，引自王英志，〈陳子龍詞學芻義〉，見江蘇師範學院中文系編《明清詩文研究叢刊》第一期（一九八二年三月），頁九四。「華亭腸斷」用的是六朝詩人陸機（二六一－三〇三）死節之典。宋玉（知名於西元前三世紀）的〈高唐賦〉以聲色的細寫著稱。

夫人溺情不返，有至大殺而無餘，甚矣情之不可恃有如是也。」周子曰：「非也！夫天下無大存者，必不能大割。有大忘者，其始必有大不忍。故天下一情所聚也。情之所在，一往輒深。移之以事君，事君忠。以交友，交友信。以處世，處世深。故《國風》許人好色，《易》稱歸妹見天地之心。凡所謂情政非一節之稱也，通於人道之大，發端兒女之間。古未有不深於情，能大其英雄之氣者。以項王喑啞叱吒，為漢軍所窘，則夜起帳中，慷慨為詩，與美人倚歌而和，泣數行下。漢高雄才謾罵，呼大將如小兒。及威加海內，病臥床席，石戚夫人以泣曰：『若為我楚舞，吾為若楚歌。』歌數闋，一慟欲絕。嗟夫，此其氣力絕人，皆有拔山跨海之概，乃亦不能不失聲兒女之一蹙。他若如姬於信陵，夷光於范少伯，卓文君於司馬相如，數君子者，皆飄飄有凌雲之致，乃一笑功成，五湖風月，與後之自著犢鼻，與庸保雜作，滌器於市，前後相映。嗚呼，情之移人，一至是哉！」余故謂：「惟兒女情深，乃不為英雄氣短，嘗觀古來能讀書善文章者，其始皆有不屑之事，後乃有不測之功。觸白刃，死患難。一旦乘時大作，義不返顧，是豈所置之殊乎？竭情以往，以舉此以措雲爾。」余故曰：「天下有大割者，必有所大存，蓋不繫於一節而言也。乃後世有擁阿嬌，思貯金屋，曰吾情也。噫！烏足語此？」[38]

事實上，周銓只不過在說明明代文化的要觀之一：「情」乃「砥勵志節的精神力量」[39]。短篇小說名家馮夢龍（一五七四－六四六）編過一部《情史類略》，寫出許多男女的感人情史。他們有

38 周銓，〈英雄氣短說〉，衛泳，《冰雪攜・晚明百家小品》（上海：國學珍本文庫「第一集」，一九三五）下冊，頁一四四至一四五。此文有林語堂的英譯，見Lin Yutang, *Importance of Understanding* (Cleveland: World, 1960), 117-118。這條資料，我是承韓南的啟發才覓得的，見Patrick Hanan, *The Chinese Vernacular Story* (Cambridge: Harvard Univ. Press, 1981), p221。

39 Hanan, *The Chinese Vernacular Story*, p.79.

的是史上人物，有的是憑空虛構。他們一往情深，訴盡儒門道德觀的至高意境[40]。這部書確如韓南（Patrick Hanan）所說，「把英雄與浪漫思想匯為一流」[41]。

情觀的中心思想是「愛凌駕於生死之上」。更精確地說，這種「愛」係「浪漫之愛」。夏志清在湯顯祖（一五五〇－一六一六）的《牡丹亭》這齣名劇裡，看到了情「超越時間的一面」[42]。這個觀念，其實是明代文人所共有。「愛」變成人所崇奉的觀念後，「情」一面可以帶來至高無上的生命經驗，一面也可以令人大勇無畏，敢於重釐傳統的生死觀。湯顯祖的《牡丹亭‧序》，扼要道出晚明人士所謂「至情」者何也：

> 天下女子有情寧有如杜麗娘者乎？夢其人即病，病即彌連，至手畫形容傳於世而後死。死三年矣，復能溟莫中求得其所夢者而生。如麗娘者，乃可謂之有情人耳。情不知所起，一往而深……生而不可與死，死而不可復生者，皆非情之至也。[43]

因此，為情獻身乃成為晚明戲曲與說部的中心課題。除了湯顯祖的《牡丹亭》與《紫釵記》等兩齣浪漫劇之外[44]，此時有無數的長、短篇小說都是以「情」為主題。我們故而不得不相信，情既然如

---

40 馮夢龍，《情史類略》，鄭學明編（長沙：嶽麓書社，一九八四）。

41 Hanan, *The Chinese Vernacular Story*, p.79.

42 C.T.Hsia, "Time and the Human Condition in the Plays of T'ang Hsien-tsu", In de Bary, et al., *Self and Society in Ming Thought* (New York: Columbia Univ. Press, 1970), p.277。《牡丹亭》的英譯見Cyril Birch, trans., *The Peony Pavilion* (Bloomington: Indiana Univ. Press, 1980)。

43 湯顯祖，《牡丹亭‧作者題詞》（臺北：里仁書局，一九八六年重印），頁一。

44 見Hsia, "Time and the Human Condition"與Pei-kai Cheng, "Reality and Imagination: Li Chih and T'ang Hsien-tsu in Search of Authenticity" (Ph.D.diss., Yale Univ., 1980), pp.252-294。

此厚重，則其敘寫正反映了一種新的感性與道德觀。在馮夢龍的《三言》短篇集裡，我們讀到了陳氏夫婦欲生欲死之愛，也看到了賣油郎為了樂伎美娘九死無悔：情深若此，中國言情之作史上未見[45]。此外，才子佳人小說廣泛流傳，反映大眾對於感情至上眾議僉同。何思南（Richard Hessney）曾經說過，根據這種浪漫的情愛觀，佳人理應許配才子，佳偶天成。「他們魚水合和，是『千秋奇談』的典範。」[46]數十年後，曲家洪昇名劇《長生殿》重編了楊貴妃的傳統形象，又把同樣的情觀宣說了一遍：「吾儕取義翻宮徵，借太真（楊貴妃）外傳譜新詞，情而已。」[47]

或許有人會辯稱，這種「重情說」主要立論根據是小說和戲曲，不過捕風捉影，僅在反映晚明文人作家的生命理想。或謂此乃「一廂情願」（wishful thinking），恰與「我們觀念中的實情」相反，也和「中國古來講究的家國重責」不合[48]。然而，我認為：就像王爾德（Oscar Wilde）所說的，「生命模仿藝術」的程度常常超過「藝術模仿生命」的程度，「偉大的藝術家創造出類型」之後，「生命每每就會依樣畫葫蘆」[49]。我相信這種說法正是晚明男女的寫照。易言之，重情之風在晚明達到沸點，主因讀者取法當代說曲，而其中所寫的角色類型都強調情愛，終使社會文化重新定位人類的感情。事實上，角色類型的典型確實有其深刻的撞擊力，所以早在十六世紀初就有守舊的儒士為此擔憂，深恐

45 馮夢龍，《醒世恆言》（香港：中華書局，一九五八）第三及第九回。這些故事的作者及取材問題，參見Patrick Hanan, *The Chinese Short story* (Cambridge: Harvard Univ. Press, 1973), p.242。

46 Richard C.Hessney, "Beyond Beauty and Talent: The Moral and Chivalric Self in The Fortunate Union", in *Expressions of Self in Chinese Literature*, edited by Robert E. Hegel And Richard C.Hessney (New York: Columbia Univ. Press, 1985), p.239.

47 見《長生殿》第一齣，《中國十大古典悲劇集》（上海：上海文藝出版社，一九八二），頁六一三。

48 何思南在其"Beautiful,Talented, and Brave: Seventeenth-Century Chinese Scholar-Beauty Romances" (Ph.D.diss., Columbia Univ., 1979), p.29討論過這個問題。

49 Oscar Wilde, "The Decay of Lying", in *The Artist as Critic:Critical Writings of Oscar Wilde*, ed. Richard Ellmann (1969; rpt. Chicago: Univ. of Chicage Press, 1982), p.307.

「白話小說對女性讀者會造成不良的影響」[50]。

另一方面，有一點常常為人疏忽：說曲中為情獻身的角色典型，通常都是基於當代名伎的真實生活塑造出來的。虛構與現實生活一面以世俗的方式串聯，一面也以想像的方式貫穿。我們知道，像馮夢龍一類的作家不但交善於樂伎，而且還常為她們寫故事[51]。在這種情況下，上述事實就令人更感有趣了。確然，我們在讀晚明說曲時，常常會懾於樂伎在其間所據的重要地位。金陵秦淮河畔酒樓舞榭的歌伎，地位尤其重要。這些歌女的生活本身就是小說，對情觀的形成舉足輕重。我們一方面看到歌女玉堂春在說曲裡的新形象，看到她變成情人理想的典範[52]，另一方面，我們也讀到冒襄（一六一一—一六九三）所寫的名伎董白的一生。在後一故事裡，忍讓與自我犧牲變成新情觀的特徵，金粉圈內無不拳拳服膺[53]。當然，早在唐傳奇裡，歌伎就常以為情獻身的形象出現，像李娃與霍小玉的虛構故事都是例子。而在晚明之前許久，也有很多貞烈歌伎如武陵春（齊慧貞）者。她為所愛奉獻一生，

---

50 Joanna F.Handlin, "Lü K'un's New Audience: The Influence of Women's Literacy on Sixteenth-Century Thought", in *Women in Chinese Society*, edited by Margery Wolf and Roxane Witke (Stanford: StanfordUniv. Press, 1975), p.28。在十七與十八世紀的歐洲，同樣有人懷疑女人閱讀小說是否恰當。當然，其時歐女原先所讀的是宗教文學，後來才改讀小說。

51 Hanan, *The Chinese Vernacular Story*, pp.80-81.

52 有關玉堂春故事的演變，見Hanan, *The Chinese Short Story*, pp.240-241。

53 冒襄，《影梅庵憶語》，重印於楊家駱編《中國筆記小說名著》（臺北：世界書局，一九五八）卷一。此書英譯見Pan Tze-yen,trans, *The Reminiscences of Tung Hsiao-wan* (Shanghai: Commercial Press, 1931)。有些學者可能認為這個故事的結局「不夠寫實」。據冒襄所述，董白因病而死，但有人懷疑冒襄偽稱。長久以來，民間傳說董白後為順治立為皇妃，不過學者已證明這是訛傳，見錢仲聯《吳梅村詩補箋》，在其《夢苕庵專著二種》（北京：中國社會科學院出版社，一九八四），頁一二三至一三三。然而，若據史學家陳寅恪之說，董小宛很可能在一六五〇至一六五一年為清人所劫持，雖然她並未如傳言變成順治皇帝的妃子。一六五〇年左右，也是冒襄說小宛病逝的那一刻。一六五一年以前，清軍確實已席捲金陵與蘇州一帶的北里區，「攫走」很多當地的歌伎，包括一些已經從良的。清軍的目的，是要為朝廷重開教坊。董小宛也是傑出的畫家，這方面的討論請見Marsha Weidner et al., *Views from Jade Terrace: Chinese Women Artists 1300-1912* (Indianapolis Museum of Art and New York: Rizzoli, 1988), pp.98-99。

至死不移。徐霖（一四六二—一五三八）特地為她雕像褒旌[54]。然而，「歌伎的典型」要為眾人接受，變成情觀的象徵，卻得俟諸十七世紀初年。概略言之，重情思想可謂歌伎文化的產物。

歌伎轉化情的觀念，使之成為受人景仰的風尚。孔尚任（一六四八—一七一八）的傑作《桃花扇》也例示了這種情形。《桃花扇》是一本歷史劇，完成於一六九九年，所寫自是晚明的真人真事。在劇中，名伎李香君對所愛侯方域的堅貞之情，由一把沾染血斑的扇子來象徵。原來香君不從奸相之令改嫁漕撫，以頭撞地，血噴而出，染紅扇面。這把血扇後為畫家楊文驄所得，便就血斑畫成桃花。人間至情，全都縮影在這把桃花扇上。晚明理想的情觀，也藉此象徵出來，而傳統的人間樂園「桃花源」從此又得到一層新義[55]。桃花扇既然寓有這麼深刻的情意，香君和方域的樂師朋友蘇昆生才會冒險護持差點落水的扇子：

　　橫流沒肩
　　高擎書信
　　將蘭亭保全真本[56]

54 武陵春的故事記載於周暉的《續金陵瑣事》（書成於一六一〇年），重刊於《金陵瑣事》（北京：文學古籍刊行社，一九五五）二卷，頁一五七乙至一五八甲。應該注意的是：徐霖在他的銘文裡把武陵春喻為某李哥哥，暗指唐代賢伎李娃——白行簡虛構出來的小說人物。徐霖對李娃特有所好，據傳為其所作的傳奇《繡襦記》，就是取材自唐傳奇《李娃傳》。有關武陵春和徐霖的資料，我要感謝王瑷玲的指引。李慧淑的一篇手稿也使我獲益匪淺：Lee Hui-shu's, "The City Hermit Wu Wei and His Pai-miao Paintings" (1989)。

55 請注意：在這本戲第二十八齣，侯方域在藍瑛的畫上題了一首〈桃花源〉詩。〈桃花源〉與「桃花扇」之間有象徵性的聯繫應該不言可喻。

56 孔尚任，《桃花扇》（臺北：商務印書館，一九七一年重印），頁一二九。

以裴德生（Willard Peterson）為首的某些現代史學家，都曾警告過我們不要把「許多作品裡所寫」的歌伎與文人的關係當真，尤其不可把「他們之間的關係想得太浪漫」[57]。不錯，確實有作家筆下的情觀和一般不同，目的也有差異，而即使是秦淮河畔的歌伎也有「舊院」與「南市」之分——前者賣藝不賣身，後者和現代的「妓女」無殊[58]——但我們仍然難以否認理想的浪漫之愛確實就是晚明文士和歌伎之「情」的真諦。問題的癥結在於「才子」若無「佳人」匹配，就不成其為「才子」了。當然，豔情並非始於晚明，不過上述情觀在明末風靡一時，因而變成文化界的迷流之一，反又化為時代文學思潮的主導力量。早期說曲裡的主角，多半是下面這種觀念的信徒：「功未成，名未就，何以家為？」但《桃花扇》裡的侯方域卻不似這種傳統人物。他考場失意，名落孫山，隨即就和香君拜了天地。他把「情」置於世俗的功名之上，還為此洋洋得意：「雖非科第天邊客，也是嫦娥月裡人。」[59]這種高蹈不實的浪漫之情，尤可見諸「成雙成對」的觀念。才子佳人式的說曲，最好強調這種情觀[60]。話雖如此，真實生活裡最難令人忘懷的愛情象徵，仍然要推文人與歌伎羽翼雙飛，例如侯方域（一六一八—一六五五）與李香君，冒襄（一六一一—一六九三）與董白，吳偉業（一六〇九—一六七二）與卞賽，龔鼎孳（一六一一—一六七三）與顧媚[61]，楊文驄（一五九六—一六四六）與馬嬌[62]，以及陳子龍與柳如是等等。

57 Willard J.Peterson, *Bitter Gourd: Fang I-chih and the Impetus for Intellectual Change* (New Haven: Yale Univ. Press, 1979), pp.143-144.

58 「舊院」，指靠近武定橋的伎區。像李香君與卞賽等名伎才女都住在這裡。她們一旦找到可以託付終身的良人，每每會交換信物，就像《桃花扇》裡侯方域與李香君的做法。相反，「南市」是低級伎女賣春之處。見余懷，《板橋雜記》，頁一甲。

59 孔尚任，《桃花扇》（北京：人民文學出版社，一九八〇）修訂版第六齣，頁四四。下提本劇據此版。

60 例如吳炳的戲曲《綠牡丹》裡便有兩對「才子佳人」。類此技巧稍後也出現在《平山冷燕》與其他戲曲裡。見Hessney, "Beautiful,Talented and Brave",p.167。

61 有關顧媚的生平與藝術成就，見Weidner, *Views from Jade Terrace*, pp.96-98。

62 據關賢柱所考，楊文驄的生卒年是一五九六至一六四六年，而不是一般以為的一五九七至一六四五年。見關著〈楊龍友生從這個角度來看，陳子龍與柳如是的詩詞所寫的浪漫愛情，實為斯時文人與歌伎文化的直接迴響。柳如是乃名伎也，時代因她而益形多彩，婦女的形象也因她而提高不少。這點我稍後會再詳論。柳如是還不僅是名伎，她更是一代才女，文學成就斐然[63]。雙十年華，她就刊行了處女詩集，成為眾所矚目的女詩人。她和陳子龍之間的情緣為詩詞激發了一種新體，影響廣及爾後詞體復興這件文壇要事。幾年過後，就在一六五二年左右，柳如是又編成了一部女詩人的詩選。最後，這部詩選合刊在錢謙益（一五八二－一六六四）所編的《列朝詩集》裡。柳如是一如其時無數的歌伎，變成人人景仰的「才女」，周旋於江南諸城的文化菁英之間。余懷（一七一七－?）在其《板橋雜記》裡描寫道：柳如是的同代歌伎之中，有許多人都是詩、書、畫、曲四絕，時人直以女性藝術家目之，而她們也不拘禮法，自由自在地與男詩人或翰林學士互相酬答。李維（Howard Levy）曾將《板橋雜記》譯為英文[64]其〈序論〉總括上述論點曰：

> 「這些歌伎」浸淫在書法、藏書、畫論裡。她們會將閨房布置得很樸素，但是不失格調……也會忘情吹笙弄調，獨具一格吟詩作對，要不就逕扮生旦，演來絲絲入扣，令觀者目瞪口呆。達官貴人為其神魂顛倒，顯然不是因其姿色撩人，係其才具優異有以致之[65]。

先前歌伎的生活天地就是所居北里，但是明末的歌伎卻不受此限。許多文人的居所都有歌伎定期來訪[66]。文徵明（一四七〇－一五五九）曾孫文震亨（一五八五－一六四五）的名府，就是柳如是時

卒年考〉，《貴州師範大學學報（社會科學版）》第五十期（一九八七年三月），頁四三至四四。

63 有關柳如是的畫與碑銘的簡論，見Weidner, *Views from Jade Terrace*, pp.99-102。

64 Howard Levy,trans., *A Feast of Mist and Flowers: The Gay Quarters of Nanking at the End of the Ming* (Yokohama: Privately printed, 1966).

65 Levy, "Introduction", *A Feast of Mist and Flowers*, p.9.

66 James C.Y.Watt, "The Literati Environment", in *The Chinese Scholar's Studio: Artistic Life in the Late Ming Period*, edited by Chu-tsing Li and

常造訪之處。文人常在他們優適的居所雅集，款待來訪的歌伎，而如同屈志仁（James Watt）指出來的，這些聚會的結果「有時就是浪漫的婚姻——這是晚明開放的社會另一值得注意之處」[67]。

晚明歌伎享有的新地位，多少類似十六世紀威尼斯（Venice）色藝雙絕的高級才伎[68]。男女之間的新關係，便在這種新地位上建立起來。首先，柳如是的詩詞成就並非暗示歌伎心存和鬚眉一別苗頭，希望另建女人的地位，而是暗示一種能力，足以泯除男女之間的界限。柳如是以身作則，進一步暗示歌伎再也不只是「聊天的陪客，或僅僅是個『藝匠』」。唐代以來，她們或許是這種人[69]，如今則不然，反而是各有專著的「作家」或「藝術家」，承襲了和男性一樣的文學傳統，也和男性一樣處身於當代的文化氣候裡。職是之故，她們廣受江南知識菁英敬重與贊助。當代說曲上出現大量的「才女」，或許某種程度上僅在「反映女性讀者或觀眾的願望」[70]，但是，類如柳如是的歌伎確實就是不折不扣的「才女」。讀小說，我們就想起多才多藝的蘇小妹（宋代詩人蘇東坡之妹），馮夢龍的《三言》小說集又把蘇小妹的形象散布到各處[71]。小說中對蘇小妹的詩才讚不絕口，也講到她在洞房花燭夜如何「考」她的「丈夫」秦觀。當然，小說純屬虛構，因為史上的蘇小妹根本沒有見過宋詞大家秦

67 James C.Y.Watt (New York: Asia Society Galleries, 1987), p.7.

68 同上。

69 Ann Rosalind Jones, "City Women and Their Audiences:Louise Labé And Veronica Franco", in *Rewriting the Renaissance:The Discourses of Sexual Differences in Early Modern Europe*, edited by Margaret W.Ferguson et al. (Chicago:Univ.of Chicago Press, 1986), pp.299-316.
Jeanne Larsen, "Introduction" to her *Brocade River Poems: Selected Works of the Tang Dynasty Courtesan Xue Tao* (Princeton: Princeton Univ. Press, 1987), p.xv.

70 Hessney, "Beautiful,Talented and Brave" p.36.

71 馮夢龍，《醒世恆言》第十一回。此回故事取材的問題，見Hanan, *TheChinese Short Story*, p.243。何思南在"Beautiful,Talented and Brave"，頁一七七至一七九中也討論過這個故事。蘇小妹的故事還令人想到伍爾夫夫人（Virginia Woolf）所創造的一位小說人物——一位稱為Judith Shakespeare的女詩人：莎翁「才高八斗的妹妹」。見下面有關吳氏故事的論衡：Sandra M.Gilbert and Susan Gubar, *The Madwoman in the Attic: The Woman Writer and the Nineteenth-Century Literary Imagination* (New Haven: Yale Univ. Press, 1979), pp.539-541。

觀：她在秦觀弱冠並投在蘇軾門下之前就已倩魂西歸。此外，史上秦觀所迎為徐氏，亦非蘇氏也[72]。這篇小說的匿名作者顯然故意扭曲史實，以便創造出一位才女。這位才女才藝更在丈夫之上，可想必能深受晚明讀者歡迎。

同樣地，清初戲曲大家洪昇也寫過一齣《四嬋娟》，藉以頌揚四名才女的文才與巧藝：謝道韞工詩，衛鑠精書，李清照善詞，而管道升則擅畫。當然，這齣戲還是偏重歷史人物的改寫，而非以明末才女的敘寫為重心。不管如何，前此說曲裡「才子佳人」的觀念已經慢慢轉化成為「才子才女」的形象。「美色」不再是說曲家濡筆爭製的焦點，男女主角平起平坐、才質堪比才是重心所在。

更有趣的是，戲曲家徐渭在短劇《女狀元》裡，把男女平等誇大到了極點。劇中寫一女子喬扮男裝，在殿試裡狀元及第——傳統上，女人是不能赴科考的[73]。這名女子最後嫁給了宰相之子，而其夫婿稍後也高中狀元。徐渭在劇尾的題目正名裡把他的命意簡括出來：「女狀元和男狀元，天教相府配雙鴛。」[74]確證可信：耽讀說曲的歌伎柳如是，對新說曲裡的才女形象一定很熟悉[75]。男性作家創造出了一位蘇小妹與一位喬扮男裝的女狀元，但柳如是本人就是蘇小妹，也經常像「女狀元」一般身著男裝，以儒士的面貌現身。一六四一年，她便身著男裝獨自走訪錢謙益的半野堂。錢氏居然認不

72 何瓊崖等，《秦少游》（南京：江蘇人民出版社，一九八三）。

73 見徐渭，《女狀元・辭凰得鳳》，周中明編《四聲猿》（上海：上海古籍出版社，一九八四），頁六二至一〇六。同類的題材另見於許多明清傳奇，但徐渭所編可能是最著名的一齣。

74 同上書，頁一〇〇。

75 當然，「才女」形象影響所及不僅僅只有歌伎，許多女詩人皆出身縉紳人家。她們籌組詩社藉以提高文學興趣。歌伎積極周旋在儒士之間，彼此關係密切，但一般女詩人的活動不然，只限於女性的親朋好友之間。出身大家的這類女詩人，以商景蘭最值得注意。她是明末志士祁彪佳（一六〇二－一六四五）之妻。魏愛蓮（Ellen Widmer）指出：詩才與藝術成就雖可使歌伎「飛上枝頭，與縉紳聯姻，但是，縉紳之女或縉紳之妻或母，卻不得露才太甚」。見Widmer, "The Epistolary World of Female Talent in Seventeenth-Century China," *Late Imperial China* 10,2(1989): p.30。

出她，還深為這位「少男」的文才所折服。就像莎劇《威尼斯商人》（*Merchant of Venice*）裡的波西亞（Portia）[76]，扮成男裝的柳如是感到前所未有的自由，地位也非曩前可比（參見《別傳》中冊，頁三八七）回溯如此泯滅男女界限的企圖，我們發現晚明的歌伎確和早期的宮娥歌女十分不同。畢瑞爾（Anne Birrell）說得不錯，早期宮娥與歌女的生活地位「和男性相去甚遠」[77]。

晚明歌伎的形象既然有所轉變，異乎一般女子，文士自會和她們發展出特殊的關係[78]。這種關係縱然不能稱為真正的平等，至少也是互爭妍媸或互敬互重。文士和歌伎作詩酬和，一起出遊，在政治與道德承諾上同肩共擔，彼此發展出真正的友誼。歌伎洗盡鉛華後，往往變成文人妾，但是她們扮演的職責卻又不遜今人妻。柳如是離開陳子龍後數年，像傳奇一般地嫁與錢謙益，就是一例。當時，文士的正妻通常都在媒妁之言下聘娶，無論情感與知識都與丈夫頗有距離，發展不出真正的浪漫情愫。歌伎乃乘虛而入，越俎代庖。同時，「愛」與「友情」在情觀的鼓勵下，往往也會「合法化」文士和歌伎之間的關係，使他們能見容於世人[79]。余國藩研究十八世紀偉構《紅樓夢》時曾指出：「表兄妹之間綻放的愛情」，具有「不尋常的」本質[80]。這種現象確可追溯到晚明才子與「才伎」的關係模式上。

76 這一點我得感謝Linda Woodbridge的啟示，見其*Women and the English Renaissance: Literature and the Nature of Womankind*,1540-1620 (Urbana: Univ.of Illinois Press, 1986), p.153。

77 Anne Birrell,"The Dusty Mirror:Courtly Portraits of Woman in Southern Dynasties Love Poetry", in Hegel and Hessney, eds., *Expressions of Self*, p.55.

78 Joanna Handlin辯稱由於晚明識字婦女的人數日增，男人對女人的看法已經改變。見其"Lu K'un's New Audience", p.29。

79 當然，這不是說晚明沒有妒婦，不是說正妻不會禁止丈夫納妾。陳子龍與柳如是彼此情深義重，但因陳氏家有妒婦而不能長相廝守。這一點本書稍後會說明。

80 Anthony C.Yu, "The Quest of Brother Amor:Buddhist Intimations in The Story of the Stone", *Harvard Journal of Asiatic Studies* 49.1(1989): p.70.

關涉文人歌伎關係發展的另一因素，是復社與幾社等文學團體所推動的新思潮。明代的愛國志士幾乎都是復社的成員，此所以我稍前曾提到文學團體與明朝忠君思想的關係。事實上，許多傑出的歌伎——如柳如是、卞賽與李香君——都可算是復社或幾社的「社員」，因此也都和她們的男友擁有一樣的文學與政治關懷。明朝在稍後滅亡之後，這些歌伎也有人為國犧牲了，像孫克咸的妾葛嫩娘就是一例。其他的人——尤其是柳如是[81]——則涉入反清復明的運動，不讓男性志士如陳子龍和王夫之等專美。復社所強調的政治與道德上的使命，在成員中掀起一陣新的熱潮，促使愛情與忠君思想結合在一起。這兩種激烈的人類情感，乃順理成章形成直接的互動。職是之故，不分男女，許多著名的情侶乃紛紛變成堅貞的愛國志士。

事實上，明清之際的許多作品裡，歌伎常常是愛情與政治使命的基本聯繫點。上文說過，孔尚任的《桃花扇》刻畫歌伎李香君的貞烈死節，如在目前。李香君和所愛侯方域都常受到政治壓力，兩人也都不斷在抵擋。奸臣阮大鋮貪贓枉法，惡名昭彰。勸侯方域拒絕阮大鋮資助的正是李香君。非特如此，香君對復社的志業信仰堅定，不但百般回護，必要時還願意效死。她在秦淮河畔的北里香閨，牆上正刻著復社領袖張溥與夏允彝的愛國詩詞[82]。侯方域最後加入義舉，也是受到香君愛情感動。史上的侯方域曾為香君立傳，讚美她是「俠而慧」的貞婦[83]。

柳如是同樣勇氣可嘉，有豪俠之風。她常自比梁紅玉——梁氏本為歌伎，後來嫁給宋將韓世忠，曾助丈夫逐退金兵（參見《別傳》上冊，頁六六）。在柳如是與李香君身上，我們確可見到一幅鮮明

81 比方說，她曾涉足黃毓祺的抗清運動，一六五四年與一六五九年也曾襄助金陵地區的鄭成功部隊。類似的義舉詳情請見《別傳》下冊，頁八二七至一二二四。

82 孔尚任，《桃花扇》第二齣，頁一六。

83 侯方域，《壯悔堂集》，《四庫備要》版（上海：中華書局，一九三六）卷五，頁一一乙。

的歌伎畫像，充滿大無畏的精神與正義感。女人在傳統上業經定型為「紅顏禍水」，是男人的致命弱點。但柳、李卻一反常態：她們義行可風。侯方域、冒襄、陳貞慧（一六〇五－一六五六）與方以智人稱明末「四公子」，但他們都忠於國家，是反清志士。他們與歌伎之間的浪漫情史不但沒有使自己忘卻國仇家恨，反而因此更加愛國，獻身民族大業。總而言之，晚明歌伎有其政治重責，力足以結合靈肉，化而為道德行動。她們和前輩歌女的大異，或許正是在此。

最重要的是，明朝覆滅以後，歌伎已然變成愛國詩人靈視的化身。這種發展不難理解：歌伎和愛國志士在亡國後都經歷過同樣的變局，不論公眾形象或個人角色都取決於類似之見。他們之中某些人還得像陳子龍和柳如是一樣，不斷扮演抗爭者，參與各種復明大計。至於其他人呢？以侯方域和卞賽為例，就遁跡人寰，不是進了道觀，就是當了隱士。不過，這些人經過國破家亡，都像失根的蘭花，感到無限的蕭寂，就像吳偉業在〈聽女道士卞玉京彈琴歌〉裡深刻所寫的一般[84]。眾女在改朝換代的過程中所感受到的痛苦，委實不下於遺民志士：

月明弦索冷無聲
山塘寂寞遭兵苦
十年同伴兩三人
沙董朱顏盡黃土
貴戚深閨陌上塵
我輩漂零何足數[85]

84 見Kang-I Sun Chang, "The Idea of the Mask in Wu Wei-yeh (1609-1671)", *Harvard Journal of Asiatic Studies* 48.2(1988): 289-320。

85 見Kang-I Sun Chang, "The Idea of the Mask in Wu Wei-yeh (1609-1671)", *Harvard Journal of Asiatic Studies* 48.2(1988), p.317，《附錄》。

因此，國破後倖存的志士每將自己的煢然無助比諸歌伎的命運，甚至以此醍醐灌頂。詩人吳偉業可能從此獲得靈感，才在一六五〇年提筆為歌伎的流離生涯譜出一連串的新曲。其中最著名的一首應數〈臨淮老伎行〉（一六五五）。這首名詩中有兩行寫臨淮老伎深刻無比，其實正是詩人自己晚年的寫照：「老婦今年頭總白／淒涼閱盡興亡跡。」[86]

晚明志士在歌伎的命運中看到自己的命運。他們尊敬歌伎的心情由此可見一斑。更具啟示新意的一點是：歌伎命運的浮沉，對他們來講便是國家興衰的隱喻[87]。余懷《板橋雜記》開篇的故事，居然拿秦淮河畔的歌伎比喻明朝的興廢[88]。王士禎（一六三四－一七一一）的〈秦淮雜詩〉詠歎歌伎悲慘的命運，借調寄亡國之思[89]。其時年紀尚輕的詩人夏完淳（一六三一－一六四七）也為某歌伎寫了一首詩，對答之間把過去的繁華和眼前的蕭條做一對比。令人驚愕的是，他把焦點鎖在歌伎文化敗亡的悲劇上[90]，孔尚任《桃花扇》的楔子寫道：全劇精神所寄是朝代的「興亡」與人世的「離合」[91]。本書稍後有專章討論到陳子龍的詞，因為他把所愛的柳如是轉化為明朝的象徵。明末遺臣的作品常常寫到歌伎——我們如果一一追索她們的象徵意涵，則表面上的文學技巧實則可能衍化自真實生活的信念，蓋「歌伎」已然變成「情」與「忠」的橋樑。

86 吳偉業著，吳翌鳳編《吳梅村詩集箋注》（一八一四年；香港：廣智書局，一九七五年重刊），頁一八五。

87 另見朱則傑，〈歌舞之事與故國之思——清初詩歌側論〉，《貴州社會科學》卷二二，一九八四年第一期，頁九五至一〇〇。

88 余懷，《板橋雜記》，重刊於《秦淮香豔叢書》（上海：掃葉山房，一九二八），頁一甲。

89 王士禎著，李毓芙編《王漁洋詩文選注》（濟南：齊魯書社，一九八二），頁六九。另見Daniel Bryant英譯的第十一首雜詩（"Syntax and Sentiment in Old Nanking: Wang Shih-chen's 'Miscellaneous Poems on the Ch'in-huai'", manuscript, 1986），p.27。

90 引自余懷，頁一七甲。

91 孔尚任，《桃花扇》，頁一。

第三章　陳子龍與女詩人柳如是

我們說過，十七世紀才女型的歌伎不為俗羈，社會地位也高過前代婦女。證諸陳子龍松江朋黨所寫的詩文，可知此言不虛。柳如是在一六三二年崛起之時固為松江歌伎，但也是才藝過人的少女。陳子龍和其他的松江文人——主要為宋徵輿、李存我與李雯——都非常佩服她的學識與詩技。她也寫得一手好字，令人歎賞不絕。諸子不僅視之為紅粉知己，又引為政治同黨。明、清兩代，有許多人為柳如是畫過像，證明她在男性同儕之間確有地位[92]。總而言之，正如陳寅恪三巨冊的柳傳分毫無爽所示，任何和柳如是見面把談過的人，無不傾倒。

柳如是出身撲朔迷離。一六四一年嫁與錢謙益之前，她數易其名，使得問題更難稽考。不過，此時她開始啟用「是」這個名字，自號「如是」（《別傳》上冊，頁一七至三七）。松江時代，她顯然用過許多名字，例如「影憐」、「雲娟」、「嬋娟」與「柳隱」等等。她幼年的生活尤其是一片迷霧：迄今似乎無人知曉早年的她是怎麼一回事。據陳寅恪所考，她本為盛澤歸家院的丫鬟（名楊愛），十來歲就為時已罷官的前任首宰吳江周道登納為妾。周氏對她愛寵有加，終於引起諸妾妒意，誣她淫亂。時年十五的柳如是，就此被逐出周府（《別傳》上冊，頁三九至五三）。

92 哈佛大學霍格藝術博物館（Fogg Museum of Art）藏有一卷題為「河東君像」的柳如是肖像。有人認為這是晚明畫家吳焯繪，見Robert J.Maeda, "The Portrait of a Woman of the Late Ming-Early Ch'ing Period: Madame Ho-tung", *Archives of Asian Art* 27(1973-1974): 64-52。不過，最近有些藝術史家懷疑這幅畫是偽作，例如James Watt就辯稱吳焯所繪並非河東君，因為畫中歌伎的造型「鄙陋」，和史上柳如是高雅之美適相矛盾（一九八七年十月三十日私函）。較晚期畫家所繪的柳如是像，請參見本書附圖。

那一年是一六三二年，而柳如是也來到陳子龍故里松江定居。松江府乃晚明文化活動中心，絲棉業發達，「和蘇州同享經濟富庶」[93]。松江又名雲間，文學上夙有「雲間詩派」之稱，和「松江畫派」相互輝映。誠然，當時少有地方像松江擁有這麼多的名儒、詩人、畫家與書法家[94]。因此，初抵松江的柳如是馬上發覺身邊盡是俊彥高逸。她深知人窮辱至，不過早年在周府時也有幸學過詩詞書畫，因此擁有晉身的才藝，得以在高級社交與文學圈內出人頭地。陳子龍至交宋徵璧（約一六〇二–一六七二）曾寫過一首詠柳如是的〈秋塘曲〉，詩序中自謂深為柳氏過人才質所迷。他對柳如是的看法，其實就是松江學者——尤其是陳子龍——對柳氏的態度：

> 宋子與大樽（案指陳子龍）泛於秋塘，風雨避易，則子美〈渼陂之遊〉也[95]。坐有校書（案即樂伎，指柳如是）[96]，新從吳江故相家流落人間，凡所敘述，感慨激昂，絕不類閨房語……陳子酒酣，命予於席上走筆作歌。（《別傳》上冊，頁四八）

其時陳子龍年方二十四，卻已是著名詩人，身兼松江文學團體幾社的領袖。這個社團正是名聞天下的復社的支會，而陳氏暨諸友和許多晚明士子一樣，此時也都感到有國破家亡之虞：朝廷興廢、文化命脈似乎都有隱憂。他們不論以詩遣懷或發為社會批評，心裡從未忘卻文化復興或政治上的振衰起弊。幾社的「幾」字典出《易經》，意思實為「種子」，亦即取其振興古典學術命脈的「種子」之意。

93 James Cahill, *The Distant Mountains: Chinese Painting of the Late Ming Dynasty* (New York: Weatherhill, 1982), 63。另見《別傳》上冊，頁三二九。

94 Cahill, *The Distant Mountains*, 63。另見朱惠良《趙左研究》（臺北：故宮博物院，一九七九），頁一七九至一八二。

95 見杜甫，〈渼陂行〉，仇兆鼇注，《杜詩詳注》卷三（北京：中華書局，一九七九）冊一，頁一七九至一八二。

96 「校書」一詞原來特指唐代歌伎薛濤。她曾經薦舉任蜀官校書，後世遂以此詞指才女型的歌伎。

意[97]。對這些憂國之士而言，文明的振興不僅攸關政局，而且也是晚明教育系統垂危的療方。他們企圖恢復過去的理想治世，因此大聲疾呼回返古代詩文的精神世界。詩人不僅要有詩才，也要關心社會政治。國家在存亡之秋更當如此[98]。他們極思統合文學、文化和政治，故美其奮鬥曰「復興」。像歐洲在中世紀以後的文藝復興（Renaissance）運動一樣，晚明諸子鉤沉古典詮解古典不遺餘力，認為這才是重整國家的治本之道[99]。

此一復興運動另一要面，關乎婦女逐步解放與男人對婦女態度的轉變。這一點前章業已討論。英國文藝復興運動與歐洲的有一些不謀而合之處，不能僅用「湊巧」二字予以形容。像伍布里治（Linda Woodbridge）等當代西方學者，總認為現代女性主義有其文藝復興時代的根源，甚至覺得其時諸作是有關女性作家與讀者的文學作品的早期里程碑[100]。就中國是時的國情來說，柳如是的生涯恰可為我們提供一個優異的比較基礎。下面的幾個課題，更可做如是觀：男人與女人的關係，女詩人對自身的看法，以及文學傳統與原則性所扮演的角色。

比之西方的女詩人，柳如是有一點比較幸運：她的詩人地位不曾受到男性詩友的貶抑。據吉兒白（Sandra Gilbert）與古芭（Susan Gubar）所述，西方傳統一向視詩人為「神聖的天命」（holy vocation），

---

97 William S.Atwell, "Ch'enTzu-lung (1608-1647): A Scholar Official of the Late Ming Dynasty" Ph.D.diss. (Princeton Univ, 1975), p.58。另見 Richard Wilhelm and Cary F.Baynes, trans., *The I Ching or Book of Changes* (Princeton: Princeton Univ. Press, 1967), p.345。

98 有關此一文學團體逐漸涉足政治的轉變，見Andrew H.Plaks, *The Four Masterworks of the Ming Novel* (Princeton: Princeton Univ. Press, 1987), pp.9-12。

99 William S.Atwell, "From Education to Politics:The Fu She", in Wm.Theodorede Bary, ed., *The Unfolding of Neo-Confucianism* (New York: Colmnbia Univ. Press, 1975), p.345.

100 見Linda Woodbridge, *Women and the English Renaissance: Literature and the Nature of Womankind*, 1540-1620 (Urbana: Univ. of Illinois Press, 1984)。尤其是此書頁一至九。

但女人因為不具神職人員的資格，所以沒有機會展露抒情詩才或當名詩人[101]。侯夢絲（Margaret Homans）以英國傳統為例，也提出類似之見。她說男人總把女人看成靜靜的聽眾，而不是創造力勃發的詩人[102]。事實上，有人甚至認為「女詩人」（woman poet）是個「自相矛盾的名詞」[103]，蓋希臘文「詩人」（poietes）本屬陽性字詞。因此，吉兒白與古芭便結論道：英文中所謂的「女作家」（women writers）通常都指「女性小說家」（women novelists），如簡・奧斯丁（Jane Austen）、夏洛蒂・勃朗特（Charlotte Bronte）與喬治・艾略特（George Eliot）等人[104]。然而，中國的情況卻非如此：各種選集登載了不計其數的女詩人的作品，漢世以下皆有。唯一有異的是，著名的女性小說家要下逮二十世紀才有之。說得也是，自蔡琰（約生於一七八年）、薛濤（七六八－八三一）、李清照（一〇八四－約一一五一）與朱淑真（知名於約一一七〇年）首開風氣以來，柳如是與其他明清女詩人便把詩詞推到歷史的頂峰，中國抒情詩因此欣見陰柔的纖敏意緒。「詞」本豔科，多半以男女關係為中心課題，故而上述情形益見真切。即使是男詞人，也常把詞中的發話人（persona）設定為女性，以便傳達他們對婦女問題與情

101 Sandra M.Gilbert and Susan Gubar, *The Madwoman in the Attic:The Woman Writer and the Nineteenth-Century Literary Imagination* (New Haven: Yale Univ. Press, 1979), p.546.

102 見其*Women Writers and Poetic Identity* (Princeton: Princeton Univ. Press, 1980)與*Bearing the Word: Language and Female Experience in Nineteenth-Century Women's Writing* (Chicago: Univof Chicago Press, 1986)。

103 Gilbert and Gubar, *Madwoman in the Attic*, p.541。另見Richard B.Sewall, ed., *Emily Dickinson: A Collection of Critical Essays* (Englewood Cliffs: Prentice-Hall, 1963), p.120。

104 Gilbert and Gubar, *Madwoman in the Attic*, 540-541。要特別指出的是，這點在法國傳統裡不管用。在古代法國，Marie de France（知名於十二世紀末葉）和Christine de Pizan（約一三六四－一四三〇）都是人所公認的大詩人。當然，我也不是說英語世界沒有任何女詩人。但是，和女小說家不一樣的是，英國「寫詩的女人」（例如十八世紀的女詩人）一向都受到忽視，甚至遺忘。不到二十世紀，這些人還真難出頭，參見Roger Lonsdale, *Eighteenth-Century Women Poets: An Oxford Anthology* (Oxford: Oxford Univ. Press, 1989)。

感的深切關懷[105]。我稍前提到，自十七世紀以降，許多女性——尤其是歌伎——常與男性長期和詩酬答。互贈的詩詞，以陳子龍和柳如是的為例，通常就是雙方的信函，宣洩各自的私情，也道出彼此親密的關係。傳統中國男性並不認為女人所寫的詩詞「本質上會有什麼問題」，原因無疑部分係此。但在早期英語世界裡，女人寫詩顯然會出問題[106]。明清的男性詩人實則常獎掖女詩人，而且賞識才女的興致特別高。以陳子龍為例，他就鼓勵過柳如是刊刻詩集《戊寅草》（一六三八），還為她撰〈序〉推崇：

> 余覽詩上自漢魏，放乎六季，下獵三唐。其間銘煙蘿土之奇，湖雁芙蓉之藻，固已人人殊……是致莫長於鮑、謝矣……是情莫深於陳思矣……是文莫盛於杜矣。後之作者，或短於言情之綺靡，或淺於詠物之窅昧，惟其惑於形似也。……乃今柳子之詩，抑何其凌清而瞯遠，宏達而微泓與？……［柳詩］大都備沉雄之致，進乎華騁之作者焉。蓋余自髫年，即好作詩，其所見於天下之變亦多矣。要皆屑屑，未必有遠旨也。至若北地創其室，濟南諸君子入其奧[107]，溫雅之義盛，而入神之製始作，然未有放情晅妍……迨至我地，人不逾數家，而作者或取要眇，柳子遂一起青瑣之中，不謀而與我輩之詩竟深有合者，是豈非難哉？是豈非難哉？（《別傳》上冊，頁一一一至一一三）

105 這種技巧在中國古詩中即可一見。當然，晚近的女性主義批評家深疑男性是否足以為女性「代言」。由於晚明男女有互易文化的情況發生，我認為上述的替代可信。詞體的歷史，尤其是詞在十七世紀的發展，顯示詞中的女人不僅僅是「隱喻」，同時也是「同僚」。

106 Gibert and Gubar, *Madwoman in the Attic*, p.541.

107 李夢陽是「前七子」之一，為一四九〇至一五〇〇年代的文壇祭酒。「濟南諸君子」喻「後七子」，因為他們奉李攀龍（一五一四－一五七〇）為首，而李氏正是山東濟南人。前七子和後七子都宗奉盛唐詩體，但據浦安迪（Andrew H. Plaks）的觀察，他們「在理論上常常顯得極不一致。反映在他們的文學生涯上，尤其如此，在主要的文學課題上，他們的意見更是反覆無常」。參見Plaks, *The Four Masterworks of the Ming Novel*, p.28。

陳〈序〉意緒深邃，同時也在代雲間詩派發言。柳如是誠誠悃悃，對此派五體投地。陳〈序〉又道出陳氏個人的信念：真正的詩唯有歸本還原一途才能獲得。然而，此一復古心態並非徒知模仿，亦非自陷古人封囿而為古人所役。這種信念的本源，認為傳統乃文明智慧貯存之所，其權威不容動搖，個人的創作靈感都要從茲汲取。雲間詩派乃幾社旁系，其成員認定所推詩論可應晚明文學界之需，範圍廣及道德與知識層面。在他們心目中，往昔的文學自成一個理想的典範。返歸於此，是撥亂反正的唯一途徑，免得社會繼續墮敗。因此，他們並非為模仿而模仿，而是能在個人的創造性與傳統之間求取一平衡點。艾略特（T.S.Eliot）數十年前夫子自道也為同道代言的話，幾乎就是在重複雲間詩派的論點：「我們不是在模仿，我們是在接受改造，我們的作品是經過改造後的人寫下的。我們不是在借取，我們是在接受刺激，我們扛起的是一個傳統。」[108]

陳子龍、柳如是與他們的松江朋輩，都認為恢復華夏郁郁文風乃責無旁貸。問題是：究竟要借取哪些過去的文學典範，才能在目前重燃詩的生機？陳子龍在序柳如是的詩集時，已經顯示他絕不盲從詩界前輩。也就是說，以「情」而言，他取法曹植；以「狀物」而言，他走的是鮑照與謝靈運一脈；以文論而言，他奉杜甫為圭臬。雖然如此，體式之別仍然是陳氏的中心關懷。他的〈序〉暗寓著一層深意：古詩的傳統與律詩的傳統他絕不會牛馬不分，而儘管他在古詩上似乎以六朝的曹植為鑑，就律詩而言他卻崇尚盛唐的老杜。本書稍後我還會討論到：即使以詞而論，陳子龍也有精挑細選的典範。由於他對歷朝以來的各種詩體、文體都有獨到的看法，我們可以在此結論道：傳統上以為雲間派主隸盛唐的文學陣營，未免大而化之，容易引人誤會。

柳如是或因陳子龍之故，或因相互影響，所取的文壇典範亦與臥子無殊。西方國家的女詩人「缺

108 引自A.D.Moody, *Thomas Stearns Eliot, Poet* (Cambridge: Cambridge Univ. Press, 1980), p.5。

乏確切可行的女性傳統」，難免為之氣餒。和這種情況形成尖銳對照的是：柳如是可以歷朝累世的女詩人為鑑，不會有傳統不足之憾。不費吹灰之力，她就可取法薛濤或李清照。但事實上，柳如是並無意發揚這種「女詩人的傳統」；她寧願泯滅男女詩人的傳統界限，打破陽剛陰柔的定見。是以她不僅研究男性詩人的作品，甚至還顛倒傳統情詩的基樁，寫出高妙奇偉的〈男洛神賦〉。

從《九歌》（約前四世紀）的時代以還，詩人向女神示愛已經變成文學傳統[109]。此乃承襲巫覡之風而來，有時則為政治托喻，上達臣下的忠悃。以洛神為示愛的理想對象，乃始自三世紀的詩人曹植。湊巧的是，曹植也是陳子龍和柳如是的詩人典範。曹氏在〈洛神賦〉裡寫道：他在洛水之濱忽見洛神顯靈，姿容綽約，於是乃有一場浪漫奇遇。傳統上，「賦」體所寫包羅萬象，每每令人眼花繚亂。在〈洛神賦〉裡，詩人則細寫神女撩人之姿：「其形也，翩若驚鴻」；「環姿豔逸，儀靜體閒」；「戴金翠之首飾，綴明珠以耀軀」；「迫而察之，灼若芙蓉出綠波」[110]。曹植在賦序裡言之鑿鑿，謂此賦乃觀洛神仙容而撰就。但是，他寫得人心旌搖動，彷彿事實，所以許多批評家都認為，這篇賦一定是詩人愛情的寫照。另一派的批評家，則從托喻的角度來詮釋，以為詩人以此賦向其皇兄輸誠，表明心無二志[111]。

柳如是〈男洛神賦〉寫一女子向男神求愛，故其獨特之處固然在倒置傳統角色的性別，更令人驚奇的卻是賦序明陳她對既敬且愛的青年男子的仰慕衷腸。在《柳如是別傳》中，陳寅恪先生特別標出

---

109 David Hawkes, "The Quest of the Goddess," in *Studies in Chinese Literary Genres*, ed. Cyril Birch (Berkeley: Univ.of California Press, 1974), pp.42-68.

110 曹植，〈洛神賦〉，[梁]蕭統編，[唐]李善注，《文選》（臺北：文津出版社，一九八七年重印）冊二，頁八九七。另請參較Burton Watson, trans., *Chinese Rhyme-Prose: Poems in the Fu Form from the Han and Six Dynasties* (New York: Columbia Univ. Press, 1971), pp.55-60。

111 見《文選》，頁八九七或Watson,p.55。

河東君此賦，認為它是「最可注意，而有趣味者」：

友人感神滄溟，役思妍麗，稱以辨服群智，約術芳鑑，非止過於所為，蓋慮求其至者也。偶來寒溦，蒼茫微墮，出水窈然，殆將感其流逸，會甚妙散。因思古人徵端於虛無空洞者，朱必有若斯之真者也。引屬其事，渝失者或非矣。況重其請，遂為之賦。（《別傳》上冊，頁一三三）

曹植越洛水而行，乍見神女。柳如是不然，她視自己為求愛者，一意追尋「洛神」。曹植的洛神只有在開篇時示現，柳如是者極其不然：這位「男洛神」要自己去追尋，才能訪求得到。因此，柳賦一開頭就是一場追逐景。女詩人上下求索，但願能見所愛：

格日景之軼繹，蕩回風之瀠遠。綷縩然而變匿，意紛訛而鱗衡。望娭娟以熠耀，粲黝綺於疏陳。橫上下而仄隱，寔澹流之感純。識清顯之所處，俾上客其逶輪。水凖凖而高衍，舟冥冥以伏深。（第一至十二句）

這位「洛神」有感於女詩人情真意摯，乃緩緩現身：

驚淑美之輕墮，悵肅川之混茫。因四顧之速援，始嫚嫚之近旁。何熿耀之絕殊，更妙鄢之去俗。匪褕袘之嫘柔，具靈矯之爛眇。水氣酷而上芳，嚴威沆以窈窕。（第四十三至五十二句）

此一男洛神之美令人讚歎不迭，直追曹植筆下女洛神之燦爛。事實上，「他」幾乎就是那位洛水女神的化身。他的動作輕靈，他的儀態靜若處子，他的舉手投足更是賢淑自矜。他行走在碧波上，渾身同樣籠罩在和煦的光環裡。柳如是的修辭技巧雖然不脫傳統的方式，卻能透過角色性別的轉換而傳達出一種新的詩意。我們只見過男性作家讚賞女人：美目盼兮，嘴若櫻桃，笑臉輕盈。我們從未見過女性作家頌揚過「男姿」。女詩人固然寫過情詩，但傳統上都是直接寄意，似乎還沒有人描繪過所愛男子的形容[112]。如今，柳如是首開先例，由外而內細寫情郎的豐美。

賦中這一幅男性美，乃是從女人的角度來看待，本身更是在以新的觀點呈現男女關係的另一面。正因柳如是確信某些保守派批評家會把這首情賦視為「寓言」，所以她才在賦序上明言這既非道德亦非政治托喻。一旦這樣說，不啻表示她可以不假托喻而直接宣揚情愛——雖然這種「以洛神喻所歡」的「反托喻」形式仍得借用象徵的手法來完成。

柳如是的〈洛神賦〉令人想起陳子龍的〈採蓮賦〉。我們只要翻閱陳作就會發覺裡面也有一套類似的愛情象徵。喜歡從道德或政治層面釋賦的批評家，同樣也會在這首賦裡碰壁。陳子龍的賦題，顯然借自王勃（約六五〇－六七六）的同題作品。王氏在賦序上直陳政治企圖，把他的〈採蓮賦〉當作向君王效忠的表示[113]。陳子龍卻反其道而行，逕自在序上說明他的賦是為某一名媛而寫。他以「蓮花」喻所歡，所寫命意僅此而已：

> 余植性單幽，懸懷清麗。芳心偶觸，憮然萬端。若夫秣陵曉湖，橫塘夜岸，見清揚之玉舉，受

---

112 Ellen Moers在西方女詩人的作品裡也見到同類的現象，見其*Literary Women: The Great Writers* (rpt., New York: Oxford Univ. Press, 1985), p.167。

113 王勃著，張燮編《王子安集》（臺北：商務印書館，一九七六年重印）卷二，頁一一。詩人在其中說：「長寄心於君王。」

> 芬烈之風貽。雖渥態閒情，暢歌綽舞，未足方其澹蕩，破此孤貞矣。江蕭短製，本遠風謠[114]。子安放辭，難娛情性，覯其託旨，豈非近累？若云玄豔，我無多焉，遂作「此」賦。

在全賦中，陳子龍不斷求「蓮」（某一女子）。他這樣寫，表面上是要符合男性的傳統情人形象。不過，全賦雖從男性的觀點寫，而且寫法又在傳統情賦的偽裝之下，陳子龍卻仍有其重要的美學策略存焉。他頻頻暗示，希望讀者能夠窺知心意。傳統示愛的修辭技巧與個人取典的新詩學，就在這首賦裡回環激蕩。這種重要的融通，我們一讀便知。晚明文人對男女私情自有其偏愛之處，而上述的融通適可符合之。〈採蓮賦〉共計一百六十七句，其中透露出不少詩人的藝術與生平：

> 夫何朱夏之明廓兮，紛峨雲之黿清。渺迴溪而逸志兮，懷淡風之潔輕。軼娟娟其淺瀨兮，濫遊波而赴平。橫江皋之宛延兮，睠披扶之遙英。含澄寒於陰沼兮，介青涯以及情（第一至十句）。迢平川之淫寥兮，葦蒲錯而相似。襲要佋之雜芳兮，日曾滋予香芷。中翹翹此酷卉兮，眩冷煙以自喜。嗟清都之綺姿兮，分沙瀾以播美。頡玄版之靈文兮，嘉玉帳之芬旨（第十一至二十句）。植水芝於澧浦兮，固貞容而溫理。發渺沔以浮光兮，矯徽文以擅軌。蹇狄芬而越澤兮，杳不知其焉始。其為狀也，匹溢華若，的皪濫姝。瑩瑩適適（第二十一至三十句），炯炯蘇蘇。麗不蹈淫，傲不絕愉。文章則旅，脩姱若殊。頵淡容與，矜婥勃都，初露呈景，緒風發膚。密間駢體（第三十一至四十句），疏濯應圖，彼影泛泛，與水歡娛。列嬅妝之峨峨兮，牽朝旭以留黛。晰翹紅之曼靡兮，側縞纖以為妃。揚縟彩於野汀兮，悼朱顏之向背。浸苕玉於紫

114 這些指的是江淹的〈蓮花賦〉與蕭綱的〈採蓮〉詩。

瀾兮（第四十一至五十句），態豔豔而靜對。時翻飛以暢美兮，疑色授而迴避。接芳心於遙夕兮，願綢繆以解佩。惕幽芳之難干兮，懷涓涓而宛在。屬予情之善蠱兮，願弄姿而遠載。於是命靜婉（第五十一至六十句），飾麗娟，理文楫，開畫船，掛綺席，揚清川。眾香縝紛，羅袖給嬛，蕩舟約約，憑橈仙仙。並進回逐（第六十一至七十句），婺屑蹁躚。讙魚怒蜂，不可究宣。當駭飆之回激，折玉潭以周旋。時聯棹以出入，或多獲而棄捐。極傷心之直埭，鬥湖光於遠天。進青翰之悠紆兮（第七十一至八十句），亦奄薄於叢次。滌澹鮮於澄煙兮，纈逸華之遺媚。感隈隩之涼颸兮，攬幽妍以自視。拭豐般而耿耿兮，御明爐以詠思。沖寂瀏之翠水兮，拆紫萍之遲遲。礙娈絲而膠盭兮（第八十一至九十句），垂皓腕而濡漬。驚鴛鴦於蘭橈兮，歇屬玉之嬌睡。墮明璫於瀟湘兮，既雜薦之以江蘺。玩玄紋之縈藻兮，香紛然而亂之。觸芳苓之凝珠兮，若浥露於三危。巡玉鱗之翳景兮（第九十一至一百句），登清泠之靈龜。試搴莖以斜眄兮，撫脩閒而若私。既攀折之非余情兮，恐遲暮之見遺。心解泰其焉欲兮，傾丹葩以善持。渙弱葉以半散兮，會瓌纖而淡嬉。慕碧疏之窈窕兮（第一〇一至一一一句），帖芳流以相支。睇承影之竦英兮，隔遊伴而蔽虧。掩巧笑於異潯兮，花容容而不知。瞘墮粉於褕褫兮，憐中馨之未安。並豐顏以流眄兮，窈柔心之骨寒。薄言採於明瀅兮（第一一一至一二〇句），散傑池之極丹。惟紺房之玉膩兮，苞重襲於琅玕。累珠封其歷歷兮，把清瑟之勝蘭。薏瑩皎以穠潤兮，剖瑤肌之難干。齒流香而屑液兮，眇斯芳於夕餐。彼辛苦之內含兮（第一二〇一至一三〇句），悶厥愁而惠中。感連娟之碧心兮，情鬱塞以善通。寄傷心於蓮子兮，從芙蓉之蕩風。驚飛袣之牽刺兮，濕羅衣而脫紅。斷素藕而切雲兮，沉淑質之玲瓏。颺遊絲而被遠兮（第一三一至一四〇句），曾款款於予衷。投謐辭以覆懷兮，矜盛年以聯締。翦鮫綃而韞的兮，包相思以淫滯。鼓夕棹於北津兮，隱輕歌而暗逝。濺纖阿之宵影兮，訴脩蛾之容裔。引清霧於虛無兮

（第一四一至一五〇句），發菡萏之餘麗。想昆流之仙姬兮，經天崖而小憩。信忘情而寡累兮，當嬌嫣以如蛻。顧彼美之倚留兮，極幽歡於靜慧。情荒荒而罷採兮，削秋風以長閉。亂曰：橫五湖兮揚滄浪（第一五一至一六〇句）。涉紫波兮情內傷。副田田兮路阻長。思美人兮不可量。去何採兮低光。歸何唱兮未央。樂何極兮無方。怨何深兮秋霜（第一六一至一六十七句）[115]。

陳子龍此賦和柳如是的〈男洛神賦〉一樣，都是以曹植的〈洛神賦〉為臨摹藍本。不過，他也做了許多重大的改動。全賦的中心象徵當然是「蓮花」，其意涵收攝清純與完美。若以修辭上的喻詞觀之，這個象徵當然指洛神，因為曹賦中曾以「蓮花」喻神女：「灼若芙蕖出淥波」[116]。和曹植不一樣的是，陳子龍要不是稱「蓮花」為「仙姬」（第一五一句），就是呼之為「鮫綃」（第一四三句）。和曹植無殊的是，陳子龍的蓮花也「垂皓腕而濡漬」（第九十句）。又同於曹植的洛神的是，陳氏的蓮花願意「墮明璫」以示濡慕之忱（第九十三句），而這也是她接受詩人「解佩」相贈的直接表示（第五十五句）[117]。的確，蓮花有情，讀其賦難免令人思及曹植的神女。下引數句，乃此一神女胸懷的心曲：

> 無微情以效愛兮，獻江南之明璫。雖潛處於太陽，長寄心於君王！[118]

---

115 見陳子龍，〈採蓮賦〉，上海文獻叢書編輯委員會編《陳子龍文集》（上海：華東師範大學出版社，一九八八）冊一，頁三四至三九。

116 《文選》，頁八九七或Watson, *Chinese Rhyme-Prose*, p.57。

117 將環佩垂到水裡示愛的傳統，自《九歌》以來就已存在，例見洪興祖注釋，《楚辭詳釋》（臺北：華聯出版社，一九七三年重印），頁三七至三八，或見David Hawkes,trans., *The Songs of the South*, 2nd ed. (New York: Penguin, 1985), pp.106-109。

118 《文選》，頁九〇〇或Watson,*Chinese Rhyine-Prose*,p.60。

雖然陳子龍的賦雷同於曹植者多至於此，他所凝結的修辭與寫實卻風格迥異，更何況賦中愛用私典以傳達象徵意涵，而其個人的感觸也就在這種偽裝下變成全賦宏旨之一。陳賦頗近於柳賦，蓋賦序與全賦之間仍有修辭上的交互作用。如就全賦意指與喻義而言，這種交互作用還頗有助於兩者間的平衡——賦序所述倘為實事實況，則全賦必為顯露衷腸的最佳抒情媒介[119]。

易言之，賦序與賦本身雖然各走一端，彼此卻相輔相成，都是傳達真情的要素。陳賦擅用象徵以產生聯想，意義的格局與情感的效果因此擴大。如其如此，則賦序恰為實事關涉的核心，足為讀者引路，開顯賦中大量隱含的意義。

陳子龍賦序所寫的乃是一優雅賢媛。他說早在秣陵與橫塘即已識之，而「芳心偶觸，撫然萬端」。在晚明，「橫塘」名係吳越地區伎館的代稱，言及於此的文人無數（《別傳》上冊，頁五七）。陳子龍故而不脫文人習氣，逕以「橫塘」隱喻歌伎。此外，十七世紀詩人好以「採蓮」做主題，影射這類女子。比方說，吳偉業在一六五一年詠名伎陳圓圓的〈圓圓曲〉中即有名句曰：「前身合是採蓮人／門前一片橫塘水。」[120]而身為名伎的柳如是的詩集裡也有題為〈採蓮曲〉的一首詩，其中還用了許多類似陳賦的意象。

然而問題是：陳序裡可觸可摸的事實，到了陳賦裡卻代以意象語或象徵語。詩人的美感想像和個人象徵聯想力強，此乃賦中意象和象徵的意義泉源。這種獲取意義的方式，當會豐富我們對詩人生平的

119 詩詞或賦序的作用，林順夫有非常精彩的說明，見其*The Transformation of the Chinese Lyrical Tradition; Chiang K'uei and Southern Sung Tz'u Poetry* (Princeton: Princeton Univ. Press, 1978), p.82。本章中的論點，受林氏大作啟發者不少。

120 見吳偉業著，吳翌鳳編《吳梅村詩集箋注》（一八一四年；香港：廣智書局，一九七五年重印），頁二〇一。或見Jonathan Chaves, *The Columbia Book of Later Chinese Poetry* (New York: Columbia Univ. Press, 1986), p.363。「蓮」與「歌伎」之間的聯繫也表現在詞裡。這方面較早的關聯請參考Marsha Wagner, *The Lotus Boat: The Origins of Chinese Tz'u Poetry in T'ang Popular Culture* (New York: Columbia Univ. Press, 1984)一書。

瞭解。雖然如此，這並不意味著象徵性的意象可以完全化約為特定的字面意義。陳子龍個人所用的象徵系統誠然暗示性很強，然其一旦用來激發關鍵性的具體情況，卻只能強化中國式詮釋策略的一個基旨：詩賦的意義不是閱讀一遍就會消耗殆盡；閱讀的經驗實則為不斷地解碼過程，把作品的象徵意涵挖掘出來。詩賦的意象稠度，會不斷激勵我們去做抽絲剝繭的工作，以便為作品複雜的意義網絡理出頭緒。

值得一提的是，在其《柳如是別傳》中，陳寅恪先生以為陳子龍的〈採蓮賦〉乃為柳如是而作：「臥子此賦既以蓮花比河東君，又更排比鋪張，以摹繪採蓮女，即河東君。亦花亦人，混合為一。」（《別傳》上冊，頁三〇二）但據當代學者謝正光先生的研究，此說值得商榷[121]。然而，巧合的是，柳如是的別名「雲娟」卻不斷嵌入全賦之中，而且已經變成詩中主要的象徵意象：

紛峨雲之黿清
渺迴溪而逸志兮
懷淡風之潔輕
軼娟娟其淺瀨兮
（第二至五句）

類此的寫法比比皆是。陳賦中蓮花盛開，嬌豔欲滴，情色風華盡蓄其中，甚至可讓人體見性愛動作的感官體驗。筏上男人要找到醉人蓮花，必先經歷漫長旅程。待其採下眾花，把玩之餘，甚至還

121 關於此點，我要感謝謝正光教授。他在《當代》雜誌（一九九六年一月號）的一篇評論拙著的文章裡指出，陳子龍〈採蓮賦〉（作於一六三二年以前）不可能為柳如是而作。這一點頗有獨創之見。我不敢掠美，謹此修正與補充（另請參考拙作〈回應謝正光先生〉，《當代》一九九六年二月號）。

要剖其薏仁，見其「瑤肌」，而後食之（第一二五至一二八句）。詩人把花朵的「碧心」用「娟」字形容，而把已「斷」了的「素藕」形容為切「雲」（第一三一至一三八句）。像馬拉美（Mallarmé）〈白睡蓮〉（*Le nenuphar blanc*）裡的寫法一樣，陳子龍也讓清可鑑人的水潭一再重現，以便強調情欲在全賦中所據的重要地位[122]。詩人與蓮花密密相接的高潮時刻，水中映出蓮花的倩影，而此時泛舟的詩人看到「重襲於琅玕」的花苞就像「封其歷歷」的「累珠」（第一二一至一二二句）一般。使人聯想到美女的，是水中映照的花朵：「濺纖阿之宵影兮，訴脩蛾之容裔。」（第一四七至一四八句）另一個巧合是，陳子龍在這首賦中常用「影」與「憐」來形容湖心倒影，而「影憐」恰又是柳如是的另一個小名。她在松江的好友，多呼之「影憐」[123]。總之，用字與象徵不謀而合，令人讀起此賦來總有游移在現實與狂想之間之感，或是在實在與虛幻跌撞之際。

另一方面，我們也可視〈採蓮曲〉為鳳求凰的寓言：某對男女雖曾一度結合，最後又各自東西。上述「天作之合」寫得令人感受最深的地方，出現在全賦理路走到一半之處。其時，採蓮者和所歡的感情已經含苞待放。他們的愛苗，就由一對鴛鴦和嬌睡的屬玉來象徵：

> 驚鴛鴦於蘭橈兮
> 歇屬玉之嬌睡　　（第九十一至九十二句）

---

122 關於這個論點，我要感謝Barbara Johnson的啟迪，見其*The Critical Difference: Essays in the Contemporary Rhetoric of Reading* (Baltimore: Johns Hopkins Univ. Press, 1980), pp.15-16。

123 《別傳》上冊，頁四八。

鴛鴦和屬玉乃傳統的愛情象徵，也是合巹之禮的喻詞。有趣的是，據陳寅恪的研究，陳子龍和柳如是的浪漫豔史在一六三五年臻至高潮，此時他們同居於南園，而「鴛鴦」與「屬玉」恰為園內屋宇的堂名。南園乃徐武靜的產業（《別傳》上冊，頁二八〇），也是幾社成員定期聚會的場所。

臥子和柳如是的愛苗，可能早在一六三三年就已種下，不過他們要等到一六三五年春才正式同居。徐武靜慷慨豪邁，撥出南園南樓供築愛巢。陳子龍有若干顧慮，一直沒有把這段情讓元配和家人知道。據陳寅恪所考，陳氏這樣做，可能是怕夫人張氏反對納妾，因為張氏乃大號「醋鐔」。事實上，張氏早在一六三三年就為臥子納妾蔡氏，目的顯然在轉移他對柳如是的愛慕。張氏所做的任何動作，似乎都經過臥子祖母的首肯和支持，而臥子對祖母極其敬重。

不管情形是怎麼一回事，陳、柳同居南樓的一六三五年春夏，是他們文學生涯最為多產的一刻。郎情妹意顯然是詩人成長的助力，因為就在此時他們完成了彼此情詩的合集。陳氏的詩集題為《屬玉堂集》，柳氏的則稱為《鴦鴦樓集》。「屬玉」和「鴛鴦」在陳賦中只是兩個富象徵特質的意象，但現在卻發展成一對男女的「真情的詩」。這也就是說，屬玉和鴛鴦如今都已變成真情的「示意」。這些意象意碼重重疊疊，使讀者在閱讀時隨時都處於現實與幻想的兩極之中。

這些地名巧合不斷，但具有這種功能者不限於此，連詩中錯亂的時間架構顯然也與後來的陳柳情緣若合符節。我們從賦中瞭解，採蓮行始於夏季。罷採之後，舟中的男子心緒淒寂，「削秋風以長閉」。我們如果把全賦視為性愛的比喻，可想賦家會以幸福得來如此短暫而惆悵心悲。自此層面觀之，全賦反映的又是實際性經驗的節奏與過程。在比喻的層次上，這個活動發軔於歡騰的夏季，終結於悲涼的秋天。

倘若詳加考察陳、柳在一六三五年的生活，則陳賦恍如預言，令人驚詫。那一年的秋天，柳如是離開松江，回到盛澤的伎館，再也沒有回頭。陳寅恪的考據顯示，陳妻張氏好似曾到南園去過，迫使柳如是離開陳子龍。柳如是承受不了壓力，只好悻然別去。她先在松江賃屋安頓，數月之後再遠走他鄉。比之另一位名伎董白，幸運之神顯然沒有眷顧柳如是：董白於歸冒襄為妾之前，早就極得冒妻接納。冒襄在所著《影梅庵憶語》裡寫道：「姬（董白）在別室四月，荊人攜之歸。入門，吾母太恭人與荊人見而愛異之。」[124]

陳子龍個人的情況當然不能和冒襄同日而語。他家境清寒，其時又兩試不中，功名未就，除了讓柳如是離開還能如何？

〈採蓮賦〉的末尾兩句因此讀來像在預託他與柳如是的愛情悲劇：

樂何極兮無方
怨何深兮秋霜

無論如何兩人勞燕分飛後，柳如是常用「採蓮」的意象來表達她對陳子龍的思念，例如下引柳詩「木蘭舟」中的「人」指的就是陳子龍。此詩也是我追溯陳柳「情史」的大關目：

人何在
人在木蘭舟
總見客時常獨語
更無知處在梳頭

124 冒襄，《影梅庵憶語》，《足本浮生六記等五種》（臺北：世界書局，一九五九年重印），頁九。或見Pan Tze-yen, trans., *The Reminiscences of Tung Hsiao-Wan* (Shanghai: Commercial Press, 1931), p.38。

（《別傳》上冊，頁二六二）

我雖然從傳記的角度來詮釋陳子龍的賦，卻不是藉此明示陳賦只是他個人感遇的寫照。巴茲（Octavio Paz）說過：「作家的生平和作品固然有關，但是……生平並不能完全解釋作品，作品也不能完全代表傳記」，因為「作品中總有某些生平看不到的成分——那就是我們稱之為『創造性』或『藝術性』的創發之處」[125]。本書的寫作目的之一，就是要找出「作品中的某些東西」——某些能夠解開詩中的謎題或象徵力量的「東西」。

前文曾經說過，陳子龍是情聖也是愛國死士，他的一生因此變化頗巨，常常徘徊在「情」與「忠」的十字路口，而這兩道關目也是晚明文士主要的關懷。我極力想要說明的是：對史上其他詩人來講，生命與作品未必匹配得如此天衣無縫。我們可以宋代的愛國志士文天祥為例：文氏一生風流韻事不在少數，接觸過的女性也有好幾位，但是他的詩從來不談情，主要還是以英雄氣概傳世。柳如是正好相反：她乃女中豪傑，反清復明不遺餘力，但詩詞的主題主要卻局限在愛與似水柔情上面[126]。顯而易見，柳如是的救國熱忱感染過陳子龍，或者說兩者曾互相影響過。但是，柳詩——至少就目前可見者言——卻是一點也不涉及精忠報國的思想。陳寅恪在考證明亡後柳如是救亡圖存的努力時，故此不得不大量倚賴錢謙益晚期的詩以為旁證[127]。較之其他詩人，陳子龍顯然是人中之龍，他的作品探討

---

125 Octavio Paz, *Sor Juana*, trans., Margaret Sayers Peden (Cambridge: Harvard Univ. Press, 1988), pp.2-3.

126 柳如是只有二三首詩可以稱得上是英雄詩的仿作，參見《別傳》中冊，頁三四五。

127 見《別傳》下冊，八三七。我們可以說柳如是沒有寫過忠國詩作是缺陷，令人訝異不置。不過，柳如是當然不是具有文字天賦的明朝遺民中唯一沒有處理這種主題的一位。如果傳世的柳詩多一些，或許可以見到某些忠國之詩亦未可知。不過，就我們目前所見的柳詩而言，她似乎應驗了巴茲的論旨：詩人的生活與作品未必樣樣可以互證。

生命潛在的意義或可能的發展，無不盡心盡力。

本書稍後諸章的重點，鎖在陳子龍的情詞與忠國憂國之作上面。在這層聯繫裡，我主要關懷的是兩種韻體：「詞」和「詩」。我曾經暗示過：體式（genre）的選擇對中國文學有長遠而重大的影響，特別能反映個別詩人對傳統的看法，也頗可一見詩人定位自己的方式。從一方面來看，體式不能獨立存在，總是和傳統中或為其元祖或為其對頭的其他體式有關。自另一方面來看，詩人對體式的選擇，也可以在有意無意中反映出他的企圖，以攫取個人所認同的某些內在價值。若以「強勢詩人」（strong poet）為例，個人風格有時甚至會比傳統規律力量大。此一風格最後還可能變成「體碼」（generic code），為其他詩人所挪用[128]。晚明人士以「唐體」和「宋體」為對立兩極，又把「詩」和「詞」分峙而觀，爭辯不休。這整個經過，其實也不過在顯示大家對體式的期待，或者在辯論孰優孰劣，別無他意。陳子龍會作詩填詞，也寫過文學評論。後者涵攝的範圍甚廣，見解多變，反映出他衝勁十足，奮力要建立或重振某種抒情符碼（lyric code）——某種基於真摯而又堅忍不拔的情感所形成的符碼[129]。

128 我所用的「強勢詩人」一詞，乃受布魯姆（Harold Bloom）的影響而來，見其*The Anxiety of Influence* (New York: Oxford Univ. Press, 1973)。

129 為宋徵輿的詩集撰序時，陳子龍說道：「情以獨至為真。」見陳著《安雅堂》卷二，冊一，頁一二四。

第二編　綺羅紅袖情

第四章　芳菲悱惻總是詞

陳子龍和柳如是互贈詩詞唱和，試驗過的體式洋洋大觀，絕不下於內容的饒庶富贍。不過，「詞」始終是他們關係上最重要的詩體，濃情蜜意多半藉此溝通。我們其實無須為此驚訝，因為詞在發軔伊始就是百轉柔腸的最佳導體。劉若愚曾經指出：「詩」的格調高雅，威儀堂皇，但「詞」的主題一向是風花雪月或兒女情懷[1]。畢瑞爾在某篇論述裡也說過：「若謂中國詩詞與『愛情』絕緣，此非『迷思』者何！」[2]詞史早期的作品更是鏤金錯彩，化不開濃馥豔絕與郎情妹意。因此，陳子龍和柳如是以「詞」作為傳情主媒，本極自然不過。

雖然如此，若從文學史觀之，陳、柳以詞做媒卻又出人意表，蓋詞雖大盛於宋朝，但逮及元、明之際已呈奄奄一息，三百餘年來弦音幾斷。晚明之前，詩人獻身於詞者更是絕無僅有。詞何以淪落至此，說來和「曲」的興起有關。詞、曲原本「兄弟之邦」，但也不斷演出鬩牆之爭，此時「曲」更勝一籌，逐漸壓下「詞」的熠熠光芒。曲、詞原非詩體，顧名思義即可知之。其與「詩」之掛鉤，顯然是文學上的借用。曲出於戲劇，在劇中之唱腔名為「劇曲」，但若以純詩體目之，則稱做

1 James J.Y.Liu, "Literary Qualities of the Lyric (Tz'u)", In *Studies in Chinese Literary Genres*,ed. Cyril Birch (Berkeley: Univ.of California Press, 1974), p.135.

2 Anne Birrell, *New Songs from a Jade Terrace* (London: George Allen and Unwin, 1982), p.1.

「散曲」[3]。像「詞」一樣，音樂亦「曲」之固有內涵，無論就技術或藝術性觀之皆然。換言之，「曲」的特色也見諸長短句與預定的曲調曲牌。然而，較之於「詞」，「曲」中的俚語俗言多得多了。此外，比起「詞」來，「曲」的結構較富彈性，因為曲家就曲牌譜曲時得擅添「襯字」，延長曲文。有時候延長的程度相當大。「曲」的其他技巧複雜多樣，常常還因「套數」的使用而益趨紛繁。「套數」乃曲調相同系列曲詞，其曲牌業經固定。曲家可藉此技巧就某一主題譜出一組唱段，不但要能歌，而且還要能入戲。當然，這種「戲」以抒情者居多。陳子龍的作品中，殘存著少許「套數」（《詩集》下冊，頁六一九至六二二），所以我們知道他的曲技精湛，也知道晚明文人圈盛行譜曲。

不過，曲的勢力儘管強大，我們若因此以為晚明文人廢詞不填，那就大錯特錯了。明人刊刻詞集詞選或撰寫詞話的努力依然如故[4]，雖然據陳子龍所稱，此時才情高雅寄意幽微——亦即詞體向所獨具之特徵——的奇葩異彩並不多見。實則清初詞話家王士禎已言之甚切：明人「不善學者鏤金雕瓊」，唯陳子龍之作「首尾溫麗」（《叢編》冊一，頁六八四至六八五）。多數詞話家認為明詞所以頹唐不振，率因文人對詞體的朗然清麗缺乏認識所致。傳統詞作雅馴溫文，明詞卻多用口語，讀來與曲文殊無二致（《叢編》冊二，頁七一一；冊三，頁二六四一）。若干明代詞家其實就是其時主要曲家——例如楊慎與湯顯祖就以「曲」知名於世，「詞」只偶爾試填。此所以詞話家以為無論就句構或詞律審之，這些戲曲大家所製皆不能稱為「真詞」。

詞、曲混陳不分、亂人耳目的另一個因由是：元代以還，詩人與批評家每每以「曲」指

[3] 另參Wayne Schlepp, *San-chü:Its Technique and Imagery* (Madison:Univ.of Wisconsin Press, 1970)，Dale Johnson, "Ch'ü", 在William H.Nienhauser Jr.,ed. and comp, *The Indiana Companion to Traditional Chinese Literature* (Bloomington: Indiana Univ. Press, 1986), pp.349-352。

[4] 例如楊慎、王世貞（一五二六－一五九〇）與湯顯祖都刊刻過詞集，見王易，《詞曲史》（一九三二年；臺北：廣文書局，一九七一年重印），頁四〇六至四一九。王世貞和楊慎亦為詞話大家，見《叢編》冊一，頁三八三至三九三、四〇七至五四三。

「詞」[5]。到了明代，名詞的困擾益形加深，蓋此際南曲作家好以詞牌來給曲牌命名[6]。更糟糕的是：多數明詞人已分不清詞的原始平仄字數，對這種詩體內在的音樂性愈來愈遲鈍。清儒萬樹（知名於一六八〇至一六九二年）有鑑於明人的詞牌簡直就像曲牌，故而把此時新製的詞牌全都擯棄於其名著《詞律》之外（《叢編》冊三，頁二四二五）。

陳子龍相信，詞的原始精神首見於南唐（九三七—九七五）與北宋（九六〇—一一二七）的高格調作品，不幸斷送於南宋（一一二七—一二七九）以後的世代。陳氏乃詩體純粹論者，極思掌握住詞的原始精神，詞選《幽蘭草》的〈序〉文故謂：

> 自金陵二主，以至靖康，代有作者，或穠纖婉麗，極哀豔之情；或流暢澹逸，窮盼倩之趣，然皆境由情生，辭隨意啟……斯為最益也。南渡以還，此聲遂渺，寄慨者尤率而近於傖武；諧俗者鄙淺而入於優伶……元濫填詞，茲無論已。明興以來，才人輩出，文宗兩漢，詩儷開元，獨斯小道[7]，有慚宋轍。（《安雅堂》冊一，頁二七九至二八〇）

陳子龍深慚詞語竄廢，斯文掃地，鄙俗病態。但明詞最可疵議者，厥為「真」情梗塞。詞本以「情」為尚，就此而言，明詞確已墮敗。在晚明的文化與文學活動裡，「情」觀堪稱重要，故此不力振詞脈實有虧斯文，蓋詞乃「情」之最佳抒情媒體。陳子龍為貫徹復古之志，乃籌組雲間詞派。此派

5 王易，《詞曲史》，頁三八〇。

6 同上。

7 某些儒士常認為「詞」是「小道」，而以「詩」為「主體」。陳子龍顯然不苟同詞係小道之說。

幸而不負眾望，撥亂反正，使詞奮起於錯謬與忽視之中，地位陡升，萬流景仰[8]。不數年內，陳子龍的詞派就成為晚明詞宗，是先聲榜樣。

且不談陳子龍本人，雲間詞派的傑出詞人還包括夏完淳、李雯、宋徵輿和柳如是諸人。他們全都宗奉五代（九〇七－九六〇）及北宋「穠纖婉麗」的詞風。《幽蘭草》收錄了所謂雲間三子（陳子龍、李雯、宋徵輿）的詞作，所立下的風範時人無出其右。陳子龍門下有蔣平階者，甚至在明亡後還擬延續雲間命脈，乃在《幽蘭草》的啟示下合兩門人之詞另刊《支機集》一書[9]。如同乃師一般，蔣平階亦心儀五代詞人。不過，陳子龍對北宋詞家評價甚高，蔣氏及其門生卻走火入魔，兩宋詞客全都不放在眼裡。改朝換代，時勢動盪，蔣平階偕朋輩遂成雲間詞論的傳播者。此事不難逆料，但蔣氏諸子果有足以自傲者，則其汲汲以「吾黨」自居當可充數。所謂「吾黨」者，特別強調「格調嚴謹」，「冀復古音」[10]。他們發揚雲間詞旨，顯然也拉拔了自己的詞名。稍後王昶的名編《明詞綜》，就收錄了諸子所作[11]。然而諧諷的是：他們儘管如此汲汲營營，卻在無意中扭曲了臥子論詞的本旨，以至於數年後清詩人王士禎錯解雲間詞人，甚且在所著《花草蒙拾》裡謂雲間諸子「廢宋詞」（《叢編》冊二，頁一九八〇），而這種觀念居然一直延續至今。本章稍後，我當指出此說純屬子虛烏有。陳子龍對於恢復北宋遺風用力甚勤，他和柳如是尤其感佩秦觀，推為典範。

柳如是小陳子龍大約十歲，說兩人在文學上誼如師徒似合情理。然而，這終究是皮相之見：柳氏

8 另見葉嘉瑩，〈由詞之特質論令詞之潛能與陳子龍詞之成就〉，《中外文學》第十九卷第一期（一九八〇年六月），頁四至三八。

9 蔣平階著，施蟄存編《支機集》，《詞學》一九八三年第二期，頁二四一至二七〇；一九八五年第三期，頁二四九至二七二。

10 見蔣平階等，《支機集・凡例》，重刊於《詞學》一九八三年第二期，頁二四五。

11 施蟄存，〈蔣平階及其《支機集》〉，《詞學》一九八三年第二期，頁二二二至二二五。

早在認識臥子之前就已奠下文學根底。她在詞、曲方面修為精湛，尤可謂拜歌伎傳統之賜。以詞體的振興而言，說柳氏影響了臥子反而較顯自然。陳、柳互相唱和的詞不在少數，皆可印證上文的觀點。這些「唱和」之作皆有固定詞牌，其功能就如同魚雁往還，恰可掀露兩人如膠似漆的兒女情。明代的儒士雖然不當詞是一回事，許多晚明的女作家卻視之為傳送溫溫情愫的主媒，效果殊勝。柳如是並非唯一刊刻過專著的女詞人，許多人都有過類似之舉[12]。更有甚者，詞體在發軔之初就與綺豔纖柔有關，而此刻的詞有不少出諸歌伎之手。此事顯而易見。歌伎在詞史上扮演過的角色重要無比，文人也都把詞看作本質陰柔、鉛華味道甚濃的詩體。但是，說來有趣，十七世紀之前，除了宋代的李清照與朱淑真以外，詞的作者大都是「男人」[13]。陳維崧的《婦人集》和稍後的許多詞話皆收錄了許多女詞人的高華之作[14]。這些書可以佐證一點：晚明之際視詞為天命的才女不可勝數。易言之，像柳如是一類的「女人」再也不僅是「歌伎」，也不僅是詞客筆下描寫的對象。相反地，她們是「詞人」，是許多詞集的「作者」。文風流轉，柳如是自是女性作家的典範。她用詞把生命際遇轉化成為文學經驗，創造出一種新的「感性寫實主義」（emotional realism），為瑩豔閨情重下定義。

清儒王昶受人景仰，詞選《明詞綜》威儀罕見，可惜未收晚明婦女倩盼活色之作，不免大大扭曲

12 參見今人裔伯蔭所編《歷代女詩詞選》（臺北：當代圖書出版社，一九七二）。另參陳新等編《歷代婦女詩詞選注》（北京：中國婦女出版社，一九八五）；蘇者聰編《中國歷代婦女作品選》（上海：上海古籍出版社，一九八七）。研究十七世紀女詞人必備下列善本選集：徐樹敏等選編《眾香詞》（一六九〇年刊本）。

13 施議對說：宋初文人詞家故意把「詞」改寫成為「女性」詩體，使之適合「言情」或傳達前此「詩」所不曾有之的纖柔情致。參見施著《詞與音樂關係研究》，增訂版，收入《中國社會科學博士論文文庫》（北京：中國社會科學出版社，一九八九），頁一五七。

14 陳維崧，《婦人集》，《昭代叢書》卷七四。有關歌伎如張畹香及李貞麗的詞，例見《叢編》冊三，頁二六三五、二〇七至二一〇九。

十七世紀詞史前所未見的異象[15]。風華絕代的女詞人如柳如是者，甚至要等到清史已經過了一大半才有人賞識（《叢編》冊四，頁三四五四）。雖然如此，我們不能把這種扭曲一股腦兒都歸咎到「性別歧視」的罪名上。清初詞評的問題多多，病候之一似在忽略晚明詞客的成就，而這些詞客恰為詞體中興的大功臣。詞評上所出的問題若非因政治檢查所致，便是手稿遺失造成的——遺失在從明到清的改朝過程裡。本書稍後論到政治檢查與文學斷代問題之時，我會回頭再探此一課題。

「感性寫實主義」實乃詞最早之特色，而陳子龍與柳如是最大之成就即在重振此一風貌。他們唱和的詞其實就是他們的「梯己話」，把檀郎簫女的情意綿綿訴說殆盡。他們一填起詞來，意中、意下都會把重點放在這種詩體最獨特最基本的品質上。在這同時，他們觸而可見感而可知的特殊才情，也會創造出高雅優美的新體詞，讓彼此優游在古典修辭與明代的愛情美學之間。走筆至此，我們不禁想起北宋詞家秦觀。他拜在蘇軾門下，但蘇詞雖然廣開一境，蘇軾本人也是「豪放派」的祭酒，秦觀卻汲取傳統的纖敏意緒，加上個人的濃情章法，走的反而是典雅高華的一派。無可否認，秦詞正是陳子龍和柳如是的靈感泉源。當然，之所以說陳、柳的情詞在抒情意境（style）上與秦詞十分近似，這並不意味著在詞牌使用方面的直接影響。在孫賽珠的博士論文《柳如是文學作品研究》中，她曾說過：「柳如是在《戊寅草》的十一調、三十一首詞中，秦觀僅填過〈江城子〉、〈踏莎行〉、〈浣溪沙〉、〈河傳〉、〈南鄉子〉五調。而這十一調大部分在秦觀以前已有，不少為南唐、北宋詞人創製，卻未有一調始自秦觀。」[16]同時，之所以說陳、柳情詞在表達愛情的章法方面似乎經常師法秦觀的詞作，這也並不表示他們沒受其他詞家的影響。在詞的學養方面，陳、柳二人都有極其豐富的經

15 丁紹儀在其《聽秋聲館詞話》中指出朱彝尊《詞綜》裡也有一個類似的問題，因為《詞綜》這本選集漏選了宋元若干傑出女詞人的作品。見《叢編》冊三，頁二六七至二七二。

16 孫賽珠，《柳如是文學作品研究》（香港中文大學博士論文，二〇〇八），頁一四三。

驗，當然不會只師法某一位詞人。有關這點，孫賽珠也已指出，陳、柳情詞還受溫庭筠、馮延巳、柳永等諸家的影響[17]。

但陳、柳在氣質上和北宋詞人秦觀靈犀互通，彼此的生命態度也都結合了豔情與愛國情操。秦觀以情詞著稱於世，連明人的小說家言都視他為詞國情聖。不過，秦觀早年有「豪俠之風」，對「韜略」特有所好，時人知之甚稔[18]。就他而言，生命情境一變動，激情的表現就跟著動。這一點倒是可以和陳子龍並論。其次，秦觀對歌伎和女人的態度和前代詞人不同——他筆下的女人每每一往情深，自己反過來說也是敬重尤深。詞中歌伎——如〈調笑令〉系列裡的盼盼和灼灼（《全宋詞》卷一，頁四四六至四四七）——都不是妖豔惑人的蕩婦，而是像史上王昭君或虛構中的崔鶯鶯一樣的賢媛貞婦。秦觀特別強調女人和真情，適可為晚明「情觀」鋪路。更有甚者，秦觀的風格雅致，意味深長，無一不可比之詞最早的體式原則，雖然其本源乃南唐李煜（九三七－九七八）的傳統，而且對宋代女詞人李清照也有極深刻的影響[19]。

詞體中衰雖已閱三百寒暑左右，但抒情的需求一旦覺醒，其力則如狂風巨濤，不可遏止。陳子龍和柳如是以秦觀為師，正可說明這種現象。他們選擇臨摹的範本，當然不是蕪漫無憑。二百餘年後清代的詞話家馮煦（一八四三－一九二七）就曾稱秦觀為「詞心」：「他人之詞，詞才也。少游，詞心也。得之於內，不可以傳。」（《叢編》冊四，頁三五八七）馮煦乃一代詞評名家，雄心萬丈，所編

17 同上。

18 秦觀與蘇小妹的姻緣乃小說家言，見馮夢龍，《醒世恆言》第十一回（另見本書第二章的討論）。有關秦觀政治詩詞的討論，見何瓊崖等著，《秦少游》（南京：江蘇人民出版社，一九八三）。另參葉嘉瑩，《論秦觀詞》，頁二四七。

19 有關李煜對秦觀的影響，見秦觀著，楊世明編《淮海詞箋注》（成都：四川人民出版社，一九八四），頁一七。至於秦觀對李清照的影響，見何瓊崖等前揭書，頁六二。概略言之，雲間詞人對李煜及李清照都很欽佩。陳子龍尤其推崇李雯的詞，說是和李清照一樣感觸高雅，見《安雅堂》上冊，頁二八一。

《宋六十一家詞選》（二卷）無人不曉。陳子龍和柳如是情動於中，發而為詞，或許正因秦觀的「詞心」觸發所致。下引〈滿庭芳〉一詞未必是秦觀力作，但宇內聞名，或可說明秦詞的成就及其對晚明詞論的影響：

山抹微雲
天粘衰草
畫角聲斷譙門
暫停征棹
聊共引離尊
多少蓬萊舊事
空回首
煙靄紛紛
斜陽外
寒鴉萬點
流水繞孤村
銷魂
當此際
香囊暗解
羅帶輕分

謾贏得
青樓薄幸名存
此去何時見也
襟袖上、空惹啼痕
傷情處
高城望斷
燈火已黃昏[20]

（《全宋詞》卷一，頁四五八）

這首詞閭巷傳誦，當時讀者莫不知之，也為其時年方三十的秦觀贏得「山抹微雲君」的雅號（《叢編》冊三，頁二〇一八）。這首詞又清麗高雅，冠絕前賢，「感性寫實主義」的力量從而出焉。秦氏與眾不同之處，正是在此。全詞更是充斥別怨，臨去前難分難捨，但詞人最後還是揮別所愛的歌伎。他政壇失意，遭貶他鄉，全詞故此亦可謂情勢所迫的愛情悲劇。詞人最後情脈賁動，終於在所歡面前一灑清淚（第十九句）。堂堂鬚眉，竟然這般傷感？可見全詞的側重定然有其不凡意義。騷賦的傳統常藉隱喻暗示人神之戀，但中國文人詩中多用女人口氣描寫閨怨，罕見詩人在離恨中一吐相思與積鬱。秦觀卻直訴衷腸，如實細寫羅帶銷魂（第十二至十五句）。古典詩詞作家一向認為個人與愛情的表示之間應有某種美學上的「隔」[21]，若用這種尺度考核，則前引秦詞可能會落得「低級」的罵名。

---

20 這首詞的英譯請酌參James J.Y.Liu,*Major Lyricists of the Northern Sung*, A.D.900-1126 (Princeton: Princeton Univ. Press, 1974), p.102。

21 見拙作*The Evolution of Chinese Tz'u Poetry: From Late T'ang to Northern Sung* (Princeton: Princeton Univ. Press, 1980), p.117。

我們一思及此，腦際隨即浮現宋詞大家柳永。他作風大膽，對文人傳統不假顏色，批之、鬥之不遺餘力。他首開風氣，從男性的觀點填寫豔詞，毫不隱瞞兩情繾綣。問題是，柳永好用俗語，詞作故蒙「淺近卑俗」之議，更有人認為「詞語塵下」[22]。秦觀雖然也填過一些俗詞，但比起柳永，他的語言就典雅多了：其語調迫切急促，但清麗高雅的典型文人風格仍為詞風首要。雅俗既然共冶於一爐，秦觀當可在同時傳遞殊相與共相，或汲取感性寫實與古典修辭的菁華。質而言之，秦詞不斷交融情景，此所以秦觀仍能屹立於仰之彌高的北宋正統詞壇。他焚膏繼晷，極力想抓住詞的「本色」，難怪後世如清代的詞話家要奉之為詞宗[23]。

陳子龍和秦觀所處的時代環境各異，但陳詞風格逼肖秦觀處確實令人驚懾（有關這一點，陳寅恪先生早已說過。見《別傳》上冊，頁三三七）。陳氏贈別柳如是的詞，故意寄調〈滿庭芳〉，便是實例佳證。〈滿庭芳〉柔情萬千，悠揚清越，據說特別適合浪漫情愫[24]。我即將在下文指出，陳子龍的〈滿庭芳〉填來絕不落秦詞之後。陳詞每亦透過實筆調和浪漫激情，更像秦詞一樣因襲文學傳統，不使極化太甚：

紫燕翻風
青梅帶雨
共尋芳草啼痕

22 參見王灼（卒於一一六〇年）《碧雞漫志》及李清照《詞論》。見前注所揭拙作，頁一一六。

23 見沈謙，〈填詞雜說〉，《叢編》冊一，頁六三一。其他兩位公認有同樣成就的詞人是李煜與李清照。如前所述，他們都是雲間諸子取法的對象。

24 有關此牌的音樂內涵，請見于翠玲，〈秦觀詞新論〉，人民文學出版社編委會編《中國古典文學論叢》（北京：人民文學出版社，一九八七）第六十一期，頁一二八。

明知此會
不得久殷勤
約略別離時候
綠楊外
多少銷魂
才提起
淚盈紅袖
未說兩三分
紛紛
從去後
瘦憎玉鏡
寬損羅裙
念飄零何處
煙水相聞
欲夢故人憔悴
依稀只隔楚山雲
無過是
怨花傷柳
一樣怕黃昏

（《詩集》冊二，頁六一七）

就句構、用字與意象而言，陳詞和秦觀的〈滿庭芳〉雷同處頗多（見陳寅恪，《別傳》上冊，頁三三七）。陳詞有若干字與意象都直接借自秦詞——雖然置詞情境不一。舉例言之，陳詞第三句的「啼痕」、第八句的「銷魂」，以及第十二句的「紛紛」，便分別取自秦詞第十九、十二與第八句。最得注意的是：兩首詞都以「黃昏」收尾。兩首詞刻畫送別，語句都活跳豔絕，也都巧妙地織進個人具體的經驗之中。兩首詞內的似水柔情，又都受到外力摧殘，無助感充斥其中。對兩位詞人來講，內心翻滾的情意業經直言道出，但表現得雅致細膩，全詞的力量從而大增。

不過，讀者倘以為陳子龍的〈滿庭芳〉只是秦詞的仿作，那就大謬不然。陳詞需求情感的幅度較大，五內炙沸的情感也帶來相當程度的折磨，而詞人更是巧妙地把個人詩詞中的語句應用在其中。這一切形成的是一種新詞法，一種典型的晚明風格的新詞法。陳、柳不幸分手的事實，使詞人下定決心以最強烈的語句剖白自己，而這點極其類似明傳奇一眼可辨的修辭手法。秦詞由傳統的餞別酒筵啟幕（第五句），隨後也不過轉到淚沾襟袖的傷感場面（第十九句）。陳子龍〈滿庭芳〉的寫法就不同：詞人一開始即讓淚垂滿面的戲劇時刻登場，甚至告訴我們斑斑淚痕還染濕了自然景色（第三句）。上片的側重處是女人受苦受難的實事，高潮發生在一語不發時（第十一句）。下片則完全從男性的觀點出發，細寫此後相思苦情。全詞語句直接有力，觀點千變萬化，幾可謂浪漫戲劇的一景，男女主角且都在幕前現身。

在另一方面，我們同樣得體認到：陳詞裡的戀人固然難免分手，但是，在晚明情觀的催化下，他們的精神實已合而為一。秦觀甚感哀慟，蓋其遠別只不過為他贏得「青樓薄幸名」，然而陳子龍所關心的始終是所愛別後的幸福：「瘦憎玉鏡，寬損羅裙。」（第十四至十五句）陳子龍情深意摯，柳如是深為所動。或許因此故，兩人分手十年後——也即柳如是下嫁錢謙益三年後——這位才女還是深深惦記著陳氏的〈滿庭芳〉，感激之情溢於言表。一六四四年，她還在友人黃媛介的畫面揮毫寫下陳作收束的三句詞（《別傳》上冊，頁二八七）：

無過是
怨花傷柳
一樣怕黃昏

有趣的是，後世學者不明白這幾行詞的原委，居然認定是柳如是之作，連帶也把整首〈滿庭芳〉的著作權送給了她[25]。

柳如是特別喜愛臥子的〈滿庭芳〉，並非事出偶然。此詞最後數句尤自個人作品引典，部分語詞還是出自陳、柳合作的詩詞。收梢處更非全詞的完結篇：讀罷這一部分，只會讓人回想到過去共同的夢與那一段纏綿悱惻的生死戀。這一部分說的也不是別怨，而是一種「回歸」——回歸到某一緊要的抒情情境的中心去。其中的三個主要意象——花、柳與黃昏（第二十至二十二句）——都繞著繾綣思緒營構，關涉到過去陳、柳所作的情詩情詞。當然，乍聽之下，這些意象頗似詞體的典型——無病呻吟與百無聊賴[26]。不過，字詞雖看似簡單，仔細探究，其真諦卻遠非如此。陳詞最後數句乃詞人的信誓旦旦，對象係其所愛，而花柳正象徵所愛，因此詞人不啻在說：斜陽依舊，此情依舊。

詞人以「黃昏」喻不渝之情，也以此提醒所愛他為她所填的許多詞。當然，這些詞所寫都是他們共度的美好時光，而「黃昏」就像個隱喻，把他們聯結在這些詞裡（例見《詩集》下冊，六〇八、六

25 甚至遲至一九七八年，還有學者認為這首詞是柳如是之作，例見周法高《錢牧齋、柳如是佚詩及柳如是有關資料》（臺北：三民書局，一九七八），頁六三。

26 Liu, "Literary Qualities of the Lyric (Tz'u)", p.139.

〇九、六一二、六一三與六一六）。下引這闋詞摭拾自〈虞美人〉，尤可見黃昏與陳柳情的關聯。此外，柳如是素有「美人」之稱，故「虞美人」這個詞牌或許是用來暗指柳氏：

枝頭殘雪餘寒透
人影花陰瘦
紅妝悄立暗消魂
鎮日相看無語又黃昏

（《詩集》下冊，頁六〇九）

柳如是也曾描寫某次南園的黃昏美景，追憶他們共度的好時光：

人何在
人在石秋棠
好是捉人狂耍事
幾回貪卻不須長
多少又斜陽

（《別傳》上冊，頁二六三）

因此，臥子贈別柳氏詞中的「黃昏」，多少便想為他們拉回昔日的記憶，或把目前的現實轉化為過去的夢。

陳子龍的賦經常指涉到時空，他的詞也一般無二。筆下常用到最客觀的關涉字，企圖讓現實與夢境在隱喻中結合。陳詞常有文字涉及某「紅樓」（即南園）；此處乃陳、柳共泛愛舟的場所。如果「黃昏」的意象是時間的提示語，是目前與過去的中介詞，那麼「紅樓」就是他們傾訴私衷、編織美夢的地方。下面是陳、柳互贈的兩首詞，都寄調〈浣溪沙〉[27]，其中「紅樓」的意象斧鑿可見：

浣溪沙・五更（陳子龍）

半枕輕寒淚暗流
愁時如夢夢時愁
角聲初到小紅樓
風動殘燈搖繡幕
花籠微月淡簾鉤
陡然舊恨上心頭

（《詩集》下冊，頁五九八）

浣溪沙・五更（柳如是）

金猊春守簾兒暗
一點舊魂飛不起
幾分影夢難飄斷

27 我從陳寅恪之見，認為這兩首詞或為「同時酬和之作」，見《別傳》冊一，頁二四三。

醒時惱見小紅樓
朦朧更怕青青岸
薇風漲滿花階院

（《別傳》上冊，頁二四三）

這兩首詞可能填在柳如是離開南園後，或可繫於一六三六年春。陳、柳雖然被迫各奔東西，但別後互贈詩詞的舉動更頻繁。他們的〈浣溪沙〉有雷同處確是不少：尤其是兩首詞的樞紐意象都是「紅樓」，事實上，「紅樓」早已成為「夢」的象徵，而兩首詞同樣在寫清夢欲退現實未至的恍惚狀態：「紅樓」到底是真的還是一枕黃粱？對陳子龍來講，「夢」就像隱隱約約的羊腸小徑——總是在那兒，愁緒也徘徊不去（第二句）。對柳如是來講，「夢」卻像揮之不去的小窗，提醒她眼前人蕭條，對景獨寂寂（第三句）。我們的總體印象是：夢和現實都有其存在的必要，形成的是兩個互補的世界。但在處理夢與現實的畛界時，兩首詞故意寫得模棱兩可。比方說，陳子龍看到風動燈殘，微月殘照花朵，我們就弄不清楚這是他的夢境還是現實？或者兩者都算？（第四至五句）而柳如是似乎游移在現實與夢境之間，醒來時面對的是幽暗的園景，微風輕拂著花兒。事實上，「愛情」本身也已經變成「夢」，是幻化意象與象徵的來源。

陳子龍和柳如是的〈浣溪沙〉，實則都以秦觀的同詞牌作品為範本：

漠漠輕寒上小樓[28]

[28] 有些批評家認為這指「女人本人」在「上小樓」，不過這種讀法最近受到王鈞明與陳沚齋的質疑，見二氏所注《歐陽修、秦觀詞選》（香港：聯合出版社，一九八七），頁一二九。

曉陰無賴似窮秋
淡煙流水畫屏幽
自在飛花輕似夢
無邊絲雨細如愁
寶簾閒掛小銀鉤

（《全宋詞》冊一，頁四六一）

秦觀的詞強調「小樓」的意象，而陳、柳似乎也不過依樣在畫葫蘆。花與簾的意象同樣縈繞在陳、柳的作品中。口語上的借用，尤以陳詞為烈。舉例來說，首句的「輕寒」和第五句的「簾鉤」，就幾乎一字不漏從秦詞首句與第六句照搬過來。分外明顯的是：陳詞「愁時如夢夢時愁」一句，幾乎在複製秦詞四至五行的名句：「自在飛花輕似夢／無邊絲雨細如愁。」

秦觀的詞似乎發展自傳統「閨怨」詞中的女性發話者[29]，但陳子龍的卻截然不同。他和柳如是互贈的詩詞乃熱戀中的男女如假包換的對話。兩人的〈浣溪沙〉都題為〈五更〉，更道出他們填詞的時機無殊，所含的詩意一致。因此，二詞雖然表面上不脫陳腔濫調，細讀下卻非尋常之作[30]，蓋其關涉到豐富的陳、柳私情。就如「黃昏」一般，「五更」也是他們重要的時間詞。喜歡詩的讀者或許會想到李商隱的兩句人盡皆知的情詩：「來是空言去絕蹤／月斜樓上五更鐘。」[31]不過，陳子龍的詞常常

29 王鈞明等前揭書，頁一三〇。「閨怨詩」的傳統當然比「閨怨詞」的發展早很多。有關「閨怨」與早期詞論結合的情形，參見Hsien-ching Yang, "Aesthetic Consciousness in Sung Yung-Wu-Tz'u (Songs on Objects)", Ph.D.diss.,Princeton Univ, 1987, p.5。

30 這一點令人想起俄國形式主義者（Russian Formalists）所謂的「疏陌」（de-familiarization），參見Victor Erlich, *Russian Formalism,History-Doctrine*, 3rd ed. (New Haven: Yale Univ. Press, 1981), p.178。

31 李商隱，〈無題四首〉之一，[清]馮浩箋注，《玉溪生詩集箋注》（上海：上海古籍出版社，一九七七）上冊，頁三八

用到的「五更」（例如《詩集》下冊，頁六一二、六一三與六一六），指的卻是柳如是每在五更起床的習慣。此事純屬私事，但陳子龍很佩服，也經常仿效[32]。

陳子龍還有一首用〈蝶戀花〉填的詞，副題為〈春曉〉。全詞談的就是上述的情事，讀者可藉此一探陳、柳的私生活：

才與五更春夢別
半醒簾櫳
偷照人清切
檢點鳳鞋交半折
淚痕落鏡紅明滅
枝上流鶯啼不絕
故脫餘綿
忍耐寒時節
慵把玉釵輕綰結
恁移花影窗前沒

（《詩集》下冊，頁六一二）

六。這兩句詩的英譯見A.C. Graham, trans., *Poems of the Late T'ang* (1965; rpt. New York: Penguin, 1981), p.145。

32 錢謙益後來也讚美過柳如是耐寒晨起的毅力，見《別傳》中冊，頁五六三。

這首詞刻畫的女人並無異於傳統棄婦的形象：曉起梳妝，閨房獨寂寞[33]。詞中的淚痕、花影與明鏡，讓我們想起早期閨怨詞的綺豔縟麗。雖然如此，陳子龍在傳統的表象背後卻有一套激進的內容，因為詞中的女人確能按自己的意志行事。陳詞的女角（柳如是）也不是傳統的棄婦，不會因失去愛情就晚起懶梳妝[34]。相反地，這位女角五更即起，「故脫餘綿／忍耐寒時節」。她堅忍不拔，和傳統詞中婦人自是不同。不由分說，她不是僅供素描的靜物：在真實生活裡，她可是詞壇花魁，蓋柳如是才高八斗，實不輸她的詞人愛侶。她喜歡表現自己，有時甚至到了「自我戲劇化」的地步。

柳如是影響過陳子龍，後者也影響過前者。我們只消一閱柳氏最富雄心的聯章〈夢江南〉（參見本書附錄二），就可估算她對臥子的影響有多大。就如陳寅恪早已說過，〈夢江南〉是二十闋詞合成的大手筆，用活生生的「托喻」寫她和陳子龍的關係。至於後者的同詞牌作品，可視為柳詞的化身（見《別傳》上冊，二五五）。事實上，兩組詞互有牽扯，都是彼此的「前文本」（pre-text）。

下面且讓我們從柳如是談起。她的創作力不在於開創任何詞學新技，而在於回歸詞的原始修辭方式。三百年來，詞藝荒廢，幾乎乏人問津。唐及五代之際，詞義和詞牌匹配無間。趙宋以後，詞的內涵和詞的形式逐漸失去主題上的聯繫。如今，柳如是所挑的詞牌無不別出心裁，深能契合詞句的意涵。這樣一來，她不啻跨出一大步，重整純粹的古典詞風。聯章〈夢江南〉的詞牌有其字面意義，告訴我們這二十闋詞實則都在「夢南園」（詳情請見陳寅恪，《別傳》上冊，二五五）不過，這些詞也用隱喻在「夢」與「追憶」之間架起一道橋樑，而「南園」正是跨接兩方的媒介。有趣的是：柳詞中「夢」與「憶」的匯流，乃基於詞牌的字義而來，蓋〈夢江南〉時而亦稱〈憶江南〉。不消多說，柳

33 有關此一意象在詞史早期的發展，見拙著《詞與文類研究》，李奭學譯（北京：北京大學出版社，二〇〇四），頁七四至七五。

34 見溫庭筠的兩句名詞：「懶起畫蛾眉／弄妝梳洗遲」，《彙編》卷一，頁五六。另見前注拙作，頁九八。

如是深知此類詞牌名稱的變化。我們尤其要牢記，柳氏聯章前十闋不斷迭唱「人去也」，乃在模仿唐詞家劉禹錫〈憶江南〉開篇首句「春去也」（《彙編》卷一，頁二一）。

對柳如是來講，「愛」就是「記憶」，要回復過去的痛苦與甜蜜。〈夢江南〉的二十闋詞逐一追憶過去，不斷重唱南園裡某個難以忘懷的角落。柳氏用「過去」支撐自己，所有外界的事物都變成人際關係的提示，例如「畫樓」、「鷺鷥洲」、「棠梨」與「木蘭舟」等等。回憶的力量可讓每件事在瞬間重現於目前，也唯有在夢裡才能忘記別恨離愁，就好像第九闋所說的：

人去也
人去夢偏多
憶昔見時多不語
而今偷悔更生疏
夢裡自歡娛

（《別傳》上冊，頁二六〇）

好夢正酣時，柳如是的「自我」似乎會膨脹、變形，所以似醒未醒時，她「迷離」若莊周之「蝴蝶」（首闋）：不知誰在夢中，也不知所夢者何。

往事的追憶就像一場夢。詞人在夢中經歷了時空的空無，改變又擴大了自己的體知。她好似受到魔力的驅使，讓內在的追憶把她帶回月華普照的完美世界（第十三闋）：回到綺筵中（第十五闋），也回到了雨煙湖（第十七闋）。尤其獨特的是，這些詞一直讓鏡頭游移在室內室外，而涉及自然的景正可反映柳氏的追憶具有無拘無束、如夢如幻一般的特質[35]。在追憶的時刻裡，她胸中洶湧澎湃的是不斷重現的一幅燃香景。香霧繚繞，詞人似乎在暗示她和愛侶在南樓的初夜景：「爐鴨自沉香霧暖／春山爭繞畫屏深。」（第十一闋）而「薇帳」後面，赫然是「一條香」（第十闋）。爐香象徵情愛極致的忘憂狂喜，這不獨因其具體掌握住情愛令人低回想盼的一面，更因爐壁所雕的水禽象徵的就是合巹的儀式[36]。例如第六闋就用香爐上所雕的神話鳥禽描寫合婚的幸福感：

鳳子啄殘紅豆小
雉媒驕擁褻香看

（《別傳》上冊，二五八）

這兩句顯然受過杜甫的啟發。子美名句寫陂中豐收樂，詩曰：「香稻啄餘鸚鵡粒／碧梧棲老鳳凰枝。」[37]杜詩的飛禽都是自然界的一部分，然而柳如是化之為藝術客體，象徵兩情相悅，永結同心。話說回來，香霧另又象徵詞人的夢境倥傯。上引〈浣溪沙〉裡，柳如是道：「金猊春守簾兒暗／一點舊魂飛不起。」聯章〈夢江南〉的後二闋，柳氏終於發出難免夢醒又要面對駭人現實的呼聲：「鸚鵡夢回青獺尾／篆煙輕壓綠螺光。」（《別傳》上冊，頁二六四）據陳寅恪的說法，「鸚鵡」或許是柳如是自喻，「青獺」則指陳子龍的正妻。我在前文提過，陳妻顯然去過南園，迫使柳如是他去

35 這套聯章前十闋詞中，內外景的互換尤其曲折懸宕。第三、五、六、八首思慮的是內景，第二、四、七首沉思的則是外景。

36 張光直論及其他學科時，曾提到中國上古時代容器上所銘飾的動物圖形，認為這是天地靈通儀禮中不可或缺的成分，見K.C.Chang, *Art,Myth and Ritual,The Path to Political Authority in Ancient China* (Cambridge: Harvard Univ. Press, 1983), p.63。

37 見杜甫，〈秋興八首〉之八。「香稻啄餘」一作「香稻啄殘」，見仇兆鼇注，《杜詩詳注》冊四，頁一四九七。

（《別傳》上冊，頁二六五）。且不管詞中禽鳥意味著什麼，夢與現實或欲望與恐懼之間的張力所帶來的讀詞快感，都因之而大增。爐香嫋嫋，若有所指，象徵的正是前述的張力。

陳子龍填了一首變調詞，答和柳如是的聯章，片片寄調〈望江南〉，這是〈夢江南〉的別稱[38]。陳詞的副題為〈感舊〉，詞中也用到香爐的意象（第四句），觸動心弦，撩起往昔甜美的記憶：

思往事
花月正朦朧
玉燕風斜雲鬢上
金猊香燼繡屏中
半醉倚輕紅
何限恨
消息更悠悠
弱柳三眠春夢杳[39]
遠山一角曉眉愁
無計問東流

（《詩集》下冊，頁六〇六）

38 當然，說臥子先填〈望江南〉，柳如是再和以〈夢江南〉聯章，亦不無可能，但陳寅恪相信柳詞在前，陳詞在後，見《別傳》上冊，頁二六六。

39 「三眠柳」典出漢武帝宮苑之柳。相傳這株柳樹一日三寐，像人一樣，故有「人柳」之稱。

室內的「金猊香」是個隱喻，呼應了室外的朦朧月色。像「花月」（第二句）一樣，嫋嫋的爐香霧濛濛，讓人不知身在夢中或現實裡！陳詞與柳詞無異，都有創造並舉的傾向。這種並舉或屬室內室外的對照，或屬往昔與今日的對比。記憶中的景若要形成一種隱喻式的匯通，「並舉」是主要的助力。前引的〈浣溪沙〉裡，陳子龍讓「殘燈」與「花籠微月」的意象彼此呼應（第四至五句），用到了同樣的「並舉原則」。副題〈春情〉的〈少年游〉，內景、外景都充滿了花前月下的浪漫情調，彼此更匯為一流，形成對比，尤其引人注目：

滿庭清露浸花明
攜手月中行
玉枕寒深
冰綃香淺
無計與多情……

（《詩集》下冊，頁六〇三）

且看〈望江南〉：儘管上片沉浸在過去的記憶裡，下片卻把焦點鎖在眼前的哀愁上。下片的風格走到最明顯的時候，幾乎是以李煜傷慟故國不再的著名意象為師法對象：「問君能有幾多愁／恰似一江春水向東流。」（《全唐詩》冊一二，頁一〇〇四七）[40]下片也讓人想起秦觀的詞〈千秋歲〉。填寫此詞時，秦氏年已四十七。他感歎仕途蹭蹬：「春去也／飛紅萬點愁如海。」（《全宋詞》卷一，

[40] 見拙著《詞與文類研究》，頁六一。

頁四六〇）然而，李、秦為政途失意所填的詞雖可謂陳子龍攻錯的他山石，〈望江南〉寫的顯然是舊情已杳的黯心痛。陳詞除了寫出詞人的哀傷外，更顯露出詞人非常關心所愛的心中苦：

遠山一角曉眉愁
無計問東流　（第九至十句）

詞人所說的「無限恨」，確能道出對所愛的忠悃[41]，而這便是「情」的本色。

陳子龍和柳如是都因痛失所愛而心池沸騰，他們的錐心痛適足以讓我們聯想到傳奇劇的一個大主題：「相思病」。劇中的男女主角，常常因渴慕對方而致病倒在床[42]。女人為情所苦，當然深合中國詩詞的傳統，可以溯至漢代的《古詩十九首》。然而，不到元曲出現，我們看不到陷身情愛的男女互贈詩詞，互道相思。若要一見這個主題的大發揮，更得俟諸明傳奇。陳子龍的許多詞作洩露的心緒，就某種程度來講是戲曲的典型。以副題〈病起春盡〉的〈江城子〉為例，我們看到陳子龍坦然自承有相思的病候：

41 余國藩曾經討論過《紅樓夢》裡寶玉對黛玉的一片「癡情」，道：「寶玉確實未能『忘情』，而其五內所忍受的煎熬，正表示對黛玉之心不移，只可惜自己成為家人心計的祭品。」我於此所論，頗受余氏啟迪。上引見Anthony C. Yu, "The Quest of Brother Amor: Buddhist Intimations in The Story of the Stone," *Harvard Journal of the Asiatic Studies*, 49:1 (June 1989), p.74。中譯引自李奭學譯，〈情僧浮沉錄——《石頭記》的佛教色彩〉，《中外文學》第十九卷第八期（一九九一年一月），頁四八。

42 有關傳奇劇的探討，見Richard C.Hessney,"Beautiful,Talented and Brave:Seventeen-Century Chinese Scholar-Beauty Romances",Ph. D.diss.,Columbia Univ,1979,p.89。另見張淑香，《元雜劇中的愛情與社會》（臺北：長安出版社，一九八〇），頁一五七，以及Chung-wen Shih, *The Golden Age of Chinese Drama: Yuan Tsa-chu* (Princeton: Princeton Univ. Press, 1976), pp.70-78。至於相思病和中國文化關係的短論，可見夏志清，《愛情・社會・小說》（臺北：純文學出版社，一九七〇），頁二二七。

一簾病枕五更鐘
曉雲空[43]
捲殘紅
無情春色
去矣幾時逢
添我千行清淚也
留不住
苦匆匆……

（《詩集》下冊，頁六一六）

拿陳子龍和柳如是表現相思病的手法做個對照，我們會豁然開通。在陳詞裡，詞人把自己寫成「回天乏力」的情聖，而別離所造成的傷痛則「回天乏術」，不斷在荼毒殘軀。柳如是呢？她曾在夢中、在期盼中搜尋所愛，遍歷磨折。不過，她強調的是永恆的真情，是可以解脫人類悲劇的力量。下引柳氏副題〈詠寒柳〉的〈金明池〉為例，裨便比較：

有恨寒潮[44]
無情殘照
正是蕭蕭南浦

43 「曉雲」乃柳如是諸號之一。

44 我此處用的是王昶所供的另一讀法，見《別傳》上冊，頁三三六。

更吹起
霜條孤影
還記得舊時飛絮
況晚來
煙浪斜陽
見行客
特地瘦腰如舞
總一種淒涼
十分憔悴
尚有燕臺佳句[45]

春日釀成秋日雨
念疇昔風流
暗傷如許縱饒有
繞提畫舸
冷落盡
水雲猶故憶從前
一點春風

---

45 指晚唐詩人李商隱的〈燕臺詩四首〉，葉蔥奇編《李商隱詩集疏注》（北京：人民文學出版社，一九八五）下冊，頁五七一至五七七。

幾隔著重簾
眉兒愁苦
待約個梅魂
黃昏月淡
與伊深憐低語

（《別傳》上冊，頁三三六至三三七）

這是柳如是最著稱的一首詞，用的是「詠物詞」的形式，所以她可用象徵手法借寒柳為「物」為「類」以抒發衷情。讀者很快就會曉得：「象徵」（寒柳）與「被象徵的人」（即詞人本人）之間的聯繫，乃建立在「名字象徵法」之上。我在第三章說過，陳、柳的賦也用過這種技巧。而上引詞中的「名字象徵法」，係從柳如是的姓發展而出。「柳」可以為「姓」，也可以為「草木」。這個字出現在本詞的副題上，而「是」這個名字更在全詞伊始即已現身（第三句）。中國詩體——尤其是「詞」中——好以「柳絮」喻歌伎生涯的倏忽不定。柳如是想到她和陳子龍的情竟然落得悲劇收場，又想到她從盛澤流落到松江，最後再從松江回到盛澤重為馮婦，必然發現這種現實很冷酷，而「柳」不就是自己飄零的一生的最佳象徵？個人的感遇，幾乎全都蘊含在這種象徵裡。我們只要知道柳如是和「柳」之間的象徵聯繫，確實就可從新的角度來認識陳子龍的詞。以前引〈望江南〉為例，陳氏提到一種「三眠柳」，實取典自漢武帝後宮苑囿裡的「人柳」。陳子龍於此也不過在用典，卻能引領我們認識他的深層象徵系統，柳如是命如飄絮，這種象徵系統便建立在名物的隱喻關係上。不特如此，這種系統也以柳名的托喻用法為基礎（陳氏晚期詞作裡的「柳」有許多象徵意義，我會在第六章深入再談）。

柳如是〈金明池〉所使用象徵手法以「典故」為主，全詞的結構原則亦繫乎此。概略言之，「詠物詞」裡的典故主要乃意象也，而此種意象又和主象徵（如「柳」）的美感呈現（aestheticpresence）有密切的牽連。最後，主象徵又可隱喻「詞人」本身。在「詠物詞」的閱讀成規裡，「典故」通常具有深意，讀者得「深人」去「猜」，視之為全詞的真義。他更得搜尋全詞，想辦法把所有可能的象徵意義都挖掘出來。我們可以舉柳詞第一個明典為例：這個典出現在第十四句，暗指唐詩人李商隱的〈燕臺詩四首〉。有道是李商隱狂戀某歌女，朝夕相思，因作四首。歌女後為某藩鎮所「奪」，義山遂為此賦詩誌哀。然而，由於此詩詩題又射到燕昭王（前三一一－前二七九年在位）的「黃金臺」，寓有政治意義，所以清季以來的詩話家多從道德或政治層面來探討李詩的意涵。不過，迄今為止，倒也無人提出任何足以服人的托喻性讀法[46]。

燕臺詩影響柳如是甚巨（第十三至十四句），她如何為李詩作解？結果顯示：這又是「名字象徵法」在作祟。「柳」這個姓不僅是柳「詞」象徵結構的根本，亦且是詞人「閱讀」經驗之所在。李詩四首之所以對柳氏很重要，原因在柳如是把自己想像為某唐代讀者「柳枝」。李商隱〈柳枝五首〉序云：某歌娘名柳枝，詠其燕臺詩竟癡戀其人[47]（包括今人葉蔥奇在內的評者，多謂柳枝事乃燕臺詩原擬的題材，然義山因有難言之隱，從而竄改事實[48]。雖然如此，此解不無闕疑[49]）。而我們身為柳詞讀者，當知柳如是情真意摯。她在詞內已經化身為柳枝，而後者乃情詩聖手李商隱作品的知音。簡言之，柳如是乃一「理想的讀者」，不單可以體會詩人的大義，也可以感應詩中的微言。她所以為陳子

46 葉蔥奇編，《李商隱詩集疏注》下冊，頁五七一至五七七。

47 同上書，頁五六五至五六六。

48 同上書，頁五七七。葉蔥奇覺得「柳枝」可能不是這個女孩的真名真姓，見下冊，頁五六六。

49 例如葉嘉瑩就質疑過這種詮釋的效用，見其《迦陵談詩》（臺北：三民書局，一九七〇）冊二，頁一七五至一七六。

龍填下一首情詞，或許也想以詞試人，看看臥子是否剖得開文學的表面肌理？看看他是否也像她一樣是位「理想的讀者」？〈金明池〉收梢處，柳如是向情人公開心事：「待約個梅魂／黃昏月淡／與伊深憐低語。」她沒有公開說明的是「名字象徵法」重心所在的另一個要典：「梅魂」隱指明代曲家湯顯祖《牡丹亭》的男角[50]。這齣浪漫劇寫「柳夢梅」的故事，寫夢與狂戀的傳奇：杜麗娘夜夢偉男持柳枝攜其至牡丹亭，竟求歡。麗娘後因相思病死，然赴北邙前要求葬身梅樹下。梅者，其象徵也。麗娘夢中男子乃柳夢梅，後者見其圖影癡愛不已。麗娘夜來訪，最後因「情」力而告還陽。柳如是如今從傳奇取典，使其詞更富聯想性。即使是「梅魂」這個表面上看似簡單的詞兒，也開始膨脹「情」的意義。「詠物詞」的詮釋傳統早就頌揚過「典故」的達意功能（expressive function）：柳詞令人感觸良多，想像開展，皆此功能之力也。

但是，柳詞裡的「梅魂」卻有另一層次的意義：提醒我們湯顯祖另曲《紫釵記》裡的情人相會[51]。這本戲一開頭演的是某除夕夜，女主角霍小玉在微月半遮、寒梅怒放下愛上了詩人李益（第八齣）[52]。兩位有情人幾經困挫，落幕前終於在長時期離別後團圓。此時他們贈詩唱和，句中最叫人難忘的赫然是「淡月梅花」景（第五十三句；冊三，頁一〇八一）。在柳如是的詞裡，讓她回想到過去春夢的正是寒梅月影：「待約個梅魂／黃昏月淡／與伊深憐低語。」詞人分明是把情郎和自己比為劇中人。我們再三低吟陳、柳贈詞——例如本章稍前所引的〈浣溪沙〉諸詞，發現再三出現的花月意象都和此一私下才見分曉的愛情象徵關係密切，其「互典的影響力」（intertextual impact）強而又強。

50 此點我從陳寅恪之說，見《別傳》上冊，頁三三九。

51 《別傳》上冊，頁三九九。

52 湯顯祖著，錢南揚編《湯顯祖集》（上海：上海人民出版社，一九七三）卷三，頁一六一三至一六一九。下引此書內文，卷數及頁碼夾附正文中，不另添注。

柳如是〈金明池〉的主典居然取自《紫釵記》，這一點確實值得我們分外注意，因為湯劇開頭的一首曲文便在頌揚晚明「情觀」，結尾的兩句意味深長：

> 人間何處說相思
> 我輩鍾情似此

對「情」肯定似此，湯顯祖當然能在《紫釵記》裡創造出新版《霍小玉傳》：唐傳奇中的舊版故事，原說霍小玉見棄於負心漢李益，然湯劇卻把這個詩人寫得一心不二，情意綿綿。用夏志清的話來說，湯劇乃「對愛之熱情的處理」[53]。故事較顯悲愴的情節是：二人結為連理後不久，李益就高中狀元，奉敕參贊邊防，必須別離嬌妻。全劇所歌頌者，因而是這對夫妻彼此成全的堅忍和「信誓旦旦的相愛」[54]。柳如是長別情郎，惶惶然無助，柔腸百轉，故而把自己比為劇中的霍小玉。此外，唐傳奇裡的小玉原為霍王庶出，接受教養準備將來當個高級歌伎[55]，而柳如是出身撲朔迷離，本人就是歌伎，更可體會虛構裡的霍小玉確和自己的身世若符合節。我還相信，柳氏總嘗試在當代說曲搜尋身世相仿的女角，以便借為自己的隱喻。這種情形，柳詞尤為常見。

柳如是偏好湯著《紫釵記》尚有其他原因：曲文典雅，頗有並列句風格（paratactic style）。用徐

53 這是夏志清對湯氏原劇《紫簫記》的批評，見C.T.Hsia, "Time and the Human Condition in the Play of T'ang Hsien-tsu", in Wm.Theodore de Bary, et al., *Self and Society in Ming Thought* (New York: Columbia Univ. Press, 1970), 255。中譯引自〈湯顯祖筆下的時間與人生〉，夏著《愛情・社會・小說》，頁一七〇。

54 Hsia,257；《愛情・社會・小說》，頁一七三。

55 Hsia,255-256.

朔方的話來說，這種風格「近於小詞」[56]。而誠如陳寅恪的觀察，柳如是〈金明池〉有若干句乃改寫自《金釵記》的曲文（《別傳》上冊，頁三三七至三三八）。例如，柳詞首數句及十八至十九句即有部分借自湯曲第二十五齣（卷三，頁一六七五）。柳詞後兩句寫河邊畫舫，湯曲該景演的卻是離恨，位居全曲樞紐，直接發抒李霍愛情信誓。這一齣題為《折柳陽關》，恰為柳如是詠「柳」的「詠物詞」的絕妙好典。即便是《紫釵記》這個曲目，亦可視為柳如是情緣的象徵。在曲中，「玉燕釵」乃小玉與李益的愛情信物（第八齣；卷三，頁一六一三至一六一八），在陳、柳唱和的詞中，「玉釵」亦為常見——甚至是主要——意象：柳如是〈夢江南〉聯章第三闋即有無限恨地提到一支玲瓏玉釵，而臥子所和的〈望江南〉第三句的「玉燕」亦指此釵。兩人詞中都不斷用到玉釵，而玉釵又是婚盟的象徵，更可見陳、柳暗示他們永遠情同「夫妻」[57]。

接下來我想從另一個面向來看〈金明池〉：陳寅恪先生已經說過，這首詞實以秦觀的同詞牌同韻腳作品為師（見《別傳》上冊，三三七）。秦觀首創〈金明池〉這個詞牌，而他的詞也是用此一詞牌的少數宋詞中唯一牌名與內容銖兩悉稱者。〈金明池〉位於宋京開封以西，真有此「池」。一〇九二年，秦觀曾蒞此一遊，他的詞即寫池畔之美，開筆就是柳絮曼舞的春景：

56 徐朔方編《湯顯祖詩文集・前言》（上海：上海古籍出版社，一九八二），頁八。鄭培凱也有此說：湯顯祖「煞費心思，在曲中用巧詩」，見P'ei-kai Cheng, "Reality and Imagination:Li Chih and T'ang Hsien-tsu in Search of Authenticity", Ph.D.diss, Yale Univ, 1980, p.277。

57 陳子龍和柳如是的同代人吳偉業，也用玉釵的意象寫了一首情詩給名伎卞賽：「記得橫塘秋夜好／玉釵恩重是前生。」見吳偉業著，吳翌鳳編《吳梅村詩集箋注》（一八一四年，香港：廣智書局，一九七五年重印），頁三五三。「玉燕釵」乃夫婦愛情信物，李白的〈白頭吟〉曾經提過這一點：「頭上玉燕釵／是妾嫁時物」，見《李太白全集》（北京：中華書局，一九七七）卷四，冊一，頁二四六。此點我乃承余英時教授提醒（私函），謹此誌謝。

瓊苑金池
青門紫陌
似雪陽花滿路[58]

秦觀遭貶離京之後，「金明池」變成「美好的過去」的象徵。他曾在〈千秋歲〉一詞中，對比過早年池畔的歡樂與目前的流放生涯[59]。此詞稱「金明池」為「西池」，可能是秦觀填得最哀怨的一首，繫於一〇九五年，其時詞人四十六歲。

陳子龍也填過一首副題〈有恨〉的〈千秋歲〉，顯然仿自秦觀：

章臺西弄
纖手曾攜送
花影下
相珍重……
菡萏雙燈捧
翡翠香雲擁
金縷枕

58 這首詞可見於秦觀著，徐培均編《淮海居士長短句》（上海：上海古籍出版社，一九八五），頁一八四至一八五。

59 〈千秋歲〉的曲調以哀怨沉鬱著稱，見于翠玲前揭文，頁一二九。至於秦觀〈千秋歲〉一詞的細讀性論述，可見葉嘉瑩，《論秦觀詞》，頁二五一至二五六。

今誰共……

（《詩集》下冊，頁六一六）

詞首陳子龍所寫的柳極其類似秦觀〈金明池〉中的柳。儘管如此，兩人的寫法卻截然不同：秦觀純寫景，陳詞以象徵為主。秦詞仍以北宋「詠物詞」的傳統作為敘寫的模式，陳詞（這方面包括柳詞）卻占時間優勢，可以師法南宋「詠物詞」的象徵模式。後者實代表一種新的修辭方式，希望透過意象的聯想窺知詞人所要表現的大目標[60]。陳氏〈千秋歲〉首行，寫帝京洛陽章臺門外癲狂飄舞的片片柳絮，確能讓人想到秦觀筆下的金明池畔柳。不過，由於表現模式不同，陳詞寫完首句後馬上就轉移方向，肯定「柳」的隱喻性本質——首句「西弄」的「柳枝」乃臥子所愛柳如是的「纖手」也。陳詞的修辭法不同於南宋「詠物詞」的地方，在於前者的隱喻等體（metaphorical equivalences）所具有的指涉性內涵。柳如是與「柳」之間的聯繫毫不牽強，此不獨因兩者具有內涵上的類似性使然，更因其共用某一最客觀的指涉字有以致之——「柳」字於此既指「姓」又指「柳樹」，一語雙關。易言之，「隱喻」是這種「托喻性」詠物程式的「因」，不是「果」。托喻指涉性（allegorical referentiality）和隱喻式的反思合而為一，極可能就是晚明新詞法的特徵[61]。

秦觀和陳子龍雖然不免歧異，詞話家卻讚揚他們代表詞的「本色」[62]。乍聽之下，這種傳統的評語頗具洞見，切中肯綮，但我覺得大而化之，難以完全掌握，有待更細的說明。首先，我們得考慮王國維（一八七七－一九二七）所指秦詞與眾不同之處，亦即下引〈踏莎行〉第四句和第五句所寓的

60 清朝學者多認為陳子龍完全忽視南宋的詩學詞論，但我深不以為然。本書第六章會再探此一課題。

61 參看第三章對「名字象徵法」的討論。

62 《叢編》冊一，頁六三一；《詩集》下冊，頁五九八。

「淒厲」特質[63]。

霧失樓臺
月迷津渡
桃源望斷無尋處
可堪孤館閉春寒 4
杜鵑聲裡斜陽暮[64]
驛寄梅花[65]
魚傳尺素[66]
砌成此恨無重數 8
郴江幸自繞郴山
為誰流下瀟湘去

秦觀在這首詞裡所欲傳達的信息當不簡單：他並舉意象，把個人的苦難宣洩出來，寫法獨樹一格。這首詞填於一〇九七，其時秦觀再度遭貶，發配到更遙遠的郴州。詞人孤苦伶仃，心中感受到的現實與不幸的根源，全都凝聚在這首詞裡。他望斷桃源（第三句），欲遁無門（第二句的「津渡」象

63 見《人間詞話》，《叢編》冊五，頁四二四五。

64 這兩句的英譯，見Adele Austin Rickett, *Wang Kuo-Wei's Jen-chien Tz'u-hua: A Study in Chinese Literary Criticism* (Hong Kong: Hong Kong Univ. Press, 1977), 41及Ching-I Tu, trans., *Poetic Remarks In the Human World*, by Wang Kuo-Wei (Taipei: Chung-hua shu-chü, 1970), 2。

65 這一句涉及江東人陸凱的故事：長安罕見梅花，陸氏曾給那裡的好友路曄寄了一朵梅。此事見《太平御覽》卷一九。

66 此句典出古樂府詩，略謂有女烹客所饋鯉魚，驚見魚腹遺有書信一紙。事見蕭統編《昭明文選》卷二七。

徵這一點），甚至連寫家書這種小事都感到心痛不已（第六至七句），因為握管傳書家小，只會讓他驚覺樂園已失，關山重阻。雖然如此，秦觀把痛苦轉遞成為感性意象的能力，倒是令王國維擊節三歎。意象一旦形成，秦觀創造出來的是沮喪與圖景寫實的交錯畫面。

必須一提的是：陳子龍和柳如是都同時填過〈踏莎行〉的詞（陳寅恪以為陳、柳二詞乃為「同時酬和之作」；見《別傳》上冊，頁二四三）。雖然他們的〈踏莎行〉與秦韻全然不同（陳詞與柳詞的用韻也各自不同）[67]，但詞裡的意境卻令人聯想到秦觀的〈踏莎行〉。以下是陳、柳二人的〈踏莎行〉：

陳子龍〈踏莎行・寄書〉：

無限心苗
鸞箋半截
寫成親襯胸前折
臨行檢點淚痕多
重題小字三聲咽
兩地銷魂
一分難說
也須暗裡思清切

[67] 有關這一點，我非常感謝華東師範大學文學研究所所長胡曉明先生對拙作舊版（《陳子龍柳如是詩詞情緣》，李奭學譯，臺北：允晨出版社，一九九二）所指出的錯誤。見胡曉明，〈孫康宜《陳子龍柳如是詩詞情緣》書後〉，發表於二〇〇五年九月四日）。見胡曉明個人博客：http://www.unicornblog.cn/user1/90/4213.html

歸來認取斷腸人
開緘應見紅文滅[68]

（《詩集》下冊，頁六一〇）

柳如是〈踏莎行・寄書〉：

花痕月片
愁頭恨尾
臨書已是無多淚
寫成忽被巧風吹
巧風吹碎人兒意
半簾燈焰
還如夢裡[69]
消魂照個人來矣
開時須索十分思
緣他小夢難尋味

（《別傳》上冊，頁二四三）

68 「紅文」一詞語意模棱，或指柳如是留在致臥子「別書」上的唇印。如今脂殘，蓋時日已遠。從這個角度來看，則此句句意或可用語體文解為：「倘若你展開別離時你給我的信，那麼你會發覺你的唇印已經變淡了。」

69 此句意義請參陳寅恪《別傳》上冊，頁二四三。

在這兩首詞裡，別離與受苦的原因與秦詞有所不同：秦觀的「淒厲」源出仕途侘傺，陳、柳者則因兩地相思使然。臥子記憶中的情人柳如是乃一尺牘高手。她像典型傳奇劇裡的才女，煞費心思挑選合宜的信箋，「親襯胸前折」（臥子〈踏莎行〉第二、三句）。本係抒情的詞，乃如此經由修辭手法轉化為抒情與戲劇性兼而有之的「詞套」（以詩唱答）。明傳奇對詞的影響有多大，更可藉此證明。陳子龍和柳如是認為「詞」這種體式不但可以讓他們互道衷腸，連兩地銷魂的憔悴狀都可寫進去。換言之，「詞」已不僅是「自我表白」的形式，更是一種有人「傾聽」的修辭設計，是旖旎纏綿的淺唱輕吟。真正的「歌」也不過如此，故「詞」既可「達意」又可「隱密」。

但陳、柳「詞書」的文涉也不僅限於秦觀〈踏莎行〉裡的「驛寄梅花／魚傳尺素」之意象。「寄書」的意念也絕非僅在向前人的詞作借典：前文討論過柳如是詠柳的〈金明池〉，認為關乎湯顯祖的傳奇《紫釵記》；同樣地，「寄書」意念亦拜此劇之賜。〈金明池〉這首詠物詞乃受湯劇道別一景的啟迪（第二十五齣），而事實上，〈寄書〉這個副題幾乎也取自湯劇此場，因其最後兩字即此題也：

教他關河到處休離劍
驛路逢人數寄書

（第二十五齣，冊三，頁一六七七）

這是霍小玉唱別李益的兩句曲文，而全本最後（第五十三齣）的下場詩，亦有兩句稱美這對夫妻頗能和詩「知音」：

一般才子會詩篇

以詩詞「寄書」乃抒情劇所創發並推廣的文學傳統。陳子龍和柳如是於今也如法炮製，可見他們必然以才子佳人自居。他們寫在詞裡的話，把癡心情侶的黃粱夢化作一場戲，亦可見他們深知一切無非是玄想：開緘、閱書與相知都屬之。最叫人注意的是，詞中臥子幾近自毀情操的摹本，居然是那明傳奇裡傷感多情的男角。

當然，秦觀的詞裡有關書信的意象可能也常駐陳、柳心頭，有助二人獨樹詞風。但在另一方面，他們也瞭解當世曲文生動有力，富於戲劇潛能。明朝的許多詞人及前其數百年宋代的柳永，都曾以俗語入詞。難得的是，陳、柳詞固然開源於曲，卻能免於鄉言之蠱，躲過似曲非曲的詞。最後的結果則是古典風格與當代寫實合流，情意浹洽。其用字遣詞比先前情詩高貴優美，其內容則比傳統情詞露骨曲折。有人就有「情」，陳、柳詞不但沒有鄙薄這個事實，而且還用考究的新風格摹寫之。詞至雲間而得重振，陳、柳居功大矣。他們的匯流詞風當係新詞心要。

詞之原身乃「曲子詞」，芳菲悱惻，以宮徵為主。其「本色」後即湮遺，垂三百餘年。陳子龍與柳如是倚聲一出，詞之正則大致歸本還原。或謂陳、柳出，詞體復興，其此之謂也歟！

第五章　回首觀照且由詩

陳子龍與一般詩人詞客無異，對詩體之別朗然敏銳。他不但是雲間詞派首領，同時也孜孜不倦在為古典詩歌振臂吶喊。職是之故，詩詞的體式異同他必然深有所感。詩詞固異，陳氏卻能縱情於其中，所詠題材廣泛。更有甚者，他還嘗試以此描繪不同的「情」面，都能契入他所感知的詩詞體異。

蓋陳子龍相信，體式的限制非僅關乎形式，同時也應屬主題上的問題。

陳子龍往往在「詩」中把所愛奉為神女，而「詞」中的同一角色每每卻淪為有血肉的凡女。這種強烈的形象對比，是我們對陳作的首要認識。換言之，陳詞裡的「才女」到了陳詩就提升為「神女」。其間的差異，率由詩詞的主題與風格所造成[70]。中國傳統對詩詞之辨自有一套流行的標準，即所謂「詩莊詞媚」也。上述傳統之見雖然難逃「大而化之」之譏，卻是陳氏詩詞的緊要斷語。話說回來，陳子龍雖然默認傳統，但並非不會反省傳統：他在詩裡把所愛奉為「神女」，正表示他已為「詩」開創出一種「莊嚴」的擬人法，也把這種體式的地位提升到比「詞」還要高幾許。他的「情詩」仍然以「情觀」為基礎，雖然詩中看待「情」的方式已經大異其趣。不容否認，這些「詩」寫得頗有「顏色」——甚至可稱之「情色」，但是和陳氏細寫激情的詞相較之下，這些「有色部分」都已概化，都已昇華。詩國正統之作氣勢磅礡，唯有思考性強的作品才稱得上同條共貫。

就某種程度而言，將宮娥或歌伎比為「神女」實合乎「詩」的傳統[71]。此一技巧無疑借自稍早的「賦」體，而這或許也是柳如是寄陳子龍詩每自稱「神女」之故（如〈初秋〉第三首，在《別傳》上冊，頁三〇六）。雖然如此，若僅視此一技巧為「詩」體成規的衍生物，無乃過賅，蓋「神女」的意象經常在陳子龍的詩裡出現，而除了體式問題外，陳氏的用法無疑寓有深刻的私人因素。就其最明

70 古希臘的理論家也同意文體詩體受制於其所呈現的人類性格的說法，如亞里斯多德便曾在《詩學》（*Poetics*）中說道：史詩所寫的人物，比他們在真實生活裡的表現還要高貴。

71 南朝詩中所寫的宮娥每如「神女」，相關論述見Anne Birrell, "The Dusty Mirror: Courtly Portraits of Woman in Southern Dynasties Love Poetry", Robert E. Hegel and Richard C. Hessney, eds., *Expressions of Self in Chinese Literature* (New York: Columbia Univ. Press, 1985), p.38。Edward H.Schafer曾舉李賀之詩，說明歌伎以「神女仙姑」的面貌化為詩中角色的寫法。見其*The Divine Woman:Dragon Ladies and Rain Maidens* (San Francisco: North Point Press, 1980), p.146。亦請注意十七世紀的戲曲中，歌伎常被喻為「仙女」的寫法。例見孔尚任的《桃花扇》第五齣，或見Chen Shih-hsiang,et al., trans.,The Peach Blossom Fan (Berkeley: Univ.of California Press, 1976), p.6 & p.42.

顯者觀之，含帶神女意象的陳詩當為陳賦的抒情等體。陳賦精雕細琢，意象繽紛，長篇鋪排，炫人駭目。其中所求雖為想像，每每卻細述了陳柳情緣，表出真相。我們在第三章探討過臥子〈採蓮賦〉，下引這首或可繫於一六三三年秋的「詩」，卻好像在預示〈採蓮賦〉的內容，可舉為例：

秋夕夜雨，偕燕又讓木集楊姬館中，是夜，姬自言愁病殊甚，而余三人者，皆有微病，不能飲也

4

雨處傷心一種憐
滿城風雨妒嬋娟
已驚妖夢疑鸚鵡
莫遣離魂近杜鵑[72]
琥珀佩寒秋楚楚
芙蓉枕淚玉田田
無愁情盡陳王賦
曾到西陵泣翠鈿[73]

（《詩集》下冊，頁四二五）

---

72 第三至四句的意思模棱兩可。據陳寅恪的說法，鸚鵡在此為柳如是的象徵（一如柳詞〈夢江南〉第十九首者），《別傳》上冊，頁八二。「鸚鵡夢」則可能取典自某一楊貴妃故事。該故事喻太真為鸚鵡，飽嘗一隻兇暴大禽折磨後死去。參見《別傳》上冊，頁二六五。

73 最後一句典出一首古情詩，據說作者是南齊名伎蘇小小。蘇詩有這麼兩句：「何處結同心／西陵松柏下。」

指涉與隱喻的修辭交互作用，再也沒有比這首詩更顯然的了。詩題特長，可以直指事實，而全詩意象綿密，意涵更見內鑠。切合場面的詩題可讓讀者瞭解作者意圖為何，但詩中的象徵性關涉卻也令人頗興「抒情之謎」（lyrical enigma）之慨，從而願意再三挖掘，以探知新的意蘊。全詩的終極力與終極美，便存乎這種「隱」與「顯」的交互作用之中。

在詩題中，詩人明陳所吟關乎柳如是——此時的柳氏顯然還在使用本姓「楊」。詩題提到柳如是「愁病」，但未指出所染者何恙。我們要等到讀完全詩，看到詩人借曹植〈洛神賦〉之典為喻，才知道所患者「相思病」也。在詩人的抒情觀念中，他顯然已化身為曹植，以凡間情聖之身汲汲追求所愛的神女。詩人也像曹植一樣，解下玉佩作為信物，贈與神女（第五句），而柳如是更像曹氏筆下的神女，因為她與「蓮」或「芙蓉」關係密切：「芙蓉枕淚玉田田／無愁情盡陳王賦。」柳如是確實已經變成一種抒情性的符碼，隱喻臥子〈採蓮賦〉裡的芙蓉仙子。〈採蓮賦〉中的戀人示愛求情，每透過不斷重現的象徵來比喻。全賦所寫厥為追尋神女的歷程，雕金鏤玉，長達一百六十七句。抒情的強度先呈緊湊態勢，然後漸次鬆弛。全賦的動作若為離心外拽，則上引八句詩裡敘寫簡略但凝練無比的神女形象，就應該代表一種向心內斂的抒情力量[74]。

這樣的「詩」實為「具體而微的賦」，本身更是五臟俱全的整體：陳子龍的許多詩都可發現同樣的結構。不論有多短小精悍，各首詩似乎都是同主題的抒情性變奏，詠歎的都是一位「神女」。不過，這並不是說「詩」只是就「賦」的描述面稍事約減的作品。相反地，「詩」是全新的創發，代表不同的美學觀和修辭意義。陳子龍寫神女的賦，強調的是上下求索的進程。他的詩和同主題的賦有所不同，不但放棄線形的發展，而且改採意象並列法，著重個人內省的精神。就私人的洞察力與主觀的內在冥思而

---

74 詩歌裡所謂「離心力」（centrifugal）與「向心力」（centripetal）的說法，請見Edward Stankiewicz, "Centripetal and Centrifugal Structures in Poetry", *Semiotica* 38, nos.3-4(1982): 217-242。

言，「詩」無疑要比「賦」強烈許多。以〈秋潭曲〉一詩為例，所寫情緣背後的大原則可謂從頭到尾如一。這種原則乃是內化、濃縮、強化與壓縮的過程，所有的意象都繞著詩人對自己情緣的回省而轉：

鱗鱗西潭吹素波
明雲織夜紅紋多
涼雨牽絲向空綠
湖光頳澹寒青蛾
溟香濕度樓船暮
擬入圓蟾泛煙霧
銀燈照水龍欲愁
傾杯不灑人間路
美人嬌對參差風
斜抱秋心江影中
一幅玉銖弄平碧
赤鯉撥刺芙蓉東
摘取霞文裁鳳紙
春蠶小句投秋水[75]
瑤瑟湘娥鏡裡聲

75 這一句典出李商隱的情詩〈無題〉：「相見時難別亦難／東風無力百花殘／春蠶到死絲方盡／蠟炬成灰淚始乾……」見李商隱著，馮浩箋注，《玉溪生詩集箋注》（上海：上海古籍出版社，一九七九）上冊，頁三九九。

同心夜夜巢蓮子　16　（《詩集》上冊，二二一）

前引群賢畢集「楊姬館」一首乃八行律詩，然上引卻為古體詩。表面看來，後者結構較顯鬆散，全詩只有十六句，但意象的暗示性頗強，詩人也極力想要表現出這個世界裡意象的繁複性，全詩故得比篇幅較長的賦更具聯想力。陳子龍自注道：此詩賦於西潭遨遊時，做伴者包括燕又、讓木與柳如是（《詩集》上冊，頁二二一）。不過，全詩收梢處卻有一股超越現實的神祕感，可供人盡情馳騁想像力。就詩人筆端所寫來看，他好似已經走進月宮中（第六句），意象也似乎都是神話故事所特有者。一般來講，陳詞裡的世界乃具體的現實體，但這首詩裡的世界卻是浩波渺渺，不食人間煙火，故而意象也都是類此之屬，如「湘娥」、「霞文鳳紙」與「江影秋心」等等。

然而，全詩的重心卻是「銀燈照水」的意象，每令人想入非非而有雲雨之思。從「隱喻」觀之，「鏡裡聲」（第十五句）和「江影中」（第十句）二詞形成互倚之勢，彼此都是這對愛侶燕好之際的音感與視覺隱喻。就如情欲經驗本身一般，「鏡照」的動作已經變成「迴響」的動作，把事實與幻想、真實與虛構編織成片片彩錦。從文字表面來看，詩人再度用到柳如是的號「影憐」，從而以象徵的方式開創出兩情繾綣的修辭；以語音的象徵性觀之，「憐」者「蓮」也，何況詩末又用到後一字。事實上，第十二句的「芙蓉東」一語，顯然就在籲請我們做此讀法。

「西潭」乃全詩寫景主軸，而值得注意的是，此潭另名「白龍潭」[76]，點醒我們陳氏之名「子龍」。因此，「銀燈照水龍欲愁」（第七句）可以讀作詩人自反而縮的套式，可謂故意在與柳如是別

[76] 見《詩集》上冊，頁二二一所引《松江府志》。

號「影憐」並舉。從某方面看，陳氏這位大情人已經變成所歡柳如是的疊影。不特如此，詩人還藉著呼應神女自省之語，聲明自己就是她的「鏡中像」。我們一旦瞭解柳如是也在類似情景寫過類似的詩，則上述論點意義倍增。柳如是所寫顯為酬和之作，題為：〈遊龍潭精舍登樓作時大風和韻〉（《別傳》上冊，頁五四）。這首詩分明會讓人想起陳氏的〈秋潭曲〉，蓋其強調之意象乃煙霧迷濛的一潭清水，在隱喻的層次上又關涉到光可鑑人的一面「玉鏡」。「子龍」的「龍」字是柳詩詩題的一部分，而柳如是的自號「影憐」也憖憖然嵌在詩首、詩尾數句中。全詩充分掌握住「鏡鑑」既真又假的雙重內蘊。

真與假，可觸而不可即，以及事實與他界之觀念全都凝聚在「鏡鑑」複雜的二元性之中。雖然這樣，對此一本質最生動的描繪應屬一首題為〈霜月行〉的詩。陳子龍寫下這首詩的時間，可能在一六三五年柳如是離他而去之後：

美人贈我雙螭鏡
雲是明月留清心
寒光一段去時影
可憐化作霜華深
持鏡索影不可見
當霜望月多哀音
紅綃滿川龍女寤
買之不惜雙南金
溫香沉沉若煙霧

裁霜翦月成寒衾
衾寒猶自可
夢寒情不禁
離鸞別鳳萬餘里
風車雲馬來相尋
愁魂荒迷更零亂
使我沉吟常至今

（《詩集》上冊，頁二三一）

這面鏡子留有情人的「清心」，是最佳的愛情信物。這面鏡子圓而明澈，可以照個不停。不論是本質或形體，這面鏡子都像無所不照的月娘，而後者正是堅貞的象徵。詩中接下續道：情人的倩影已杳，或許她已託身姮娥，躲得高高的，徒留傾慕的詩人在人間（第十四句）。神女渺渺，上下求索。這個主題當然是中國詩最古老的傳統之一[77]，必然也會讓我們聯想到歐洲的宮廷情詩（courtly love poetry）。在後者的架構中，獻殷勤的男子往往會把所愛的人兒高舉到女神一般的地位，希望能用自己的堅忍和仰慕衷腸來贏得美人歸。

但陳子龍的詩不僅在追尋神女，更緊要的是，他的詩也在描述內省、認知與認同感錯綜複雜的力量，而這一切都由鏡的意象來暗喻。陳子龍把重點擺在鏡的影像上，不讓我們從古詩人在騷賦裡所建立

[77] David Hawkes, "Introduction" to his *The Songs of the South: An Anthology of Ancient Chinese Poems by Qu Yuan and Other Poets*, 2nd ed. (New York: Penguin, 1985), p.49.

的傳統來讀其人的追尋主題[78]。鏡子的力量源自一種絕對的誠實，強求照者去看他「換個處境就看不到」的影像[79]。詩人攬鏡自照又當如何？令人訝異的是：陳子龍並沒有如期看到自己的倒影，他只注意到所愛的神女「不可見」，蓋後者已經「化作霜華深」（第四句）。易言之，她變成了「鏡中花」——這是俗諸中「幻」的象徵。此一新的「鏡花」意象，又讓詩人想起同為詩題的「霜月」，而他多少也透過這層「關係」在為自己定位。因此，鏡中所映者並非攬鏡自照的人，而是這個人從內省與想像所建立起來的「自我觀照」。鏡子本身確實已經變成詩人最佳的隱喻——隱喻的是詩的內化與自顧自的冥想。

陳子龍之所以偏好鏡喻，有其實際生活上的緣由。柳如是迷鏡，搜集了許多，柳傳已經確定此點。她去世之後，清詩人賦詩誌其視如拱璧的遺鏡者所在多有（《別傳》上冊，頁二七一）。對柳氏而言，鏡子顯非「私藏品」罷了，而是——就如陳子龍一般——重要的象徵。比方說，她有一面鏡子，背鑿：「照日菱花出／臨池滿月生。」（《別傳》上冊，頁二七二）鏡子自照的力量，可以化己身為水為月。鏡子所以深富意義，柳如是以為原因在此。

「水」乃鏡像的延伸。陳子龍曾發狂想，以為「水」是人海兩隔的隱喻。他的詩每有此念，別離柳如是後所作者尤其明顯。滄溟浩蕩，兩岸梗阻。在陳子龍的詩中這是個大主題。逝水滾滾，到了陳詩更轉為渺渺煙波。「水」是象徵——象徵的是詩人意識中人力難回的悲劇情境。在水此岸，生命就是孤寂感；在水彼岸，神女飄搖，忽隱忽現，難以捉摸。〈七夕——仿玄暉〉一詩大逞想像：陳子龍化自己和所愛為牛郎、織女，以為他們就是傳說中「命途蹇困的情侶」，不幸為天河永隔[80]：

---

78 有關騷、賦裡追尋主題的探討，參見David Hawkes, "Quest of the Goddess, 在Cyril Birch, ed., Studies in Chinese Literary Genres (Berkeley: Univ.of California Press, 1974), pp.42-68。

79 我感謝Jenijoy La Belle的啟發，見其Herself Beheld:The Literature of the Looking Glass (Ithaca: Cornell Univ. Press, 1988), p.1。

80 有關《古詩十九首》中「命途蹇困」的情人的討論，見Pauline Yu, *The Reading of Imagery in the Chinese Poetic Tradition* (Princeton: Princeton Univ. Press, 1987), 127。

早秋辨雲樹
斜景生微涼
頗振玉階葉
復折瑤華芳
蓮房碧秋渚
雜英搖暮香
煙露夕靡靡
綺閣正相望
引領佳人期
誰知往路長
玉繩麗薄霧
銀漢含蒼茫
寂寞雕陵鵲
使我河無梁
澄宇靜不舒
丹鳥穿衣裳
蕙莖秀玄夜
輕颸復難忘
迎涼依雲雨

彷彿巫山陽　20　（《詩集》上冊，頁一二五）

根據傳統的說法，牛郎織女終年相隔，只有到了農曆七月七日才能見面。是夕，喜鵲作橋，這一對姻緣路梗的夫妻藉此團圓。陳子龍的詩令人倍覺哀歎的是：甚至到了七夕，他也不能和所愛團聚，因為這一夜只見一隻喜鵲，「使我河無梁」（第十四句）。情思難遞的情侶所受的折磨苦痛，詩人無不體之感之。逝水滾滾，渺無盡處，冷漠又無情。逝水就象徵情挫。

陳子龍在詩題上就已坦承，他的詩仿自六朝詩人謝朓（字玄暉，四六四－四九九）。我相信臥子所謂的「仿」，指的正是「河無梁」。此一意象顯然借自謝朓的名詩〈暫使下都夜發新林至京邑贈西府同僚〉（《先秦》中冊，頁一二四六）[81]。謝朓在荊州交善於南齊隋王子隆（請注意「子隆」與臥子名「子龍」諧音），但上施壓，命離。上引之詩即寫其「離怨」。「友誼」乃中國文學傳統裡的大主題，歷代批評家或因此故而重釐牛郎織女這個傳說，視之為「時事托喻」（topical allegory），比喻的乃君臣之間的關係[82]。然而，在陳子龍的詩裡，此一主題已還其浪漫情愛的真身原面，況且全詩最後又不無痛苦地自宋玉〈高唐賦〉取典。宋賦寫楚懷王夜夢巫山神女，遂起雲雨。此女乃「朝雲之精」所變[83]，而此詞隨即令人聯想及柳如是小名「雲娟」。因此，陳子龍等於在說：他只能在夢裡再見神女之靈；只能在記憶裡克服時空的藩籬，「游到彼岸」。

81 有關謝朓詩的論述，參見拙作*Six Dynasties Poetry* (Princeton: Princeton Univ. Press, 1986), pp.131-132。

82 有關此一評論的傳統論述，見Yu, *The Reading of Imagery*, p.127。

83 一般人多認為〈高唐賦〉係宋玉所作。全賦收於蕭統編，李善注，《昭明文選》（臺北：河洛圖書出版社，一九七五年重印）卷一九，頁三九三。

另一方面，令人痛苦的亦無過於記憶。這種與生俱來的能力就像一道難以跨越的鴻溝，不中斷點醒過去與現在的差距。人間怨侶因為難忘過去而最感痛苦的一刻，無疑出現在七夕牛郎織女在天上相會的時候。例如陳子龍〈戊寅七夕病中〉一詩中，我們就看到記憶如何折磨人，如何令人相思成病。而病兆歷歷，都是我們耳熟能詳：

又向佳期臥
金風動素波
碧雲凝月落
雕鵲犯星過
巧笑明樓迴
幽暉清簟多
不堪同病夜
苦憶共秋河

（《詩集》下冊，頁三五九）

「秋河」者，「天河」也（第八句）。而秋河就像一面明鏡，於此確也變成可供人自照回省的銀波（the seat of reflection）。想像之地與現實的聯繫，冥合與人間情愛的匯通，全都由這道清流來溝通。秋河亦隱喻也，結合神聖的情感與世俗的情欲，也把柔情萬千推展到極致。陳子龍的七夕詩寫於他為柳如是撰《戊寅草》長序的那一年（參看第三章），亦即他們已分手三年後的一六三八年（歲次戊寅）。我們一旦注意及此，則秋河為隱喻一點隨即更富意義。陳、柳既公然共結文學因緣，則自當能夠共擔分手的苦痛。

儘管陳詞不斷把陳氏寫成難忍別恨的人，陳詩裡的河／離母題卻也不是永遠在走低調。陳詩裡的有情人永結同心，因此給人一片明亮的感覺，提供的確是離怨的解決之道。陳子龍有數首自傳詩，寫來坦白可愛，〈長相思〉就是其一。詩裡對兩情永固信心堅定，乃深思熟慮後的肯定與瞭解：

美人昔在春風前
嬌花欲語含輕煙
歡倚細腰欹繡枕
愁憑素手送哀弦
美人今在秋風裡
碧雲迢迢隔江水
寫盡紅霞不肯傳
紫鱗亦妒嬋娟子
勸君莫向夢中行
海天崎嶇最不平
縱使乘風到玉京
瓊樓群仙口語輕
別時餘香在君袖
香若有情尚依舊
但令君心識故人

綺窗何必常相守　16

（《詩集》上冊，頁二六二）

詩人所歡如今已變成「迢迢隔江水」的玉京嬋娟，詩人更想像到：所愛差紫麟傳書，誓言此情永不渝。原來陳、柳別後不久，兩人還用過多少帶有「文言」味道的賦體來傳達類似之情。故上引這首自傳詩似乎在用抒情的聲音重鑄賦體裡的「文言」情訊。柳如是和陳子龍彼此唱和的辭賦不少，有兩首分別題為〈別賦〉與〈擬別賦〉，正清楚道出這種「情訊」為何，茲抄錄部分如下[84]：

柳致陳：

雖知己而必別
縱暫別其必深
冀白首而同歸
願心志之固貞

（《別傳》上冊，頁三二一）

陳致柳：

84 「文體賦」與「詩體賦」不同。此處所引陳、柳唱和的「賦」，可能是他們僅存的「文體賦」。他們顯然以江淹（四四四—五〇五）〈別賦〉作為臨本；江賦以語帶文語而不乏感情著稱。江賦業經譯為英文，見Hans Frankel, *The Flowering Plum and the Palace Lady: Interpretations of Chinese Poetry* (New Haven: Yale Univ. Press, 1976), pp.73-81。

苟兩心之不移
雖萬里而如貫
又何必共衾幬以展歡
當河梁而長歎哉[85]

（《別傳》上冊，頁三二四）

然而，非臥子〈長相思〉則不渝之情無由感人深刻若此！全詩發展基礎每令人思及神女所居之雲山霧海，此處早已超越了人類所處的有限時空。欲死欲生的横目情有時而盡，仙界浩瀚無涯而不渝情更在其中。遁世登仙，未必有失！陳詩還呼應了白居易（七七二–八四六）名詩《長恨歌》的尾段。楊貴妃香銷玉殞後，魂魄遠颺仙山樓閣，化作太真仙子，而她和明皇之間的不渝真情，至此更得印證：

惟將舊物表深情
鈿合金釵寄將去
釵留一股合一扇
釵擘黃金合分鈿
但令心似金鈿堅
天上人間會相見

（《全唐詩》冊七，頁四八一九）

85 此句典出漢將李陵致蘇武一首送別詩的前二句：「攜手上河梁／遊子暮何之。」蕭統所輯《文選》認為此詩乃李陵所作，不過對這種看法持疑者代不乏人。

因此，詩人所愛和神女之間的修辭接點，便不僅存乎彼此隱喻上的類似處，更在兩者所共具的第三個條件：其力如壯闊波瀾的「情」。這種「情」不為時空羈縻，正是晚明經過昇華後的「愛」的重心。追尋真情與體恤，可獲再生的力量，而唯有在神女所象徵的神仙界，我們才能看到「情」最真純的呈現。詩貴真摯，故以神女為所愛的清純形象，當會吸引求情者全神貫注，忘卻其他。神女風華絕代，所處的世界全屬想像。陳子龍的刻畫鮮蹦活跳，但在文字背後，我們仍然可以感知一種高度的理性：回首從前，淡然處之。所以詩人說道：「但令君心識故人／綺窗何必常相守。」陳子龍彷彿重得新生，勇敢面對離恨綿綿的現實悲劇。他的體知讓人想到蘇軾詠歎人生難免離恨的名詞〈水調歌頭〉：

人有悲歡離合
月有陰晴圓缺
此事古難全
但願人長久
千里共嬋娟

（《全宋詞》卷一，頁二八〇）

「情」的意義錯綜複雜。蘇詞所表現者皆和「情」有關，而「情」正是陳子龍、柳如是眼中「愛」的真諦。宋代詞客秦觀的〈鵲橋仙〉詠讚牛郎織女情意不絕，也填了幾句樞紐關鍵字：

兩情若是久長時
又豈在

朝朝暮暮

（《全宋詞》卷一，頁四五九）

就某種程度而言，陳柳情簡直就在遵循上引的「情侶座右銘」。秦詞修改了古來七夕詩的傷感傳統[86]，實為「情」字的革命性看法。晚明情觀無疑受過秦氏淪啟，而其最顯著的證據可見諸湯顯祖的《紫釵記》。霍小玉在七夕相思病重，深為情苦。好在霍母鮑四娘智慧閃現，勸她道：

含情
若是長久似深盟
又豈在暮暮朝朝
歡娛長並

（第三十三齣，冊三，一七〇六）

湯劇中如此堅忍的情觀，顯然源自秦觀〈鵲橋仙〉一詞。

不過，陳子龍的貢獻並不在此。對他來講，文學的表現取決於文體或詩體的功能。秦觀出身蘇門，可能受過蘇軾影響[87]，故此在「詞」裡引進了一種新的、昇華過的情觀。陳子龍可就不認為這種主題風格適合「詞」作：他反而認為人類激情的各面才是應該為「詞」特別保留的題材。雖然如此，

86 王鈞明、陳沚齋注，《歐陽修、秦觀詞選》（香港：聯合出版社，一九八七），頁一〇八。

87 有關蘇軾擴展詞的意境的論述，參見拙作*Evolution of Chinese Tz'u Poetry*，頁一五八至二〇六。有關蘇軾對秦觀的影響，見于翠玲，〈秦觀詞新論〉，人民文學出版社編委會編《中國古典文學論叢》第六期，頁一二六。

某些秦詞所表現的崇高情感，顯然也令陳子龍嚮往不已。他又以體式異同為基礎，回應並解決風格風貌上的問題。蘇、秦堅忍情感的冰清志節，陳子龍都一一融入自己的詩作。在此同時，他還能完整地保持「詞」高度寫實與哀悱的性格。試比較陳詩〈長相思〉與陳詞〈踏莎行・寄書〉（參閱第四章），則詩、詞的風格差異一眼可辨。這兩首詩詞寫的都是收、寄情書的感喟，但前者雖然靜默無語，也願意割捨所愛，不再廝守，後者卻極力強調「傷心人」淚流滿襟、忽冷忽熱的相思病。因此，陳詞確為苦痛與焦慮交迫的情感迸發。神女飄飄，不可捉摸，詩人遙望，投路而來。這種詩筆理想則屬陳詩的中心技巧，分毫不見於陳詞之中——有之，亦為相去甚遠的另一種風格，其層次大有所異。最有趣的一點是，若就文體區野而言，陳、柳互補互濟，可謂相得益彰。柳如是曾如臥子發展出一種情感寫實的詞風：敢恨敢愛，磊落不羈。題材雷同的柳詩，每亦如陳詩昇華超越，靜靜地在回首前塵。走到興發處，柳氏還會自比性好自然的隱士陶潛（三六五－四二七）[88]。陳、柳對體式修辭的合宜得當異常敏感，所做皆屬自發性的選擇。較諸同代墨客，他們更顯文采炳煥，才質堪任晚明詩詞復興的推力。

[88] 《別傳》下冊，頁二五三。另見拙著*Six Dynasties Poetry*，頁四三至四六，對陶潛「抒情昇華」的析論。

第三編　精忠報國心

第六章　忠國情詞

一六四五年，陳子龍和柳如是鸞飄鳳泊已十年。此時，金陵與松江等長江下游三角洲上的主要城鎮已紛紛陷入清軍之手。陳子龍削髮剃鬚，扮成僧伽，準備入某水月庵避難。從此刻到一六四七年，陳子龍慷慨激昂，參加過多起反清復明的義舉，以迄於死。柳如是原已下嫁錢謙益，此時也絞斷三千烏絲，以古佛青燈為伴。柳如是結下佛緣，個人的宿緣可能更甚於政治的因緣（《別傳》中冊，頁八〇二至八〇三）。

從一六四五年到慷慨就義前，陳子龍亡命天涯，屐痕處處。正是在這一段期間，他填下數首清詞話家許為哀怨綺麗的詞[1]。後世對於陳詞的認識，以這一部分稱最。也因此之故，陳子龍赤忱丹心，忠義傳世。遺憾的是，學界和讀者對於這一部分陳詞只知其一不知其二，而且忽略的是相當重要的事實：陳子龍晚年的愛國詞作和早期的情詞風格浹洽，一般無二。詠頌忠悃的這些愛國詞語，幾乎都借自他早年的綺羅紅袖話。兩者之間，還有對發並舉的現象存在。身為讀者，我們從此一現象可以看出：陳氏晚詞確實有心「重寫」早期的詞。這種「心」企圖以一種語言結合兩種人類的大情感。下引這兩首詞一首訴情，一首詠忠，都把共具的感情強度與感性力量拉到極點：

[1] 見夏承燾與張璋編《金元明清詞選》（二冊；北京：人民文學出版社，一九八三）所錄傳統詞話，上冊，頁二九九至三〇二。

桃源憶故人・南樓雨暮

小樓極望連平楚
簾捲一帆南浦
試問晚風吹去
狼藉春何處
相思此路無從數
畢竟天涯幾許
莫聽嬌鶯私語
怨盡梨花雨

點絳唇・春日風雨有感

滿眼韶華
東風慣是吹紅去
幾番煙霧
只有花難護
夢裡相思
故國王孫路
春無主

（《詩集》下冊，頁六〇二）

（《詩集》下冊，頁五九六）

第一首詞極可能填於一六三六年春，寫的是臥子對柳如是的相思情。第二首或可繫於一六四七年春，寄託臥子對故國的黍離之悲。雖然各自主題毫不相干，但二詞的語言與意象卻多所雷同。詞人在詞中都用到「相思」一語（傳統上，此語多供情愛或因情病倒的人所用），其中也顯露出苦於記憶者所難免的無助感，甚至彼此追憶的對象亦率用類似的字眼來填。前一首情詞裡的「情人」稱為「故人」（此詞亦為詞牌一部分）；後面涉及政治的詞則稱國家為「故國」（第七句）。二詞撩撥故人情或故國思的手法亦無二致：落花、風、雨帶來的聯想，是二詞的感情強度鮮明可觸的原因。主意象具有象徵一般的功能，不斷在我們想像中觸動起興的那根弦。因此，「梨花雨」固然象徵詞人簫女的淚水，在隱喻的層次上，卻遙遙呼應了另一首詞裡「杜鵑啼處／淚染胭脂雨」等語，而後者象徵的正是明主哀痛難抑的孤魂[2]。

陳詞獨特技巧的基礎，在於他重寫式的詮釋方法，也在於這種方法可以把忠君之忱解為豔情。以這種自我詮釋的過程來看，陳氏晚年處理孤臣孽子心的詞，便不啻他早期豔情詞的開花結果。我們實則不僅應重評他的詞，連他的一生也要重估。因此，無論人前人後，陳子龍的一生都值得我們細細回顧，而最終的看法是：他一身是「情」。類此的詮釋策略，或可較諸歐洲中古解經傳統的一個觀念：「譬喻」（figura）。奧爾巴哈（Erich Auerbach）說：「以歷史實體來預示其他的歷史實體」[3]，此之

2　民間傳說：蜀主望帝薨後猶思念家國，化作杜鵑聲聲泣血。

3　Erich Auerbach, *Scenes from the Drama of European Literature* (1959; rpt.with foreword by Paolo Valesio, Minneapolis: Univ.of Minnesota Press, 1984), p.29.

謂「譬喻」也。以「喻」為「解」的目的，是要「在兩個事件或兩個人之間」建立起一套「關聯」，「使前者一面代表自己，一面又代表後者，而後者則包含或實現了前者」[4]。

在西方，「譬喻」主要用於《聖經》的詮釋，讓《舊約》人、事預示《新約》出現的人、事。不過，援引這種方法來月旦陳子龍的詞學，或許也不無貢獻。「譬喻」的觀念尤其適用於這位晚明詞人，因為譬喻詮釋要求譬喻與「所喻」都是具體的歷史人事。

「譬喻」和「托喻」（allegory）不同，後者的典型做法在強調「符號所指」（what the sign signifies），從而大大壓低「符號」的歷史具體性[5]。我們可自信滿滿地說，「情」與「忠」都是陳子龍切身的經驗，故可視為喻詞的兩極，彼此互相關涉也互相「實現」（fulfilling）。此外，就像譬喻詮釋中的兩個條件一樣，「情」與「忠」由於皆具「時間性」，對陳子龍而言就更加重要：一個代表過去的時間，一個代表目前的生活[6]。「愛」與「忠」一旦形成譬喻上的結合，詞人目前的生活就會摧拉人心似地展現過去的意義——這個「意義」過去的陳子龍並不知道——而在此同時，目前的生活也會回首從前，從而又擴大目前的意義。從更寬的角度來看，「情」與「忠」根本就包容在某「超越時間」（supratemporal）的整體裡：不為時間所羈的真情世界。說情與忠是一體，晚明士子一定心有戚戚焉。

我們在第二章討論過，晚明文人認為「情」足以涵蓋「忠」的信念，任指其一都會涉及其他。傳

---

4 Erich Auerbach, *Mimesis: The Representation of Reality in Western Literature*, trans. Willard R.Trask (Princeton: Princeton Univ. Press, 1953), p.73.

5 奧爾巴哈在*Scenes from the Drama of European Literature*，頁五四說：「由於符號與符指的歷史性」，譬喻詮釋「有別於我們所知的所有的托喻形式」。同書他處，奧氏又說：「『譬喻』與『托喻』的界限時或不清。例如『特土良』（Tertullian）就把『托喻』（allegoria）視為『譬喻』的同義語。」（頁四七至四八）不過，有一點倒可確定：「在許多文典中，『托喻』絕不會等同於『譬喻』，因為前者並不具同樣的『形式』意涵。」（頁四八）

6 有關「時間性」在譬喻裡的重要性，見Auerbach, *Mimesis*, p.73。

統上雖以為浪漫豔情截然不同於忠膽義節，晚明士子卻不做如是觀。儘管如此，陳子龍另有貢獻：他把文化現象轉化為新的詞學，故而在美學傳統裡樹立起一種重寫式的詮釋方法。十七世紀英國詩人鄧約翰（John Donne）結合「性」與「宗教」語言，革新英詩的詩學[7]。陳子龍的成就確可與之並比。

陳子龍的憂國詞作頗見風格，令人不得不思及李煜的同類作品。李煜乃傳統大詞家，貴為南唐後主。九七五年北宋攻南唐，李煜國破家亡。第二年年初，宋人將他押至宋京軟禁了兩年半，最後撒手駕崩[8]。「今昔」在李煜的生命裡呈現這麼強烈的對比（這也是「哀樂」的對照），為他打下強固的基砥，以便藉詞遣懷[9]。他的詞作繽紛多緒，口氣頗見個人，如下〈烏夜啼〉一詞就是例子：

林花謝了春紅
太匆匆
無奈朝來寒雨晚來風
胭脂淚
留人醉

7 這一點我深受Thomas M.Greene研究John Donne的近文的啟迪。見其"A Poetics of Discovery: A Reading of Donne's Elegy 19", *Yale Journal of Criticism* 2.2(1989): 129-143。

8 見Daniel Bryant, *Lyric Poets of the Southern T'ang* (Vancouver: Univ. of British Columbia Press, 1982)。白潤德（Byrant）之見頗能令人信服：他說李煜被擄北歸後所受的待遇，「並不如預期中那般淒慘」，「宋帝還數度召他閒談，並請他參加宮中盛會」。雖然如此，白氏亦道：「李煜誠然倖免一死，但所處的困境卻是他被俘前數年難以想像的。」（xxvii）

9 將李詞解為「自傳材料」的做法，白潤德深以為戒，理由是「沒有一首李詞可以正確繫年」，見白氏著*Lyric Poets of the Southern T'ang*, xxviii-xxix。我同意白氏所謂詞風不受生命際遇所限的看法，因為在詞人的塑造過程裡，詞體的傳統也扮演著同樣重要——就算不是最重要——的角色。雖然如此，我們也難以否認作家的生平確和作品有關。

幾時重
自是人生長恨水長東[10]

（《彙編》卷一，頁二二四）

這首詞可能填於李煜「被囚」的後期，我們讀之卻如見陳子龍上引的〈點絳唇〉。陳詞飛紅狂舞，淚染胭脂雨。兩個意象一經結合，也可傳遞詞人心中的哀曲。

許是仿李之作填多了，陳子龍竟然暗比自己和後主的生命際遇。早期詞中，他每自命為多情公子。這點很像李煜。更像後主的是：他眼見政局逆轉，中年命蹇，因此漸解苦難的滋味。不管是後主還是臥子，他們都痛感家國頹圮，有心以詞發遣故國之思，為後世永留證言。他們的生平詞作如出一轍，像譚獻一類的詞話家遂以陳為李之「後身」[11]。據胡允瑗之見，臥子悲意更深乃兩人最大的不同[12]：「先生詞淒惻徘徊，可方李後主感舊諸作。然以彼之流淚洗面，視先生之灑血埋魂，猶應顏赭。」[13]

雖然如此，詞話家還是忽略了兩人主要的相左處：一望可知，李煜的情詞和他的憂國之作在修辭和風格上都有極大的差異[14]，但陳子龍不論寫情還是憂國均出以同樣的修辭法。李煜的情詞白描與戲

10 參見拙作*The Evolution of Chinese Tz'u Poetry: From Late T'ang to Northern Sung* (Princeton: Princeton Univ.Press, 1980), pp.91-92。

11 參見王英志，〈陳子龍詞學芻議〉，江蘇師範學院中文系編《明清詩文研究叢刊》（一九八二年三月），頁八五至九九。

12 胡允瑗的話見王昶編《陳忠裕全集》（一八〇三）卷三。或見《詩集》下冊，頁六一一。

13 胡允瑗可能將詞與傳記混為一談。李煜痛失家國，曾告訴一位舊識說：他在宋京「日夜以淚洗面」，見Bryant, *Lyric Poets of the Southern T'ang*, xxvii。所謂「灑血埋魂」一語，顯然指陳子龍殉國一事。有趣的事，稍後王國維（一八七七—一九二七）也曾用十分類似的話寫李煜詞的感情強度：「尼采謂，一切文學余愛以血書者。後主之詞，真所謂以血書者。」上引見王國維，《人間詞話》卷一，唐圭璋編《詞話叢編》（臺北：廣文書局，一九六七年重印）冊一二，頁四二四六。或見Adele Austin Rickett, *Wang Kuo-wei's Jen-chien Tz'u-hua*, chuan1, no.18, p.46。

14 容我再強調一次：李煜的「情詞」不應從字面遽認係其個人的自傳材料。請另見Bryant,*lyric Poets of the Southern T'ang*, p.xxvii。

劇化兼而有之，語氣與觀點常帶有虛擬的客觀[15]。但他追念故國的詞作卻呈對峙之局，其中苦訴的聲音強烈無比，絕非毫無個人之見。換言之，臥子故意讓愛情與憂國同車共裘，李煜卻以為這兩個主題牛馬不合，根本是兩種人類情感，應該分離處治。

下面再談陳子龍風格用到的技巧。臥子的「詞學」是讓「情」與「忠」同室共處，正反映他一生遭遇實情。舉例言之，臥子的兩種詞作常常「帶雨」，如〈桃源憶故人〉與〈點絳唇〉等。這兩首詞的副題和內容，都在暗示「雨」或「雨淚」所具有的象徵意涵。全詞意象網絡均由此一技巧駕馭，然而，我們展詞淺唱，卻發覺這個技巧深囿於客觀條件，蓋江南多春雨，跳珠涔涔苦候晴，真個古今皆然。春雨連綿的這幾個月，陳子龍和柳如是似乎都填過許多情詞。他們所用的副題恰可透露此點，如〈春雨〉、〈春閨風雨〉與〈聽雨〉等等（《別傳》上冊，頁二六六）。同樣地，陳子龍多首愛國詞也填在雨季。生平壓軸的兩首詞一寫寒食，一敘清明（《詩集》下冊，頁六一一、六一六），都是個中主碼。雨季和陳詞的關係，陳氏門下王澐曾經注意到：「『先生握管填詞』，是時霖雨浹旬。先生往遊殷元素中翰村墅，又過武唐錢彥林家，予皆以雨阻，不獲從焉。」[16]

臥子創造力極強，擅製雨象可以想見。本為實景的敘寫，到了他詞中就蘊蓄無窮，象徵意味十足。「雨」這個母題雖然常用，但是和傳統詞裡的意象有更大的歧異。其意義深刻，不斷令人聯想到寒食節。情詞也好，愛國之作也好，都會再度出現此一母題，最顯著的例子是〈驀山溪〉（繫於約一六三六年）及〈唐多令〉（繫於西元一六四七年）兩首。其中皆見雨象，副題都作〈寒食〉：

15 見拙作*The Evolution of Chinese Tz'u Poetry*, pp.96-105。

16 王澐，《陳子龍年譜・卷下》，《詩集》下冊，頁七一八。

驀山溪・寒食

碧雲芳草
極目平川繡
翡翠點寒食
雨霏微
淡黃楊柳
玉輪聲斷
羅襪印花陰
桃花透
梨花瘦
遍試纖纖手

去年此日
小苑重回首
暈薄酒闌時
擲春心
暗垂紅袖
韶光一樣
好夢已天涯
斜陽候

黄昏又
人落東風後

（《詩集》下冊，頁六一六）

時聞先朝陵寢，有不忍言者

唐多令・寒食

碧草帶芳林
寒塘漲水深
五更風雨斷遙岑
雨下飛花花落淚
吹不去
兩難禁

雙縷繡盤金
平沙油壁侵
宮人斜外柳陰陰
回首西陵松柏路
腸斷也

結同心　12

（《詩集》下冊，頁六一一）

兩首詞固然相差了十年，但都填於農曆三月寒食節過後不久：大夥熄了火，正捧著冷碗扒著[17]。詩餘伊始，都繞著一方「寒塘」的景細寫。不論語彙或意象，幾乎是一個模子印出來。上片的花朵都是象徵，等同於下片所含的感情。最重要的是，兩首詞裡的「雨」都是主意象，把主題和憶往的氛圍宣洩出來。「每逢佳節倍思親」：中國節日容易讓人感念舊雨。方秀潔故而說道：「數百年來，中國詩人對寫節日特有所愛。」因為節日是「他們念友思親最強的一刻」[18]。陳子龍的許多詩詞都以寒食節為時空背景的大關鍵，例證可見於〈寒食雨〉和〈寒食〉兩首各繫於一六三五年和一六四五年的絕句（《詩集》下冊，頁五八三；上冊，頁二四一）。因此，上引〈蓦山溪〉一詞正表示他在另闢蹊徑，極思把寒食節這個母題和感憶舊愛這個主題織結為一片。

然而，令人驚悸的是：〈唐多令〉乃痛悼明主噩耗的詞，何以修辭手法和情詞如出一轍？陳子龍寫君國之思，極盡情愛慕念——詞人說：「腸斷也／結同心。」（第十一至十二句）此外，下片詞顯然改寫自五世紀才伎蘇小小的情詩：

妾乘油壁車
郎騎青驄馬

[17] Donald Holzman, "The Cold Food Festival in Early Medieval China", *Harvard Journal of Asiatic Studies* 46.1(1986): 51-79.

[18] Grace Fong, *Wu Wenying and the Art of Southern Song Ci Poetry* (Princeton: Princetion Univ Press, 1987), p.107。另見David R. McCraw, "A New Look at the Regulated Verse of Chen Yuyi", *Chinese Literature:Essays,Articles,Reviews* 9.1,2(1987): 18-19所引杜甫寫寒食節的詩。

何處結同心
西陵松柏下[19]

傳說蘇小小埋身杭州西湖西陵橋下，五世紀以還，前來墳前致哀的遊客絡繹不絕。每到雨打芭蕉淒迷夜，歌聲破塋而出，歷歷可聞。這座墳塋通稱「西陵」，陳子龍和柳如是似乎常往弔祭，尤其可能在寒食節來臨的時候去。他們人各一方四年後，柳如是濡筆追憶番番郊適，猶兀自情眷眷：

最是西陵寒食路
桃花得氣美人中

（《別傳》上冊，頁二四二）

臥子在一首顯然是致柳氏的詩裡，也提到上「西陵」一事，而且曾到「西陵泣翠鈿」（《詩集》下冊，頁四二五）。兩人追念舊情的詩詞都抹不去蘇小小傳說。這種典喻實為彼此間的情碼。臥子〈唐多令〉裡的西陵特色獨具，常常重現在其他情詩情詞裡。因此，這個意象可能又是一典，影射詞人對所愛的追憶。詞序若未提及「聞先朝陵寢，有不忍言者」等語[20]，若未指出感此而有此詞之作，則整首〈唐多令〉確可視為一首情歌。寒食節乃臥子情詞再三出現的母題，他選此節日作

---

[19] 句意參見J.D.Frodsham, trans., *The Poems of Li Ho,791-817* (Oxford :Oxford Univ. Press, 1970), 30,n.1。陳子龍的詞顯然受到李賀〈蘇小小墓〉詩的啟示才填就。有關李賀此詩的討論，請見Frances La Fleur Mochida, "Structuring a Second Creation:Evolution of the Self in Imaginary Landscapes", Expressions of Self, ed. *Hegel and Hessney*, pp.102-104。

[20] 紫禁城在一六四四年失陷後，崇禎自縊殉國，屍骨久未安葬。後來下令「京城官民齊集公祭」的，是其時清攝政王多爾袞。參見Frederic Wakeman, Jr., *The Great Enterprise* (Berkeley: Univ. of California Press, 1985), I:pp.316。

為〈唐多令〉的背景，以表達君父之思，確實發人深省。話雖如此，南宋鼎革以後，寒食節就變成「亡魂專屬」[21]。先朝遺子，無不在此時上墳奠酒。以宋志士林景熙（一二四二－一三一〇）為例，就曾經寫下這樣的詩句：

猶憶年時寒食祭
天家一騎捧香來[22]

晚近王國維以前清遺民自命，也曾在名詩〈頤和園〉裡提到每年的寒食祭，而且語中多嗟號：

定陵松柏鬱青青
應為興亡一拊膺
卻憶年年寒食節
朱侯親上十三陵[23]

陳子龍的〈唐多令〉所以是忠義傳統裡的詞，原因不僅在詞人使用了寒食節的主題，更在詞中含蓄地關涉到一宗歷史悲劇。史稱「六陵遺事」的這齣悲劇發生在南宋末年，但明末遺臣卻常常藉之傾

21 Holzman, "Cold Food Festival", p.74.

22 林景熙，《霽山集》（北京：中華書局，一九六〇），頁一〇三。

23 全詩見王國維著，蕭艾編《王國維詩詞箋校》（長沙：湖南人民出版社，一九八四），頁四一至四三。英譯見Joey Bonner, *Wang Kuo-Wei: An Intellectual Biography* (Cambridge: Harvard Univ. Press, 1986), p.155。我認為這裡王國維以「朱侯」自比，後者曾親上明陵奠祭（但Bonner, *Wang Kuo-Wei*, pp. 257-258, n.118有不同的說詞）。

吐自己的苦痛，或是以之寄託反清復明的悲志。西陵位於杭州，又是陳詞的樞紐意象。對我目前所擬致力的政治詮解而言，此事至關重要。杭州古名臨安，曾為南宋舊京。會稽近郊越山山坡上坐落著一些皇陵，一二七八年，就在南宋滅亡前夕，或在愛國志士文天祥遭元兵所執後不久，西僧楊璉真珈在元人令下盜墓開棺，禍及六座皇陵以及無數高官墳塚，總數多達一百零一座[24]。整個事件令人髮指齒冷，臨安與會稽一帶的漢家士子不得不有所行動。當地文士之中，唐玨（一二四七－？）與林景熙最稱劍及履及。唐玨難掩錐心之痛，恚怒溢於言表，乃徵集一群青壯，偽裝入山採藥，目的實在收拾散落各處的屍骨，再假蘭亭山重葬。晉王羲之（三〇一－三七九）以還，此山即與文人修禊集會結下不解之緣。

前文所指的西僧稍後又下令：墳區內所發現的任何皇室遺骸，都要與獸骨同葬臨安，並立白塔誌之。此舉再干眾怒，但林景熙最後決定，從宋宮長朝殿移植六棵冬青樹到蘭亭山的埋骨場，以哀誌先帝先后英靈「永在」。宋室遺民紛紛賦詩詠讚此一義舉，包括著名的詩儒謝翺（一二四九－一二九五）在內[25]。這些冬青樹乃變成家國之愛的象徵，就如林景熙在一首詩內所說的：「只有春風知此意／年年杜宇泣冬青。」[26]

但六陵遺事在文學上永誌人心的，卻是稍後由唐玨與十三位宋室遺民共填的三十七首「詠物詞」。他們在環臨安地區分五次祕會，追悼這場歷史浩劫。所製之詞經集成書，以《樂府補題》為名問世知

24 有關南宋六陵受辱一事，見萬斯同（一六三八－一七〇二）編《南宋六陵遺事》（臺北：廣文書局，一九六八年重印）；黃兆顯，《樂府補題研究及箋注》（香港：學文出版社，一九七五），頁九五至一二一。

25 黃兆顯前揭書，頁一〇四、一一二。

26 林景熙前揭書，頁一〇三。據魏愛蓮的觀察，「冬青樹」已經變成明末詩人詞客「悼明」之作的常見題材（topos），見其*The Margins of Utopia:Shui-hu hou-chuan and the Literature of Ming Loyalism* (Cambridge: Council on East Asian Studies, Harvard Univ, 1987), p.36。

名。三十七首詞共分五「題」，各「題」均有特定詞牌，分別為〈天香〉、〈水龍吟〉、〈摸魚兒〉、〈齊天樂〉與〈桂枝香〉，而同詞牌之詞則共詠某「物」，包括龍涎香、白蓮、蟬與蟹等。易言之，所詠之「物」均為象徵，迂迴影射宋室諸帝與後宮后妃：他們的陵寢俱為「蠻夷」掠奪蹂躪[27]。

明初以降，《樂府補題》諸作慘遭湮遺，唯陳子龍慧眼獨具，從托喻的角度重理諸詞。此事絕非偶然，蓋陳氏既為詞藝復興的重鎮，又是奔走救亡的仁人，當能在這些詞裡看到道德內容與風格美的絕妙結合，如響斯應。諸詞的象徵意味都經抒情的語調撥動，忠君愛國的精神閃爍其間。下引臥子之語，表明他對六陵遺事及《樂府補題》情有獨鍾[28]：

> 唐玉潛（珏）與林景熙同為採藥之行。潛葬諸陵骨，樹以冬青，世人高其義烈[29]。而詠蓴、詠蓮、詠蟬諸作，巧奪天工，亦宋人所未有。

詩儒朱彝尊（一六九二—一七〇九）少時就開始搜求《樂府補題》的手抄本。他鍥而不捨的精神，我相信多少受到陳子龍的啟迪。朱氏最後願得以償，乃為之撰序梓行[30]。不管如何，學界對六陵遺事突然熱衷，必然因臥子多方鼓吹所致。因為事發不久，萬斯同就著手訪求此一事件可稽史料與文源，終於刊刻了一部內容詳盡的選集《南宋六陵遺事》。集中所輯上起陶宗儀（一二六八—一三五八）等人所撰之史冊，下逮明遺民如黃宗羲（一六一〇—一六九五）等人之論評[31]。然而，不論在研

---

27 見Shuen-fu Lin, *The Transformation of the Chinese Lyrical Tradition: Chiang K'uei and Southern Sung Tz'u Poetry* (Princeton; Princeton Univ. Press, 1978), pp.191-193; Yeh Chia-ying, "Wang I-sun and His Yung-Wu Tz'u", *Harvard Journal of Asiatic Studies* 40.1(1980):55-91；以及拙作"Symbolic and Allegorical Meanings in the Yüeh-fu pu-t'i Poem Series", *Harvard Journal of Asiatic Studies* 46.2(1986): 353-385。

28 陳子龍的話可見諸《歷代詩餘》卷一八，《叢編》冊二，頁一二六〇。但臥子可能沒有見過《樂府補題》全編（編者係陳恕可和仇遠），因為在朱彝尊發現之前，該書一直保存在某藏書閣裡。

29 在六陵前植冬青的義舉係林景熙所為，非唐珏。此事信而有徵，見黃兆顯前揭書，頁九六至九七。

30 朱彝尊所寫《樂府補題》的序言，已收於黃兆顯前揭書，頁八二。

31 萬斯同前揭書，頁一六甲及三六甲。

究或評論上，陳子龍對《樂府補題》都卓有貢獻。遺憾的是，清初六陵學者對此都乏注意，現代學者又「蕭規曹隨」，致使臥子心血埋沒不彰。清初學者何以察而未見，原因迄今不明。

陳子龍和《樂府補題》詞系的聯繫，全都顯現——雖然不是一眼可辨——在〈唐多令〉的托喻指涉裡。我認為〈唐〉序裡所說的「時聞先朝陵寢，有不忍言者」，實則在拿崇禎殉國暗比宋陵事件。陳詞乃因另一皇寢而發，此其一也。此事涉及明朝末代皇帝崇禎：他在國破後自縊於煤山，屍骨久未安葬。像宋志士一樣，陳子龍也在寒食節遙祭先帝。詞中「宮人斜外」（第九句），與蘇小小「西陵」（第十一至十二句）二典，明白提醒我們臨安城郊的南宋皇陵與宋代詞人永誌不忘的君國之思。西陵路上的「松柏」（第十句）或為象徵等體，遙指宋陵所植的冬青樹，因為陳子龍說他一見松柏就「腸斷也」（第十一句）。墓園詩詞慣見松樹，但陳詞中的意象卻有其特殊目的，這是晚明的象徵，蓋一六四四年紫禁城破，崇禎就是在煤山松下自縊殉國。

陳子龍特好南宋六陵詠物詞，我相信原因之一是：這些詞象徵語言的成分重。他說唐珏「詠蓴、詠蓮、詠蟬諸作，巧奪天工」，這些話無疑在指這些詠物詞確具君國之思。當然，詞中所詠之「物」不為物限，另有終極指涉。最重要的是，南宋遺民詞人以詠物詞表達他們對六陵遭毀的憤慨時，必然想過此種狀物詞體乃高度個人化的形式，可以把內在自我的諸種意象一一投射出來[32]——雖然就其迂迴曲折的一面而言，此種詞體亦可表現得一無個人色彩。詠物詞的象徵意義反映出南宋詞人汲汲努

[32] 「詠物」乃文學描寫技巧，在古「賦」與「古詩」裡甚為常見。這方面的討論見Burton Watson,trans.,*Chinese Rhyme-prose: Poems in the Fu Form from the Han and Six Dynasties Periods* (New York: Columbia Univ. Press, 1971), pp.12-16; David R.Knechtges, "Introduction", *Wen Xuan,or Selections of Refined Literature* (Princeton: Princeton Univ. Press, 1982), 1:pp.31-32。「詠物詩」的「形似」（verisimilitude）問題，參見拙撰*Six Dynasties Poetry* (Princeton: Princeton Univ. Press, 1986)第四章。至於「詠物詞」在南宋的發展，見Lin,*The Transformation of the Chinese Lyrical Tradition*; Fong, *Wu Wen-ying*; Yang Hsien-ching, "Aesthetic Consciousness in Sung Yung-Wu-Tz'u", Ph.D.diss., Princeton Univ., 1987。

力，亟思創造某種詞體修辭學。易言之，他們不認為詠物詞應再自我設限，以「純」詠物自滿。相反地，詠物詞必須包含個人情感。在這種看法的推波助瀾下，詠物詞最後變成並非人人能識盡堂奧的「時事寓言」，以精湛的修辭往「言外微旨」的方向發展。上述南宋遺民詞人，便是以所詠之物為象徵，托出他們的故國情。中文本身所具有的特質誠可令人產生象徵性的聯想，但詠物詞確比其他體式更富聯想性，所詠對象擔負象徵的能力更強。《樂府補題》系列詞作裡，像蓮、蓴與蟬一類的意象初則令人迷惘，但因各詞肌理綿密，意象的聯想性繼之大增，讀者迫於詞境，會在言外不斷推敲，以求詞意水落石出。

詠物詞觸處皆機，陳子龍必定深覺欣然。這點我們大可相信。他曾以「情」與「忠」為題旨，填下無數首詠物詞。不過，比之前述南宋詞人，他的手法倒有若干差異——他不是因為《樂府補題》的道德與政治內容才特別喜歡集內諸詞。《樂》集以外的南宋詞人如辛棄疾（一一四〇－一二〇七）與劉克莊（一一八七－一二六九）也填過許多愛國詞，而且更為世人所知，但是，辛棄疾及其門人乃屬「豪放」一派，並非詠物詞所隸的「婉約」中人[33]，所以陳子龍對他們的評價並不高。事實上，陳子龍謂南宋詞「亢率而近於傖武」[34]，可能就是有感於豪放詞風而發。可以確定的是，陳氏乃風格純粹論者，不為詞之內容所靡。

陳氏所填詞作，詠物詞所占比例甚大，率以象徵聯想的形式為主。陳氏對詠物詞畀恃甚深，視之為「詞之模擬」的主技。狀情或教忠的陳詞，概出諸此種模式。「詞之模擬」堅持創造出具體的物

33 楊海明說：辛棄疾一派的宋詞家絕大多數籍隸江西，工於雕琢的「詠物詞」家則多數來自浙江，尤其是杭州一帶。贛派與浙派的爭持，甚至在宋後還可一見，請酌參楊海明，《唐宋詞史》（南京：江蘇古籍出版社，一九八七），頁五四一至五四九。如果要在這兩派中選一派，我相信陳子龍會加入浙派。

34 見第四章所引的臥子《幽蘭草‧序》。這篇序的口氣頗有分門別類之嫌，臥子不幸因此落人口實，以為他完全拒宋詞於門外。

象，所涉語意兩可，所蓄意蘊無窮。下面這首〈畫堂春〉副題〈雨中杏花〉，其象徵力量甚強，王士禎論臥子詠物詞時，不得不讚之「嫣然欲絕」[35]：

輕陰池館水平橋
一番弄雨花梢
微寒著處不勝嬌
此際魂銷

憶昔青門堤外
粉香零亂朝朝
玉顏寂寞淡紅飄
無那春宵

（《詩集》下冊，頁六〇一）

此詞以「杏花」為主象徵。在中國文化中，「杏」乃「女性之表徵」，「中國美女的『勾魂眼』，常有人比之圓滾滾的『杏』仁」[36]。此即所謂「杏眼」。詞人為之魂銷的孤杏，無疑是女人的隱喻，而以「非人」之物喻「人」的擬人法，正是詠物詞傳統的中心巧技[37]。然而，此一層面的象徵

35 見《詩集》下冊，頁六〇一。
36 C.A.S.Williams, *Outlines of Chinese Symbolism and Art Motives*, 3rd rev.ed. (1941; rpt. New York: Dover Publications, 1976), p19.
37 中國文學不乏將花擬人化的情形。有關古詩以擬人手法詠梅的討論，見Hans H.Frankel, *The Flowering Plum and the Palace Lady:*

用法僅屬最低要求，詠物詞的讀者早已習慣於在擬人法外另尋微旨。南宋以還，詠物詞一向以「聯想」為運作原則。「象徵」和「象指」（the things ymbolized）共具的質素，必須和具體意象合而為一。詞人從不明言這些質素為何，故其托出之法唯賴意象的聯想。讀者的職責，就是要找出此一關係所蘊蓄的各種意涵。

讓我們從臥子的〈畫堂春〉談起。這首詞讀來頗有情詞味道：詞人把眼前的孤寂投照在過去的纏綿裡（第五至七句），讀者只好浪跡在想像的世界裡。〈畫堂春〉以外的陳詞，確實另有杏花的意象（例見《詩集》下冊，頁五九八），象徵的也都是所歡的款款柔情。然〈畫堂春〉第五句所提到的「青門」卻不由得我們畫地自限，不能以「情詞」看待此作。「青門」係漢都長安的城門之一，長安又幾經歷史周折，終於恰如其分地成為詩詞裡龍駕所在的象徵。「青門」一典，直指〈畫堂春〉的政治關涉。倘依這種詮解，陳詞分明在痛悼明朝的覆滅：國破之前，紅杏「粉香零亂朝朝」，「玉顏寂寞」而又「無那春宵」（第六至八句）。話說回來，詞題的「杏花」代表什麼？和明朝又有什麼聯繫？

我們檢討陳子龍用到「杏花」的其他詞作，發現此一意象早已成為內在指涉體，一再重現與重述，幾乎恆指明宮裡的青娥。

陳氏有一首副題〈春恨〉的〈山花子〉，開頭數句就是佳例：

楊柳迷離曉霧中
杏花零落五更鐘

Interpretations of Chinese Poetry (New Haven: Yale Univ. Press, 1976), pp.1-6。或見Maggie Bickford et al, *Bones of Jade,Soul of Ice: The Flowering Plum in Chinese Art* (New Haven: Yale Univ.Art Gallery. 1985)。

寂寞景陽宮外月
照殘紅……

（《詩集》下冊，頁六〇二）

詞中的「景陽宮」乃重要的指涉背景，是文際互典的銜接處。原因在於：此一史典串聯「杏花」與詞中相關的細節，使之緊密結合歷史與政治意義。歷史又昭示，「景陽宮」乃南齊皇址。南齊國祚不長，從西元四七五年苟延到五〇二年。其時華北已悉落外族掌中。然而，晨曦一現，景陽宮樓鐘聲大作，宮娥擁被而起，開始對鏡梳妝。以詠物詞的傳統而言，每一史典都是意象，和主象徵的意義關係密切。在〈山花子・春恨〉裡，「杏花」是主象徵。如今，陳子龍恪遵詠物詞的傳統，把史典〈景陽宮樓〉置於杏花的象徵繫罟裡。詞人心悲難抑，因為國破後杏花（明宮宮娥）凋零又敗亡。五更鐘響，人影杳渺，只有孤月獨照落紅。陳子龍顯然把殘破的山河比諸已經敗亡的南齊。對杏花的愛，托喻的其實是他的家國之思。

再談陳子龍的〈畫堂春〉。由於這首詞副題〈雨中杏花〉，可見詞人寫的是關乎其「政治托喻」的一個中心課題。他希望我們推敲出來的是：他的詞填於寒食過後不久的清明節。杏樹通常在此時開花，而細雨紛飛，繞花漫舞，因有「杏花雨」之稱。清明亦悼亡的節日，〈雨中杏花〉故此應屬「政治托喻」這個傳統裡的詞。這可不是單純的情詞，所傷慟者實明朝的隕滅。雖然如此，全詞的力量仍存乎其象徵與暗示之中。

陳子龍的詠物詞時而晦澀難解，象徵意義不明，寫情或詠忠的界限從而分外模糊。他的詠「柳」詞意義尤其難斷。此一課題，我在第五章曾舉陳、柳情詩略予考訂。柳樹和杏花一樣，都是「女人的表徵」[38]。此外，「在傳統上，『柳』乃歌伎的委婉說法」[39]，和柳如是的關係因此益深。臥子的情詞老是將柳如是比喻為迎風狂舞的柳絮，孤煢伶俜[40]。時間一去不回，飄零的柳絮格外引人傷感，悔恨無已。詞人雖有不渝情，奈何所愛隨風舞逝，徒留孤影悲歎。由此觀之，臥子寫柳的詠物詞，多數都可視為對柳如是的企慕。以下引一首副題〈楊花〉的〈浣溪沙〉為例，其中便滿載這種思慕的情緒[41]：

百尺章臺撩亂吹
重重簾幕弄春暉
憐他飄泊奈他飛
淡日滾殘花影下
軟風吹送玉樓西
天涯心事少人知

（《詩集》下冊，頁五九七）

第一句詞涉及漢京長安章臺路。兩旁柳樹夾道，春日來臨，濃蔭蔽歌坊。因此，乍看之下，這首詞似乎是為歌伎柳如是所填。

---

38 Williams, *Outlines of Chinese Symbolism*, p.428.

39 Marsha L.Wagner, *The Lotus Boat: The Origins of Chinese Tz'u Poetry in T'ang Popular Culture* (New York: Columbia Univ. Press, 1984), p.101.

40 例見《詩集》下冊，頁六〇〇、頁六〇四與六〇五。有一點宜請注意：陳子龍最精緻的曲套之一〈詠柳〉，就把柳如是的別名「曉雲」嵌了進去，見《詩集》下冊，頁六二〇至六二一。

41 此詞副題的〈楊花〉正是「柳絮」別稱，也可能在隱喻柳如是原姓「楊」字。

然而，由於詠物詞的暗示力甚強，陳子龍當有可能以紛飛的柳絮轉喻明朝的敗亡。依此類推，陳氏的秋水伊人柳如是，亦可象徵他永駐心頭的前朝。至不濟，詞人也可能以柳喻己，因為自己不就是國破後浪跡天涯的孤臣孽子？以「柳」為志士心喻，明後士子的詠物詞比比皆是。王夫之向以遺民自居，詩名遠播。以他為例，便有一首寫「枯柳」的〈蝶戀花〉，妙比自己為敗柳。從此，他又匯出眾蟬悲鳴的次要主題，強烈地典射南宋《樂府補題》裡的「蟬詞」[42]。甚至遲至十九世紀，人稱清末「明室忠烈」的楊鳳苞（一七五四－一八一六）[43]，還有感於明脈斷絕而填了一系列的悼詞，牌目赫然是〈西湖秋柳〉[44]，以「柳」代「忠」的托喻手法，「詩」中亦不乏見，唯其頻率較小。王士禛的系列〈秋柳〉名詩，則悲悼「蕭條景物非」，托出心中「悲今日」之感。王氏在詩序裡自稱所作關乎時事，實寄懷於「政治托喻」的大傳統：「昔江南王子，感落葉以興悲[45]，金城司馬，攀長條而隕涕[46]。僕本恨人，性多感慨，寄情楊柳，同小雅之僕夫[47]，至託悲秋，望湘皋之遠者……」[48]

42 王士禎，〈蝶戀花〉一詞見王夫之《王船山詩文集》（香港：中華書局，一九七四）下冊，五九二。有關《樂府補題》中詠蟬詞之討論，見Yeh Chia-ying, "Wang I-sun and His Yung-wu Tz'u," *Havard Journal of Asiatic Studies* 40.1(1980): 55-91。

43 Widmer, Margins of Utopia, 30.

44 楊鳳苞，《西湖秋柳詞》，《古今說部叢書》（一九一五）卷六。楊氏自評其詞聯托喻功能的話見此書頁一九甲。

45 蕭綱（五〇三－五五一），原為江南王子，後登基為梁簡文帝。他寫過一首〈秋思賦〉。

46 桓溫（三四二－三七三）北征，一次途經金城，感人生如柳絮，不禁潸然淚下。見劉義慶撰，余嘉錫編《世說新語箋疏》（臺北：華正書局，一九八九年重印），頁一一四；或見Richard B.Mather, trans., *Shih-shuo Hsin-yü: A New Account of Tales of the World*, by Liu I-ch'ing (Minneapolis: Univ.of Minnesota Press, 1976), p.57。

47 見《詩經・小雅》的〈采薇〉詩（《毛詩》第十七首）。或見Arthur Waley, trans, *The Book of Songs* (1937; rpt. with foreword by Stephen Owen, New York: Grove Press, 1987), no.131。

48 後一句典出《楚辭・九歌》。批評家多視〈九歌〉為政治托喻，參見David Hawkes, *The Songs of the South: An Anthology of Ancient Chinese Poems by Qu Yuan and Other Poets*, 2nd ed. (New York: Penguin, 1985), pp.95-151。王士禛的序及各詩詳解，可見於高橋和巳編《王士禛》，《中國詩人選集》（東京：岩波書店，一九六二），頁三至一五。

陳子龍寫柳的詠物詞象喻兩指，肆無所絆，浩蕩若欲破托喻河塊之洪流，讀之感念彌深。他的詠柳詞倘無繫年，則我們根本猜不出係為柳如是而寫，或是在詠歎自己的遺孑之身，或者兩者兼具。忠君愛國的思想一到陳子龍筆下，就變成情愫相通的感性寫實。兩者的畛界，因之模糊。詞人既以孤臣自命，國破後「淪落」天涯，則他很可能把自己看作命若飄蓬的歌伎[49]。由是觀之，我們的評釋益趨複雜。在詞人的想像中，柳如是誠為臨水照花人，但也可能是他「自我延伸」（self-extension）的象徵。這樣看來，「柳」的任何特徵都是可等同於心中所歡或所愛之柳，而後者或前者，也都是志士仁人的象徵。因此，對讀者來說，「柳」的象徵性也就很難有其特定托喻意義了[50]。

事實上，稍後致力於「政治托喻」的清代詞話家，對「晦澀」這種詞技倒是情有獨鍾。誠如周濟（一七八一－一八三九）在其《宋四家詞選》的序論所說：「夫詞非寄託不入，專寄託不出。」[51]周濟言下意指，托喻得當，則不應過分淺顯，蓋「理想的讀者」每如「臨淵窺魚，意為魴鯉」[52]。而我確信，臥子的詠柳詞故意晦澀，如其〈浣溪沙〉末句即強化了全詞欲語還休、言近指遠的氛圍，讀者也因之而得以領略全詞可能的意涵：「天涯心事少人知。」在某種程度上，陳子龍晦澀的詞技實為傳統詞之美學的脫胎換骨。宋代詞話家沈義父（？－一二七九年後）早就為這種美學下過定義：「［凡詞］結句須要放開，含有餘不盡之意。」（《叢編》冊一，二七九）

49 愛國文學中類此情感錯置或投射的例子，請見本書第二章的討論。

50 Annie Dillard論「非托喻象徵」的話，我頗為受用：「我們必須等到這些象徵打破托喻的藩籬，不再承擔指涉的重責大任，這些象徵才能獲得最終的自由，不再受到我們的拘束。」見*Living by Fiction* (New York: Harper Colophon Books, 1982), p.165。

51 見周濟，《宋四家詞選目錄序論》，鄺士元注，《宋四家詞選箋注》（臺北：中華書局，一九七一），頁二。另參見Yeh Chia-ying, "the Ch'ang-chou School of Tz'u Criticism," *Chinese Approaches to Literature from Confucius to Liang Ch'i-ch'ao*, edited by Adele Austin Rickett (Princeton: Princeton Univ. Press, 1978), p.179。

52 周濟前揭文，頁二至三。

清人王士禛既是詩人詞客，又是詩話詞話家。他特別重視陳子龍的詠物詞，論及〈浣溪沙〉時故謂：「不著形相，詠物神境。」（《詩集》下冊，頁五九七）王氏甚至以所好「神韻」一語標舉並形容陳詞的一般風格[53]。「神韻」乃漁洋堅信的理想詩境，也是一種意象聯想的詩法，主旨在表現「言外之意」[54]。關於「神韻」的定義，林理彰（Richard Lynn）另有說明：「此乃間接而含蓄之詩境，可寄託個人心緒、氛圍與感慨。」[55]我們當然難以證明漁洋的「神韻說」是否因臥子詞藝影響所致，但無可否認的是：漁洋深敬陳詞。他身為詞苑的後起之秀，即使不向陳詞直接請益，必然也會因陳詞而廣開契機，得以回顧批評傳統。最有趣的一點是王士禛尤好臥子的兩種詞：以「情」與「忠」為主題的詠物詞。漁洋認為這些詞神韻高妙，而其理由不難想見：首先，「情」與「忠」乃臥子生命的兩大主幹。其詠物詞的顯見內容也會要求我們從象徵出發，詮解全詞的底層奧義。這是自然不過的事。此外，教忠狀情的詠物詞每有一共同的統攝意念，亦即落花與柳絮所象徵的倏忽與失落感。這些意象是綿綿詩意的最佳導體。

南宋的詠物詞以《樂府補題》內的聯章為代表。陳子龍詠物詞的象徵技巧，當然強烈地讓人聯想到上述南宋詞，意義別具的一點是：王士禛論南宋詞不盡有餘的況味，用的也是「神韻」一語[56]。不過，倘若進一步細讀，我們仍可發現陳詞與南宋詞有風格歧異。首先，南宋詞的意象和詞句之間缺乏聯繫語，而陳子龍的作品卻可謂句構流暢，風格親切平順。南宋詞讀來晦澀，意義不定，可能因大量

53 見夏承燾與張璋編，上冊，頁三〇三。

54 Yu-kung Kao and Tsu-lin Mei, "Ending Lines in Wang Shih-chen's Ch'i-chueh; Convention and Creativity in the Ch'ing," in *Artists and Traditions*, ed. Christian F.Murck (Princeton: Princeton Univ. Press, 1976), pp.133-135.

55 Richard John Lynn, "Orthodoxy and Enlightenment: Wang Shih-chen's Theory of Poetry and Its Antecedents" in De Bary, *Self and Society in Ming Thought*, p.252.

56 見王士禛，《花草蒙拾》，引於林玫儀，《晚清詞論研究》（二冊：臺灣大學博士論文，一九七九）上冊，頁八。

鑲嵌互無干係的意象使然。但陳詞晦澀的主因卻是「物」喻富饒，象徵豐。所詠之「物」的指涉意義，我們可以意會，但是領略不盡。易言之，臥子以流暢的附屬句構（hypotactic syntax）摻和弦外微旨（implicit meaning），致令其詠物詞看似怪異，甚至矛盾互攻。然而，風格上的齟齬誠然顯見，這卻是個人象徵手法所繫。蓋句構不論如何流暢無阻，意象不管如何粘絞貼切，象徵的面向如果只有詞人自己才能夠察有所感，則詞中語氣毋寧內藏不露，絕非直言無隱。

陳子龍詞的抒情聲音，也會讓人想到李煜詞的善感主觀。本章稍前，我曾經暗示過這一點。我們只消看上一眼，即可明白陳、李詞的共同點：他們特好的修辭方式，是在流暢的句構裡融進感性的暗示。就形式而言，陳子龍顯然偏愛「小令」，而李煜正是此道高手。南宋以來的詠物詞，多以長而精緻的「慢詞」為形式特色[57]。惜乎臥子於此多所不取。另一方面他和李煜也頻見歧途：後主罕見曲折詞語，臥子的令詞卻常具詠物詞的面向，把現實的主觀經驗轉化為托喻性的象徵。

臥子詠物詞瑰富的象徵內涵，或許是後世詞話家全以憂國托喻解其情詞的原因。這些情詞實則另有「現實」的基礎，惜乎詞話家一概懵懂。不用多說，他們全然忽視陳詞裡情乃忠之預示的事實。數百年來，詞話家堅持道德或政治托喻才是陳詞唯一解法：

> 此大樽之香草美人懷也。讀湘真閣詞，俱應作是想。[58]

> 余嘗謂明詞非用於酬應，即用於閨闥。其能上接風騷，得倚聲之正則者，獨有大樽而已。（《詩

---

57 王士禎以為陳子龍之所以揚棄南宋詞，這無疑是原因之一，見《叢編》冊二，頁一九八〇。然鄙意以為，王士禎的結論錯誤。有關「小令」與「慢詞」的不同，請參見拙作*Evolution of Chinese Tz'u Poetry*, pp.110-112。

58 吳梅，《詞學通論》（上海：商務印書館，一九三二），頁一五三。

上引的批評，當然是根據常州詞派的詮釋策略而發。十八世紀末，常州詞派大盛，認為情詞皆應做托喻解，和道德或政治現象有關[59]。張惠言（一七六一－一八〇二）係常州詞派的開山始祖，甚至以為溫庭筠（約八一二－八七〇）純寫閨怨的詞也當作政治托喻觀，指的是當代某時事。張氏還認為，唯有從托喻的角度看詞，這種體式才能和嚴肅的詩賦平起平坐。終有清一朝詩儒的批評指標，幾唯「托喻」馬首是瞻。他們像漢儒解「經」——《詩經》般，迫不及待從自新的角度重詮諸詞，視之為政治托喻。滿人係外族，入關一統中國。一遇政治謀反，迅即敉平。這種政治高壓，可能是常州詞派好以托喻解詞的緣故。在此一詮釋傳統的影響下，清初的明代遺老也開始用同樣的托喻填詞。他們在他人的作品裡讀到或體會到的托喻詞式，乃紛紛派上用場[60]。這也就是說，政治迫害反倒有助於殊化寫作技巧，而詞也就因此變成詞人的最佳利器，可以把忠君愛國的微妙但又不宜宣說的情感表現得淋漓盡致。

雖然如此，我們若依傳統與現代批評家的做法，把陳子龍的詞統統視為政治托喻，恐怕會落得錯置時間之譏。前文大要指出，陳氏的情詞就是情詞，雖然「情」在他筆下常常和「忠」牽扯不清。此外，他的情詞和忠國詞作有一點時或相左：詞中史典若非喪失原意，就是由私典所取代——雖則其詠柳詞的意義仍然模稜兩可。不管如何，陳詞裡的譬喻和象徵顯然有其美學上的基礎，無關乎政治考慮。陳子龍忠君愛國的詞多數寫於一六四四至一六四七年間，其時晚明遺民尚未像稍後清代文人一樣

59 見Yeh Chia-ying, "The Ch'ang-chou School of Tz'u Criticism"，拙作"Ch'ang-chou tz'u-p'ai", *IC*, pp.225-226。

60 Leo Strauss也論列過類似情況下「行間閱讀」與「行間撰作」的關係，見其*Persecution and the Art of Writing* (1952; rpt. Chicago: Univ.of Chicago Press, 1988), pp.24-27。

遍嘗文檢與文字獄之苦，所以陳子龍無須借托喻保身。話雖如此，陳氏在情與忠之間所發展出來的譬喻關係，必然也曾在某種程度上助清詞一臂之力，使之形成獨特的政治托喻手法。一來陳詞振振有詞，認為詞就是情愛與柔情蜜意最合適的體裁，而忠君愛國亦「情」之一面，切合情觀的基質。其次，我們若欲借詞而以托喻教忠——亦即以半隱半顯的方式填詞，則最有效也最面面俱到的意象當推豔情[61]。晚明的典型詞風，可見於情與物的描寫與感性的甦醒，詞的傳統也由此延續下來。對我們現代讀者來說，陳子龍的風格正是明詞重振、中國詞體香火不墜的最佳證據。

第七章　其雄悲詩

陳子龍在詩風詩旨上的觀念，仍然有別於詞風詞旨的看法。他寫政治的詞，一向以譬喻聯結憂國與豔情，但同主題的「詩」就絲毫不帶譬喻或托喻的色彩。詠物詞的象徵模式誠然是陳詞的看家本領，然陳詩的達意力量卻單刀直入，明白宣示他對國家的忠心赤忱。陳詩直言無隱的達意方式，無疑和「詩言志」的古訓有關。其內容則積極進取，可以道德英雄主義為其特徵，另又關涉到生死的存在問題。若說陳詞以纏綿悱惻為主線，則陳詩恰為尖銳的對比。陳子龍在其忠君詩中確實已變成存在主義者：他憂戚蝟集，努力想定位自己的道德抉擇。他面對存在問題面不改色，只想澄清一己苦難的內涵。席沃（Richard Sewall）所謂的「悲劇靈視」（tragic vision），顯然具現在陳氏的忠君詩中。對席沃來講，行動

61 葉嘉瑩在"The Ch'ang-chou School of Tz'u Criticism", p.186中論到詞作裡「情」與「愛國思想」的關係，與拙論尤其契合。她說：「所以歌筵酒席間的男歡女愛之詞，一變而為君國盛衰的忠愛之感，便也是一件極自然的事……所以愈是香豔的體式，乃愈有被用為托喻的可能。倘若這種說法有誇大之嫌，那不妨推想一下西方文學如何詮解所羅門的《雅歌》吧！」上引中譯稍改，見葉著，〈常州詞派比興寄託的新檢討〉，在所著《中國古典詩歌評論集》（臺北：源流出版社，一九八三年重印），頁一九四。

中的個人若具有悲劇靈視，必然敢於面對「無可挽回的苦難與死亡」，也必然敢於「和命運搏鬥」[62]。易言之，我們在臥子詩中所看到的，是苦難與高貴情操的如影隨形。在他的詩中，詩人的悲劇英雄形象重新定位：悲劇英雄主義已經轉化成為美學原則。本章擬舉若干陳詩為例，藉以檢討詩人的悲劇形象。

中國古典詩裡所寫的愛國志士，形象獨特，有其傳統上重要的一面。專攻中國詩詞的學者，每以為這類耿介之士含辛茹苦，徘徊在頹圮的京垣不忍遽去，一面又籲請讀者體恤他「內心」的悲愴[63]。中國上古詩歌總集《詩經》之中，便有如此忠國的一位周吏。他踽踽走訪舊京的斷垣殘壁，覆蓋其上的已是黍稷一片：

彼黍離離
彼稷之苗
行邁靡靡
中心搖搖
知我者
謂我心憂
不知我者
謂我何求

---

62 Richard B.Sewall, *The Vision of Tragedy* (New Haven: Yale Univ. Press, 1959), p.5. 此書所稱的「悲劇靈視」（tragic vision）有別於亞里斯多德（Aristotle）所謂的「悲劇性」（the tragic）。此書所指乃賢者遇逢的悲劇性苦難，至於亞氏所指，則需有基本的「悲劇缺憾」（tragic flaw）才能成立——至少典型的亞氏「悲劇」必須如此。Sewall 以約伯的苦難為例來定義「悲劇缺憾」。他說：「[約伯]受苦受難並非他犯有死罪。他一再遭受打擊……也不是因為過去[作惡多端所致]。」（頁一二）

63 Stephen Owen, *Remembrances: The Experience of the Past in Classical Chinese Literature* (Cambridge: Harvard Univ, Press, 1986), p.21.

悠悠蒼天
此何人哉[64]

由於這首詩缺乏內證，我們難以說明其指涉結構為忠君愛國。但是，自漢代（前二〇六－二二〇）以還，中國學者和詩人均堅稱欲解此詩，非視之為某周吏回首故都的哀哀憂思不可[65]。牽強自牽強，後世詩人仍然視這種解讀為傳統。因此詩筆所吐，無不視之為史源，再三寄意。陳子龍撰有〈秋日雜感〉系列詩作，其中一首的靈感無疑出諸上述的傳統：

滿目山川極望哀
周原禾黍重徘徊
丹楓錦樹三秋麗
白雁黃雲萬里來
夜雨荊榛連茂苑[66]

4

64 參見Owen, *Remembrances*, 20; Arthur Waley, trans., *The Book of Songs*, 306; James Legge, *The Chinese Classics*, Vol.4, *The She King* (Oxford: Clarendon Press, 1871), p.110。

65 Owen, *Remembrances*, 21; Legge, *The She King*, 110. 余寶琳稱呼此種讀法為「譬喻性的閱讀」（tropologieal reading），並認為這是「詩話家在特殊歷史時空下所根植下來」的閱讀方式。參見Pauline Yu, *The Reading of Imagery in the Chinese Poetic Tradition* (Princeton: Princeton Univ. Prss, 1987), p.69。

66 「茂苑」，典出左思（二五〇？－三〇五）〈吳都賦〉。吳都即今南京，左賦寫盡此一都邑之美。見[梁]蕭統編，[唐]李善注，《文選》（五冊，臺北：文津出版社，一九八七年重印）冊一，頁二一六。英譯見David R,Knechtges, trans., *Wen Xuan* (Princeton: Princeton Umv. Press, 1982), I:p.395。

夕陽麋鹿下胥臺[67]
振衣獨上要離墓[68]
痛哭新亭一舉杯[69]
8

（《詩集》下冊，頁五二五至五二六）

拿《詩經》裡的古詩做個對比，便可見陳子龍這位明末死士的悲情已經在他命中染成濃稠的一幅實景。舉手投足，狂笑痛哭，俱為切切悲情。《詩經》中那位作者只道是愴然「心憂」（第六句），陳子龍所用的卻是重字重詞如「哀」（第一句）與「痛哭」（第八句）等。他的悲愁與悲恨，俱由這些字詞宣洩出來。易言之，陳子龍把自己搬上舞臺，在古烈士要離墳前酹酒奠祭，既不失藎臣之體，也在叩首向前代忠良致敬。《詩經》裡的詩人就乏此選擇。陳子龍義薄雲天，此其原因。他的浩然正氣，莫之能禦：我們用不著問他內心所念者何！我們眼之所見，確實是哀意不盡的一位志士賢良。幕屏一開，典型現前，這哪裡是古詩所吟頌者所能望其項背？

失聲痛哭乃晚明遺子的行為典型。孔尚任名劇《桃花扇》裡便有一齣題曰《哭主》。明末忠臣良將的憂心失意，俱刻畫於此。耳聞崇禎殯天，他們「望北叩頭大哭」：

我的聖上呀

67 蘇臺，即姑蘇臺，為吳王闔廬（前五一四—前四一九年在位）所建。

68 要離，乃吳國公子光（即位後即吳王闔廬）的家臣兼刺客。

69 新亭在今南京近郊，東晉以還即忠君愛國的象徵。劉義慶著，楊勇編《世說新語校箋》（香港：大眾書局，一九六九），《言語第二》第三十一條，頁七一。

我的崇禎主子呀
我的大行皇帝呀[70]

相形之下，東晉（三一七–四二〇）壯烈的新亭集會就顯得悲意內斂：「過江諸人，每至暇日輒相邀之新亭，藉卉飲宴。周侯中坐而歎曰：『風景不殊，正自有山河之異。』皆相視流淚……」[71]這一個場景，也是前引臥子詩的借典源頭。

陳子龍對古傳統知之甚稔，他的詩以新亭悲集收束，不過筆法暗藏新意：「痛哭新亭多舉杯。」（第八句）當然，滿座皆哭的國殤不是始自臥子之時，但是無可否認，在文學表現上，明末義士齧心痛和前人判若雲泥，簡直是岑樓寸木。陳氏之詩如搶天呼地的生命哀弦：寫到辛酸處，淚下如雨，又令人聯想到希伯來人對牆痛哭的情景。這種悲嗟感天動地，無以言詮。希伯來人的悲劇主因「無端受難」而來[72]，中國仁人志士的苦難則植基於國破家亡，但兩者承受的冤屈不相上下，也都值得我們寄予同情。忠貞之士面對政治災難，嗟哦問天，我們感之彌深，可用布來德利（A.C.Bradley）論悲劇英雄的話加以形容：「時運不濟。」[73]雖然如此，中國志士的悲劇和義風仍應岔開分論：他們所以是悲劇人物乃因悲憤和苦難交集迫成，但是，正因他們敢於抗敵禦侮，所以博得「高義」令名[74]。

70 孔尚任著，王季思等編《桃花扇》修訂版（北京：人民文學出版社，一九八〇），第十三齣，頁八七。另見Chen Shih-hsiang,et al., trans., *Peach Blossom Fan* (Berkeley: Univ.of California Press, 1976), p.100。

71 劉義慶著，楊勇編《世說新語校箋》（香港：大眾書局，一九六九），〈言語第二〉第三十一條，頁七一。

72 Sewall,*Vision of Tragedy*, 12。亞里斯多德也說過：「最佳的悲劇關乎冤情累累的不幸。」見Aristotle*, Poetics,* in Kenneth A. Telford, *Aristotle's Poetics: Translation and Analysis* (Indiana: Gateway Edition, 1961), 1453a, p.23。

73 A. C. Bradley, *Shakespearean Tragedy* (1904; rpt. Greenwich, Connecticut: Fawcett), p.33.

74 有關英雄作風的佳論及其在文字、儀禮上的頌禱，請參見Gregory Nagy,*The Best of the Achaeans: Concept of the Hero in Archaic Greek Poetry* (Baltimore: Johns Hopkins Univ. Press, 1981)。

陳子龍〈秋日〉詩寫於一六四六年，正是抗清義軍在太湖地區大敗之後[75]。我們瞭解及此，當可體會他義憤填膺之慨，而這場戰役亦即臥子走訪故吳遺址緣由。故吳包括今南京一帶，一六四五年南明弘光帝即位於此，陳子龍也在這個流亡朝廷輔弼一時。所以，詩中提及吳國之處，都是直接在暗示金陵明室的敗亡。他不僅痛悼此一不幸，更重要的是，他也再度表明對故國的忠肝義膽。他招請要離以輸忠悃，後者乃故吳家臣，誓為吳王闔廬復仇，名重一時，史稱義烈。臥子詩確常徵引上古刺客，強調其高節義風，每亦令人思及司馬遷的上古垂訓：「[史上刺客]其義或成或不成，然其立意較然，不欺其志。」[76]

對陳子龍而言，英雄人物的赤誠正是人類苦難失意的積極意義，可以化腐朽為神奇。他另有一首詠刺客荊軻（？－前二二七）的〈易水歌〉（《詩集》上冊，頁三〇三），把悲劇英雄的高風亮節展露無遺。司馬遷寫荊軻赴秦圖刺獨夫嬴政，明知其為必敗，但仍引吭高唱〈易水歌〉以寄悲意義風。千載之後，這首歌也迴蕩在陳子龍的詩題裡。陳子龍據史事以定義「英雄作風」，以「奉獻」與「犧牲」為其內容，甚至要有死身殉國與徒勞無功的心理準備。臥子忠君愛國的行事風範，無疑是他日後奮勇為國效死的主因。一六四七年臥子殉國之後，明末銳士侯方域特地將他比為荊軻，並撰〈九哀思：青浦陳子龍〉（《詩集》下冊，頁七九四）以悼之。孔尚任的《桃花扇》，寫的就是侯方域的生平。

回頭再探陳詩〈秋日〉。我們發現臥子在詩中所表現的情感不但加深全詩深度與悲鬱，而且也為中國人的悲劇靈視預留一條線索。孔門自古即有明訓：君子胸懷四方，能忍人所不能忍之戚恨。《周

75 參見施蟄存《詩集》下冊，頁五二九的注。有關太湖事件的討論見William S.Atwall, "Chen Tzu-lung(1608-1647): A Scholar Official of the Late Ming Dynasty" Ph.D.diss., Princeton Univ., 1975, pp.136-137。

76 司馬遷，《史記・刺客列傳》（五冊；臺北：大申書局，一九七七年重印）冊四，頁二五三八。另見Burton Waston, trans., *Record of the Historian: Chapters from the Shih Chi of Ssu-ma Ch'ien* (New York: Columbia Univ. Press, 1969), p.67。

易》大傳將此一態度定義為「憂患」，人性因之而益增尊嚴[77]。或許因此一主題之故，臥子特好宋志士熊禾所注《易經》：書序開筆，熊氏就拈出「憂患」的觀念[78]。

「憂患」意識一經轉化為詩文，馬上為詩行開啟新意，使之具備救贖的意涵。詩人懷沙，擁抱的不僅是生命的悲劇現實，也是某一美學整體的靈視。全詩的磅礴氣勢與淨化作用（catharsis）即經此靈視供給而來，而我們也因此察覺「憂患」本身即為純真與浩然之氣兼而有之的美學整體。此一「詩之靈視」確具撫慰人心的功效，陳子龍的〈秋日〉故而在悲鬱中不失沉著，雖然他悔痛已極。詩中和生命的悲劇現實平行發展的，還有「自然」不斷的悸動：山中草木仍和往常一樣亮麗，眾鳥亂啼不改昔日（第三至八句）[79]。中國人對自然恆具信心，這也是中國式抒情作風的宏碁——這種抒情作風超越了人生的終極限制。唯有在高度的抒情範疇中，詩人才能真正體驗到「自我觀照」的深層靜謐[80]。這種抒情風格並不以哲學化的動作為中心，而是以美學冥思為要點。

然而，詩人陳子龍並不以為自然一派安詳，永不改變。他的八行律詩（如上引者）比較強調自然的寧靜與優雅柔情，但所寫的古體詩——尤其是所謂的「歌行體」——就常見血流漂杵的場面，國

---

77 李光地編《周易折中》（一七一五；臺北：真善美出版社，一九七一）冊二，頁一〇七六。另見Willard Peterson "Making Connections: 'Commentary on the Attached Verbalizations' of the Book of Changes", *Harvard Journal of Asiatic Studies* 42.1(1982): p.113。Richard Wilhelm譯「憂患」二字為「great care and sorrow」，見其與Cary F.Baynes所英譯之*The I Ching,or Book of Changes* (Princeton: Princeton Univ. Press, 1976), p.345。但余英時以為「憂患意識」更精確的譯法應作「the consciousness of suffering」（私函）。

78 見陳子龍編，熊禾（一二四七—一三一二）注，《易經訓解》（四卷；出版時地單位不詳，現藏哈佛燕京圖書館）。

79 宇文所安認為在中國「懷古詩」中，詩人常把「人類的得失對照於自然的生生不息」，見Stephen Owen, *Remembrances*, p.20。

80 高友工將此種「抒情」解為「自省」性的美學，見Yu-kung Kao, "The 'Nineteen Old Poems' and the Aesthetics of Self-Reflection" (manuscript, 1988)，及其〈試論中國藝術精神〉，《九州學刊》第二卷第二期（一九八八年一月），頁四。

破家頹的對等隱喻層出不窮。古體詩的長短無拘無束，不像八行律詩的結構早經設定。或許是因此之故，古體詩才能多寫細節，處理家毀城破的人間慘劇。明亡以後，陳子龍寫了一首長達二十句的〈杜鵑曲〉。其中殺伐遍野，屍積如山，正可取為上文明例：

巫山窈窕青雲端
葛藟蔓蔓春風寒
幽泉潺湲叩哀玉
碧花飛落紅錦湍
鼪鼯騰煙鳥啄木
江妃嬋媛倚修竹
蔭松藉草香杜蘅
浩歌長嘯傷春目
杜宇一聲裂石文
仰天啼血染白雲
榮柯芳樹多變色
百鳥哀噪求其群
莫將萬事窮神理
雀蛤鳩鷹遞悲喜
當日金堂玉几人
羽毛摧剝空山裡

魚鳧鱉令幾歲年
臥龍躍馬俱茫然[81]
惟應攜手陽臺女
楚壁淋漓一問天[82]

（《詩集》上冊，頁二九九至三〇〇）

本詩不斷並列山水，新意從而滋生。傳統中上下和諧、山水交融等理想化的觀念[83]，恰與本詩的並列法截然相反。沒錯，開頭數行幾乎確立了一個理想與秩序兼顧的感性世界，因為遠山與幽泉、山葛與水湄花，以及青雲與紅錦湍都並列一處，形成一個色彩繽紛的世界，而「江妃」就徜徉在這個不為時限的永恆天地裡（第六句）。但是，隨著全詩往前推展，這個完美的世界變得感傷無已：「榮柯芳樹多變色。」（第十一句）更糟糕的是：天搖地動，杜鵑泣血大地斑斑紅（第九至十句）。

事實上，整首詩就是建立在「血」這個意象上，而「血」又是家國慘變、屍陳遍野的象徵。〈桂鵑曲〉一題典出蜀主望帝的故事。他死後化為杜鵑，聲聲啼血。陳子龍以這種鳥隱喻明主魂魄。他一啼血，山川為之變色，劃破天地的和諧。

81 在三國時代，諸葛亮（一八一—二三四）官拜蜀相，素有「臥龍」之稱。公孫恕則為漢將，自封蜀王，人稱「躍馬」（參見杜甫〈閣夜〉名句：「臥龍躍馬終黃土」）。我們也應注意一點：「臥龍」也可能是陳子龍自況，因為「子龍」一名含有「龍」字，而陳氏之字「臥子」中又有「臥」字。然而不管如何，我相信諸葛亮或像他一樣的歷史人物，才是陳子龍的興趣所在。

82 王逸注《楚辭》時，相信〈天問〉是屈原在楚先王廟壁上寫下的，見洪興祖注釋，何浩然校刊，《楚辭詳釋》（臺北：華聯出版社，一九七二年重印），頁五〇；或見David Hawkes, trans., *The Songs of the South: An Anthology of Ancient Chinese Poems by Qu Yuan and Other Poets*, 2nd ed.(New York: Penguin, 1985), 123。

83 有關山水諧洽的理想風格，參見拙作*Six Dynasties Poetry* (Princeton: Princeton Univ. Press, 1986), 64-66。

「血」也可以象徵華夏蒼生，尤其是那些為明朝盡節捐軀的千萬男女。是以「碧花飛落紅錦湍」（第四句）這麼美而富於詩意的春景，在剎那之間就變成了人間地獄，森然恐怖。「碧花」是個巧妙的隱喻，指的是在家國之愛的前提下所灑的「碧血」。後者典出周萇弘的軼史：據說他棄世三年後，鮮血變碧玉[84]。陳子龍擷取這個傳統象徵，用之於新的情境：明末殉國的萬縷冤魂，如今已把江河染成「紅錦湍」。「血流成河」的意象於此業經昇華，但仍然令人望而骨悚，更反映出明亡後的史實：江南百姓紛紛跳河，死身為國殤[85]。

唐代詩史杜甫說：「國破山河在。」[86]如今，陳子龍所寫的華夏山川卻已顛龍倒鳳，因人間慘劇而變成亂象一片。杜甫的詩句道出中國田園詩人堅忍的襟懷，陳子龍卻重寫或倒轉了此一名句。對他來說，「國」固已「破」，但「山河」也因此而「不在」了。其實，陳子龍曾在另一首詩裡略略改寫杜甫的詩句：他把「河」字的「水」部拿掉，代之以「人」部，全句即成為：「國破家何在？」（《詩集》下冊，頁三九七）〈杜鵑曲〉裡，陳子龍重施故技，延長弔詭的詩句。據中國民俗傳統，「龍」與「馬」一向和「水」與「山」互呈關涉之局，所以「臥龍躍馬俱茫然」（第十八句）也可讀成：在國難家變的一刻，「山河」俱已杳然。然而，「臥龍」亦可指諸葛亮，而「躍馬」一向就是公孫恕的代稱。如此一來，我們仍可將「臥龍躍馬」視為「名號修飾語」（epithets），以解決此句所呈現的弔詭。像英國傳說裡的亞瑟王（King Arthur）一樣，臥龍、躍馬這兩位古賢在國家存亡危急之秋卻俱已「隱逸」。

84 郭慶藩編《莊子集釋．外物篇》（北京，一九六一年；臺北：河洛圖書出版社，一九七四年重印），頁九二〇；另見 Burton Watson, trans., *The Complete Works of Chuang Tzu* (New York: Columbia Univ. Press, 1968), 294。

85 Frederic Wakeman, Jr., *The Great Enterprise: The Manchu Reconstruction of Imperial Order in Seventeenth-Century China* (Berkeley: Univ. of California Press, 1985), I:598。

86 見《全唐詩》冊四，頁二四〇四。這首詩是杜甫在七五七年春天所寫的。其時安祿山作亂，杜甫被叛軍囚於長安。

因此，〈杜鵑曲〉可謂詩人極度悲傷下的憂患之作。陳子龍眼見山中「百鳥哀噪求其群」（第十二句），而昔日所居盡是「金堂玉几」的明主[87]，如今卻遭遇到「羽毛摧剝空山裡」的命運（第十五至十六句）。全詩另有數處寫流離蹭蹬與苦惱磨折，所指似乎確有其事，或為明亡後魯王所率領的抗清運動。一六四六年，魯王兵敗，死傷慘重。他逃至海港，僅以身免[88]。詩中所述，確也符合史家司徒琳（Lynn Struve）對魯王兵敗一事的描述：「魯王所部只有少數降清，但大部分都殉國而死，或脫困至思明山與沿海一帶繼續奮戰。」[89]

論者常謂，中國古詩缺乏悲劇感[90]。但更精確的說法應該是：中國古詩人的悲劇感乃含藏在歷史觀念中。此一看法尤其真確，蓋「悲劇」只存在於中國文學的理論中，並未發展成為某種特殊的劇類。讀者的悲劇感一般都因讀史而得。換言之，史籍所載的悲劇事實，通常是文學上的悲劇觀的源模。如同陳詩所顯示，朝代更替的自然現象，明末志士抵死不從。他們的生命悲劇故而不僅源自一己的苦難，更因個性執拗所致，或謂「難以挽回的心志」（irreducibility）使然。早期史上的死士，也多具有類似性格。司徒琳論南明史的大作即明白印上這麼幾個字：「獻給晚明的殉國者——他們『明知其不可為而為之』。」[91]陳子龍就像司徒琳一樣，用詩在向晚明英雄「致敬」。這些英雄有為有守，寧死不屈，更拒絕向歷史的生生不息低頭。然而，義軍一再失利，復明無望，歲歲年年，陳子龍如何

87 「玉几人」，通指皇帝。
88 《詩集》冊一，頁三〇〇。
89 Lynn A.Struve, *The Southern Ming, 1644-1662* (New Haven: Yale Univ. Press, 1984), 97.
90 這種看法十分盛行，其扼要說明可見於柯慶明〈論悲劇英雄〉，在其《境界的探求》修訂版（臺北：聯經出版公司，一九八四），頁三二至三三、九二。不過，柯氏顯然不同意此見。
91 Struve, *The Southern Ming*, p.v.

不心憂眉蹙——「魚鳧鱉令幾歲年？」（第十七句）[92]走到極端時，詩人不得不仰首浩然長歎，以「問天」結束全詩。

「問天」一典出自屈原的傳說。對陳子龍來講，這是一個政治動作。《楚辭・天問》一章，一向都視為屈原手筆。其問天的內容，實則不全然關乎政治。所問之事，反而多與宇宙生成或天文現象有關，而重點所在則為神話問題[93]。陳子龍的「問天」擺出來的是憤憤不滿的身段，直問蒼天何以讓忠良受苦無助，何以讓他們遇逢悲劇般的命運！讀臥子詩，我們難免想到《聖經・舊約》裡約伯的「問神」。不同的是約伯所問乃個人曲折的苦難，而非家國的盛衰。詩人所歷的苦痛與孤寂感強烈無比，再也沒有其他的怨尤控訴可以比「問天」訴說得更有力！陳子龍甚至覺得他的「問天」義正詞嚴，因邀巫山陽臺女攜手共訴（第十九至二十句）。他的「問天」前所未見，政治意味又濃，稍後的明遺民詩人因多仿效。以名儒王夫之為例，就曾在注屈原的〈天問〉時，反而迂迴問起滿族入主中原的合法性，甚且暗示非天無「道」的政權不可能長治久存[94]。

陳子龍在其他的篇什裡，甚至把「天」對他的意義掀露得更清楚。他以天為證，證的不僅是個人的苦難，還有生命大「志」——中國人視為基本生命價值的「志」。我會在下文指出：在中國文學裡，這種「天」觀，絕非毫無前例可見。然而，將此一自我表達模式應用得最澈底的遺民詩人，仍然

92 「魚鳧」與「鱉令」皆為古代蜀主。陳子龍取典乎鱉令不但宜情宜境，而且別有錐心痛感，因鱉令乃望帝繼任者，亦古賢君也。望帝死後化身杜鵑。本詩中，魚鳧、鱉令可能影射南明魯王及唐王，他們曾分別在浙江及福建建立流亡政府。見Struve, *The Southern Ming*, pp.76-77。

93 Hawkes, *Songs of the South*, pp.122-134.

94 王夫之，《楚辭通釋》（一七〇九年，香港，一九六〇年重印），頁五四至五八。另見Laurence A.Schneider, *A Madman of Ch'u: The Chinese Myth of Loyalty and Dissent* (Berkeley: Univ.of California Press, 1980), p.84。

得推陳子龍。他有〈歲晏仿子美同谷七歌〉系列詩作，把這種「問天」的精神發揮得淋漓盡致[95]：

其一：

西京遺老江南客
大澤行吟頭欲白
北風烈烈傾地維
歲晏天寒摧羽翮
陽春白日不相照[96]
剖心墮地無人惜
嗚呼一歌兮聲徹雲
仰視穹蒼如不聞

其二：

短衣皂帽依荒草
賣餅吹簫雜傭保

---

95 《詩集》冊一，頁三〇九至三一一，朱東潤，《陳子龍及其時代》（上海：上海古籍出版社，一九八四），頁二七七至二七八。

96 「陽春」通指春日陽光普照溫煦的日子，也可象徵史上的太平盛世。

罔兩相隨不識人[97]
豺狼塞道心如搗[98]
舉世茫茫將訴誰
男兒捐生苦不早
嗚呼二歌兮血淚紅
煌煌大明生白虹[99]

其三：

欃槍下掃黃金臺[100]
率土攀號龍馭哀
黃旗紫蓋色黯淡
山陽之禍何痛哉[101]
赤墀侍臣慚戴履
偷生苟活同輿檯

---

97 有關「罔兩」的傳說，見黃錦鋐注譯，《新譯莊子讀本・齊物論》（臺北：三民書局，一九七四），頁六六；Watson, *The Complete Works of Chuang Tzu*, p.49。明亡之後，陳子龍隱姓埋名，故所謂「不識人」指的是「不願與人相認見面」。

98 「豺狼」，通指惡人。

99 傳統上，「生白虹」乃皇帝駕崩的徵兆。我們得注意：明朝的「明」字就帶有「煌煌」之意。

100 「黃金臺」，亦稱「燕臺」，在今北京附近，為某古王所建。此行指一六四四年北平城陷。

101 此典指漢獻帝慘死。獻帝曾受封「山陽公」。

嗚呼三歌兮反乎覆
女魃跳梁鬼夜哭 8

其四：

嗟我飄零悲孤根
早失怙恃稱湣孫
棄官未盡一日養
扶攜奄忽傷旅魂 4
柏塗槿原暗冰雪
淚枯宿莽心煩冤
嗚呼四歌兮動行路
朔風吹人白日暮 8

其五：

黑雲隤頹南箕滅[102]
鍾陵碧染銅山血[103]

102 「南箕」星為二十八星宿之一，傳統上多喻皇宮中散布讒言者，參見Legge, *The Chinese Classics*, 4: p.347。

103 此句隱指臥子師尊黃道周殉國一事。黃氏忠心耿耿，名垂後世。兵敗受縛，清軍在金陵鍾山將他處決。「銅山」即黃氏代

殉國何妨死都市
烏鳶螻蟻何分別[104]
夏門秉鑕是何人[105]
安敢伸眉論名節
嗚呼五歌兮愁夜猿
九巫何處招君魂

其六：

瓊琚縞帶貽所歡
予為蕙兮子作蘭[106]
黃輿欲裂九鼎沒[107]
彭咸浩浩湘水寒[108]

喻，因黃氏一向在福建銅山石室讀書。

104 此句意指：若曝死市集，不免鷹鳶及烏鴉食其屍肉。但若壽終正寢，擇地安葬，屍身最後還是難逃螻蟻所食。兩種死法，區野極小。

105 隆武帝於福州即位，黃道周曾任武英殿大學士及兵部尚書，以耿介與博學名世。見Struve, *The Southern Ming*, p.98；葉英，《黃道周傳》（臺南：大明印刷局，一九五八），頁四九。

106 「蕙」乃香蘭品種之一。此句暗示二友在道德感上的雷同。

107 「九鼎」乃皇權的隱喻。

108 傳統上以為彭咸係商代賢臣，進諫不納，投水自溺。其人所喻他義另見Hawkes, *Songs of the South*, pp.84-86。本句中的「彭咸」則喻夏允彝，因一六四五年夏氏故里陷入清兵手中後，他也是投水自溺。無獨有偶，陳子龍稍後也變成一位「彭

我獨何為化蕭艾
拊膺頓足摧心肝
嗚呼六歌兮歌哽咽
蛟龍流離海波竭[109]

其七：

生平慷慨追賢豪
垂頭屏氣棲蓬蒿
固知殺身良不易
報韓復楚心徒勞[110]
百年奄忽竟同盡
可憐七尺如鴻毛[111]
嗚呼七歌兮歌不息
青天為我無顏色

咸」，就如顧炎武在他的〈哭陳太僕〉詩中所說的：「恥汙東夷刀，竟從彭咸則。」

109 「蛟龍」乃「偉人」的象徵。龍困淺灘，即使偉人也沒有機會一展抱負。

110 此句典出張良的故事。張氏乃韓人也，秦滅韓後，良「悉以家財求客刺秦王，為韓報仇」，見《史記・留侯世家第二十五》冊三，頁二〇三三。或見Watson, trans., *Records of the Historian*, p.158。

111 「鴻毛」，喻沒有價值的死亡。傳統認為英烈之死有重於泰山者，等閒輩則「輕如鴻毛」。百餘年後，清乾隆帝即讚陳子龍之死「有重於泰山」。乾隆的旌褒似乎在回應陳詩本句。見王昶編《陳忠裕全集》，頁一甲所重印乾隆謚文。

陳子龍刻畫個人不同的情感，色調鮮明，技巧卓絕，雖然大大偏離《詩經》的傳統，不過後者也賴之而不致中輟。像本章稍前所引《詩經・黍離》的詩人一般，陳子龍仰天哀鳴，希望上天垂憐，體恤人情（其一，第七句）。《詩經》詩人眼中的天恆常不變，可見於「悠悠蒼天／此何人哉」二句的「悠悠」一語。但陳子龍的詩系不類此作，反而指出一種心理進程，由不信蒼天轉至相信蒼天必能體恤下意。詩系開頭一節，詩人失聲嗟歎：「嗚呼一歌兮聲徹雲／仰視穹蒼如不聞。」然而，到了詩系收束處，詩人的脈賁激昂已經顯得平靜多了，甚至認為蒼天有感，彷彿人類一樣可以為世事見證：「嗚呼七歌兮歌不息／青天為我無顏色。」就在詩系壓軸的第七首詩，詩人終於說出平生抱負。他雖然仍陷溺於沮喪之中，卻希望平生「志」業能使自己跳出閻浮世界，名垂萬世。如果陳子龍的話聽來恍若天定，那是因為他唯恐平生「志」不伸。「苦難」本身並無「悲劇」可言：唯有受難者的道德尊嚴受到委曲時才會產生「悲劇感」！

陳子龍詩中所謂的「志」還有另一層新意：「志」不僅是生命的最高理想，也是「死生」的靈見。「志」既賦有此等新意，則大夥都得為存在的標的重下定義，把自己的優缺點裸呈出來，為生命做出終極的選擇。「志」的定義及其得伸與否，也唯有在這種意義下才能具有悲劇向度。陳子龍一旦說「固知殺身良不易」（其七，第三句），所論者當然是「死身為國殤」。他決心一死，但死亡卻是命運的延伸，任誰都得面對因此形成的大問題：披肝瀝膽而死固有重於泰山，等閒赴死卻輕若鴻毛（其七，第六句）。死固難免，但要死得其所，如英雄忠烈，哀榮加被。宋志士文天祥〈過零丁洋〉一詩，便是「死志」得伸的最佳說明：

人生自古誰無死
留取丹心照汗青[112]

112 參見本書第一章對此詩之討論。

因此，「縱容就義」乃「高人一等的生命」，「捨身成仁」又非肉死的悲境所能局限。文天祥的〈過零丁洋〉一詩已言之甚詳。

本書前編業已說過，陳子龍及其復社袍澤皆為愛國忠良，更由此發展出一套榮譽準則。難怪明末最著名的兩位殉國死士都和臥子過從甚密：黃道周是他的授業恩師，夏允彝則為金蘭至交。前引詩系第五首和第六首即分論黃、夏二子。南明隆武帝在福建即位，黃道周任武英殿大學士，為流亡政府中「最受敬重的朝臣」[113]。一六四六年初，黃暨所部在江西遭遇清兵，不幸兵敗被執，於金陵就義。有道是黃氏死前途經明太祖陵寢所在的金陵東華門附近，拒前行，道：「此與高皇帝陵寢近，可死矣。」陳詩第五首「殉國何妨死都市」（第三句），即取典乎此。

至於夏允彝，其就義之英烈不下於黃道周。一六四五年，故里松江一役，他和陳子龍並肩抗清。兵敗之後，投水自盡。夏氏既為臥子至交，自是義薄雲天的象徵。他的義行不是說說便罷，而是以行動來實踐。臥子生平所寫的最後詩系，所記者便是允彝殯禮。最後兩行謂：

志在春秋真不爽
行成忠孝更何疑

（《詩集》下冊，五三一）

夏允彝貞烈身亡，陳子龍有失群之痛。乾隆皇帝深知此點，一七七八年下詔從沅江名立沅江亭，紀念陳子龍。而沅江正是陳氏悼夏氏殯禮諸詩中重要的意象[114]。

---

113 Struve, *The Southern Ming*, p.89.

114 據稱屈原自沉於湖南沅江。陳詩提到沅江，無疑以夏允彝比古英雄屈原。由此詩典看來，陳子龍似乎不自覺地在預言來日然而，身為愛國志士卻不能在國破後殉國，這種痛苦要比當即就義者強烈得多了。夏允彝死得其時，陳子龍的喪國之痛卻延續下去。仿杜七歌無不惻惻反映此點！肉體上的煎熬或心靈上的折磨顯然壓不垮陳子龍，反而讓他燃起新的力量，驅使他寫出更敏銳的作品。他的詩不時透露出矛盾互攻的兩種情形：一為願為明室效死的意願，二為未立即行動就義的惆悵。這兩種情形互相拉扯，所形成的張力是明末遺民的典型。他們認為在朝廷墮敗之後，個人應該光榮自裁，如此方能維繫人格完整。以吳偉業為主的遺民，則把挫敗與蒙垢化為哀怨動人又有錐心之痛的美麗篇章[115]。

陳子龍不同於其他明室遺民。他的復明行動一再受挫，但愈挫愈堅，所以他「歌不息」（其七，第七句）。儘管他也有沮喪的一刻，可是從未有停止行動的念頭。他加入動作頻頻的抗清活動，無畏於最艱險的任務。祖母逝世之後（第四首），他已盡完孝道，更無忌諱，每每自我鞭策，不達目標絕不讓行動停歇。雖然如此，他也知道自己「明知其不可為而為」。他「義風足式」[116]，由此可見一斑。席沃所定義的悲劇英雄，陳子龍當之無愧：「如此苦痛與磨折，唯有天性最剛強者才能勝任。他得挺住猶疑不定、心懼神搖、友朋忠諫與罪惡之感……唯有英雄人物，方足以承受如此特殊的終極苦難。」[117]

我們對陳子龍的同情毫不保留，他的行動證明他勇氣過人，面對難免的潰敗也不退縮。悲劇英雄應具的兩個條件，此之謂歟[118]？所面對者倘為前無援軍後無退路力難回天的情況，英雄人物也不丟盔

投水自殺的命運。

115 參見拙撰"The Idea of the Mask in Wu Wei-yeh", *Harvard Journal of Asiatic Studies* 48: p.2 (Dec.1988), pp.289-320。

116 此處我借用了席沃的話，見Richard Sewall, *Vision of Tragedy*, p.47。

117 同上。

118 R.J.Dorius認為「悲劇」的定義涵蓋兩大要素：「勇氣與難免的失敗。」見其"Tragedy", *Princeton Encyclopedia of Poetry and Poetics*, ed. Alex Preminger et al, enl. ed. (Princeton: Princeton Univ. Press, 1974), p.86。

棄甲，輕言投降。他忍受苦難，力量沒有使盡之前絕不倒下。陳詩聲稱彈盡援絕，危在旦夕——「阮籍哭時途路盡／梁鴻歸去姓名非。」[119]而陳氏的苦難可謂火上添油，若非胸中一片赤忱，他絕難超越如此劇痛，也難以積極的態度固守忠君愛國的精神，甚至為此再添新意。不計個人的犧牲，才是陳子龍贏得悲劇英雄名的要因。顧炎武也是晚明忠良。他挽陳子龍的詩寫得分毫不爽：

有翼不高飛
終為罻羅得
恥汙東夷刀[120]
竟從彭咸則

悲劇性與英雄式的苦難本身，就是陳子龍仿杜七歌的大主題。陳氏雖在詩題即已明言這七首詩為「仿杜」之作，然其詩中現實卻和唐詩人杜甫所知者大相逕庭。陳氏從杜甫處借取為鑑者，唯有以詩敘寫個人苦難的技巧而已。杜甫的〈乾元中寓居同谷縣作歌七首〉寫於安祿山之亂（七五五－七六三）期間，百姓都因戰禍被迫離鄉背井。他的詩中所吟，故為戰時自己和家小的磨難[121]。當然，杜甫和陳子龍都處身國家存亡的夾縫，兩人的際遇適為類比。不過，他們的詩所關切者實屬南轅北轍：陳子龍所問的是死節的終極問題，杜甫主要的關懷卻是個人憂患與仕途侘傺。他政壇失意，壯志難伸，

119 見《詩集》下冊，頁二五六。六朝詩人阮籍時常悲在衷心，當眾慟哭。梁鴻則為東漢儒士，曾隱姓埋名，南逃至吳，躲避政治迫害。他終得返鄉，與妻子團圓。

120 在清代的書檢制度之下，這一句曾遭竄改為「恥為南冠囚」。顧炎武著，華忱之編《顧亭林詩文集》（一九五九年，北京：中華書局，一九八三年重印），頁二七六，注3。這一點我乃承余英時私函賜知。

121 《全唐詩》冊四，頁二二九八。

下引一詩可見一斑：

男兒生不成名身已老
三年饑走荒山道
長安卿相多少年
富貴應須致身早
山中儒生舊相識
但話宿昔傷懷抱
嗚呼七歌兮悄終曲
仰視皇天白日速

（《全唐詩》冊四，頁二二九八）

比之杜甫極欲一展的大「志」，陳子龍的顯然是悲切的欲望，是要為國殉節的英雄悲「志」。我曾經說過，陳子龍代表晚明士子對於「忠」的新見[122]。也就是說，生命的意義乃建立在死節之上。這種新見由南宋遺民一脈相承而來，早已超越了杜甫所計較的個人名位[123]。此等天壤之別源乎詩人不同的生命情境，但也是唐人的「詩志」和明人的「詩志」造下的結果。

122 例如余懷也作有〈七歌〉系列，表達身為亡明遺民的悲慟，見黃裳《銀魚集》（北京：三聯書店，一九八五），頁四〇至四一。余懷的《板橋雜記》以寫秦淮河畔伎戶的盛衰著稱。

123 宋代理學家朱熹批評杜甫〈乾元中寓居同谷縣作歌七首〉格調低俗。不過，其他詩話家多為杜甫辯解，謂詩人只不過以「詩」針砭時政腐敗，朝中但知薦舉年輕而乏歷練的官吏，不知畀恃老而有成的儒士。仇兆鼇注，《杜詩詳注》（北京：中華書局，一九七九）下冊，頁七〇〇。

其實，上引陳氏詩系很可能先由宋末英雄文天祥處乞得靈感。文氏曾仿杜甫〈七首〉，撰有〈六歌〉詩系[124]，而且撰作時間正是他為元兵所擒的一二七九年以後。元兵擄獲文氏，北引大都，一路嚴密看管。其時，文氏元配和兩名愛妾並兒子雙女亦都成為元兵的階下囚。因此，他仿杜甫詩系所作的〈六歌〉顯然在感歎個人不幸。他詠悼家小命舛，一首首都關乎妻子、姐妹、兒女與愛妾。她們何罪之有？何以身遭苦難大劫？像詩系第一首就悲嗟連連：

有妻有妻出糟糠
自少結髮不下堂
亂離中道逢虎狼
鳳飛翩翩失其凰[125]
將雛一二去何方
豈料國破家亦亡
不忍捨君羅襦裳[126]
天長地久終茫茫
牛女夜夜遙相望
嗚呼一歌兮歌正長

124 文天祥著，羅洪先編《文天祥全集》（北京：中國書店，一九八五）卷一四，頁三六四至三六五。此版乃據一五六〇年《重刻文山先生全集》重排。

125 此句指一二二七年文天祥兵敗的慘劇。其時文氏妻小家眷一併為元兵押解北去。

126 原句意指：「我捨不得離了你的絲羅。」

悲風北來起彷徨

文天祥撰寫〈六歌〉的手法借自杜甫。除了收束之作，他的每一首詩都以一名家人起筆。詩系首尾讀來故而恍如自傳一般，詳寫個人與家庭曲折的悲劇，而家亡正是國破的緣故。特別值得注意的是各詩的氣氛，其中固然不乏心焦憂慮，但首首都有新的氛圍。「忠義」乃不斷出現的主題，文詩故此以苦難與隱忍為結構主體。讀罷詩系，我們覺得歷盡萬劫的詩人英雄似乎有所體悟：他終於瞭解天道不彰，天理未必就是公理。但是，既以忠烈自居，就應坦然接受冤屈磨折。他不惜犧牲，鞠躬盡瘁，死而後已。〈六歌〉最後一首尤可表明心跡：

我生我生何不辰
孤根不識桃李春
天寒日短重愁人
北風隨我鐵馬塵
初憐骨肉鍾奇禍
而今骨肉相憐我
汝在北兮嬰我懷
我死誰當收我骸
人生百年何醜好
黃粱得喪俱草草
嗚呼六歌兮勿復道

唯有英雄豪傑才能在死神叩門時「出門一笑」，也唯有在個人苦難已經轉化為高貴情操時才能狂傲若此。職是之故，我們在文天祥的詩裡感受到的實為「一痛苦的巨靈」（a consciousness of greatness in pain）[127]。

陳子龍博學強識，當然熟悉文天祥的〈六歌〉。事實上，臥子曾盛讚文山詩餘英邁，「氣沖牛斗」[128]。此外，像文天祥一樣[129]，陳子龍極其佩服杜甫，一直想要重振盛唐詩風，豪氣干雲。在一個「價值標準難免為往聖所宰制」的傳統裡[130]，詩人的內在經驗尤與過往的詩宗有關。我相信陳子龍所作所為，正是在結合杜甫的修辭藝術與文天祥的丹心英氣。其結果是全新的高雅風格，形式控馭得當，悲劇靈視更保尊嚴。不過，陳詩和前賢的兩組詩系也有扞格之處。前賢多強調俚俗況味，破題的套式若非「我妻我妻」，便是「我妹我妹」等等的疊詞。至於陳子龍：他故意把詩寫得細緻古樸，含容在一片典雅的意趣裡。這些詩宛如七律，跌宕在淒厲的現實與抒情的靈視之間。杜甫和文天祥都以家人為懸念所在，陳子龍的詩卻不以個己和妻小的安危為意。他更掛心的是當代國殤的典型，尤其是生死的兩難或就義的問題。更不尋常的是，他深以不能及時為國捐軀為憾，自感可恥，忐忑不安。這種英雄感，是他有別於文天祥之處。他在前人的基礎上重寫〈七首〉，但整個過程卻反映出他的詩論

127 我借用的是A.C.Bradley, *Shakespearean Tragedy*, p.231 裡的話。

128 見《歷代詩餘》，《叢編》冊二，一二五八；繆鉞、葉嘉瑩，《靈溪詞說》（上海：上海古籍出版社，一九八六），頁五一七。

129 文天祥在獄中待決之時，曾集杜甫詩句而成二百一十八首詩。他把這組詩題為《集杜詩》，並在〈自序〉中謂：「子美於吾隔數百年，而其言語為吾用，非性情同哉！」見《文天祥全集》卷一六，頁三九七。

130 F.W.Mote, "The Arts and the 'Theorizing Mode' of the Civilization", in Murck, ed., *Artists and Traditions*, p.6.

菁華：明代以前，詩體多已發展完備，因此，明詩磅礴的詩境絕非存在於形式的原創性，而是存在於個人獨創的深層詩意與高妙的修辭裡[131]。

陳子龍的忠國詩作筆法和情詞冰炭不合，意味著他想以「詩」寫君國之思，以「詞」寫兒女情長。我們在他的「詩」裡感受到一股強烈的堅持、一股坦然與一股視死如歸的氣概。儘管如此，陳詩特具的高雅氣質並未犧牲。清初詩人王士禎以「沉雄瑰麗」形容臥子詩作，並認為十七世紀詩人無出其右：「『陳詩』沉雄瑰麗，近代作者未見其比，殆冠古之才，一時瑜亮，獨有梅村耳。」[132]

晚明之際，公安、竟陵勢力強大[133]。但詩家所謂「前七子」與「後七子」雄風未曾消頹，反見重振之跡，陳子龍居功大焉。他鼓吹復古詩風，高唱救亡哀音。身為幾社首腦，雲間表率，陳子龍認為只有「復古」一途方能解救晚明文學於將傾。欲求「真正的詩」，他堅信唯「歸本還原」而已。本書第三章論晚明文藝復興，我已經指出幾社的「幾」字本意乃「種子」。就陳子龍的詩論而言，此「意」尤見肯切。古典的沃土乃文學契機，盛唐諸子亦詩學典型。取法乎上，見賢思齊，種子的萌動發越，此非其時？

131 《安雅堂》上冊，頁一四七。

132 王士禎，《香祖筆記》（上海：上海古籍出版社，一九八二）卷二，頁二三。

133 有關公安派橫掃明末的論述，見Ming-Shui Hung, "Yuan Hung-tao and the Late Ming Literary and Intellectual Movement", Ph.D.diss., Univ.of Wisconsin, 1974; Jonathan Chaves, "The Expression of Self in the Kung-an School:Non-Romantic Individualism", Robert E.Hegel and Richard C.Hessney, eds., *Expressions of Self in Chinese Literature*, pp.123-150; Chih-p'ing Chou, *Yuan Hung-tao and the Kung-an School* (Cambridge: Cambridge Univ. Press, 1988)。有關陳子龍對竟陵派的批評，參見王愷，〈關於鍾、譚詩歸的得失及其評價〉，《甘肅社會科學》一九八六年第四期，頁五八。我應當指出：陳子龍之見雖與竟陵派大相逕庭，他還是把此派宗匠收入他編作的《盛明詩選》之中，見該書（序繫於一六三一年，出版地不詳）卷八。陳氏的《盛明詩選》實乃據李攀龍（一五一四—一五七〇年）原編增訂而成。

結語

清初政治書檢猖熾，陳子龍的詩竟因此而不能發揮廣泛的影響力。但二百五十年後，就在清朝崩解的前夕，中國詩人卻開始以陳子龍為師，臨摹所作。一九〇九年，以反清為職志的文士組織南社創立，其規模即仿效自晚明的復社。南社的開山人物之一柳亞子（一八八七－一九五八），對陳子龍及互有淵源的夏完淳佩服有加。他有兩句詩道：

平生私淑雲間派
除卻湘真便玉樊[134]

夏完淳乃陳氏至交夏允彝之子。二十世紀的反清詩人仍踏著陳氏一脈的血跡前進，希望能夠消弭時代的亂象，重新定位自己的生命靈視[135]。對他們而言，陳子龍乃詩人典型，呼之欲出。他生逢鼎革之際，但不忘家國危難，以藝術奮起於亂世之中。

可惜的是，直至晚近，批評家若非全盤忽視臥子情詞，就是以政治托喻詮解之。十八世紀以後，

134 柳亞子，《磨劍室詩詞集》（上海：上海人民出版社，一九八五）上冊，頁八二。「湘真」和「玉樊」乃陳子龍與夏完淳各自詩詞集的書名。

135 當然，「忠」字到了清末意義頓變。此時的「忠」不再是種族對立的符號，而是指個人與所事王朝之間的緊密關係。例如，身兼學者與詩人的近人王國維，就自命清室遺民。他在一九二七年投水自殺，有人認為與他忠於清室有關，但真相仍然撲朔迷離。有關王國維「遺民」形象的討論，請見Joey Bonner, *Wang Kuo-wei: An Intellectual Biography* (Cambridge: Harvard Univ. Press, 1986), pp.144-156。

清代文人對詞藝的態度有所轉變，陳詞遭受忽視或誤解的情況大有改觀。當然，清初的詩人或儒者對「情」的看法一致，都將之理想化為浪漫豔情，而且深信這是豪傑英烈必備的條件。然而，清朝中葉以後，多少由於理學抬頭，詩中所反映的「情」與「女人」觀便沾染上儒教氣息，以道德為指歸，和國初思想大不相同[136]。歌伎予人的觀感，隨即因此不變。十七世紀的才女型歌伎縱情詩詞，其地位即使不如出身官宦的詩苑英雌，至少也相去不遠[137]。惜乎十八世紀世風周轉，歌伎實則無緣插足文壇，更罕見有機會刊刻詩詞（就算有此等情事發生，也少見收藏，更乏敬意）。職是之故，乾嘉以來的掃眉詩才都出身「書香官宦」，幾無例外[138]。柳如是以後的金粉紅袖，倘身世迷離，託身寒微，則絕難在文壇出人頭地。因此，儘管乾隆最後為臥子平反，並以詩國英烈追謚其人，卻仍無濟於提升柳如是的地位。蓋時移代遷，前朝鳳凰未必能在後世再展華翼。清儒與詩話家、詞話家一再視臥子為儒門英雄，但在時風易位的情況下，卻也刻意打壓他和「名伎」柳如是的一段情緣。這也就是說：陳、柳互贈的詩詞不是受到存而不論的命運，就是予以單方面否定，乃至抹殺了臥子情詞的真正價值。

136 姚品文曾詳論其時儒門正統對女詩人或詞人的大影響，見其〈清代婦女詩歌的繁榮與理學的關係〉，《江西師範大學學報》一九八五年第一期，頁五三至五八。冉玫爍（Mary Backus Rankin）觀察道：「十七世紀[清]政府勢力確定之後，正統的標準就逐步拉緊」，雖然「此時婦女受教育的機會並未裁縮」。見Rankin著，"The Emergence of Women at the End of the Ch'ing: The Case of Ch'iu Chin," *Women in Chinese Society*, edited by Margery Wolf and Roxane Witke (Stanford: Stanford Univ. Press, 1975), p.41。羅溥洛（Paul Ropp）倒提出一個頗能服人的答辯，認為婦女的詩才文名在帝制後期逐漸茁壯，有凌駕男子之上的趨勢。「男性的焦慮」（male anxiety）於焉抬頭，為謀求因應，清代婦女遂逐漸受到壓抑。見羅溥洛，"Aspiration of Literate Women in Late Imperial China" (manuscript, 1990), p.42。

137 清代女詩人詞人的要作，大都收錄在一部重要選集裡：《國朝閨秀正始集》（一八三一年刊本）。這本書的編者完顏惲珠在其序文裡謂：但因道德故，她不得不拒採歌伎之作。另見姚品文前揭文，頁五七。

138 舉例言之，像金逸與汪端這兩位女詩人便出身自書香名門、官宦世家，參見鍾慧玲，《清代女詩人研究》（臺灣政治大學博士論文，一九八一），頁三一六至三三七及三六三至三八九。此刻時人再度視歌伎為賣解優伶，故採用「閨秀詩人」一詞與之區別。像金逸與汪端一類的名門才女，便是「閨秀詩人」。

然而，陳氏情詞雖然頻遭誤詮瞎解，這些詞到底還是歷劫傳下。前人認為不值得一讀的敝屣，或是僅就字義求取皮相之解的作品，如今卻視如珍寶，供人再三咀嚼，求取深意。陳子龍的詩詞皆有其獨特的創作背景，我們倘能進一步求全認識，必能豐富閱讀經驗，甚至在文際典涉中優游徜徉。

【附錄一】 柳如是〈夢江南・懷人〉二十首[1]

其一

人去也
人去鳳城西[2]
細雨濕將紅袖意
新蕪深與翠眉低
蝴蝶最迷離[3]

其二

人去也
人去鷺鶿洲
菡萏結為翡翠恨
柳絲飛上鈿箏愁

1 《別傳》上冊，頁二五五至二六五。
2 「鳳城」，很可能指陳子龍的故鄉「松江」，見《別傳》上冊，頁二五六。
3 此句出自莊周夢蝶的名典：「昔者莊周夢為蝴蝶，栩栩然蝴蝶也，自喻適志與！不知周也。俄然覺，則蘧蘧然周也。不知周之夢為蝴蝶與，蝴蝶之夢為周與？」見黃錦鋐注譯，《新譯莊子讀本》（臺北：三民書局，一九七四），頁六七。英譯見Burton Watson, trans., *The Complete Works of Chuang Tzu* (New York: Columbia Univ. Press, 1968), p.49。

羅幕早驚秋

其三

人去也
人去畫樓中
不是尾涎人散漫
何須紅粉玉玲瓏
端有夜來風[4]

其四

人去也
人去小池臺
道是情多還不是
若為恨少卻教猜
一望損莓苔

---

4 這首詞典出李商隱的情詩〈無題〉：「昨夜星辰昨夜風，畫樓西畔桂堂東……」[唐]李商隱著，[清]馮浩箋注，《玉溪生詩集箋注》（臺北：里仁書局，一九八一年重印），頁一三三。英譯見A.C.Graham, *Poems of the Late T'ang* (1965; rpt. New York: Penguin Books, 1981), p.148。

其五

人去也
人去綠牕紗
贏得病愁輸燕子
禁憐模樣隔天涯
好處暗相遮

其六

人去也
人去玉笙寒[5]
鳳子啄殘紅豆小
雉媒驕擁藝香看[6]
杏子是春衫

其七

人去也

---

5 此句典出李璟的詞句：「小樓吹徹玉笙寒。」見《彙編》冊一，頁二二〇。柳如是於此引用「小樓」一典影射她和臥子在南園的「南樓」。

6 這句詞裡的「雉」乃香爐上的雕案。

人去碧梧陰
未信賺人腸斷曲
卻疑誤我字同心
幽怨不須尋

其八

人去也
人去小棠梨
強起落花還瑟瑟
別時紅淚有些些
門外柳相依

其九

人去也
人去夢偏多
憶昔見時多不語
而今偷悔更生疏
夢裡自歡娛

其十

人去也
人去夜偏長
寶帶怎溫青驄意[7]
羅衣輕試玉光涼
薇帳一條香

其十一

人何在
人在蓼花汀
爐鴨自沉香霧煖
春山爭繞畫屏深
金雀斂啼痕

其十二

人何在
人在小中亭

[7] 所謂的「寶帶」極可能是臥子所贈。「青驄」象徵男性愛侶，於此隱喻陳子龍。另參［宋］郭茂倩纂，中華書局編委會編《樂府詩集》（北京：中華書局，一九七九）冊三，卷四九，頁七一一之〈青驄白馬〉一詩。

想得起來勻面後
知他和笑是無情
遮莫向誰生

其十三

人何在
人在月明中
半夜奪他金扼臂
殢人還復看芙蓉
心事好朦朧

其十四

人何在
人在木蘭舟
總見客時常獨語
更無知處在梳頭
碧麗怨風流

其十五

人何在

人在綺筵時
香臂欲抬何處墮
片言吹去若為思
況是口微脂

其十六

人何在
人在石秋棠
好是捉人狂耍事
幾回貪卻不須長
多少又斜陽

其十七

人何在
人在雨煙湖
篙水月明春膩滑
舵樓風滿睡香多
楊柳落微波

其十八

人何在
人在玉階行
不是情癡還欲住
未曾憐處卻多心
應是怕情深

其十九

人何在
人在畫眉簾
鸚鵡夢回青獺尾
篆煙輕壓綠螺尖
紅玉自纖纖

其二十

人何在
人在枕函邊
只有被頭無限淚
一時偷拭又須牽
好否要他憐

【附錄二】明清女詩人選集及其採輯策略

沒有任何國家比明清時代的中國出版更多的女詩人選集或專集。自十七世紀（即明末清初）開始，此類詩集的出版激增，此現象大致上可歸因於女性識字率的戲劇性上升，以及印刷術的廣為流傳。明清之際，女性詩人之選集和專集合共超過三千種之多，著實嚇人[1]。此一現象，若比諸於明末以前的情況，則更令人印象深刻，因為很少有這時期以前的女詩人專集留存下來。

為何突然地自明末開始有如此多女詩人的選集和專集出現呢？首要原因，是此時的學者詩人，不管是男性或女性，才開始察覺到女詩人的作品，不管品質如何，皆很少留存下來。因此，很多學者及詩人便當起選集及專集的編輯者，並把自己搜集女詩人作品的努力，比諸於孔子的編纂《詩經》；而這些新的編輯者也很聰明地提醒他們的讀者有很多學者皆認為《詩經》中有大部分的歌謠是婦女所作。《詩女史》（出版於嘉靖年間，一五二二－一五六六）的編者田藝蘅大概是明代首位強調傳播女性作家作品的男性學者[2]。他認為自古以來，有不少女詩人的文學成就可媲美男詩人；但是正如他在前言中所說，那是因為缺乏「採觀」，致使女性的名字在文學史上黯然失色（胡文楷，頁八七六）。同樣，女詩人沈宜修（一五九〇－一六三五）——才女葉小鸞（一六一六－一六三二）之母——為了

1 見胡文楷，《歷代婦女著作考》（一九五七；修訂版，上海：上海古籍出版社，一九八五）。並見張宏生增訂《歷代婦女著作考》（上海：上海古籍出版社，二〇〇八）。

2 北京圖書館藏有《詩女史》之原版。芝加哥大學則有拷貝自原版的微卷。值得一提的是，宋代詩人歐陽修早已有類似的見解。為謝希孟的詩集作序時，歐陽修曾寫道：「昔衛莊姜許穆夫人錄於仲尼，而列之國風，今有傑然巨人能輕重時人，而取信後世者，一為希孟重之，其不泯沒矣。」（胡文楷，頁六六）然而，這種見解要到晚明才較為普遍。

彌補這一缺陷，肩負了傳播女詩人之作品及名聲之責任。她強調採輯「當代」作品的重要性，認為她編的選集《伊人思》（於編者死後次年出版）與傳統「沿古」之法大異其趣[3]。不論他們的方法如何，很明顯這些學者詩人之所以編輯選集乃是為了要肩負保存文學遺產的使命。

但很可惜，直到晚近，研究中國文學之學者，不論男性女性，皆忽略了明清時代出版數目眾多的女詩人選集和專集，使很多寶貴作品因而散失。結果，各家的中國文學史皆一致地對明清時代女性作家的文學地位做出誤導的描述。羅伯遜（Maureen Robertson）就曾注意到，「劉大杰在其所撰一三五五頁，含括了二千五百年的中國文學史中，只提及五位女性作家，其中竟沒有一位是出自宋代以後」[4]。

這使我們面對一個有趣的問題：為何現代的學者忽略了大量現存的、可以修正我們對女性文學或甚至整個中國文學的看法的女詩人選集及專集？過去我對明清女詩人的研究，激發了我去思考這問題的涵義，使我在一大批曾逐步形成我研究架構的選集和專集中找尋更多資料。在這篇文章中，我希望與讀者分享我對應用這些有關明清女詩人的資料時的想法及經驗；而我相信這些想法及經驗，與我們研究中國文學有十分密切的關係。

首先，我過去無法找到適當的詩歌及其他原始資料的主要原因是我觀念上及方法上的盲點，而非作品本身是否可被尋獲。長久以來，我基本上一直使用朱彝尊的《明詩綜》（一七〇一）、沈德潛的《明詩別裁集》（一七三九）和《清詩別裁集》（一七六〇）、張應昌的《清詩鐸》（一八六九）

---

3 見沈宜修為《伊人思》所作之序，頁一。收錄於葉紹袁，《午夢堂全集》（一六三六；標點版，上海：上海雜誌公司，一九三六）冊二。

4 Maureen Robertson, "Voicing the Feminine: Constructions of the Gendered Subject in Lyric Poetry by Women of Medieval and Late Imperial China", *Late Imperial China*, 13.1(1992): p.64.

和丁紹儀的《清詞綜補》（一八九四）及徐世昌的《清詩匯》（一九二九）等選集，而這些選集剛巧也有現代的重印版。這些選集的確是重要的資料，因為它們都是第一流的選集，目的是要保存編者所認為的當代「最佳作品」。但這些「標準」選集的問題是，雖然它們一般說來包含了為數頗多的女詩人，但往往吝於選材，每位詩人只有兩三首詩入選。此外，這些選集公然地把女性安置於選集末端的邊緣地帶，與僧侶的作品並排——這種做法在五代時的韋莊（八三六－九一〇）所編的《又玄集》中已開先河[5]。如此的編輯策略——反映出現代學者施蟄存所認為的「文學退化論」[6]——漸建構出明清時代文學界中婦女地位的錯誤形象。實際上，明清時代的女詩人數目之多，不僅是史無前例，而且有學問的婦女事實上亦與男性分庭抗禮。她們不是依附於男性領域，或僅為女性領域的居民；反之，她們往往完全參與了文化與社會大環境下的文學傳統及表現手法。

我花了頗長一段時間，才瞭解到有關明清女詩人的資料，是來自那些光是收錄女詩人作品的選集。而很反諷地，那是透過閱讀及使用這些被隔離的——即被隔離於男性作家之外的——選集，我們才能看到「總體歷史」以及真正體會到男性和女性的文學活動的密切關聯及相互依存。因為明清女詩人出版詩集之多，是傳統形式（即同時收錄男性及女性詩人作品）的選集所難以適當及完整處理的（例如一七七三年出版陸昶《歷朝名媛詩詞》的出版者「以作者甚夥，唯恐有掛一漏萬之憾」，必須全數刪除明清女詩人之作品）[7]。既然女性詩人在傳統選集中之代表性不足，而一向對女性詩作的保存也欠妥善的安排，許多明清時代具前瞻性的女士及其男性朋友或贊助人就為選集設法尋求新的選詩策略。明清時代女性的作品有足夠的多元性——類似男性作品中的變化多端，使得獨立選集的編撰有

5 施蟄存，《唐詩百話》（上海：上海古籍出版社，一九八七），頁七六九。
6 同上書，頁七七五。
7 紅樹樓，〈凡例〉，陸昶《歷朝名媛詩詞》（一七七三），頁二。

其必要。因此，我頗不同意羅伯遜的看法，她認為女詩人選集的現象源自「活動範圍區隔的傳統律則」，是「女性被排斥於所有思想及文學活動的制度化」[8]。我並非在試圖否認沈德潛等人所編的傳統選集中存有以男性為主的選詩原則；我的目的只是要把這時期的選集中新的、「女性的」角度的重要性突顯出來。而此一新的角度提供了一種使女詩人得以茁壯成長的保存機制。套用高彥頤（Dorothy Ko）的話[9]，就是我們需要以「雙焦點」來研究明清時代，分別考慮到以男性或女性為導向的材料。

的確，當我著手研究不少女詩人選集和專集後，我發覺情況令人十分滿意。我所獲得的詩集以及其他資料的驚人數量，使我開始問自己為何一直埋怨缺乏有關女詩人的材料。誠然如高彥頤所說：「材料是有的，如果我們在正確的地方入手。」[10]

對我來說，所謂「在正確的地方」，是一個有關明清時代的男性和女性如何「合力」重新評價及提倡女性書寫的故事。的確，大部分早期的女詩人作品選集背後的編輯智囊，皆為男性學者而非女詩人本身。這些編輯重複地將他們的選集與《詩經》聯繫在一起，企圖把女性作品「典律化」。但有時候，《離騷》也很榮幸成為經典，成為女詩人選集比較的對象。最適當的例子是一六一八年出版的《女騷》，明顯地它是因《離騷》而得名。在《女騷》的序文中，趙時用說明該選集的本意是要確保女性詩作「與典謨訓誥並垂不朽」（胡文楷，頁八八五）。更有趣的是，明清學者對其選集的命名，也表現出對女性的尊重——「女中才子」、「詩媛」、「女詩」、「名家」等是標題中常有的字眼。

很多女性受到開明的男性文人的鼓舞，也開始編纂選集，並在選集中自信地明示其選詩原則。我

[8] Robertson, “Voicing the Feminine”, p.64.
[9] Dorothy Yin-yee Ko, “Towarda Social History of Women in Seventeenth Century China” (Ph.D diss., Stanford Univ.), 1989, p.2.
[10] Ibid.

們可以說，如此女性詩作便有了一套「語境詩學」（contextual poetics）[11]，選集也藉此成為提倡及評價女性作品的重要工作。最重要的是，如同魏愛蓮所說，很多史料已證實「當時的女詩人十分渴望被選入女詩人作品集中」[12]。對她們來說，選集顯然是具有選擇性的典律，它提供了「楷模、理想及靈感」[13]。而透過選集及專集，女詩人們希望被後人認識。

基本選集簡介

以下，我將為明清時代的女性選集提供一個基本的概述。我希望它能為那些男性或女性選集編纂者的特殊選擇策略提供說明。我在選列這些選集時，主要是以個人的經驗與判斷來決定何者為重要，而何者為次要。我不敢斷言以下所列的選集乃深具權威，但我相信它將能在明清女性詩作及其文學地位的研究上提供一種「文化知識」。

（一）《名媛詩歸》（約一六二六年後），三十六卷，鍾惺選輯

此選集對研究古代至晚明的婦女詩極為重要，它提供了詩人的傳記資料，以及對每首詩的短評。它所選的作品來自各階層婦女，包括名媛、伎女、道姑、畫家、女性官員，及用漢文創作的朝鮮女子等，並廣泛收錄了明朝作家之作品（自二十五至三十六卷）。此選集一直被認為完成於萬曆年間（一

---

11 「語境詩學」一詞為Neil Fraistat所創。請參看他所編詩集頁三至一七對詩集的簡介。該詩集名稱為*Poems in Their Place: The Intertextuality and Order of Poetic Collections* (Chapel Hill: The University of North Carolina Press,1986)。此詞轉引自Pauline Yu,"Poems in Their Place: Collections and Canons in Early Chinese Literature", *Harvard Journal of Asiatic Studies* 50.1(1990): p.195。

12 Ellen Widmer, "The Epistolary World of Female Talent in Seventeen-Century China", *Late Imperial China* 10.2(1989): p.22.

13 Wendell V. Harris, "Canonicity", *PMLA* 106.1(1991): p.111.

五七三－一六二〇），因為編者鍾惺（一五七四－一六二四）生活在那段期間。但此選集包括了薄少君的詩；由於薄少君死於一六二五年，而她的作品一直到一六二六年才出版，所以我相信鍾惺的選集必出版於一六二六年以後[14]。

有些清朝學者——其中以王士禎（一六三四－一七一一）為主——十分懷疑鍾惺事實上並非此選集的編者[15]。但他們所持的「證據」卻十分薄弱，因為他們認為在此選集中包含了一些作者身分不明的作品。這些學者據此下結論認為這個選集必定是由一些外行的、不懂學術的書商所拼湊而成。事實上，紀昀在其《四庫全書總目題要》中也使用同樣的論調來懷疑田藝蘅是否為《詩女史》的編者（該作品比《名媛詩歸》幾乎早一百年出版）[16]。誠如紀昀所述，明代選集編者的選擇策略，與清朝的編者相比，似乎較為寬鬆[17]。但是，在女性作品選集之傳統的萌芽時期，這種編輯上的不精確是可以完全被理解的。不管鍾惺是否為《名媛詩歸》的真正編者，我們最好謹記《名媛詩歸》乃是一本深具雄心且極為重要的選集。此書與同時期所出版的詩歌專集相比，提供了更多的原始資料。

最重要的是，鍾惺為《名媛詩歸》所撰寫的序言乃是晚明時代男性學者對女性作品之評價的最佳範例。鍾惺憑著一種女性的「清」來建立他的論點，認為一首理想的詩必須出自這種「清」的特質，而這種特質乃是女人與生俱來的。由於「清」是一種女性的特質，他更進一步指出，女性的詩正好可為當時男性詩作中「巧」的問題提供矯正之道。這套認為女性詩作具有矯正功能的說法無疑鼓勵了更多女性選擇詩歌創作為其職業。

14 我要特別感謝林順夫教授對這一論點的啟示。
15 《四庫全書總目提要》（臺北：商務印書館，一九七一年重印）共五冊，卷一九三，總頁四三〇一。
16 同上書，卷一九二，總頁四二八七。
17 同上書，卷一九三，總頁四三一八。

（二）《古今女史》（一六二八），趙世傑編；現代重印本分兩集：《歷代女子詩集》八卷，及《歷代女子文集》十二卷（上海：掃葉山房，一九二八）

鍾惺的選集主要以明朝作品為主。而《古今女史》則以明朝之前的女性詩作為主（它僅選錄少數明朝主要詩人的作品，例如陸卿子、徐媛和端淑卿）。趙世傑在序言中花了很多篇幅說明選集的保存資料功能，因為顯然他瞭解到作品流傳的過程中一些無法掌握的狀況：

> 或者七國日尋干戈，無暇及於篇什，而樊姬鄭袖，頗饒機智言語，韓娥一歌，能留哀怨於逆旅。是亦其詩文而不概見於世，夫寧佚於兵、燼於秦火而不存。

因此，趙世傑認為孔子是他保存及編輯女性詩作這份任務的先行者：

> 孔子於諸國之風，而謂可以興，可以群，可以觀，可以怨。採擷有韻之言，不廢江漢遊女，誰謂三百篇雅什，必盡出於端人正士？

趙世傑這篇序言證明了「《詩經》中許多作品的說話人顯然是女性」這種說法並非如一般人所認為是袁枚首先提出[18]。而趙世傑乃是眾多晚清學者中唯一試圖使用這個論調來將女性的詩歌作品轉化為文學典律的人。當然，這樣的宣稱對現代學者而言問題重重，因為它似乎把作者生平與作者的「代

18 Arthur Waley, *Yuan Mei: Eighteenth Century Chinese Poet* (1957; rpt. Stanford: Stanford University Press, 1970), 179.

言」兩種截然不同的概念混為一談。但這個策略不僅對當時的編者與讀者深具說服力，同時也深深影響後來的女性作品專集。

（三）《閨集》第四卷，柳如是與錢謙益合編。收錄於《列朝詩集》中，錢謙益編，完成於一六四九年；印於一六五二（？）

眾所周知，《列朝詩集》（為一本涵蓋範圍最廣的明朝詩選集，篇末附有二千條作者生平概述）的編輯者是詩人兼藏書家錢謙益。但很少人知道該選集中的《閨集》第四卷有關女性詩人的部分很可能是由著名的歌伎柳如是（一六一八－一六六四）所編輯。胡文楷據《宮閨氏籍藝文考略》做研究後，發現柳如是不僅採輯詩歌，更負責提供一些對女詩人的評論文字（胡文楷，頁四三三）。雖然我無法證實胡文楷的說法，但根據我個人對柳如是在詩歌方面的品位的瞭解，胡文楷的理論極為合理（不過，我相信有關詩人的評論是柳如是和錢謙益合力而為的）。因此在本文中，我將假設柳如是是《列朝詩集》中女詩人部分的主要編者。

據說在一六四〇年冬天，柳如是前往錢謙益的住處半野堂拜訪他，當時錢氏已差不多六十歲。而柳如是已是有名詩人，出版了《戊寅草》（一六三八）和《湖上草》（一六三九）兩本專集[19]。二人互贈詩歌（後收錄於《東山酬和集》中），而錢氏對柳如是的才華與美貌極為傾慕，並於次年成婚。一六四三年，錢氏為柳如是興建著名的絳雲樓——那是他們合力編纂《列朝詩集》[20]及收藏珍貴圖書

19 《戊寅草》及《湖上草》現藏於杭州浙江省圖書館，已收入《柳如是詩文集》，谷輝之輯（北京：中華全國圖書館文獻縮微複製中心，一九九六）。但從前為柳如是作傳的著名學者陳寅恪並未尋獲此二詩集。見黃裳《負喧錄》（長沙：湖南人民出版社，一九八六），頁一六七。

20 據可靠資料，《列朝詩集》的編選由一六四六年起至一六四九年完成。見上海古籍出版社出版委員之前言，收錄於《列朝詩集小傳》修訂版（共二冊；上海：上海古籍出版社，一九八三）冊一，頁一。

的地方（但不幸的是絳雲樓及其藏書皆毀於一六五〇年的一次大火中）。

身為編者，柳如是與眾不同的地方是她十分瞭解採輯權力之大。以歌伎的身分在文學界爭得一席之地的柳如是，自然汲汲於提高歌伎作品的地位。我在這本《情與忠》的書中已經提到，歌伎對十七世紀初文學及藝術的發展舉足輕重。此外，像周之標所編的《女中七才子蘭咳集》也把歌伎王微列為詩集中的七才女之一，並花了兩卷的篇幅來收錄她的作品（胡文楷，頁八四四）。其他主要的選集或評論如鍾惺的《明媛詩歸》（參看簡介1）及陳維崧的《婦女集》中，歌伎作品的地位十分突出，更不用說那些為數不少的歌伎作品選集如《秦淮四姬詩》；《秦淮四姬詩》一書肯定了南京秦淮區四位歌伎的文學地位（胡文楷，頁八四四）。值得一提的是，在《古今女史》（參看簡介2）中趙世傑為突顯唐代歌伎薛濤（約七六八－八三一）及魚玄機（八四五－八六八）的特點，選錄了二詩人的大量作品。最重要的是，以上提到的選集中，歌伎與閨秀詩人所受的待遇相同，且放在同一類別中。

在《列朝詩集》中的女詩人部分，柳如是不僅把歌伎與閨秀詩人同歸一類，更偏重於主要歌伎之作品。舉例來說，她選了王微（約一六〇〇－一六四七）的詩作六十一首、景翩翩（活躍於十六世紀末）的詩作五十二首，而楊宛（活躍於十七世紀初）的詩作則有十九首。如此慷慨及具有代表性地採輯歌伎作品，的確是前所未有。雖然該詩集中亦選錄了明代不少閨秀詩人的作品，但重要閨秀詩人如徐媛（活躍於一五九六年左右）的作品，則只有二首，使人感到驚訝。一般說來，在眾多閨秀詩人中，柳如是似乎特別偏愛那些在作品中經營浪漫愛情主題的詩人。這種浪漫風格頗類似歌伎作品中的寫作風格；在此種風格下，人生意義往往取決於男女關係。無論如何，柳如是這種慷慨採擷「浪漫」閨秀詩人像生平可疑的張紅橋（活躍於十四世紀，共十二首）、葉小鸞（共十四首）及董小玉（活躍於一五四四年左右，共十七首）作品的作風似乎印證了我的推論。

身為一個評論家，柳如是在批評（或褒揚）個別詩人時，亦十分率直。她指控朝鮮詩人許景樊抄襲即是一例（胡文楷，頁四三三）[21]。柳如是在批評徐媛和陸卿子這兩位「吳門（蘇州）二大家」[22]時，採用「品」這種傳統男性的批評方法。「品」是一種等級高下的排列，由六朝批評家鍾嶸（四五九－五一八）所提倡。在評價這兩位蘇州才女時，柳如是認為陸卿子高徐媛一等，她還認為陸卿子甚至比大部分男性文人高一等[23]。至於徐媛，雖然柳如是並未苟同桐城方夫人的評語，認為徐媛「好名而無學」，但柳如是仍相信這種嚴厲的批評或許有某種正當的理由[24]。這可能是柳如是選集中只選徐媛兩首作品的原因。

柳如是對明朝的忠誠可見於其對王微的評論，而王微的作品在柳如是選集中占了最大篇幅，共六十六首。不同於鍾惺在《名媛詩歸》中只略為提及王微的生平（王微在一六二〇年時年紀尚輕，鍾惺的處理方式是很自然的），柳如是對王微的生平有詳盡的記載——尤其是她對明朝忠心耿耿，屢次參與抗拒清人入侵。據我所知，柳如是是第一位指出王微於「亂後……居三年而卒」的人，而我認為「亂」該指明清的朝代交替[25]。因為有柳如是的發現，使我更相信王微的生卒年約為一六〇〇年至一六四七年。

柳如是的選詩標準當然是與錢謙益（一五八二－一六六四）在《列朝詩集》中的評注方法相互應和的。這可能是整本詩集在乾隆年間（一七三六－一七九五）被列為禁書的主要原因。雖然錢謙益於一六四五年向清朝投誠，但從他的評注中可使人感到他仍忠於明朝（我接受現代學者陳寅恪的看法，認為是柳如是使錢謙益真正忠誠於明朝，雖然他只參與了地下活動[26]）。無論如何，錢氏的《列朝詩

21 見Widmer, "The Epistolary World", 20。
22 見《列朝詩集小傳》冊二，頁七五二。
23 同上書，頁七五一。
24 同上書，頁七五二。
25 見《列朝詩集小傳》冊二，頁七六〇。
26 陳寅恪，《柳如是別傳》（上海：上海古籍出版社，一九八〇）冊三，頁八二七至一二二四。

集》被清代學者紀昀嚴厲指責為「顛倒是非，黑白混淆」[27]。據紀昀的說法，朱彝尊（一六二九－一七〇九）之所以編纂《明詩綜》，是「以糾其謬」[28]。不論紀昀的說法是否正確，朱彝尊在編《明詩綜》時採取了與錢謙益（及柳如是）截然不同的策略，那是不爭的事實。例如在處理女詩人時，朱氏清楚地把閨秀詩人及歌伎區別開來，前者列為「閨門」一類（卷八六），後者則毫不客氣地被歸類為「伎女」（卷九八）。至於有關王微的傳記資料，則與柳如是所述差異甚大，尤其是柳如是所提到王微的親明活動，朱彝尊在《明詩綜》中並未有所交代[29]。

從明代學術研究的角度來看，錢氏的《列朝詩集》及柳如是的《閨集》在十八世紀時被禁，是極為可惜的。因為作品的被禁，使清代學者「誤讀」了很多明代詩人，其中包括了重要女詩人如王微。除了《閨集》第四卷外，柳如是也編纂了《古今名媛詩詞選》，收錄自古代至明代女詩人的詩和詞。該選集直到一九三七年才由中西書局據傳抄本排印（胡文楷，頁四三四）。

（四）《詩媛八名家集》（序於一六五五），鄒斯漪選輯。原稿藏於北京科學院

從名稱上看來，此詩選的類型十分罕有，它按以下的次序，收錄了八位女詩人的作品：

1. 王端淑
2. 吳琪（詩人兼畫家）
3. 吳綃（詩人兼畫家，吳琪之妹）

---

27 見《四庫全書總目提要》卷一九〇，總頁四二二九。

28 同上。

29 見《明詩綜》（重印本分二冊；臺北：世界書局，一九八九）卷九八，冊二，頁七一二。

4. 柳如是
5. 黃媛介（詩人兼畫家）
6. 季嫻
7. 吳山（詩人兼畫家）
8. 卞夢珏（吳山之女兒）

像王士祿（著名詩人王士禎之兄）一般，鄒斯漪是十七世紀中葉眾多「身為男性的女性主義者」之一，一生奉獻於推廣當代女性作品。但不像王士祿《然脂集》（序於一六五八）的內容彷彿無所不包[30]，鄒斯漪的選集較具選擇性，著眼於詳盡評價幾位才華出眾的女詩人。鄒氏對八位女詩人及其作品的詳細評論，提供了一個評價的參照架構。舉例來說，柳如是作品的序文，便以「品」的批評方式來開始：「予論次閨閣諸名家詩必以河東為首」。接著他更舉例說明為何柳如是的作品比白居易（七七二－八四六）及其他古代男性詩人的作品更溫柔、更美妙。

鄒氏的選集後來增加篇幅成為《詩媛十名家集》，可能加入了顧文婉和浦映淥兩詩人之作品（胡文楷，頁八四九）。北京圖書館現藏有殘本，其中顧文婉和浦映淥之作品也已散佚。

（五）《名媛詩緯》（一六六四年完成；一六六七年付印），王端淑編。北京圖書館及臺北「中央」圖書館均藏原稿

就像柳如是一般，王端淑（一六二一－一七〇六？）是十七世紀最著名的女詩人兼學者之一。不同

[30] 王士祿的《然脂集》未經刊印，只有傳抄本；上海圖書館藏有手稿本，但缺十六至二十卷（胡文楷，頁九〇六）。

的是，柳如是出身微賤，而王端淑則出身於高尚的書香門第。她是著名學者王思任（一五七五—一六四六）之女，自幼便開始閱讀各類經典。她是享受到同時代男性學者的尊重與友誼的女性文人之一[31]。那些自稱為「盟弟」並聯名支持她發表專集《吟紅集》的男性朋友，其數量十分驚人[32]。而最重要的是，錢謙益也是為她的《名媛詩緯》作序的學者之一。此外，王端淑也編了一部規模與《名媛詩緯》相當的女作家文集《名媛文緯》，並也撰寫了傳記集《歷代帝王后妃考》（胡文楷，頁二四八）。

與《列朝詩集》中柳如是所編的《閨集》第四卷相比，王端淑的《名媛詩緯》就其含括的範圍看來，是較具野心的。選集有四十二卷，包括了一千位女詩人的作品。除了一些新近採輯到的前朝女性詩作外，選集中幾乎所有詩人皆屬於明清兩代。整個編輯過程自一六三九年起至一六六四年，共花了二十五年。柳如是的選集具有選擇性，而王端淑的《名媛詩緯》則涵蓋極廣。她甚至鼓勵當時的詩人及讀者提供更多的作品（見《凡例》，頁三）。的確，在王端淑身上，我們首次看到一位女性編者謹慎盡責地達成了保存作品的責任，把一本內容包羅豐富的詩選傳給當代及後代讀者。她相信女詩人作品的流傳面臨困難，是源自「內言不出」這種保守觀念[33]。因此，她便負起責任保存女性作品以供後人欣賞，並確保自己不因為某些詩作不為人認識而感到內疚（頁三）。她的丈夫丁聖肇為選集所作之序文中把這層意思解釋得很清楚：「《名媛詩緯》何為而選也？余內子玉映不忍一代之閨秀佳詠，湮沒煙草，起而為之，霞搜霧緝。」

31 舉例來說，鄒斯漪在《詩媛八名家集》中把她列為八名家之首（詳見上文）；一六六一年，戲劇家李漁請王端淑為其《比目魚》一劇作序；請同時參看Widmer, "The Epistolary World", 11。

32 日本內閣文庫藏有《吟紅集》原稿。據施蟄存所述，大陸學者一直尋找《吟紅集》未果（私人通信，一九九三年十月二十三日）。我的影印本由Ellen Widmer提供。

33 《名媛詩緯》，頁三。有關章學誠「內言不出」之觀念，請見Susan Mann "'Fuxue' (Women's Learning) by Zhang Xuecheng (1738-1801): China's First History of Women's Culture", *Late Imperial China*, 13.1 (June 1992): 50。

《名媛詩緯》直接指涉或挑戰了中國第一本經典《詩經》；編者企圖藉此選集賦予女詩人典律的地位。關鍵字「緯」的字面義為「緯線」與「經線」產生互補的作用。當她提出「不緯則不經」，實際上是要強調必須要有某種新的多元性，以新的、女性的角度去看或思考經典此一概念。在某一方面來說，透過此選集的編纂，王端淑重寫了文學史；也正如錢謙益所說，她的選集「亦史亦經」[34]。

更值得注意的是，王端淑企圖為上流社會的女詩人確立與歌伎截然不同的文學特質。因為就如我在本書中已經提到，在十七世紀初，歌伎不論在現實生活中或文學想像中，已成為「才女」的典型。的確，「伎女即才女」此一流行形象，象徵了文學及藝術的最終理想，結果使王端淑這一社會階層的詩人常被人忽略。準此，王端淑把選集中的一千名女詩人，按照其社會地位的高下排列。閨秀被列入「正」類，而歌伎則列入「豔」類。柳如是、李因和王微是少數例外的詩人；雖然她們曾為歌伎，但後來與士人的婚姻關係使她們成為「閨秀」。因此，她們的作品被收在「正」類而非「豔」類。不過，很明顯，王端淑對上述幾位由歌伎變成閨秀的詩人仍懷有偏見，這可見於選集中柳如是只占六首[35]，而李因只占三首，與閨秀詩人徐媛的二十八首[36]、方維儀的二十首及黃媛介的十六首形成了強烈的對比。

最重要（且最有趣）的是，王端淑選了六十三首自己的作品，收錄於篇末（卷四二）之中。用今天的批評話語說，她顯然以「協力滾木頭」（logrolling）的方法，讓自己進入典律之中。哈理斯（Wendell V.Harris）把這個方法定義為作家們因對文學或任何規範有某種共識，或透過她們的作

34 見錢謙益，《名媛詩緯・前言》（一六六一年作），頁三。

35 王端淑曾作一詩（《名媛詩緯》卷四二，頁二），內容有關柳如是通過錢謙益請王端淑為其作畫。但這不排除王端淑心中仍有偏見或敵意的可能性，因為雖然鄒斯漪把王端淑置於選集之首，卻仍認為各名家詩中，必以柳如是「為首」。

36 讀者該記得柳如是的《歷朝詩集・閨集》中徐媛只占二首。

品或影響力，而彼此「積極捧場」[37]。哈理斯認為，西方作家如華茲華斯（Wordsworth）、亞諾德（Arnold）、愛默生（Emerson）及朗費羅（Longfellow）皆以此方式使自己獲得肯定[38]。

（六）《天下名家詩觀初集》（序於一六七二年），鄧漢儀編[39]；原稿藏於日本內閣文庫

此選集只有第十二卷收錄女詩人作品，但它是研究十七世紀中葉江南一帶詩歌的極重要材料。鄧漢儀把女性詩人列入「名家」此一大類中，有其深刻意義。在閱讀這些詩（及鄧漢儀的評注）時，讀者會感覺到鄧氏對女詩人的評價並未考慮到她們的性別，或者我們可以說她們彷彿被視為男性詩人。她們的「名家」身分，是透過了鄧氏所提供的詳盡傳記資料（其中記載了不少她們與其他男性或女性詩人間的趣聞軼事）而獲得驗證的。此外，這選集可方便讀者追溯那些女詩人間的文學因緣。例如在商景蘭及其女兒（及媳婦）一節中，我們發現所有作品皆為詩人兼畫家黃媛介而寫的贈別詩（卷二二，頁二四至二五）。而在鄧氏的評注中，我們可知李因極為仰慕柳如是，甚至（可能在柳如是死後）提供給鄧氏有關柳如是的一生事蹟。

（七）《翠樓集》（一六七三），劉雲份編，施蟄存標點（上海雜誌公司，一九三六）

此選集分《初集》、《二集》和《新集》三部分，選錄了二百位女詩人的七百首作品。或許有鑑於當時女性作品選集大都集中採輯清代女詩人，劉雲份宣稱他的選集獨選「有明三百年間」的女性詩作。他自稱是被明代女性作品的數量（「幾成瀚海」）所感動，而詩歌的優秀品質也使他「心

37 Harris, “Canonicity”, 116。

38 Ibid.

39 有關此選集的資料，請參看Widmer, “The Epistolary World”, 41。

動」[40]。由於他選的詩歌都是新發現的作品，未在別的選集出現過，使《翠樓集》成為研究明代女性詩作的重要材料。以下所列詩人的作品，尤具參考價值：王微（二十六首）、陸卿子（二十三首）、沈宜修（四十首）、葉小鸞（三十六首）及許景樊（二十五首）。

劉雲份宣稱研究女性詩歌是其一生之「志」[41]，他顯然奉獻不少時間於發掘文學遺產，因為他的選集中選錄了不少有趣的發現。宗元鼎為選集作序時，認為搜採早期女性作品往往面臨兩大難題：（1）未發表的作品難以尋獲；（2）已發表之作品多已散佚，僅存書目。宗元鼎更稱讚編者在此困難的情況下，仍用心編纂此選集。

《翠樓集》的另一特點，是名為「族裡」的部分，強調了女詩人的出生地。對有心研究明代女詩人的地域分布情形的學者，此部分極為有用。

（八）《眾香詞》（一六九〇），徐樹敏、錢岳編（上海：大東書局，一九三四年重印）

《眾香詞》是三本主要女性詞選其中的一本——另外兩本分別是《林下詞選》（一六七一）及《古今名媛百花詩餘》（一六八五）。此三本選集皆出版於十七世紀的下半葉。《眾香詞》採輯範圍集中在明末清初的四百餘名女詞人；它所涵蓋的範圍之大亦驗證了女性在十七世紀初年復興「詞」此一文類上所扮演的重要角色[42]。正如我在別的文章中提及，詞這文類在明末前三百年，已開始被視為一種「瀕臨死亡的文類」。然而，歌伎柳如是卻協助陳子龍去創立一個以復興詞為宗旨的雲間學派。當時的男性與女性作家皆深受這個復興運動之影響，而詞亦突然成為女性作家的主要表達工具。在明

40 見施蟄存的標點版《翠樓集》（上海：雜誌公司，一九三六），頁一。

41 見宗元鼎之序文（胡文楷，頁九〇三至九〇四）。

42 見拙作"Liu Shih and Hsu Ts'an: Feminine or Feminist?", *Voice of the Song Lyric in China*, ed.Pauline Yu (Berkeley: U of California P), 169-187。

末清初，女性詞人數量之大，是前所未有的。

吳綺在《眾香詞》的序言中詳述「女性特質」的概念，認為它是詞的文類特徵。吳綺認為女性具備女性特質，故能寫出較好的詞。吳綺的論點顯然把生理上的女性與風格上的女性混淆了。但有趣的是，這套普遍流傳於明清批評家之間的論調無形中鼓舞了許多女性以寫詞來作為爭取文學地位的工具。

事實上，與《眾香詞》同時期的另外兩本女性詞人選集亦採用這套「女性特質」的理論為基本採輯原則。在為周銘編的《林下詞選》（一六四七）[43]所作的序文中，名學者尤侗（一六一八－一七〇四）宣稱詞乃根植於宋朝「溫柔婉約」的女性風格，格外適合女性詩人。孫惠媛（《古今名媛百花詩餘》（一六八五）四位女性編者之一）也在其序言中指出她們的選集才是一本真正由女人所寫，且具女性特質的選集，因此她們的選集比起充斥於《花間集》和《草堂詩餘》中男性詩人創造出來的女性模式更具說服力（胡文楷，頁九〇〇）。此外，我還必須指出，《古今名媛百花詩餘》之所以能成為一本獨特的選集，不單因為它是由四位女詩人所編纂，也因為組織整個選集的象徵結構。在選集中，九百一十三位自十一世紀至十七世紀的女詞人，乃依照四季的時序而排列。此種排列方式更加強調了「女性特質」乃詩詞中的獨特要素。在孫惠媛的序言中，春之暗喻尤為突出：

> 是知置集案頭，閒評窗下，展卷香飛，風姨不妒，鬧籤豔發，雨橫仍鮮。上林春色，不假剪綵長榮；金谷柔條，豈待東皇始吐？斯真花史而女史，詞韻而人韻者也。（胡文楷，頁九〇〇）

根據胡文楷所述，《古今名媛百花詩餘》獨具精良的編輯與印刷，其所選的作品往往為《眾香

---

43 《林下詞選》收錄了自宋至清的女詩人作品。卷六至卷一三收錄明清作品。北京圖書館藏有一冊。據施蟄存所說，他的藏書家朋友黃裳藏有二冊。詳見施蟄存（筆名舍之）《歷代詞選集敘錄》，《詞學》一九八六年第四期，頁二四七。

詞》所未載（胡文楷，頁七八四）。可惜的是，我仍未有機會看到《古今名媛百花詩餘》。

至於《眾香詞》，它與《古今名媛百花詩餘》及《林下詞選》二選集不同之處，在於詩人的編排方式。最值得注意的是它的六大部分乃根據古代儒者所須具備的六藝（禮、樂、射、御、書、數）而命名。雖然選集中六個部分的名稱，與安排在各部分中的詩人似乎沒有實際的關聯，但這套來自儒家傳統的設計卻反映出編者的價值判斷。此選集乃根據由上往下的社會地位來編排四百餘名女性作家，歌伎因此被安排在書末（第六部分）。然而，像柳如是、董白及顧媚等歌伎因後來嫁給一些著名學者或官員，因此被放在第五部分。這套組織編排的原則顯然與王端淑的《名媛詩緯》相互呼應，雖然它較《名媛詩緯》更為僵化且複雜。

透過這種特殊的編排方法（或分類），《眾香詞》的編者便建立了某種詮釋策略，協助他們去認可或評價某些名媛的作品。舉例來說，我們在選集之首可找到被譽為「本朝第一大家」的徐燦（約一六一〇－一六七七以後），因為她的詞「極得北宋風格，絕無纖佻之習」（頁一）。同樣地，徐燦的祖姑徐媛（眾多曾被柳如是批評的詩人之一）也得到《眾香詞》編者們的極高評價：「絡緯諸閨猶詩之首雎鳩、卷耳也。」（序言，第一部）所以，藉由引用《詩經》這部經典，編者們得以為自己重申一股道德力量，支持她們為女性爭取在文學上的典律地位。這個策略亦在徐燦身上奏效：徐燦迄今仍被公認為明清最優秀的女詞人[44]。

從任何角度來看，《眾香詞》似乎符合了十七世紀下半葉的時代需求及詞評家的品味。陳子龍和柳如是在一六三〇年代所宣導的那種深具「南唐風格」的浪漫詞，到了這個時候，已經過時。而具有「宋朝風格」的詞則取而代之，蔚為流行，此點可由徐燦在《眾香詞》中所享有的崇高地位得到驗

[44] 舉例來說，徐燦是唯一被選入龍沐勳編《近三百年名家詞選》的女詞人。《近三百年名家詞選》（香港：中華書局，一九七九年重印），頁二四至二六。

證。此文學品位的轉變亦可在當時男性詞人的選集中發現。舉例來說，《清平詞選》（一六七八）這本男性詞人選集是由兩位來自雲間（即陳子龍的故鄉松江）的學者所編，他們試圖宣導「南唐風格」的詞。毫無疑問，這種做法是對陳維崧與朱彝尊所擁護且逐漸流行的「宋朝風格」詞的一種反動[45]。十年後，著名的《瑤華集》（一六八七）中所選錄的作品，幾乎為「宋朝風格」的天下，因為它選了一百四十八首陳維崧的詞及一百一十首朱彝尊的詞，而陳子龍的作品僅占了二十九首[46]。雖然《瑤華集》也含括了一些女性詩人的作品，例如徐燦（十首）與徐媛（五首），但卻找不到一首柳如是的詞。

因此，大體上《眾香詞》與《瑤華集》可視為一種對比——前者著重於女性詩人，而後者著重於男性詩人。不過，我們必須謹記，雖然他們的作品分別採錄於不同選集中，但這些男性及女性詩人皆是同一文學環境下的產物。

（九）《隨園女弟子詩選》（一七九六），袁枚編，標點版（上海：大達圖書供應社，一九三四）

這是一本由袁枚的女弟子們所創作，而由袁枚所編纂的詩集。眾所周知，袁枚是中國歷史上第一位收授大群女弟子的詩人。但是，卻很少人知道袁枚在七十歲時才開始積極收授女弟子。袁枚在他八十歲出版《隨園女弟子詩選》時，已經收了二十八位女弟子。選集共計六卷。據目錄所示，選集選錄了每一位弟子的詩。但基於某種原因，今日所流傳的版本中，其中九名女弟子——較著名的有屈秉筠、歸懋儀及汪玉珍——的作品已遺失。席佩蘭（袁枚之愛徒）的作品以及她應袁枚之要求為選集而寫的祝賀詩，出現在選集之首。

45 施蟄存（筆名舍之），《歷代詞選集敘錄》，《詞選》第四輯（一九八六），頁二四七至二四八。

46 見《瑤華集》（影印版；北京：中華書局，一九八二）。

或許袁枚已預期到章學誠可能對自己的女弟子們提出批評，因此，他便請汪穀（出版者）為《隨園女弟子詩選》作序[47]，以期能為女性詩歌創作與古代經典之間的密切關係做一番辯護。在序言中，汪穀完全仰仗袁枚對《易經》的詮釋來提升女性詩人的地位。正如袁枚在其文章中所做的那樣，汪穀在序言裡提醒讀者，根據《易經》，「兌」卦具有如下的象徵意義：「兌為少女，而聖人繫之以朋友講習。」[48]同樣地，「離」卦亦有其象徵涵義：「離為中女，而聖人繫之文明以麗乎正。」[49]汪穀還在序言中重述當時一個十分普遍的論點，那就是「女性」所書寫的作品（例如〈葛覃〉與〈卷耳〉）曾被置於《詩經》的開端。而我們也知道，汪穀這番論調乃是章學誠所極力反對的[50]。

為了提升女弟子們的地位，袁枚同時還建構了一套自己的詩論。此理論主要著重於「性靈」的概念，因為這個觀念中存有一項基本假設，那便是當詩歌的靈感湧現時，不論男性或女性，皆能透過詩歌，發出真的聲音。此套理論是袁枚的女弟子們所極為熟知的。

（十）《國朝閨秀正始集》（一八三一），完顏惲珠編；《續集》（一八六三），妙蓮保編

此乃一本極具雄心的選集。它所網羅的清代女詩人超過一千五百名，作品超過三千首。完顏惲珠是一個嫁給滿洲人的漢人。她採「溫柔敦厚」的儒家特色作為選集的選錄標準。「溫柔敦厚」是一種講

47 有關章學誠對袁枚及其女弟子的批評，見拙作"Ming-Qing Women Poets and the Notions of 'Talent' and 'Morality'"，發表於*Conference on Culture and State in Late Imperial China: The Cultural and Political Construction of Norms*, Univ.of California-Irvine, June 17-21, 1992, 1-8。

48 這是汪穀逐字抄錄自袁枚為金逸所寫之墓誌銘〈金纖纖女士墓誌銘〉（見袁枚《小倉山房文集》卷三二，收入《隨園三十八種》卷四，頁八）。

49 同上。

50 在〈婦學〉中，章學誠對此立場做了總結：「不學之人，以〈溱洧〉諸詩為淫者自述，因謂古之孺婦，矢口成章，勝於後之文人；不知萬無此理。」

求情感婉約、含蓄的典型特質，它一直在儒家的詮釋傳統中（特別是在《詩經》的詮釋中）被稱頌及讚揚。當然，「溫柔敦厚」也是一套由沈德潛（一六七三－一七六九）在《清詩別裁集》（一七六〇）中所秉持的選詩原則。而完顏惲珠曾承認她的選集乃是以《清詩別裁集》為範本（〈例言〉，頁五）。我在別的文章也曾提及，完顏惲珠的選集說明了清代中葉以後傳統儒家學說如何影響女性文人[51]。

完顏惲珠的《國朝閨秀正始集》是探究清朝名媛閨秀詩作所不可或缺的選集。比起《清詩別裁集》，此選集的編採範圍較具野心。而異於沈德潛的選集中僅選錄已故詩人之作品，完顏惲珠廣泛搜羅當代文人的作品。

（十一）《宮閨文選》（一八四三），周壽昌（一八一四－一八八四）編[52]

正如書名所指，《宮閨文選》是一本女性文選，它刻意參照並模仿蕭統（五〇一－五三一）的知名選集《文選》。像蕭統一般，周壽昌依據各種不同的文類來組織其選集——例如賦、文、樂府、詩等。周壽昌的《宮閨文選》與蕭統的《文選》類似，也是一本包羅極廣，且頗具代表性的選集。它選錄了自古代至明朝末年的女性作品。卷一至卷十選錄賦與文章，而卷一一至卷二六則選錄樂府及不同體裁的詩歌。

然而，就某方面而言，《宮閨文選》也呼應著徐陵（五〇三－五八三）的選集《玉臺新詠》。《玉臺新詠》是在蕭綱的贊助下編纂的，它試圖挑戰《文選》的基本選輯策略。首先，周壽昌那篇採用華麗的駢文風格所書寫而成的序言使我們聯想到徐陵在《玉臺新詠》中的序言。徐陵的序言主要描述他沉醉在編纂詩歌與閱讀詩歌中的那份慵懶美感。《玉臺新詠》搜羅許多女性的詩作，並以女性

51 詳見拙作"Ming-Qing Women Poets and the Notions of 'Talent' and 'Morality'", 37-39。

52 芝加哥大學圖書館及哈佛燕京圖書館均有原版（雖然哈佛所藏版本殘缺）。承蒙羅溥洛（Paul Ropp）向筆者提及此選集。

讀者為訴求[53]，這些因素使得它成為明清女性選集的先驅（雖然後來的明清選集從未視女性為其唯一讀者）。然而，《宮閨文選》與《玉臺新詠》有一項迥異之處，那就是《玉臺新詠》為一本「當代」的選集，它大部分收錄在世的作者的「新」詩，而《宮閨文選》則不然。周壽昌刻意在選集中復「古」，因而剔除所有清代的作品，以明朝末年為其選集的「截止日期」。難道周壽昌是個擁明分子嗎？或許他只是認為清朝以前已產生了最完美的女性作品，而想用清朝以前的女性文學來作為一種文學的楷模？我對這些問題沒有直接的答案。但是，周壽昌這種刻意將一群歌伎的詩與閨秀的詩混雜在一起的做法，不得不令我們臆測他的開放作風或許是對完顏惲珠選集（早周壽昌的選集十二年）中的正統儒家思想的一種反動。

（十二）《國朝閨閣詩抄》（一八四四），十冊；《續編》（一八七四），二冊，蔡殿齊編

十八世紀末，編者與出版者開始對一些由個別詩人作品所組成的合集（合刻）產生興趣。合刻是一種提升某特殊女性詩人團體（這些女詩人有共同的背景或類似的興趣）地位的一個方便管道。舉例來說，《袁氏三妹詩稿合刻》（一七五九）收錄了袁枚三個才女姐妹（袁機、袁杼、袁棠）的詩歌作品。而《京江鮑氏三女史詩抄合刻》（一八八二）顯然是受到《袁氏三妹詩稿合刻》之啟發而出版的一本合刻。《京江鮑氏三女史詩抄合刻》是頗具傳奇性的鮑氏三姐妹（鮑之蘭、鮑之蕙、鮑之芬）的作品。有些合刻的編者主要以「地域」特質著稱，張滋蘭的《吳中十子詩抄》（一七八九）即是其中一例。該選集將吳中地區十位主要女詩人的詩歌作品組成合集[54]。然而，有些合刻是為了紀念某些深

---

[53] 見徐陵為《玉臺新詠》所作之序，載《玉臺新詠箋注》，吳兆宜、程琰注，穆克宏標點（北京：中華書局，一九八五）卷一，頁一一至一三。

[54] 十子之名，詳見胡文楷，頁八五一。

具美德的才女而編的，《吳江三節婦集》（一八五七）即是一例。此書收錄了三名為了保衛自己的貞操而殉節的婦女作品[55]。還有一些合刻是為了想替當代女性詩人與讀者提供一套文學楷模而出版的。此類合刻中最有名的可能是《林下雅音集》（一八五四）。它是由一名博學的女學者冒俊（一八二八－一八八一）所編輯與注解的。本合刻乃以王采薇、汪端（一七九三－一八三八）、吳藻（約一八〇〇－一八五五）及莊盤珠四人來作為優秀的楷模詩人。如上所述，我們可發現大部分的合刻只是為了某種原因而僅選錄少數的特定詩人，因此它們在規模上皆比較小。

然而，蔡殿齊的《國朝閨閣詩抄》（一八四四）卻與傳統的合刻大相逕庭，因為它的規模十分大。正如「國朝」這個書名所指，此選集僅含括清朝的女性作家。《國朝閨閣詩抄》選錄了一百名詩人的作品，但倘若再加上出版於一八七四年的《續編》，便總共有一百二十位詩人。如此的大規模編選無疑印證了編者對自己選集的看法——他認為此選集已窮盡並含括了清代所有最優秀的女詩人[56]。因此，蔡殿齊的合刻成為研究清代女性詩作最具參考價值的資料。

（十三）《小檀欒室匯刻百家閨秀詞》（一八九六），十集；《閨秀詞抄》（一九〇六），十六卷，徐乃昌編

此選集（或更正確地說是合刻）彙編了一百位詞人的作品。很明顯，此合刻是以蔡殿齊的《國朝閨閣詩抄》為藍本的。徐乃昌的《小檀欒室匯刻百家閨秀詞》與蔡殿齊的合刻一樣，皆為一本著眼於清朝的選集，它僅含括四位晚明的作家（沈宜修、葉紈紈、葉小鸞及商景蘭）。為本選集寫序的是著名詩人兼學者王鵬運（一八四九－一九〇四）。王鵬運是晚清時代詞的復興運動的核心人物。徐乃昌

55 三節婦之名，詳見胡文楷，頁八六五。
56 見蔡殿齊為《國朝閨閣詩抄》所作序文，載胡文楷，頁八六一。

的選集是透過王鵬運的序言來說明女性詩人如何積極參與詞的復興運動的。晚清的女性詞人與當時男性一樣，對於時事及以寓言指涉熱門話題愈來愈感興趣。這些因素皆使詞成為一種高尚的詩歌形式。

為使自己的研究能跟上時代，徐乃昌與蔡殿齊一樣，為自己的選集編纂續集。但是，蔡殿齊的《續編》（一八七四）僅是一本由二十位詩人的已出版作品所構成的選集。而徐乃昌的續集《閨秀詞抄》（一九〇六）則是一本極具雄心且編排巧妙的選集。此續集搜集了五百二十一位詩人所寫的一千五百首新近發現的詞。最重要的是，《閨秀詞抄》還提供了一個實用的索引，指出詩人們的出生地及其專集的名稱。因此，這十六卷《閨秀詞抄》成為研究晚清女性詞作的一本不可或缺的參考資料。相較之下，丁紹儀著名的《清詞綜補》（約一八九四）雖然也涵蓋許多女詞人的作品，但似乎只給予讀者煩瑣的感覺。

其他相關的選集與資料

還有許多其他的女性資料也十分值得我們去探究，例如那些致力於詩歌批評的《閩川閨秀詩話》（一八四九）及《閨秀詩評》（一八七七）等。此外，最近在湖南所發現的「女書」，其重要性也不容忽視[57]。根據一些早期的研究，「女書」顯示了長久以來女性口述傳統的存在。此口述傳統背後是由中國南方一個小地區的鄉村婦女所獨具的書寫傳統所支撐。「女書」中數目眾多的民謠尤其特別值得我們注意，因為它們的風格與傳統樂府或其他通俗歌謠甚為相似[58]。這些女性歌謠的存在恰可用來

57 請見《女書：世界惟一的女性文字》（臺北：婦女新知基金會，一九九一）。很可惜，清朝以前被書寫下來的「女書」作品已大都失傳，僅有少數殘留下來（雖然我們亦可推測女書中的眾多民謠具有久遠的口述傳統）。鄉村婦女習慣燒毀那些「女書」歌謠，因為她們認為如此一來，這些詩歌可在女人死後，被帶到陰間。

58 參見William Wei Chiang的書，"We Two Know the Script:We Have Become Friends", *Linguistic and Social Aspects of the Women's Script Literacy in Southern Hunan, China* (Lanham: University Press of America, 1995)。Chiang認為民瑤與民間故事這兩種文類「特別值得

駁斥章學誠所認為的「古之孺婦」不可能「矢口成章」。但章學誠顯然不知有「女書」的存在。撇開「女書」的使用所受到的時間與空間的限制，「女書」已為當時的女性傳遞了真正的「女性聲音」。

最後，我們尚須注意一本由女詩人汪端所編的男性詩人選集《明三十家詩選》。在此選集中，我們可發現名媛、閨秀所受的教育是多麼廣博及完整，而絲毫不受限於所謂的女性傳統。汪端的《明三十家詩選》（印於一八二二年，一八七三年重印）不單因為它是由一名女性所編而成為一本不尋常的選集，還因為它被許多人公認是明代詩歌的最佳選集。舉例來說，根據《然脂餘韻》所述，汪端的選集遠比那些由錢謙益、朱彝尊及沈德潛所編的選集出色許多。汪端的選集尤以其對中國詩歌的卓越洞察力而著稱。在選集中，汪端為所選的三十名詩人分別做了一番極為豐富精湛的簡介。她的凡例（即編輯原則）大異於傳統那些只著眼於編者選擇策略中的技術性層面的凡例。汪端的凡例讀起來卻像一篇上等的文學批評，因為它充分展現了汪端對明代詩歌三百年歷史的深入研究。汪端十分關注詩歌中「清」與「誠」的特質，因此她非常讚揚詩人高啟（一三三六－一三七四）。汪端的公公陳文述（對擁明運動甚感興趣）明顯地對她影響極大，使她在選集中花了一整卷來收錄明遺民詩人陳子龍與顧炎武（一六一三－一六八二，見卷七）。但正如美國漢學家魏愛蓮曾經指出，陳文述及其同好（包括了不少女詩人）對擁明的興趣，大半是源自其浪漫思想而非其政治關懷[59]。身為一位批評家，汪端對許多概念皆有所關懷，但

我們注意，因為它們已經影響其他以『女書』書寫的文類的格式與文學形式」（頁一九七）。鄉村婦女聚集在一起做女紅時經常吟唱一些以「女書」記錄的歌謠及故事。根據Chiang的看法，雖然有一些述及「女書」起源的傳說，但是仍然沒有資料顯示「女書」是如何崛起的。那些關於「女書」起源的傳說多少反映了「女書」的社會功能——「女書」允許女性發洩自己的哀傷與喜樂。舉例來說，有一則傳說講述一位名為胡玉秀的宋朝女子發明了「女書」，其目的是想表達她在成為宋哲宗的妃子後，內心的孤單寂寞。我認為對我們比較重要的不是去探究「女書」的崛起時間，而是去思考，自古代開始（甚至在「女書」尚未被發明之前），女性在口述傳統中，早已扮演積極的角色。

59 Ellen Widmer, "Xiaoqing's Literary Legacy and the Place of the Woman Writer in Late Imperial China", *Late Imperial China* 13.1(1992): 111-156.

她尤其關注原創性和詩學傳統之關係，這可從她論及詩歌流變史與個人原創性的篇章中得到印證。事實上，汪端的文筆始終夾帶一股自信與權威，而這股文風似乎繼承了宋朝詞人李清照（第一位以自信筆觸評論男性詩人的女批評家）的風範。然而，在許多方面，汪端與李清照正好相反。李清照總不時地批評男性詩人，而汪端卻致力於肯定許多原本籍籍無名的男性詩人的藝術成就。最重要的是，身為中國第一位編纂男性詩歌的女性編者，汪端展現了編纂選集如何能使個人批評事業更顯實力與聲望。她的目標顯然不是要讚美詩歌中的「女性」傳統；她似乎是想顛倒中國文學批評傳統中的性別位置，以期抹除男性與女性間的界限——因為以往都是男性批評家在評論女性詩人，而非女性批評家在評論男性詩人。如此一來，對汪端而言，她的選集本身已提供了一套（儘管是間接地）提高女性文學地位的最佳策略。

正如余寶琳（Pauline Yu）所言：「選集總是具隱喻性地及歷史性地將詩歌作品放在它們應有的位置，並直接或間接地道出時代的價值觀。」[60]明清時代的女性詩人選集展現了極為多樣的採輯策略與標準，而這種多樣性恰揭顯了一種正在脫胎換骨且極為多元化的文學景象——而這種景象是別類文獻難以提供的。事實上，施淑儀早已瞭解編輯選集的價值何在；她坦承在《清代閨閣詩人徵略》一書中，她挑選詩人的重要依據，是考慮這些詩人是否曾被選入別的選集中[61]。不幸的是，研究中國文學史的現代學者至今往往不去利用明清為數眾多的女性詩歌選集。他們的疏忽實在令人感到遺憾，因為這些重要的選集或許可用來建構一套強而有力的論點，以對抗現代的文學史所持的觀念，認為女性大都被排除在文學界之外。

這個問題背後還存著另一個問題，那就是現代的學者與批評家不僅忽略了明清時期的女性詩人，同時亦忽略了此時期的男性詩人及其選集。正如我在別處曾經提到，這個問題的產生，是因為許多中國學

60 Pauline Yu, "Poems in Their Place", 196.

61 施淑儀，《清代閨閣詩人徵略》（一九二二年；上海：上海書店，一九八七年重印），頁五。

者對歷史演變持有僵化的概念。這套僵化的概念將唐朝定為詩的黃金時期，宋朝為詞的黃金時期，元朝為曲和戲劇的黃金時期，而明朝與清朝則為通俗小說的黃金時期。事實上，這套帶有偏見的劃分嚴重扭曲了中國文學發展的真實本質。當明清時代的詩和詞是以它們如何成功（或失敗）地仿效唐宋前輩的作品來評價時，這些作品只會被認為缺乏獨創性與創造力。但我們應該掙脫這套僵化的文學史觀的束縛。套用布魯姆（Harold Bloom）的話，「晚到」（belatedness）並不意味著獨創性的喪失[62]。其實，繼承傳統及修正傳統的策略本身便頗具獨創性與創造力。我認為若要改善這套對明清作品所持的偏見，首應關注明清時代眾多的詩歌選集。這是我認為能使人們充分瞭解當時（男性及女性）詩人地位的最佳方法。

*本文原題"Ming-Qing Anthologies of Women's Poetry and Their Selection Strategies"，曾發表於*The Gest Library Journal* 5.2(1992):119-160。

——馬耀民譯，載於《中外文學》一九九四年七月號，今稍做修改補充。

62 Harold Bloom, *A Map of Misreading* (New York: Oxford UP, 1975), 63-80.

參考書目（二〇一二年十二月增訂）

壹、中日文部分（按作者姓名中文拼音音序編排）

陳東原，《中國婦女生活史》，原刊於一九三七年，上海：商務印書館，一九七三年重印。
陳國球，《明代復古派唐詩論研究》，北京：北京大學出版社，二〇〇七年。
陳乃乾編，《清名家詞》，十卷，上海：上海書店，一九八二年重印。
陳田，《明詩紀事》，一百八十五章，六卷重印本，臺北：鼎文書局，一九七一年。
陳維崧，《婦人集》，收於《昭代叢書》卷七四，出版單位不詳，一八三三至一八四四年。
陳新等編，《歷代婦女詩詞選注》，北京：中國婦女出版社，一九八五年。
陳寅恪，《柳如是別傳》，三卷，上海：上海古籍出版社，一九八〇年。
陳子龍，《安雅堂稿》，三卷重印本，臺北：偉文圖書公司，一九七七年。
陳子龍，《陳忠裕全集》，王昶編，出版單位不詳，一八〇三年。
陳子龍，〈陳子龍年譜〉，收於《陳子龍詩集》，第二冊。
陳子龍，《陳子龍詩集》，施蟄存、馬祖熙編，二卷，上海：上海古籍出版社，一九八三年。
陳子龍，《陳子龍文集》，二卷，上海文獻叢書編委會編，上海：華東師範大學出版社，一九八八年。
陳子龍，《皇明經世文編》，一六三九年，香港：一九六四年重印。
陳子龍編，《盛明詩選》，十二卷，據李攀龍原編增訂而成，出版單位不詳，序繫於一六三一年。

陳子龍編，《易經訓解》，熊禾注，四卷，出版單位與出版日期不詳，現藏於哈佛燕京圖書館。
陳子龍等，《雲間三子合稿》，全真影本，一七九八年。
杜登春，《社事始末》，收於《昭代叢書》，出版單位不詳，一八三三至一八四四年，卷五〇。
杜甫著，仇兆鼇注，《杜詩詳注》，北京：中華書局，一九七九年。
馮夢龍，《警世通言》，香港：中華書局，一九五八年。
馮夢龍，《情史類略》，鄒學明編，長沙：嶽麓書社，一九八四年。
馮夢龍，《醒世恆言》，顧學頡注，二冊，香港：中華書局，一九五八年。
馮夢龍，《喻世明言》，二冊，香港：中華書局，一九六五年。
高橋和巳編，〈王士禎〉，收於《中國詩人選集》，東京：岩波書店，一九六二年。
高友工，〈試論中國藝術精神〉，《九州學刊》一九八七年第二卷第二期；一九八八年第二卷第三期。
顧廷龍，〈陳子龍事略〉，一九八八年刻於陳子龍墓表，共四片。
顧炎武，《顧亭林詩文集》，華忱之編，一九五九年，北京：中華書局，一九八三年重印。
關賢柱，〈楊龍友生卒年考〉，《貴州師大學報》一九八七年第五十期。
郭茂倩纂，《樂府詩集》，中華書局編輯部編，四冊，北京：中華書局，一九七九年。
郭紹虞，〈明代的文人集團〉，收於《照隅室古典文學論集》，第一冊，上海：上海古籍出版社，一九八三年。
郭紹虞，《中國文學批評史》，修訂版，一九五六年，香港：宏智書局，一九七〇年重印。
郭紹虞編，《清詩話》，修訂版，二冊，上海：上海古籍出版社，一九七八年。
郭紹虞編，《清詩話續編》，二冊，上海：上海古籍出版社，一九八三年。
郭紹虞、王文生編，《中國歷代文論選》，四冊，上海：上海古籍出版社，一九七〇至一九八〇年。

何瓊崖等，《秦少游》，江蘇：人民出版社，一九八三年。
賀光中，《論清詞》，新加坡：東方學會，一九五八年。
洪昇，《長生殿》，收於《中國十大古典悲劇集》，上海：文藝出版社，一九八二年。
洪昇，《四嬋娟》，收於《清人雜劇二集》，鄭振鐸編，出版單位不詳，一九三一年。
侯方域，《壯悔堂集》，《四部備要》版，上海：中華書局，一九三六年。
胡秋原，《復社及其人物》，臺北：中華雜誌社，一九六八年。
胡文楷，《歷代婦女著作考》，修訂版，上海：上海古籍出版社，一九八五年。並見張宏生增訂，《歷代婦女著作考》，上海：上海古籍出版社，二〇〇八年。
華夏婦女名人詞典編委會編，《華夏婦女名人詞典》，北京：華夏出版社，一九八八年。
黃裳，《銀魚集》，北京：三聯書店，一九八五年。
黃文暘，《曲海總目提要》，三冊，北京：人民文學出版社，一九五九年。
黃兆顯編，《樂府補題研究及箋注》，香港：學文出版社，一九七五年。
吉川幸次郎，〈元明詩概說〉，收於《中國詩人選集》，東京：岩波書店，一九六三年。
蔣平階等，《支機集》，施蟄存編，重刊於《詞學》一九八三年第二期；一九八五第三期。
近藤光男，〈清詩選〉，收於《漢詩大系》，東京：集英社，一九六七年。
康正果，《風騷與豔情》，修訂本，上海：上海文藝出版社，二〇〇一年。
柯慶明，〈論悲劇英雄〉，收於其《境界的探求》，臺北：聯經出版公司，一九七七年。
孔尚任，《桃花扇》，王季思等編，修訂版，北京：人民文學出版社，一九八〇年。
黎傑，《明史》，香港：海橋出版社，一九六二年。
李白著，王琦注，《李太白全集》，三冊，北京：中華書局，一九七七年。

李光地編，《周易折中》，一七一五年原版，二卷重印本，臺北：真善美出版社，一九七一年。
李商隱著，葉蔥奇編注，《李商隱詩集疏注》，二冊，北京：人民文學出版社，一九八五年。
李商隱著，周振甫編注，《李商隱選集》，上海：上海古籍出版社，一九八六年。
李少雍，〈談王士禎的詞論及詞作〉，《南充師院學報》一九八六年第一期。
林大椿編，《唐五代詞》，一九五六年，重印本改題《全唐五代詞彙編》，二冊，臺北：世界書局，一九六七年。
林景熙，《霽山集》，北京：中華書局，一九六〇年。
林玫儀，《晚清詞論研究》，二冊，臺灣大學博士論文，一九七九年。
林曉明，〈陳子龍墓修復竣工〉，《上海新民晚報》一九八八年十二月十四日。
劉向著，梁端注，《列女傳校注》，二冊，《四部備要》版，上海：中華書局，一九三六年。
劉義慶撰，楊勇注，《世說新語[校箋]》，香港：大眾書局，一九六九年。
柳如是，《湖上草》，收於《柳如是詩集》，第二編，出版單位與日期不詳，現藏於浙江圖書館。
柳如是，《柳如是尺牘》，收於《柳如是詩集》，第二編，出版單位與出版日期不詳，現藏於浙江圖書館。
柳如是，《戊寅草》，陳子龍序，出版單位不詳，一六三八年，現藏於浙江圖書館。
柳如是編，《列朝詩集・閏集》，收於錢謙益編，《列朝詩集》，出版單位不詳，一六五二年（？）。
柳亞子，《磨劍室詩詞集》，二冊，上海：人民出版社，一九八五年。
逯欽立編，《先秦漢魏晉南北朝詩》，三冊，北京：中華書局，一九八三年。
冒襄，《影梅庵憶語》，重印於《中國筆記小說名著》，冊一，楊家駱編，臺北：世界書局，一九五九年。

《明遺民書畫研討會紀錄專刊》，中國文化研究所編委會編，《中國文化研究所學報》一九七六年第八卷第二期。
繆鉞，《詩詞散論》，臺北：開明書店，一九六六年。
繆鉞、葉嘉瑩，《靈溪詞說》，上海：上海古籍出版社，一九八六年。
鈕琇，《觚賸》，八卷，收於《古今說部叢書》，卷二七至二九，一九一五年。
彭定求等編，《全唐詩》，十二冊標點版，北京：中華書局，一九六〇年。
錢基博，《明代文學》，香港：商務印書館，一九六四年。
錢謙益，《初學集》，收於周法高編，《足本錢曾牧齋詩注》，卷一至三，臺北：三民書局，一九七三年。
錢謙益，《列朝詩集小傳》，二卷重印本，上海：上海古籍出版社，一九八三年。
錢謙益，《有學集》，重刊於周法高編，《足本錢曾牧齋詩注》，卷三至五，臺北：三民書局，一九七三年。
錢謙益編，《列朝詩集》，出版單位不詳，一九六五年（？）。
錢仲聯，《夢苕庵清代文學論集》，濟南：齊魯書店，一九八三年。
錢仲聯，《吳梅村詩補箋》，刊於錢仲聯，《夢苕庵專著二種》，北京：中國社會科學院出版社，一九八四年。
秦觀，《淮海居士長短句》，徐培均編，上海：上海古籍出版社，一九八五年。
秦觀著，楊世明編注，《淮海詞箋注》，成都：四川人民出版社，一九八四年。
青木正兒，《清代文學評論史》，東京：岩波書店，一九五〇年。
沈德潛編，周準注，《明詩別裁集》，香港：中華書局，一九七七年。

施淑儀，《清代閨閣詩人徵略》，一九二二年原版，上海：上海書店，一九八七年重印。

施議對，《詞與音樂關係研究》，增訂版，北京：中國社會科學院出版社，一九八九年。

施蟄存，〈蔣平階及其《支機集》〉，《詞學》一九八三年第二期。

施蟄存，《唐女詩人》，刊於《唐詩百話》，上海：上海古籍出版社，一九八七年。

《宋元明清名畫大觀》，日華古今繪畫展覽會編，東京：大塚巧藝社，一九三一年。

蘇者聰，《中國歷代婦女作品選》，上海：上海古籍出版社，一九八七年。

孫康宜著，李奭學譯，《詞與文類研究》，北京：北京大學出版社，二〇〇四年。

孫賽珠，《柳如是文學作品研究》，香港中文大學博士論文，二〇〇八年。

湯顯祖，《湯顯祖集》，錢南揚編，上海：人民出版社，一九七三年。

湯顯祖，《湯顯祖詩文集》，徐朔方編，上海：上海古籍出版社，一九八二年。

唐圭璋，《唐宋詞鑑賞辭典》，南京：江蘇古籍出版社，一九八六年。

唐圭璋編，《詞話叢編》，五卷本修訂版，北京：中華書局，一九八六年。

唐圭璋編，《全宋詞》，五冊，北京：中華書局，一九六五年。

完顏惲珠，《國朝閨秀正始集》，一八三一年刊本。

萬樹，《[索引本]詞律》，序繫於一六八七年，徐本立輯附編，臺北：廣文書局，一九七一年重印。

萬斯同編，《南宋六陵遺事》，臺北：廣文書局，一九六八年重印。

王勃著，張燮編，《王子安集》，臺北：商務印書館，一九七六年重印。

王昶，《國朝詞綜》，八卷，《四部備要》版，上海：中華書局，一九三六年。

王昶，《明詞綜》，《四部備要》版，上海：中華書局，一九三六年。

王夫之，《楚辭通釋》，一七〇九年，香港，一九六〇年重印。

王夫之，《王船山詩文集》，二冊，香港：中華書局，一九七四年。
王國維著，蕭艾編，《王國維詩詞箋校》，長沙：湖南人民出版社，一九八四年。
王鈞明、陳沚齋注，《歐陽修・秦觀詞選》，香港：三聯書店，一九八七年。
王愷，〈關於鍾、譚詩歸的得失及其評價〉，《甘肅社會科學》一九八六年第四期。
王士禛，《花草蒙拾》，收於《昭代叢書》，出版單位不詳，一八三三至一八四四年，卷七七。
王士禛，《香祖筆記》，上海：上海古籍出版社，一九八二年。
王士禛著，李毓芙編，《王漁洋詩文選注》，濟南：齊魯書社，一九八二年。
王書奴，《中國娼妓史》，上海：生活書店，一九三五年。
王易，《詞曲史》，一九三二年，臺北：廣文書局，一九七一年重印。
王英志，〈陳子龍詞學芻議〉，《明清詩文研究叢刊》，江蘇師範學院中文系編，第一期（一九八二年三月）。
王澐，《陳子龍年譜・卷下》，刊於《陳子龍詩集》，下冊。
文天祥，《文天祥詩選》，黃蘭波編，北京：人民出版社，一九七九年。
文天祥著，羅洪先據一五六〇年版《重刻文山先生全集》重編，《文天祥全集》，北京：中國書店，一九八五年。
聞汝賢，《詞牌匯釋》，臺北：作者自印，一九六三年。
吳宏一，《清代詩學初探》，臺北：牧童出版社，一九七七年。
吳宏一、葉慶炳編，《清代文學批評資料彙編》，二卷，臺北：成文出版社，一九七九年。
吳梅，《詞學通論》，上海：商務印書館，一九三二年。
吳偉業，《復社紀事》，收於《臺灣文獻叢刊》第二五九號，臺北：臺灣銀行，一九六八年。

吳偉業，《梅村家藏稿》，一九一一年版全真影本，三冊，臺北：學生書局，一九七五年。
吳偉業著，程穆衡、楊學沆編注，《吳梅村詩集箋注》，一七八二年版全真影本，上海：上海古籍出版社，一九八三年。
吳偉業著，吳翌鳳編，《吳梅村詩集箋注》，一八一四年原版，香港：廣智書局，一九七五年重印。
夏承燾，《唐宋詞人年譜》，臺北：明倫出版社，一九七〇年重印。
夏承燾、張璋編，《金元明清詞選》，二冊，北京：人民文學出版社，一九八三年。
夏完淳，《夏節湣公全集》，一八九四年版，臺北：華文書局，一九七〇年重印。
夏志清，《愛情·社會·小說》，臺北：純文學出版社，一九七〇年。
蕭瑞峰，《論淮海詞》，《詞學》一九八九年第七期。
蕭統，《昭明文選》，李善注，二冊，臺北：河洛圖書出版社，一九七五年重印。
謝國楨，《明清之際黨社運動考》，臺北：商務印書館，一九六七年重印。
謝正光，《清初詩文與士人交遊考》，南京：南京大學出版社，二〇〇一年。
謝正光，〈新君舊主與遺臣──讀木陳道忞《北遊集》〉，《中國社會科學》二〇〇九年第三期。
謝正光、范金民編，《明遺民錄彙編》，南京：南京大學出版社，一九九五年。
徐乃昌編，《小檀欒室閨秀詞》，出版單位不詳，一八九六年。
徐樹敏等選編，《眾香詞》，一六九〇年刊行。
徐朔方，《論湯顯祖及其他》，上海：上海古籍出版社，一九八三年。
徐朔方編，《湯顯祖詩文集·序》，上海：上海古籍出版社，一九八二年。
徐渭，《女狀元》，收於《四聲猿》，周中明編，上海：上海古籍出版社，一九八四年。
嚴志雄，《錢謙益〈病榻消寒雜詠〉論釋》，臺北：中研院、聯經出版公司，二〇一二年。

楊鳳苞，《西湖秋柳詞》，刊於《古今說部叢書》，一九一五年，卷六。
楊海明，《唐宋詞風格論》，上海：社會科學院出版社，一九八六年。
楊海明，《唐宋詞史》，南京：江蘇古籍出版社，一九八七年。
楊麗圭，《鄭思肖研究及其詩箋注》，文化大學碩士論文，一九七七年。
姚品文，〈清代婦女詩歌的繁榮與理學的關係〉，《江西師範大學學報》一九八五年第一期。
葉嘉瑩，《迦陵談詞》，臺北：純文學出版社，一九七〇年。
葉嘉瑩，《迦陵談詩》，二冊，臺北：三民書局，一九七〇年。
葉嘉瑩，《夏完淳》，臺北：幼獅出版社，一九七五年。
葉嘉瑩，〈由詞之特質論令詞之潛能與陳子龍詞之成就〉，《中外文學》第十九卷第一期（一九八〇年六月）。
葉慶炳、邵紅編，《明代文學批評資料彙編》，二冊，臺北：成文出版社，一九七九年。
葉英，《黃道周傳》，臺南：大明印刷局，一九五八年。
裔柏蔭編，《歷代女詩詞選》，臺北：當代圖書出版社，一九七二年。
于翠玲，《秦觀詞新論》，刊於人民文學出版社編輯部編，《中國古典文學論叢》第六號，北京：文學出版社，一九八七年。
余懷，《板橋雜記》，重印於《秦淮香豔叢書》，上海：掃葉山房，一九二八年。
余英時，《陳寅恪晚年詩文釋證》，臺北：時報文化出版公司，一九八四年。
余英時，《方以智晚節考》，修訂版，臺北：允晨文化公司，一九八六年。
余英時，〈古典與今典之間：談陳寅恪的暗碼系統〉，《明報月刊》一九八四年十一月。
余英時，《中國近世宗教倫理與商人精神》，臺北：聯經出版公司，一九八七年。

喻松青，〈明清時期民間祕密宗教中的女性〉，《明清白蓮教研究》，成都：四川人民出版社，一九八七年。
鴛湖煙水散人（筆名），《女才子書》，一六五九年原版（？），瀋陽：春風文藝出版社，一九八三年重印。
袁宙宗編，《愛國詩詞選》，臺北：商務印書館，一九八二年。
張綖，《詩餘圖譜》，原版刊於約一五九四年，北京：人民文學出版社，一九八二年重印。
張岱，《琅嬛文集》，收於《中國文學珍本叢書》第十八號，上海：雜誌公司，一九三五年。
張岱，《石匱藏書》，上海：中華書局，一九五九年。
張岱，《陶庵夢憶》，朱劍芒編，上海：上海書局，一九八二年。
張宏生編，《明清文學與性別研究》，南京：江蘇古籍出版社，二〇〇二年。
張惠言著，姜亮夫注，《詞選箋注》，上海：北新書局，一九三三年。
張少真，《清代浙江詞派研究》，東吳大學碩士論文，一九七八年。
張淑香，《元雜劇中的愛情與社會》，臺北：長安出版社，一九八〇年。
趙山林，《陳子龍的詞和詞論》，《詞學》一九八九年第七期。
鄭思肖，《[鐵函]心史》，臺北：世界書局，一九五五年重印。
鍾慧玲，《清代女詩人研究》，臺灣政治大學博士論文，一九八一年。
周法高，《柳如是事考》，臺北：三民書局，一九七八年。
周法高，《錢牧齋、柳如是佚詩及柳如是有關資料》，臺北：三民書局，一九七八年。
周暉，《續金陵瑣事》，卷二，重刊於《金陵瑣事》，二卷，北京：文學古籍刊行社，一九五五年。
周濟編，鄺士元注，《宋四家詞選箋注》，臺北：中華書局，一九七一年。

朱東潤，《陳子龍及其時代》，上海：上海古籍出版社，一九八四年。
朱惠良，《趙左研究》，臺北：故宮博物院，一九七九年。
朱彝尊，《詞綜》，重刊於《文學叢書》第二集第六冊，楊家駱編，臺北：商務印書館，一九六五年。
朱彝尊，《樂府補題序》，收於《樂府補題研究及箋注》，黃兆顯編，香港：學文出版社，一九七五年。
朱彝尊，《明詩綜》，一七〇五年，臺北：世界書局，一九六二年重印。
朱則傑，《歌舞之事與故國之思—清初詩歌側論》，《貴州社會科學》第二十二卷第一期（一九八四年）。
莊子著，郭慶藩編，《莊子集釋》，北京，一九六一年，一卷重印本，臺北：河洛圖書出版社，一九七四年。
卓爾堪編，《明遺民詩》，上海：中華書局，一九六〇年重印。

貳、西文部分（按英文字母次序編排）

Allen, Joseph Roe, Ⅲ. "From Saint to Singing Girl:The Rewriting of the Lo-fu Narrative in Chinese Literati Poetry". *Harvard Journal of Asiatic Studies* 48.2(1988): 321-361.

Atwell, William S. "Ch'en Tzu-lung (1608-1647): A Scholar Official of the Late Ming Dynasty". Ph.D.diss., Princeton Univ., 1975.

——. "From Education to Politics:The Fu She". In *The Unfolding Of Neo-Confucianism*, edited by Wm.Theodore De Bary, 333-368. New York: Columbia Univ. Press, 1975.

——. "Ming Observers of Ming Decline: Some Chinese Views on the 'seventeenth Century Crisis' in Comparative Perspective". *Journal of the Royal Asiatic Society* 2(1988): 316-348.

Auerbach, Erich. *Mimesis:The Representation of Reality in Western Literature*. Translated by Willard R.Trask. Princeton: Princeton Univ. Press, 1953.

——. *Scenes from the Drama of European Literature*. 1959. Reprint, with foreword by Paolo Yalesio. Minneapolis: Univ. of Minnesota Press, 1984.

Barhart, Richard. *Peach Blossom Spring: Gardens and Flowers in Chinese Paintings*. New York: Metropolitan Museum of Art, 1983.

Bickford, Maggie, et al. *Bones of Jade,Soul of Ice:The Flowering Plum in Chinese Art*. New Haven: Yale Univ. Art Gallery, 1985.

Birch, Cyril, ed. *Anthology of Chinese Literature*. 2Vols. New York: Grove Press, 1965, 1972.

——. ed. *Studies in Chinese Literary Genres*. Berkeley: Univ. of California Press, 1974.

——. trans. *The Peony Pavilion*, by Tang Xianzu [T'ang Hsien-tsu]. Bloomington: Indiana Univ. Press, 1980.

Birrell, Anne, trans. *New Songs from a Jade Terrace*. London: Allen and Unwin, 1982.

——. "The Dusty Mirror:Courtly Portaits of Woman In Southern Dynasties Love Poetry", In *Expressions of Self in Chinese Literature*, edited by Robert E. Hegel and Richard C.Hessney, 33-69. New York: Columbia Univ. Press, 1985.

Bloom, Harold. *The Anxiety Of Influence:A Theory of Poetry*. New York: Oxford Univ. Press, 1973.

Bonner, Joey. *Wang Kuo-wei:An Intellectual Biography*. Cambridge: Harvard Univ. Press, 1986.

Bradley, A.C. *Shakespearean Tragedy*. 1904. Reprint. Greenwich, Conn.: Fawcett, 1965.

Brown, William Andress. *Wen T'ien-hsiang:A Biographical Study of a Sung Patriot*. San Francisco: Chinese Materials

Center Publications, 1986.

Bryant, Daniel. *Lyric Poets of the Southern T'ang*. Vancouver: Univ.of British Columbia Press, 1982.

——. "Syntax and Sentiment in Old Nanking: Wang Shih-chen's 'Miscellaneous Poems on the Ch'in-huai.'" Manuscript, 1984.

——. "Three Varied Centuries of Verse: A Brief Note on Ming Poetry", *Renditions* 8(Autumn 1977): 82-91.

——. "Wang Shih-chen", In *Waiting for the Unicorn*, edited by Irving Lo and William Schultz, 127-133. Bloomington: Indiana Univ. Press, 1986.

Bush, Susan, and Christian Murck, eds. *Theories of the Arts in China*. Princeton: Princeton Univ. Press, 1983.

Cahill, James. *The Distant Mountains:Chinese Painting of the Late Ming Dynasty, 1570-1644*. New York: Weatherhill, 1982.

——. "The Painting of Liu Yin". In *Flowering in the Shadows: Women in the History of Chinese and Japanese Painting*,edited by Marsha Weidner, 103-121. Honolulu: Univ. of Hawaii Press, 1990.

Carlyle, Thomas. *On Heroes, Hero-Worship and the Heroic in the History*. Edited by Carl Niemeyer. Lincoln: Univ. of Nebraska Press, 1966.

Chang, K.C. *Art,Myth and Ritual:The Path to Political Authority in Ancient China*, Cambridge: Harvard Univ.Press, 1983.

Chang, Kang-I Sun. "Ch'ang-chou tz'u-p'ai". In IC, 225-226.

——. "Chinese Poetry,Classical". In *Princeton Encyclopedia of Poetry and Poetics*,3rd ed., rev., edited by Alex Preminger and T.V.F.Brogan. Princeton: Princeton Univ. Press, 1993.

——. *Six Dynasties Poetry*. Princeton: Princeton Univ. Press, 1986.

——. "Symbolic and Allegorical Meanings in the Yüeh-fu pu-t'i Poem Series". *Harvard Journal of Asiatic Studies* 46.2(1986): 353-385.

——. *The Evolution of Chinese Tz'u Poetry:From Late T'ang to Northern Sung*. Princeton: Princeton Univ. Press, 1980.

——."The Idea of the Mask in Wu Wei-yeh(1609-1671)". *Harvard Journal of Asiatic Studies* 48.2(1988): 289-320.

Chang, Kang-I Sun,and Haun Saussy,eds.*Women Writers of Traditional China:An Anthology of Poetry and Criticism*. Stanford: Stanford Univ. Press, 1999.

Chaves, Jonathan. "Moral Action in the Poetry of Wu Chia-chi(1618-1684)". *Harvard Journal of Asiatic Studies* 46.2(1986): 387-469.

——, trans. and ed.*The Columbia Book of Later Chinese Poetry*. New York:Columbia Univ.Press,1986.

——. "The Expression of Self in the Kung-an School:Non-Romantic Individualism". In *Expressions of Self in Chinese Literature*, edited by Robert E.Hegel and Richard C.Hessney, 123-150. New York: Columbia Unviersity Press, 1985.

——. "The Panoply of Images:A Reconstruction of the Literary Theory of the Kung-an School". In *Theories of the Arts in China*, edited by Susan Bush and Christian Murck, 341-364. Princeton: Princeton Univ. Press, 1983.

——, trans. *Pilgrim of the Clouds:Poems and Essays* by Yüan Hung-tao and His Brothers. New York: Weatherhill, 1978.

——. "The Yellow Mount Poems of Ch'ien Ch'ien-i(1582-1664): Poetry as Yu-chi", *Harvard Journal of Asiatic Studies*, 48.2(1988): 465-492.

Chen, Shih-hsiang, et al., trans.*The Peach Blossom Fan*, by K'ung Shang-jen. Berkeley: Univ. of California Press, 1976.

Chen, Yupi. "Ch'en Tzu-lung". In *IC*, 237-238.

Cheng, Pei-kai. "Reality and Imagination: Li Chih and T'ang Hsien-tsu in Search of Authenticity". Ph.D.diss., Yale Univ., 1980.

Cherniack, Susan. "Three Great Poems by Du Fu". Ph.D.diss., Yale Univ., 1989.

Ching, Julia, and Chaoying Fang, trans, and eds.*The Records of Ming Scholars*, by Huang Tsung-hsi.Honolulu: Univ.of

Hawaii Press, 1987.

Chou, Chih-p'ing.*Yuan hung-tao and the Kung-an School.* Cambridge: Cambridge Univ. Press, 1988.

Curtius, Ernest Robert.*European Literature and the Latin Middle Ages.* Translated by Willard R.Trask.1953. Reprint. Princeton: Princeton Univ.Press, 1973.

De Bary, Wm.Theodore, ed. *The Unfolding of Neo-Confucianism.* New York: Columbia Univ. Press, 1975.

—, et al.*Self and Society in Ming Thought.* New York: Columbia Univ. Press, 1970.

De Rougemont, Denis. *Love in the Western World.* Translated by Montgomery Belgion, 1956. Reprint.Princeton: Princeton Univ. Press, 1983.

Dennerline, Jerry.*The Chia-ting Loyalists: Confucian Leadership and Social Change in Seventeenth-Century China.* New Haven: Yale Univ. Press, 1981.

Dillard, Annie.*Living by Fiction.* New York: Harper Colophon Books, 1982.

Dorius, R.J. "Tragedy". In *Princeton Encyclopedia of Poetry and Poetics,* edited by Alex Preminger et al., 860-864. Englarged edition.Princeton: Princeton Univ. Press, 1974.

Egan, Ronald, *The Literary Works of Ou-Yang Hsiu(1007-1072).* Cambridge: Cambridge Univ. Press, 1984.

Eoyang, Eugene. "Still Life in Words: The Art of Li Ch'ing-chao". *Chinese Comparatist* 3.1(1989): 6-14.

Erlich, Victor. *Russian Formalism, History-Doctrine.*3rd ed. New Haven: Yale Univ. Press, 1981.

Fisher, Tom. "Loyalist Alternatives in the Early Ch'ing". *Harvard Journal of Asiatic Studies* 44.1(1984): 83-122.

Fong, Grace S."Contextualization and Generic Codes in the Allegorical Reading of Tz'u Poetry". *Paper presented at the Fifth Quadrennial International Comparative Literature Conference,* Taipei, August9-14, 1987.

——. *Herself an Author: Gender, Agency, and Writing in Late Imperial China.* Honolulu: Univ. of Hawaii Press, 2008.

——. *Wu Wenying and the Art of the Southern Song Ci Poetry*. Princeton: Princeton Univ. Press, 1987.

Frankel, Hans H.*The Flowering Plum and the Palace Lady: Interpretations of Chinese Poetry*.New Haven: Yale Univ. Press, 1976.

Frodsham, J.D., trans.*The Poems of Li Ho, 791-817*. Oxford: Oxford Univ. Press, 1970.

Gilbert, Sandra M., and Susan Gubar. *The Mad woman in the Attic: The Woman Writer and the Nineteenth-Century Literary Imagination*, New Haven: Yale Univ. Press, 1979.

Goodrich, L.Carrington, ed.*Dictionary of Ming Biography*. 2 Vols. New York: Columbia Univ. Press, 1976.

Graham, A.C., trans, *Poems of the Late T'ang*. 1965. Reprint. New York: Penguin Books, 1981.

Greene, Thomas M. "The Poetics of Discovery: A Reading of Donne's Elegy". *The Yale Journal of Criticism* 2.2(1989): 129-143.

Hanan, Patrick.*The Chinese Short Story*.Cambridge: Harvard Univ. Press, 1973.

——. *The Chinese Vernacular Story*.Cambridge: Harvard Univ. Press, 1981.

——. *The Invention of Li Yu*.Cambridge: Harvard Univ. Press, 1988.

Handlin, Joanna F. *Action in Late Ming Thought: The Reorientation of Lü K'un and Other Scholar-Officials*.Berkeley: Univ. of California Press, 1983.

——. "Lü K'un's New Audience: The Influence of Women's Literacy On Sixteenth-Century Thought". In *Women in Chinese Society*, edited by Margery Wolf and Roxane Witke, 13-38. Stanford University Press, 1975.

Hawkes, David. "Quest of the Goddess". In *Studies in Chinese Literary Genres*, edited by Cyril Birch, 42-68. Berkeley: Univ. of California Press, 1974.

—, trans. *The Songs of the South: An Anthology of Ancient Chinese Poems* by Qu Yuan and Other Poets.2nded. New York: Penguin, 1985.

Hegel, Robert E. *The Novel in Seventeenth Century China*. New York: Columbia Univ. Press, 1981.

——, and Richard C.Hessney, eds. *Expressions of Self in Chinese Literature*. New York: Columbia Univ. Press, 1985.

Hessney, Richard C. "Beautiful, Talented, and Brave: Seventeenth-Century Chinese Scholar-Beauty Romances". Ph.D.diss., Columbia Univ., 1979.

——. "Beyond Beauty and Talent: The Moral and Chivalric Self in The Fortunate Union". In *Expressions of Self in Chinese Literature*, edited by Robert E.Hegal and Richard C.Hessney, 214-250.New York: Columbia Univ. Press, 1985.

Holzman, Donald."The Cold Food Festival in Early Medieval China". *Harvard Journal of Asiatic Studies* 46.1(1986): 51-79.

Homans, Margaret. *Bearing the Word: Language and Female Experience in Nineteenth-Century Women's Writing*. Chicago: Univ. of Chicago Press, 1986.

——. *Women Writers and Poetic Identity: Dorothy Wordsworth, Emily Brontë, and Emily Dickinson*. Princeton: Princeton Univ. Press, 1980.

Hou, Sharon Shih-jiuan. "Women's Literature". In *IC*, 175-194.

Hsia, C.T. "Time and the Human Condition in the Plays of T'ang Hsien-tsu". In *Self and Society in Ming Thought*, by Wm.Theodore De Bary et al., 249-290. New York: Columbia Univ. Press, 1970.

Huber, Horst W. "The Upheaval of the Thirteenth Century in the Poetry of Wen T'ien-hsiang". Paper presented at the Association for Asian Studies Annual Meeting, Washington, D.C., March1989.

Hucker, Charles O. *A Dictionary of Official Titles in Imperial China*. Stanford: Stanford Univ. Press, 1985.

Hummel, Arthur, ed. *Eminent Chinese of the Ch'ing Period*. 2Vols. Washington, D.C.: Libraryof Congress, 1943.

Hung, Ming-shui."Yuan Hung-tao and the Late Ming Literary and Intellectual Movement". Ph.D.diss., Univ. of Wisconsin, 1974.

Idema, W.L.“Poet Versus Minister and Monk: Su Shih on Stage in the Period 1250-1450”. *Toung Pao* 73(1987): 190-216.

Johnson, Barbara, *The Critical Difference: Essays in the Contemporary Rhetoric of Reading*, Baltimore: Johns Hopkins Univ. Press, 1980.

Johnson, Dale.“Ch'ü”.In *IC*, 349-352.

Jones, Ann Rosalind.“City Women and Their Audiences: Louise Labé and Veronica Franco”.In *Rewriting the Renaissance: The Discourses of Sexual Difference in Early Modern Europe*, edited by Margaret W.Ferguson, et al., 299-316.Chicago: Univ. of Chicago Press, 1986.

Kao, Yu-kung.“The Aesthetics of Regulated Verse”. In *The Vitality of the Lyric Voice*, edited by Shuen-fu Lin and Stephen Owen, 332-385.Princeton: Princeton University Press, 1986.

——. “‘The Nineteen Old Poems’and the Aesthetics of Self-Reflection”. Manuscript, 1988.

——, and Tsu-lin Mei.“Ending Lines in Wang Shih-chen’s ch'i-chüeh: Convention and Creativity in the Ch'ing”. In *Artists and Traditions: Uses of the Past in Chinese Culture*, edited by Christian F.Murck, 131-135. Princeton: Princeton Univ. Press, 1976.

Knechtges, David R., trans.*Wen Xuan, or Selections of Refined Literature*. Vol.I. Princeton: Princeton Univ. Press, 1982.

Ko, Dorothy. *Teachers of the Inner Chambers: Women and Culture in Seventeenth-Century China*, Stanford: Stanford Univ. Press, 1994.

Kolb, Elene. “When Women Finally Got the Word”. *New York Times Book Review* (July 9, 1989), 1, 28-29.

Krieger, Murray. *Visions of Extremity in Modern Literature*. Vol.I, The Tragic Vision. Baltimore: Johns Hopkins Univ. Press, 1973.

La Belle, Jenijoy. *Herself Beheld: The Literature of the Looking Glass*.Ithaca: Cornell Univ. Press, 1988.

Larsen, Jeanne, trans. *Brocade River Poems: Selected Works of the Tang Dynasty Courtesan Xue Tao*. Princeton: Princeton Univ. Press, 1987.

Lee, Hui-shu. "The City Hermit Wu Wei and His Pai-miao Paintings". Manuscript, 1989.

Legge, James, *The Chinese Classics*. Vol.4, The She King.Oxford: Clarendon, 1871.

Levy, Howard, trans. *A Feast of Mist and Flowers: The Gay Quarters of Nanking at the End of the Ming* (Pan-ch'iao tsa-chi), by Yu Huai (1616-1696). Yokohama: Privately printed, 1966.

Lewis, C.S.*The Allegory of Love*. Oxford: Oxford Univ. Press, 1936.

Li Wai-yee "Early Qingto 1723". In *The Cambridge History of Chinese Literature,* edited by Kang-I Sun Chang and Stephen Owen, Vol.2, 152-244. Cambridge: Cambridge University Press, 2010.

Li, Xiaorong.*Women's Poetry of Late Imperial China: Transforming The Inner Chambers*. Seattle and London: Univ. of Washington Press, 2012.

Lin, Shuen-fu. "Intrinsic Music in the Medieval Chinese Lyric". In *The Lyrical Arts: A Humanities Symposium,* edited by Erling B.Holstmark and Judith P.Aikin.*Special issue of Journal Ars Lyrica* (1988): 29-54.

——. *The Transformation of the Chinese Lyrical Tradition: Chiang K'uei and Southern Sung Tz'u Poetry*.Princeton: Princeton Univ. Press, 1978.

——, and Stephen Owen, eds.*The Vitality of the Lyric Voice: Shih Poetry from the Late Han to the T'ang*. Princeton: Princeton Univ. Press, 1986.

Lin, Yutang. *Importance of Understanding*. Cleveland: World, 1960.

Liu, James J.Y. "Literary Qualities of the Lyric(Tz'u)". In *Studies in Chinese Literary Genres,* edited by Cyril Birch,. 133-153.Berkeley: Univ. of California Press, 1974.

——. *Major Lyricists of the Northern Sung: A.D.960-1126*. Princeton: Princeton Univ. Press, 1974.

——. *The Poetry of Li Shang-yin*.Chicago: Univ. of Chicago Press, 1969.

Liu, James T.C. "Yueh Fei (1130-1141) and China's Heritage of Loyalty". *Journal of Asian Studies* 3(1972): 291-298.

Liu, Wu-chi, and Irving Lo, eds. *Sunflower Splendor: Three Thousand Years of Chinese Poetry*. New York: Doubleday, 1975.

Lo, Irving, and William Schultz, eds. *Waiting for the Unicorn: Poems and Lyrics of China's Last Dynasty, 1644-1911*. Bloomington: Indiana Univ. Press, 1986.

Lonsdale, Roger. *Eighteenth-Century Women Poets: An Oxford Anthology*. Oxford: Oxford Univ. Press, 1989.

Lu, Tina. "The Literary Culture of the Late Ming (1573-1644)". In *The Cambridge History of Chinese Literature,* edited by Kang-I Sun Chang and Stephen Owen, Vol.2, 63-151. Cambridge: Cambridge University Press, 2010.

Lynn, Richard John. "Alternate Routes to Self-Realization in Ming Theories of Poetry". In *Theories of the Arts in China,* edited by Susan Bush and Christian Murck, 317-340.Princeton: Princeton Univ. Press, 1983.

——. "Chinese Poetics". In *Princeton Encyclopedia of Poetry and Poetics,* edited by Alex Preminger and T.Y.F.Brogan. Princeton: Princeton Univ. Press, 1993.

——. "Orthodoxy and Enlightenment: Wang Shih-chen's Theory of Poetry and Its Antecedents". In *The Unfolding of Neo-Confucianism,* edited by Wm. Theodore De Bary, 217-257.New York: Columbia Univ. Press, 1975.

——. "The Talent Learning Polarity in Chinese Poetics". *Chinese Literature: Essays, Articles, Reviews* 5.2(1983): 157-184.

——. "Tradition and Synthesis: Wang Shih-chen as Poet and Critic". Ph.D.diss., Stanford Univ., 1970. Ma, Y.W. "Fiction". In *IC,* 31-48.

Mann, Susan. *The Talented Women of the Zhang Family*. Berkeley: University of California Press, 2007.

Mc Mahon, Keith. *Causality and Containment in Seventeenth-Century Chinese Fiction*. Monographies du *T'oung Pao*

15.Leiden: E.J.Brill, 1988.

Mc Craw, David R. "A New Look at the Regulated Verse of Chen Yuyi". *Chinese Literature: Essays, Articles, Reviews* 9.1, 2(July1987): 1-21.

——.*Chinese Lyricists of the Seventeenth Century*.Honolulu: Univ. Of Hawaii Press, 1990.

Maeda, Robert J. "The Portrait of a Woman of the Late Ming-Early Ch'ing Period: Ho-tung". *Archives of Asian Art* 27(1973-1974): 46-52.

Mair, Victor H., and Maxine Belmont Weinstein. "Popular Literature". In *IC*, 75-92.

Mather, Richard B., trans.*Shih-shuo Hsin-yü: A New Account of Tales of the World*, by Liu I-ch'ing(403-444).Minneapolis: Univ. of Minnesota Press, 1976.

Miao, Ronald C. "Palace-Style Poetry: The Courtly Treatment of Glamor and Love". In *Studies in Chinese Poetry and Poetics*, edited by Ronald C.Miao, 1: 1-42.San Francisco: Chinese Material Center, 1978.

Miner, Earl. "Some Issues of Literary'species, or Distinct Kind.'" In *Renaissance Genres: Essays on Theory, History and Interpretation*, edited by Barbara Kiefer Lewalski, 15-44. Cambridge: Harvard Univ. Press, 1986.

——. "The Heroine: Identity, Recurrence, Destiny". In *Ukifune: Love in the Tale of Genji*, edited by Andrew Pekarik, 63-81. New York: Columbia Univ. Press, 1982.

——, et al."Nonwestern Allegory". In *Princeton Encyclopedia of Poetry and Poetics*, 3rded., rev., edited by Alex Preminger and T.V.F. Brogan. Princeton: Princeton Univ. Press, 1993.

Mochida, Frances La Fleur. "Structuring a Second Creation: Evolution of the Self in Imaginary Landscapes". In *Expressions of Self in Chinese Literature*, edited by Robert E.Hegel and Richard C.Hessney, 70-122.New York: Columbia Univ. Press, 1985.

Moers, Ellen.*Literary Women: The Great Writers*.1963.Reprint.New York: Oxford Univ. Press, 1985.

Moody, A.D.Thomas Stearns Eliot, *Poet*, Cambridge: Cambridge Univ. Press, 1980.

Mote, F.W. "Confucian Eremitism in the Yüan Period". In *The Confucian Persuasion*, edited by Arthur F.Wright, 202-240, 348-353.Stanford: Stanford Univ. Press, 1960.

——. "The Arts and the 'Theorizing Mode' of the Civilization". In *Artists and Traditions: Uses of the Past in Chinese Culture*, edited by Christian F.Murck, 3-8. Princeton: Princeton Univ. Press, 1976.

——. *The Poet Kao Ch'i, 1336-1374*. Princeton: Princeton Univ. Press, 1962.

——, and Denis Twitchett, eds. *The Cambridge History of China*. Vol.7, *The Ming Dynasty, 1368-1644*, Part I.Cambridge: Cambridge Univ. Press, 1988.

Murck, Christian F., ed. *Artists and Traditions: Uses of the Past in Chinese Culture*. Princeton: Princeton Univ. Press, 1976.

Nagy, Gregory. *The Best of the Achaeans: Concept of the Hero in Archaic Greek Poetry*. Baltimore: Johns Hopkins Univ. Press, 1981.

Nienhauser, William H., Jr. "Prose". In *IC*, 93-120.

——. ed. and comp. *The Indiana Companion to Traditional Chinese Literature*. Bloomington: Indiana Univ. Press, 1986. (Ab-breviatedas IC.)

——, et al., eds.*Liu Tsung-yüan*.New York: Twanye, 1973.

Owen, Stephen. *Mi-Lou: Poetry and the Labyrinth of Desire*. Cambridge: Harvard Univ. Press, 1989.

——. Remembrances: *The Experience of the Past in Classical Chinese Literature*. Cambridge: Harvard Univ. Press, 1986.

——. *The Great Age of Chinese Poetry: The High T'ang*. New Haven: Yale Univ. Press, 1981.

Pan Tzy-yen, trans. *The Reminiscences of Tung Hsiao-wan* (Ying-mei-an i-yü), by Mao Hsiang.Shanghai: Commercial

Press, 1931.

Paz, Octavio.*Sor Juana*. Translated by Margaret Sayers Peden.Cambridge: Harvard Univ. Press, 1988.

Peterson, Willard J. *Bitter Gourd: Fang I-Chih and the Impetus for Intellectual Change in the 1630s*.New Haven: Yale Univ. Press, 1979.

——. "Making Connections: 'Commentary on the Attached Verbalizations'of the Book of Changes", *Harvard Journal of Asiatic Studies* 42.1(1982): 67-116.

——. "The Life of Ku Yen-wu, 1613-1682". *Harvard Journal of Asiatic Studies* 28(1968): 114-156; 29(1969): 201-247.

Plaks, Andrew H. "After the Fall: Hsing-shih yin-yüan chuan and the Seventeenth Century Chinese Novel". *Harvard Journal of Asiatic Studies* 45.2(1985): 543-580.

——. *The Four Masterworks of the Ming Novel: Ssu ta ch'i-shu*. Princeton: Princeton Univ. Press, 1987.

Preminger, Alex, and T.V.F.Brogan, eds. *Princeton Encyclopedia of Poetry and Poetics*. 3rd ed., rev.Princeton: Princeton Univ. Press, forthcoming.

Rankin, Mary Backus. "The Emergence of Women at the End of the Ch'ing: The Case of Ch'iu Chin". In *Women in Chinese Society, edited by Margery Wolf and Roxane Witke*, 39-66.Stanford: Stanford Univ. Press, 1975.

Rexroth, Kenneth, and Ling Chung, trans. *Li Ch'ing-chao: Complete Poems*.New York: New Directions, 1979.

——, and Ling Chung, trans. *Women Poets of China*, Revised edition.New York: New Directions, 1982.

Rickett, Adele Austin.Wang Kuo-wei's Jen-chien Tz'u-hua, *A Study in Chinese Literary Criticism*. Hong Kong: Hong Kong Univ. Press, 1977.

Robertson, Maureen. "Periodization in the Arts and Patterns of Change in Traditional Chinese Literary History". In *Theories of the Arts in China*, edited by Susan Bush and Christian Murck, 3-26.Princeton: Princeton Univ. Press, 1983.

Ropp, Paul S. "Aspirations of Literate Women in Late Imperial China". Manuscript, 1990.

———. "The Seeds of Change: Reflections on the Condition of Women in the Early and Mid Ch'ing". *Signs* 2.1(1976): 5-23.

Schafer, Edward H.*The Divine Woman: Dragon Ladies and Rain Maidens*.San Francisco: North Point Press, 1980.

Schlepp, Wayne.*San-ch'ü: Its Technique and Imagery*, Madison: Univ. of Wisconsin Press, 1970.

Schneider, Laurence A. *AMadman of Ch'u: The Chinese Myth of Loyalty and Dissent*. Berkeley: Univ. of California Press, 1980.

Scott, John. *Love and Protest: Chinese Poems from the Sixth Century B.C. to the Seventeenth Century A.D.*London: Rapp and Whiting, 1972.

Sewall, Richard B., ed.*Emily Dickinson: A Collection of Critical Essays*.Englewood Cliffs: Prentice-Hall, 1963.

———. *The Vision of Tragedy*.New Haven: Yale Univ. Press, 1959.

Shih, Chung-wen.*The Golden Age of Chinese Drama: Yüan Tsa-chü*.Princeton: Princeton Univ. Press, 1976.

Spence, Jonathan D.*Return to Dragon Mountain*.New York: Penguin, 2007.

Spence, Jonathan D., and John E.Wills, Jr., eds.*From Ming to Ch'ing: Conquest, Region and Continuity in Seventeenth-Century China*.New Haven: Yale Univ. Press, 1979.

Stankiewicz, Edward. "Centripetal and Centrifugal Structures in Poetry". *Semiotica* 38, nos.3-4(1982): 217-242.

Strassberg, Richard E.*The World of K'ung Shang-jen: A Man of Letters in Early Ch'ing China*.New York: Columbia Univ. Press, 1983.

Strauss, Leo.*Persecution and the Art of Writing*.1952.Reprint.Chicago: Univ. of Chicago Press, 1988.

Struve, Lynn A. "History and The Peach Blossom Fan". *Chinese Literature: Essays, Articles*, Reviews2.1(Jan.1980): 55-72.

———. "Huang Zongxi in Context: A Reappraisal of His Major Writings". *Journal of Asian Studies* 47.3(1988): 474-502.

———. "The Peach Blossom Fan as Historical Drama". *Renditions* 9 (Autumn 1977): 99-114.

——. *The Southern Ming, 1644-1662*.New Haven: Yale Univ. Press, 1984.

Telford, Kenneth A. *Aristotle's Poetics: Translation and Analysis*. Indiana: Gateway Edition, 1961.

Todorov, Tzvetan.*Symbolism and Interpretation*.Trans.Catherine Porter.Ithaca: Cornell Univ. Press, 1982.

——. *Theories of the Symbol*.Trans.Catherine Porter.Ithaca: Cornell Univ. Press, 1982.

Tu, Ching-i, trans.*Poetic Remarks in the Human World, by Wang Kuo-wei*.Taipei: Chung-hua shu-chü 1970.

Van Gulik, Robert H.*Sex Life in Ancient China*.Leiden: E.J.Brill, 1961.

Virgillo, Carmelo, and Naomi Lindstron, eds.*Woman as Myth and Metaphor*, Columbia: Univ. of Missouri Press, 1985.

Wanger, MarshaL.*The Lotus Boat: The Origins of Chinese Tz'u Poetry in T'ang Popular Culture*.New York: Columbia Univ. Press, 1984.

Wakeman, Frederic, Jr. "Romantics, Stoics, and Martyrs in Seventeenth-Century China". *Journal of Asian Studies* 43.4(1984): 631-665.

——. *The Fall of Imperial China*.New York: Free Press, 1975.

——. *The Great Enterprise: The Manchu Reconstruction of Imperial Order in Seventeenth-Century China*. 2Vols.Berkeley: Univ. of California Press, 1985.

——. "The Price of Autonomy: Intellectuals in Ming and Ch'ing Politics". *Daedalus* 101(Spring 1972): 35-70.

Waley, Arthur, trans.*The Book of Songs*.1937.Reprint with foreword by Stephen Owen. New York: Grove Press, 1987.

Wang, C.H.*The Bell and the Drum: Shih Ching as Formulaic Poetry in an Oral Tradition*. Berkeley: Univ. of CaliforniaPress, 1974.

——. *From Ritual to Allegory: Seven Essays in Early Chinese Poetry*.Hong Kong: Chinese Univ. Press, 1988.

Wang, Fangyu, and Richard M.Barnhart.*Master of the Lotus Garden: The Life and Art of Bada Shanren*.New Haven: Yale

Univ. Art Gallery and Yale Univ. Press, 1990.

Watson, Burton, trans.*Chinese Rhyme-Prose: Poems in the Fu Form from the Han and Six Dynasties Periods*.New York: Columbia Univ. Press, 1971.

——, trans.*Records of the Historian: Chapters from the Shih Chi of Ssu-ma Ch'ien*.New York: Columbia Univ. Press, 1969.

——, trans.The Complete Works of Chuang Tzu. New York: Columbia Univ. Press, 1968.

Watt, James C.Y. "The Literati Environment". In *The Chinese Scholar's Studio: Artistic Life in the Late Ming Period*, Edited by Chu-tsing Li and James C.Y.Watt, 1-13.New York: Asia Society Galleries, 1987.

Weidner, Marsha, ed.*Flowering in the Shadows: Women in the History of Chinese and Japanese Painting*.Honolulu: Univ. of Hawaii Press, 1990.

——, etal.*Views from Jade Terrace: Chinese Women Artists 1300-1912*.Indianapolis Museum of Art and New York: Rizzoli, 1988.

West, Stephen H. "Drama". In *IC*, 13-30.

Widmer, Ellen. "The Epistolary World of Female Talent in Seventeenth-Century China". *Late Imperial China* 10.2(1989): 1-43.

——. *The Margins of Utopia: Shui-hu hou-chuan and the Literature of Ming Loyalism*. Cambridge: Councilon East Asian Studies, Harvard Univ., 1987.

Widmer, Ellen, and Kang-I Sun Chang, eds.*Writing Women of Late Imperial China*. Stanford: Stanford Univ. Press, 1997.

Wilde, Oscar.*The Artist as Critic: Critical Writings of Oscar Wilde*.Edited by Richard Ellmann.1969.Reprint.Chicago: Univ. of Chicago Press, 1982.

Wilhelm, Richard, and Cary F. Baynes, trans. *The I Ching, or Book of Changes*, Princeton: Princeton Univ. Press, 1967.

Williams, C.A.S.*Outlines of Chinese Symbolism and Art Motives*.3rd ed.New York: Dover Publications, 1976.

Wilson, Katharina M., and Frank J.Warnke.*Women Writers of the Seventeenth Century*. Athens: Univ. of Georgia Press, 1989.

Wixted, John Timothy, trans.*Five Hundred Years of Chinese Poetry, 1150-1650: The Chin, Yuan, and Ming Dynasties*(Gen Min shi gaisetsu), by Yoshikawa Kojirō. "Afterword"by William S.Atwell. Princeton: Princeton Univ. Press, 1989.

Wolf, Margery, and Roxane Witke, eds.*Women in Chinese Society*.Stanford: Stanford Univ. Press, 1975.

Woodbridge, Linda.*Women and the English Renaissance: Literature and the Nature of Womankind*, 1540-1620. Urbana: Univ. of Illinois Press, 1984.

Wu, Yenna. "The Inversion of Marital Hierarchy: Shrewish Wives and Henpecked Husbands in Seventeenth-Century Chinese Literature". *Harvard Journal of Asiatic Studies* 48.2(1988): 363-382.

Yang, Hsien-ching. "Aesthetic Consciousness in Sung Yung-wu Tz'u(Songs on Objects)". Ph.D.diss., Princeton Univ., 1987.

Yeats, W.B.*Ideas of Good and Evil: Essays and Introductions*.London: Macmillan, 1961.

Yeh Chia-ying(Chao, Chia-ying Yeh). "Wang I-sun and His Yung-wu Tz'u", *Harvard Journal of Asiatic Studies* 40.1(1980): 55-91.

——. "The Ch'ang-chou School of Tz'u Criticism". In *Chinese Approaches to Literature from Confucius to Liang Ch'i-ch'ao*, edited by Adele Austin Rickett, 151-188.Princeton: Princeton Univ. Press, 1978.

Yim, Lawrence C.H.（嚴志雄）*The Poet-historian Qian Qianyi*.London and New York: Routledge, 2009.

Yip, Wai-lim.*Chinese Poetry: Major Modes and Genres*.Berkeley: Univ. of California Press, 1976.

Yu, Anthony C. "The Quest of Brother Amor: Buddhist Intimations in The Story of the Stone". *Harvard Journal of Asiatic Studies* 49.1(1989): 55-92.

Yu, Pauline. "Formal Distinctions in Chinese Literary Theory". In *Theories of the Arts in China,* edited by Susan Bush and Christian Murck, 27-53.Princeton: Princeton Univ. Press, 1983.

——. *The Reading of Imagery in the Chinese Poetic Tradition.*Princeton: Princeton Univ. Press, 1987.

Zhang, Longxi, "The Letteror the Spirit: The Song of Songs, Allegoresis, and the Book of Poetry". *Comparative Literature* 39(1987): 193-217.

Zink, Michael. "The Allegorical Poem as Interior Memoir". *Yale French Studies* 70 (1986): 100-126.

後記

有關這本《情與忠》背後的故事，我個人還有一次奇妙的經驗，願記在此與讀者分享，並希望藉此留住一段難得的「書史」以及其中所孕育的友誼緣分之鴻爪。

且說二〇〇九年十一月間，因恐怕自己於一九九一年出版的那本英文專著*The Late Ming Poet Ch'en Tu-lung: Crises of Love and Loyalism*將來再買不到了，我突然心血來潮，在亞馬遜（Amazon）購書網上訂購了一本該作的舊書。網上待售的舊書有好幾冊，我從中隨便挑了一本，正好在感恩節前夕收到了該書。打開包裹後翻到扉頁一看，我一下子愣住了，好半天都說不出一句話來。那扉頁上白紙黑字，明明是我的簽名，是多年前該書剛出版時我親自簽贈給耶魯同事Edwin McClellan的，上書：「To dear Ed with appreciations, from Kang-i, January 1991」。沒想到，我贈給友人的書又讓我買了回來！真是天下太小，巧事都讓我碰上了。

但我相信這是一段永恆緣分的奇妙安排。那幾個月正當好友Edwin Mc Clellan（我一直稱他為Ed）和他的妻子Rachel先後去世，他們的子女顯然基於實際的考慮，自然就把Ed的許多圖書收藏或轉贈他處，或以廉價出售。當時，我正因好友的去世而傷懷不已，這個奇妙的「包裹」卻給我帶來安慰，使我從中感受到友誼的緣分，一種如往而復的回應。這種「如往而復」的回應立刻令我聯想到《易經》裡的「復」卦。我也同時想起美國詩人朗費羅（Henry Wadsworth Longfellow）所寫的一首題為〈The Arrow and the Song〉（箭與歌）的詩。該詩的大意是：詩人向空中射出一支箭，不知那支箭最終落於何處。接著，詩人又向空中高唱一曲，不知那歌曲有誰會聽見。但許久之後，有一天詩人偶然發現那支箭原來附在一棵橡樹上，仍完好無缺。至於那首歌，從頭到尾都一直存在一個友人的心中。總之，我感到自己的奇妙經驗也呼應了這種反轉復歸的人生意蘊：

I shot an arrow into the air,
It fell to earth,I knew not where;
For,so swiftly it flew,the sight
Could not follow it in its flight.

I breathed a song into the air,
It fell to earth,I knew not where;
For who has sight so keen and strong,
That it can follow the flight of song?

Long,long afterward,in an oak
I found the arrow,still unbroken;
And the song,from beginning to end,
I found again in the heart of a friend.

在那以後不久，我開始重讀我的那本英文舊作以及二十多年前李奭學先生為我所譯的《陳子龍柳如是詩詞情緣》一書。藉著這個寶貴的機會，我也改寫修訂了書中許多段落，因而有了這個北大本的誕生。所以這本《情與忠》的出版也算是對好友Edwin McClellan的一個紀念。

孫康宜

二〇一二年感恩節寫於耶魯大學

【附錄三】 孫康宜：苦難成就輝煌

韓晗

因為如果談到我父親坐牢，我們可能會遇到災難。

——孫康宜

孫康宜：苦難成就輝煌

一九四四年，孫康宜出生在北京。

她的父親孫裕光早年畢業於日本早稻田大學，回國後執教北京大學，孫康宜出生的那一年，正是抗戰勝利的前一年。

一九四六年，抗戰結束，內戰爆發，通貨膨脹帶給無數中國人難以磨滅的恐懼記憶，而在這場人禍中，高校又是首當其衝的。在北京大學教書的孫裕光已經無法拿到薪水，他決定：去沒有戰亂的臺灣碰碰運氣，說不定能夠謀到教職。

與孫裕光一家「東渡求生」的，還有知名作家張我軍一家人。但是，他們誰也沒有想到，當時臺灣的經濟也不景氣，孫裕光被迫改行，在基隆港務局應聘擔任一名基層公務員，而張我軍只好開茶葉店謀生。

孫家的苦難，沒有出現在大陸，而是發生在臺灣，這一點誰無法預料。

他們家抵達臺灣的第二年，就發生了外省人與臺灣本地人衝突的「二二八慘案」，孫康宜的父親是「外省人」，但母親陳玉真是臺灣本地人，在這場騷亂中，她們家不但要躲避外省人的騷擾，還要逃脫臺灣本地人的攻擊。東躲西藏沒多久，「二二八」剛結束，新的災難又降臨了。

孫康宜有一個舅舅，叫陳本江，也是早稻田大學政治經濟系畢業的高材生。在國民政府撤退到臺灣時，參加中共臺灣工委組織的左翼運動，並化名「劉上級」，成為「鹿窟基地案」的領導者之一。自然，陳本江也成了當時國民政府的「要犯」。

負責抓捕陳本江是當時被稱之為「活閻王」的「保密局」局長谷正文，他在一時無法抓捕陳本江的情況下，竟然將孫裕光抓捕收監，讓孫裕光說出陳本江的下落。孫裕光當然不知道陳本江在哪裡，並頂撞了審訊他的谷正文。一怒之下，谷正文竟然將無辜的孫裕光判刑十年。

這對於孫家來說，無疑是一場巨大的災難。

孫裕光入獄後，陳玉真只好獨自一人撐起家庭的重擔，為謀生計，她不得不在鄉下開設「洋裁班」，靠裁縫手藝養家糊口。在孫裕光入獄的十年裡，孫康宜與母親一起，克勤克儉，在高雄林園的鄉下生活，就在孫康宜讀高中時，她的父親孫裕光也刑滿出獄，在高雄煉油廠國光中學教書。

高中畢業時，孫康宜以優異的成績被保送進入臺灣東海大學外文系，之所以選擇外文系，很重要的一個原因就是與她父親有關。

「我六歲不到，父親就被抓走，小小年紀當然也不敢和別人隨便提起這事。我母親反覆告訴我們，千萬不要跟人談論我父親，因為如果談到我父親坐牢，我們可能會遇到災難。」對於這樣一種陰影，孫康宜選擇了外文系，「可能因為如此，我很早就知道自己要讀英文系，想把自己投入外國語文的世界中。在那種背景裡，我感覺是一種逃避的心理在推動著我」。

苦難往往能誕生輝煌，在這樣一種奇特的推動力下，大學畢業後的孫康宜，又考入臺灣大學外文研究所攻讀美國文學，為她日後走向世界，打下了堅實的基礎。

經過邊界時，發現有中國軍人站崗了，眼淚就流了下來。

一九六八年，孫康宜赴美留學。

就在這一年，她與自己的表兄、普林斯頓大學博士張欽次結婚。

三年學習之後，她獲得了美國紐澤西（New Jersey）州的羅格斯大學（Rutgers University）的圖書館學碩士學位，第二年，她又獲得了南達科達州立大學英文系的碩士學位，第三年，她進入普林斯頓大學（Princeton University）東亞研究系攻讀博士學位，師從於高友工、浦安迪（Andrew H. Plaks）、牟復禮（Frederick W. Mote）等知名學者。一九七八年，她獲得了美國普林斯頓大學的博士學位。

這一年，也是她來到美國的第十年。
之於孫康宜而言，這一年還有一個極其不平凡的記憶：她通過香港中國銀行，與中國大陸的親人重新取得了聯繫。

一九七九年，孫康宜回到中國大陸探望自己的親人，並在南京大學舉辦學術講座，成為了改革開放時期最早來中國大陸講學的一批海外華裔學者。這也是她自兩歲離開大陸之後，第一次重新踏上大陸的土地。「我從香港坐火車到廣州，經過邊界時，發現有中國軍人站崗了，眼淚就流了下來。」

在大陸居留的日子裡，她陸續拜訪了詞學家唐圭璋、翻譯家楊憲益、散文家蕭乾與作家沈從文等文化名流。但與此同時，孫康宜也獲悉，自己的祖父一九五三年因故自殺，她的叔叔也在政治運動遭受迫害，理由竟然是「兄長給蔣介石開飛機」，但事實上自己的兄長卻是因妻舅參加左翼運動，而在對岸身陷囹圄。

「真是很諷刺，我們家在兩岸都受迫害，這是一個悲劇的時代。」時至今日，孫康宜在回憶起自己當年的遭遇，仍然覺得非常痛心。

這無疑是一個巨大的嘲諷，但在亂世中卻習以為常。自己的親屬在兩岸都因為政治而受到迫害，這在兩岸都是相當少見的。但孫康宜並未將這種痛心演變為無休止的仇恨或是將家族的苦難作為包袱，沉重地扛在肩上，而是「吞恨感恩」，甚至認為「患難是我心靈的資產」。

這樣帶有包容性的「大愛」變成了孫康宜內在的動力，促成她不斷在學術研究上攀登高峰。一九八〇年，孫康宜就任普林斯頓大學葛斯德東方圖書館（The Gest Oriental Library, Princeton University）館長——歷史上胡適曾擔任過這一職務（一九五〇－一九五二），兩年後，孫康宜轉至耶魯大學（Yale University）執教。

可以這樣說，在耶魯執教的三十多年，是孫康宜學術生涯最為輝煌、卓異進取的歲月。

學識廣博淵深，研究功力深厚精湛。

一九九一年至一九九七年，孫康宜擔任耶魯大學東亞語言文學系主任。

一位華裔女教授，成為耶魯的系主任，這在三百年耶魯校史上是從未有過的，孫康宜做到了。對於耶魯這所有著三百年歷史的國際頂尖學府，孫康宜有著自己深厚的感情。

「在美國大學中，耶魯一直以傳授古典課程而聞名。不管它多麼重視現代潮流的發展，但它絕不會忽視原有的古典傳統。所以，在耶魯學習和任教，你往往會有很深的思舊情懷。」在孫康宜看來，耶魯是懷舊、古典的，充滿了傳統的意蘊，而她對於耶魯的認同，也是貫穿綿延於其日常生活當中。

在孫康宜有「五張書桌」的書房「潛學齋」裡，可以看到一把椅子，這是耶魯大學三百年校慶時限量生產的，孫康宜特意不辭辛勞買到並將其搬回家；而孫康宜身上的胸針，也是帶有「Yale」標識的；甚至，她書房裡所擺放的各種照片，亦都以耶魯大學為主題。耶魯懷舊、古典、知性、傳統的風範，深刻地烙刻在了孫康宜日常生活的點點滴滴之中。

熟悉孫康宜的人都知道，她雖然是外文系出身，但卻是享譽世界的古典文學專家，尤其是對於六朝文學與晚明文學的研究，可以說到達了一個值得學界仰視的高度。而且，孫康宜獨闢蹊徑，從婦女文學入手，以女性的角度反觀中國文學史，展現出了另一個燦爛靈動的學術世界。

「她的學識廣博淵深，研究功力深厚精湛，在她所研究的每個領域，從六朝文學到詞到明清詩歌和婦女文學，都揉合了她對於最優秀的中國學術的瞭解，與她對西方理論問題的嚴肅思考，取得了卓越的成績。」哈佛大學（Harvard University）教授宇文所安（Stephen Owen）如是評價孫康宜的學術成就，「[孫康宜]前所未有的把大家的注意力吸引到古代中國的婦女文學方面。這是孫康宜為整個中國古典文學研究領域所做出的許多重大貢獻之一。」

值得一提的是，孫康宜的名聲還在學術之外。一九九五年，她與王元化、杜維明與余秋雨等知名學者一道，擔任「國際大專辯論賽」的評委，其精湛的點評讓許多收看過這個賽事的中國大陸觀眾都記憶猶新。而且，她還是一位傑出的散文家，近年來在兩岸三地出版的散文作品《走出白色恐怖》、《我看美國精神》與《從北山樓到潛學齋》等等，都有著不凡的影響力，部分作品甚至還登上了一些獨立書店的暢銷排行榜。

從當年高雄林園與母親相依為命的小女孩，到闖蕩美國的留學生，再到耶魯大學第一位華裔女性系主任。今日的孫康宜已經年過古稀，已經成為了東亞語言文學系最年長的教授，但她依然有著年輕人一樣的心態，蘋果手機、社交網站是她最常用的生活必需品，她會經常更新自己Facebook的主頁，將拍攝的新照片貼在上面，有學生評價，孫康宜是耶魯大學東亞語言文學系最富有活力的教授。

「我認為人生總要過去的，再美的東西最後都會醜掉的。就像一朵花，很美，但是最後仍要凋謝。所以我更喜歡曇花。我覺得女人要像曇花，不要讓自己謝掉。我不喜歡一些女人總是靠美貌取勝，我更欣賞一個人的氣質和修養。」這是孫康宜對女人之「美」的評價，而這，何嘗又不是孫康宜自己從苦難走出，邁向輝煌的真實寫照呢？

——原文發表於《中華英才．海外版》2015年2月15日，總第39-40期。

【附錄四】 作者治學、創作年表

此表略去二百三十餘篇中文文章的題目。

一九六六年

畢業於臺灣東海大學外文系。

一九六六年度榮譽畢業生。獲美國Phi Tau Phi Scholastic Honor Society榮譽會員資格。

畢業論文的題目是：「Herman Melville, 1819-1891」（美國十九世紀作家麥爾維爾）。

考進國立臺灣大學第一屆外文研究所，攻讀美國文學。

1966年作者畢業照（與母親合影），攝於東海大學路思義教堂前。

一九六八年

移民美國，開始準備入學。

一九六九年

一月間，進紐澤西州立羅格斯大學（Rutgers, the State University of New Jersey）圖書館系。

一九七一年

獲羅格斯大學圖書館碩士學位（M.L.S）。

進南達科達州立大學（South Dakota State University at Brookings）英文系研究所。

一九七二年

十二月，獲南達科達州立大學英美文學碩士學位（M.A.）。

一九七三年

進普林斯頓大學東亞研究系攻讀博士，兼修比較文學和英國文學。

一九七四年

獲普林斯頓大學全額獎金（1974-1976）。

一九七六年

獲美國政府NDFL Title VI 獎金。開始撰寫有關詞學的博士論文。

大會演講：“The Structure of Ming Drama”, presented at the CLTA panel in the annual convention of the Association for Asian Studies（亞洲研究年會），Toronto（多倫多）。

將浦安迪（Andrew H. Plaks）教授的一篇文章譯成中文：〈談中國長篇小說的結構問題〉，《文學評論》第三集（一九七六年七月一日），頁五三至六二。

一九七七年

獲Whiting Fellowship in the Humanities 榮譽獎金。繼續撰寫博士論文。

一九七八年

獲普林斯頓文學博士學位。

發表第一篇英文文章：“Review of *Studies in Chinese Literary Genres*”, ed. Cyril Birch, in *Journal of Asian Studies,* 37.2 (1978): 346-348。

一九七九年

受聘於美國麻省的Tufts大學。

應邀至南京大學，做一系列有關比較文學的演講。

大會演講：“Poetry in the *Dream of the Red Chamber*”, presented at the CLTA Conference（美國語言學會），

Atlanta, Georgia（喬治亞州）。

宣讀論文：“Chinese Lyric Criticism in the Six Dynasties”, presented at the Conference on Theories of the Arts in China（中國藝術理論研討會），York, Maine（緬因州）。

一九八〇年

受聘於普林斯頓大學，開始任職普林斯頓大學葛斯德東亞圖書館館長。

應邀至康奈爾（Cornell）大學演講，題目是：「Poems in the *Dream of the Red Chamber*」。

大會演講：“The Role of Imagery in Li Yü’s (937-978) *Tz'u* Poetry”, presented at the annual convention of the Association for Asian Studies（亞洲研究年會），Washington, D. C.（華府）。

出版第一本英文專著：Kang-i Sun Chang, *The Evolution of Chinese Tz'u Poetry: From Late T'ang to Northern Sung*. Princeton: Princeton University Press, 1980.〔此書由李奭學譯成中文。見《晚唐迄北宋詞體演進與詞人風格》（臺北：聯經出版事業公司，一九九四）；並見簡體修訂版，《詞與文類研究》（北京：北京大學出版社，二〇〇四）〕。

發表英文文章：“Songs in the *Chin-p'ing-mei tz'u-hua*”, *Journal of Oriental Studies* 18.1-2(1980): 26-34。

發表英文文章：Review of Wang Kuo-wei’s*Jenchien tz'u-hua*, trans. Adele A. Rickett, in *Bulletin of Sung and Yuan Studies* (Spring, 1980): 122-123。

一九八二年

受聘於耶魯大學，一直任教至今。

宣讀論文：“Description of Landscape in Early Six Dynasties Poetry”, presented at the conference, “Evolution of *Shih*

"Poetry from the Han through the T'ang"（由漢至唐的詩歌演進研討會），ACLS 資助，York, Maine（緬因州）。

一九八三年

獲耶魯大學 A. Whitney Griswold 獎金。

被選為前往北京參加第一次國際比較文學會的五位美國代表之一，後因開會時間與耶魯開學時間有衝突而請辭。

發表英文文章："Chinese Lyric Criticism in the Six Dynasties", in *Theories of the Arts in China*, ed. Susan Bush and Christian Murck. Princeton: Princeton University Press, 1983, 215-224。

一九八四年

開始擔任耶魯大學東亞語言文學研究所主任（一九八四至一九九一）。

大會演講："Problems of Expression and Description in Six Dynasties Poetry", presented at the Mid-Atlantic Region of the Association for Asian Studies（大西洋岸中部區亞洲研究分會），PrincetonUniversity（普林斯頓大學）。

開始撰寫有關六朝詩歌的英文著作。

一九八五年

獲耶魯大學Morse Fellowship。

獲耶魯大學 A. Whitney Griswold 獎金。

宣讀論文：“Symbolic and Allegorical Meanings in the *Yüeh-fupu-t'i* Poem-Series”, presented at the Workshop on Issues in Sung Literati Culture（宋代文人文化研討會），Harvard University（哈佛大學）。

一九八六年

獲耶魯大學終身教職（tenure）。

大會演講：“Palace Style Poetry in the Six Dynasties”, Mid-Atlantic Region of the AAS（亞洲研究分會），University of Delaware, Newark, Delaware。

宣讀論文：“Symbolism and Allegory in the Late Sung *Yung-wu Tz'u*”, New York Conference on Asian Studies（紐約亞洲研究大會），State University of New York（紐約州立大學），New Paltz, New York（紐約州）。

出版英文專著：Kang-i Sun Chang, *Six Dynasties Poetry.*Princeton: Princeton University Press, 1986.〔此書由鍾振振譯成中文。見《抒情與描寫：六朝詩歌概論》（臺北：允晨文化事業股份有限公司，二〇〇一）。簡體版於二〇〇六年由上海三聯書店出版。此書還有韓文譯本，譯者為申正秀（Jeongsoo Shin），於二〇〇四年由首爾的Ihoe出版社出版〕。

發表英文文章：“Review of Ronald Egan, *The Literary Works of Ou-yang Hsiu*”, *Harvard Journal of Asiatic Studies* 46.1(1986):273-283。

發表英文文章：“Symbolic and Allegorical Meanings in the *Yüeh-fu pu-t'i* Poem-Series”, *Harvard Journal of Asiatic Studies* 46.2(1986): 353-385。

發表英文文章：“Description of Landscape in Early Six Dynasties Poetry”, in *The Vitality of the Lyrical Voice*, ed. Shuen-fu Lin and Stephen Owen. Princeton: Princeton Univ. Press, 1986, 287-295。

發表英譯作品：Co-translator (with Hans Frankel), “The Legacy of the Han, Wei, and Six Dynasties *Yüeh-fu*

Tradition and Its Further Development in T'ang Poetry", by Zhou Zhenfu. *The Vitality of the Lyric Voice*, ed. Shuen-fu Lin and Stephen Owen. Princeton: Princeton University Press, 1986, 287-295。

發表英文文章：Contributed nine (9) entries to *Indiana Companion to Chinese Literature*, ed. William H. Nienhauser. Bloomington: Indiana University Press, 1986。

發表英譯作品：Translations of poems by Wang P'eng-yun, in *Waiting for the Unicorn: Poems and Lyrics of China's Last Dynasty (1644-1911)*, ed. Irving Lo and William Schultz. Bloomington: Indiana University Press, 1986。

一九八七年

大會演講："Six Dynasties Poetry and Its Aesthetics", presented at the 45th Annual Meeting of the American Society for Aesthetics（美國美學年會，第四十五屆），Kansas City, Missouri（密蘇里州）。

宣讀論文："The Idea of the Mask in Wu Wei-yeh (1609-1671)", Conference on Chinese Culture History（中國文化研討會）, Princeton University（普林斯頓大學）。

一九八八年

發表英文文章："The Idea of the Mask in Wu Wei-yeh (1609-1671)", *Harvard Journal of Asiatic Studies* 48.2(1988): 289-320。

一九八九年

獲美國 ACLS Fellowship in Chinese Studies（ACLS 中國研究獎金）。

應邀至紐澤西州立羅格斯大學（Rutgers, the State University of New Jersey）演講，題目是："Liu Rushi and

Seventeenth Century Chinese Poetry”。

大會演講：“The Poet as Tragic Hero: Ch'en Tzu-lung (1608-1647) in the Dynastic Transition”, presented at the annual convention of the Association for Asian Studies（亞洲研究年會），Washington, D.C（華府）。

開始撰寫有關明末詩人陳子龍、柳如是的專著。

一九九〇年

升職為耶魯大學文學正教授。

大會演講：“Canon Formation in Chinese Poetry”, presented at the ICANAS Panel on the Concept of the Classic and Canon-Formation in East Asia（東亞經典理論研討會），Toronto（多倫多）。

宣讀論文：“Liu Shih and the *Tz'u* Revival of the Late Ming”, presented at the Conference on *Tz'u* Poetry（詞學研討會），ACLS資助，York, Maine（緬因州）。

被選為耶魯大學性別研究系的教授聯盟（Affiliated Faculty）之一。

被選為臺北德富基金會（Wu Foundation）的董事，任職至今。

發表英文文章：“Canon Formation in Late Imperial Chinese Poetry: Problems of Gender and Genre”, in *The Proceedings of the 33rd International Congress of Asian and North African Studies*, Univ. of Toronto, Canada, August 1990。

一九九一年

擔任耶魯大學東亞語言文學系系主任（任期六年，一九九一至一九九七年）。

獲耶魯大學榮譽碩士學位（Honorary Degree of Master of Arts, *privatim*, Yale University）。

獲德富基金會（Wu Foundation）研究獎金。

宣讀論文："Rereading BadaShanren's Poetry",presented at International Comparative Literature Conference（國際比較文學研討會），國立臺灣大學主辦。

應邀至中央研究院文哲所演講，題目為：「有關明清文學的海外漢學研究」。

出版英文專著：Kang-i Sun Chang, *The Late-Ming Poet Ch'en Tzu-lung: Crises of Love and Loyalism*. New Haven: Yale University Press, 1991〔此書由李奭學譯成中文。見《陳子龍、柳如是詩詞情緣》（臺北：允晨文化事業股份有限公司，一九九二）；簡體版於一九九八年由陝西師範大學出版社出版。後又有簡體修訂版：《情與忠：陳子龍、柳如是詩詞因緣》（北京：北京大學出版社，二〇一二）〕。

發表英文文章："Liu Shih and the Place of Women in 17th Century Chinese Poetry". *Faculty Seminar in East Asian Humanities, 1988-1990.*East Asian Studies, Rutgers Univ., 1991, 78-88。

一九九二年

獲高雄煉油廠、國光油校子弟學校校友會頒贈的「傑出校友」榮譽獎牌。

大會演講："Women Poets of Traditional China: A Poetics of Expression", presented at the 7th Annual Conference on Chinese Culture: Women and Chinese Culture（婦女與中國文化研討會），Harvard Univ.（哈佛大學）。

宣讀論文："Ming-Qing Women Poets and the Notions of 'Talent' and 'Morality'", Conference on Culture and State in Late Imperial China（明清文化與家國研討會），University of California-Irvine（加州大學爾灣分校）。

應邀加入耶魯大學出版社顧問（Advisory Committee），"The Culture and Civilization of China" Publication Project（「中國文化與文明」出版計畫）。

應邀加入《九州學刊》編輯委員會，一九九二至二〇〇三年。

發表英文文章："Rereading Pa-ta Shan-jen's Poetry: The Textual and the Visual, and the Determinacy of

"Interpretation", *Tamkang Review*, Vol. 22, 1992, pp. 195-212。

發表英文文章："A Guide to Ming-Ch'ing Anthologies of Female Poetry and Their Selection Strategies", *The Gest Library Journal* 5.2(Winter, 1992):119-160。

出版《陳子龍、柳如是詩詞情緣》，李奭學譯（臺北：允晨文化事業股份有限公司，一九九二）。

一九九三年

與魏愛蓮教授同獲National Endowment for the Humanities（NEH），蔣經國基金會、德富基金會的獎金，在耶魯大學舉行「明清婦女與文學」（Conference on Women and Literature in Ming-Qing China）的國際會議（大會中宣讀論文："On Ming-Qing Women's Anthologies"）。

獲耶魯大學 A. Whitney Griswold 獎金。

應邀至Wesleyan大學演講，題目是："Two Female Traditions in Seventeenth-Century Chinese Song Lyrics"。

發表英文文章："Chinese Poetry, Classical", in *The New Princeton Encyclopedia of Poetry and Poetics*, ed. Alex Preminger and T. V. F. Brogan. Princeton: Princeton Univ. Press, 1993, 190-198。

發表英文文章：Co-author, "Allegory", "Love Poetry", "Lyric", "Rhyme", "Rhyme-Prose", in *The New Princeton Encyclopedia of Poetry and Poetics*, ed. Alex Preminger and T. V. F. Brogan. Princeton: Princeton Univ. Press, 1993。

一九九四年

應邀至哈佛大學演講，題目是："The Courtesan and Gentry Woman: Two Forms of the Feminine Persona in *Ci*"。

獲蔣經國基金會（Chiang Ching-Kuo Foundation）美國分會（American Regional Office）的邀請，擔任獎學金審查委員（North American Review Board），一九九四至一九九六年，及二〇〇七至二〇一一年。

宣讀論文：“On Cultural Androgyny”, presented at the Association of Northern American Chinese Writers Conference（北美華裔作家研討會），New York（紐約）。

宣讀論文：“Problems of Postmodernism”, presented at the Third Conference of Southern New England Association for Science and Technology Exchange Conferen（南新英格蘭科技大會），Trinity College（三一學院），Hartford, CT.（康奈迪克州）。

擔任會議評論者：Panel on“Courting Words: Six Dynasties Courtly Literature”, in the 46th Annual Meeting of the Association for Asian Studies（亞洲研究年會），Boston（波士頓）。

發表英文文章：“Liu Shih and Hsu Ts'an: Feminine or Feminist?“, *Voices of the Song Lyric in China*, ed. Pauline Yu. Berkeley: Univ. of California Press, 1994, 169-187.

發表英文文章：“The Device of the Mask in the Poetry of Wu Wei-yeh (1609-1671)”, in *The Power of Culture: Studies in Chinese Cultural History*, ed. Willard J. Paterson et. al., Hong Kong: The Chinese University of Hong Kong Press, 1994, 247-274.

出版《晚唐迄北宋詞體演進與詞人風格》，李奭學譯（臺北：聯經出版事業公司，一九九四）。

一九九五年

獲耶魯大學婦女中心的邀請，給一系列（共六次）演講。該演講系列的題目是：“Men, Women and Nature in Chinese Poetry”。

應邀至Amherst College 演講，題目是：“Chinese Women Poets and Cultural Androgyny”。

應邀至 Trinity College 演講，題目是：“Gender Issues in Seventeenth-Century Chinese Poetry”。

大會演講：“Feminism in Zhang Yimou's Movies”, presented at the Conference on Cultural China: Intellectual Trends and Groups in the Transitional Period（文化中國研討會），Princeton University（普林斯頓大學）。

大會演講："Enclosed Space in Zhang Yimou's 'Raise the Red Lantern'", presented at the Association of North American Chinese Writers Conference（北美華裔作家研討會），Harvard University（哈佛大學）。

應邀擔任美國Chinese Literature: Essays, Articles, Reviews（CLEAR）雜誌的顧問（Advisory Board）。

被選為一九九五年國際大專辯論會的五位評委之一（北京中央電視臺主辦）。其他評委為杜維明、余秋雨、王元化等人。

一九九六年

大會演講："Sexual Politics and the Power Relationship between China and Taiwan", presented at the Humanities Panel in the Fourth Southern New England Science and Technology Exchange Conference（南新英格蘭科技大會），Trinity College（三一學院），Hartford, CT（康奈迪克州）。

大會演講："Cultural Revolution and Overseas Trends in the Sixties", presented at the Cultural China: 30th Anniversary of the Cultural Revolution Conference（文化大革命三十週年研討會），Sponsored by the Princeton China Initiative（普林斯頓中國協會），Princeton（普林斯頓），New Jersey（新澤西州）。

宣讀論文：「寡婦詩人的文學聲音」，中國文學與文化國際研討會（國立臺灣大學主辦）。

一九九七年

應邀至哈佛大學演講，題目是："Chinese Love Poetry and Problems of Interpretation"。

宣讀論文："Liu Xie's Idea of Canonicity", presented at the Conference on WenxinDiaolong（《文心雕龍》研討會），Univ. of Illinois（伊利諾大學），Urbana, Ill。

出版與魏愛蓮合編的明清婦女作家研究集：*Writing Women in Late Imperial China*, edited by Ellen Widmer and Kang-i Sun Chang. Stanford: Stanford University Press, 1997。

發表英文文章："Ming and Qing Anthologies of Women's Poetry and Their Selection Strategies", in Ellen Widmer and Kang-i Sun Chang, eds., *Writing Women in Late Imperial China*.Stanford: Stanford Univ. Press, 1997, 147-170。

一九九八年

再次擔任耶魯大學東亞語言文學系研究所主任（一九九八至二〇〇〇年）。

獲瑞典斯德哥爾摩大學（University of Stockholm）的邀請，擔任博士生論文答辯之考官。

應邀至瑞典斯德哥爾摩大學（University of Stockholm）演講，題目是："Love and Gender in Chinese Poetry"。

擔任會議評論者：Panel on"Strategies of Reading Classical Chinese Poetry", AAS Convention（亞洲研究年會），Washington, D.C.（華府）。

應邀至天津南開大學演講，題目是：「中國古典詩詞與比較文學論」。

宣讀論文："Women's Poetic Witnessing", presented at the Conference, "From the Late Ming to the Late Qing: Dynastic Decline and Cultural Innovation"（從晚明至晚清：朝代興亡與文化創新研討會），Columbia Univ.（哥倫比亞大學）。

宣讀論文：「明清女詩人的經典地位」，傳統中國文化國際研討會（北京大學百年校慶），北京大學主辦。

發表英文文章："Ming-Qing Women Poets and the Notions of 'Talent'and 'Morality'",in *Culture and State in Chinese History: Conventions, Conflicts, and Accommodations*, ed. Bin Wong, Ted Huters, and Pauline Yu. Stanford: Stanford Univ. Press, 1998, 236-258。

出版《古典與現代的女性闡釋》（臺北：聯合文學出版社，一九九八）。

一九九九年

應邀至加拿大的McGill大學演講，題目是："Gender and Canonicity: Ming-Qing Women Poets in the Eyes of the Male Literati"。

應邀至臺灣東海大學演講（第五屆吳德耀人文講座），題目是：「性別與經典論：從明清文人的女性觀說起」。

應邀至臺灣師範大學翻譯研究所演講，題目是：「翻譯與經典的形成」。

大會演講："The Fruits and Future of Research on Traditional Chinese Women", presented at the Roundtable Discussion, "Research on Gender in China: Old Directions, New Concerns"（中國性別研究研討會），New England Conference of the Association for Asian Studies（新英格蘭亞洲研究分會），Yale University（耶魯大學）。

宣讀論文："Questions of Gender and Canon in the Ming-Qing Period", presented at the New Directions in the Study of Late Imperial Literature and History Conference（明清文史研究的新方向研討會），sponsored by the History Department of National Chung Cheng University（臺灣中正大學歷史系）and the East Asian Studies Department of the University of Arizona （與美國阿里桑拿大學亞洲研究系合辦），臺灣臺北。

應邀至哥倫比亞大學演講（C.T. Hsia Lecture Series 夏志清演講系列），題目是："Marginalization and Canon-Formation: Ming-Qing Literati and Literary Women"。

出版與蘇源熙（HaunSaussy）合編的傳統中國女性詩歌選集：*Women Writers of Traditional China: An Anthology of Poetry and Criticism,* edited by Kang-i Sun Chang and HaunSaussy, with Associate Editor Charles

Kwong. Stanford: Stanford University Press, 1999。

發表英譯作品：“Zheng Ruying”,“Wang Wei (ca. 1600-ca. 1647)”, “Bian Sai”,“Yang Wan”,“Liu Shi”,“Ye Hongxiang”, “Chen Zilong”, in *Women Writers of Traditional China*, edited by Kang-i Sun Chang and HaunSaussy (Stanford: Stanford University Press, 1999),324-325;320-329;321-333 (with Charles Kwong);333-336;350-357; 448-453 (with Charles Kwong); 762-764.

發表英文文章：“Ming-Qing Women Poets and Cultural Androgyny”, *Tamkang Review* 30.2(Winter 1999):12-25。

二〇〇〇年

受聘為北京中國社會科學院文學研究所、外國文學研究所、比較文學研究中心顧問。

應邀至北京中國社會科學院演講，題目是：「談經典論」。

應邀至耶魯雅禮協會（Yale-China Association）演講，題目是：“Writing Yale: A personal Perspective”。

應邀至賓州州立大學做兩場演講，題目分別為：（一）“The Chinese Critical Concept of ‘Qing’清（Purity）”；（二）“Gender Theory and World Literature Today”。

宣讀論文：“The Unmasking of Tao Qian: Canonization and Reader’s Response”, presented at the international conference,“Chinese Aesthetics: The Orderings of Word, Image,and the World in the Six Dynasties”（六朝美學研討會），University of Illinois（伊利諾大學），Urbana, Illinois。

宣讀論文：“Wang Shizhen and His Anxiety of Influence”, presented at the New England AAS Regional Conference（新英格蘭亞洲研究分會），Brown University（布朗大學）。

宣讀論文：「典範詩人王士禛」，明清文化研討會（北京大學中文系主辦）。

宣讀論文：「末代才女的亂離詩」，漢學國際研討會（中央研究院主辦），南港，臺灣。

宣讀論文："Canonization of the Poet-Critic Wang Shizhen (1634-1711)", presented at the Workshop on Seventeenth-Century China（十七世紀中國研討會），哈佛大學主辦。

大會演講："What Can Gender Theory Do for the Study of Traditional Chinese Literature?" ,presented at the Conference, "Interpreting Cultures: China Facing the Challenges of the New Millennium", sponsored by the Swedish Council for Research in the Humanities and Social Sciences（瑞典人文社會科學研究中心主辦），Stockholm（斯德哥爾摩），Sweden（瑞典）。

大會演講："The Relevance of Gender Studies Theories for Pre-Modern Chinese Literature",presented at the Panel,"Bridging the Gap Between Traditional Scholarship and Contemporary Theories in Chinese Literary Studies", AAS Convention（亞洲研究年會），San Diego（聖地亞哥），California（加州）。

擔任圓桌會議主持人之一："Gender and Creative Writing"（性別與文學創作），North American Chinese Writer Association meeting（北美華裔作家研討會），Harvard-Yenching Institute（哈佛燕京學社），Harvard University（哈佛大學）。

發表英文文章："Questions of Gender and Canon in Ming-Qing Literature", in Chen-main Wang, ed., *New Directions in the Study of Ming-Qing Culture*. Taipei: Wenjin Publishing Company, 2000, 217-245。

出版《耶魯性別與文化》（上海：文藝出版社，二〇〇〇；臺北：爾雅出版社，二〇〇〇）。

二〇〇一年

與耶魯大學校長雷文Richard C. Levin和耶魯代表團訪問北京。

應邀至北京中國社會科學院文學研究所演講，題目是：「美國漢學的新方向」。

應邀至美國休士頓華裔作家協會演講，題目是：「漢學與全球化」。

與耶魯大學本科院長Richard H. Brodhead，比較文學系主任Michael Holquist等人再訪北京，擔任耶魯三百年和清華九十週年的「全球化比較文學」會議主持人之一（大會中宣讀論文："From Difference to Complementarity: The Interaction of Western and Chinese Studies）"。

發表有關「中國歷史文化中的『私』與『情』」的專題演講。臺北漢學研究中心邀請。

擔任會議評論者：Panel on "Poetry, Parties, and Publishing: Social Gatherings and Cultural Production in Late Imperial China," AAS Convention（亞洲研究年會），Chicago（芝加哥）。

被選為耶魯大學比較文學系「文學學科」（Literature Major）的教授聯盟（Affiliated Faculty）之一。

發表英文文章："Liu Xie's Idea of Canonicity", in *A Chinese Literary Mind*, ed. Zong-qi Cai. Stanford: Stanford Univ. Press, 2001, 17-31。

發表英文文章："Gender and Canonicity: Ming-Qing Women Poets in the Eyes of the Male Literati", in *Hsiang Lectures on Chinese Poetry*, Vol. 1, ed. by Grace S. Fong. Montreal: Centre for East Asian Research, McGill University, 2001, 1-18。

出版《抒情與描寫：六朝詩歌概論》，鍾振振譯（臺北：允晨文化事業股份有限公司，二〇〇一）。

出版《文學的聲音》（臺北：三民書局，二〇〇一）。

出版《遊學集》（臺北：爾雅出版社，二〇〇一）。

二〇〇二年

被選為耶魯大學Whitney Humanities Center（惠特尼人文中心）的Faculty Fellow（教授成員）。

應邀至臺北故宮博物院演講，題目是：「寫作甘苦談」。

獲加拿大不列顛哥倫比亞大學（University of British Columbia）的邀請，擔任博士生論文之考官。

大會演講：「二十一世紀全球大學」二十一世紀大學國際研討會（國立臺灣大學主辦）。

大會演講："The Problematic Self-Commentary: Gong Zizhen and His Love poetry", AAS Convention（亞洲研究年會），Washington, D.C.（華府）。

發表英文文章："Ming-Qing Women Poets and Cultural Androgyny",in *Critical Studies* (Special Issue on Feminism/Femininity in Chinese Literature, edited by Peng-hsiang Chen and Whitney Crothers Dilley) [2002]:21-31。

發表英文文章："The Two-Way Process in the Age of Globalization", in *Ex/Change*, 4 (May 2002): 5-7。

出版《文學經典的挑戰》（南昌：百花洲文藝出版社，二〇〇二）。

二〇〇三年

獲英國劍橋大學出版社邀請，主編《劍橋中國文學史》（*The Cambridge History of Chinese Literature*），初步邀請十七位學者參加。

再次擔任耶魯大學東亞語言文學系研究所主任（二〇〇三）。

主辦「Chinese Poetic Thoughts and Hermeneutics」（傳統中國的詩學與闡釋）國際會議，在耶魯大學東亞研究中心舉行。獲北美蔣經國基金會獎金資助。

應邀加入《九州學林》編輯委員會（前此為《九州學刊》，一九九二至二〇〇三年）。

發表英文文章："From Difference to Complementarity: The Interaction of Western and Chinese Studies",*Tamkang Review*, Vol. 34, No. 1 (2003): 41-64.

出版《走出白色恐怖》（臺北：允晨文化事業股份有限公司，二〇〇三；增訂版二〇〇七）。

二〇〇四年

邀請哈佛大學講座教授宇文所安（Stephen Owen）教授共同主編《劍橋中國文學史》，決定上下卷以一三七五年為分野，計畫於二〇〇八年交卷。

在耶魯東亞研究中心主辦劍橋中國文學史的籌備大會。參與者除了撰寫各章的執筆人以外，還包括劍橋大學出版社文學史叢書總編Dr. Linda Bree等人。

與香港城市大學的鄭培凱教授和臺灣大學的黃俊傑教授合辦「History, Poetry, and the Classical Tradition」（歷史、詩歌與傳統）國際會議，在耶魯大學東亞研究中心舉行。獲香港城市大學資助（大會中宣讀論文：“Qian Qianyi』s Position in History”）。

擔任會議評論者：Panel on the“New Directions in Tao Yuanming Studies”, AAS Convention（亞洲研究年會），San Diego（聖地亞哥），California（加州）。

應邀至國立臺灣大學與教育部合辦的「中國抒情傳統」大會做專題演講，題目為：「如何創造新的抒情聲音？——以明清中期文學為例」。

應邀至中央研究院文哲所演講，題目為：「什麼是新的文學史？」。

宣讀論文：“Journey Through Literature”, presented at the Beijing Forum（北京論壇），北京市政府和北京大學合辦。

發表英文文章：“Dick as I Know Him”, excerpts (translated from Chinese by Matthew Towns), *Yale Bulletin*, 32.28 (April 30, 2004): 4。

發表英文文章：“Review on *Harmony Garden: The Life, Literary Criticism, and Poetry of Yuan Mei* (1716-1798) by J. D. Schmidt”, in *Harvard Journal of Asiatic Studies*, 64.1 (June 2004): 158-167。

發表英文文章："Reborn from the Ashes", *Singapore Anthology on Religious Harmony*, edited by Desmond Kon and Noelle Pereira (Singapore: School of Film and Media Studies, 2004), 147-153。

發表英文文章："The Unmasking of Tao Qian and the Indeterminacy of Interpretation", in *Chinese Aesthetics: The Ordering of Literature, the Arts, and the Universe in the Six Dynasties*, ed. Zong-qi Cai. Honolulu: Univ. of Hawaii Press, 2004, 169-190。

出版*Six Dynasties Poetry*專著的韓文譯本，譯者為申正秀（Jeongsoo Shin），由首爾的Ihoe出版社出版，二〇〇四年。

二〇〇五年

與耶魯大學的比較文學系主任Michael Holquist和北京大學的孟華教授等人在北京合辦「Tradition and Modernity: Comparative Perspectives」（比較視野中的傳統與現代）之國際會議（大會中宣讀論文："The Anxiety of Letters: The Love Poetry of Gong Zizhen"）。

應邀至北京清華大學演講（法鼓講座），題目為：「有關劍橋中國文學史」。

應邀至國立臺灣大學做兩場演講，題目分別為：（一）「我的學思歷程」；（二）「傳統女性道德力量的反思」（法鼓講座）。

應邀至哈佛大學演講，題目為："A New Literary History: Early to Mid-Ming"。

大會演講："On C.T. Hsia and the New Trends in Chinese Literary Studies", The Hsia Brothers and Chinese Literature: An International Symposium（夏氏兄弟對中國文學的影響：國際研討會），Columbia University（哥倫比亞大學），New York（紐約）。

大會演講："Gao Qi (Kao Ch'i) in Early Ming Poetry", presented at the Fritz W. Mote Memorial Conference（牟復

禮教授紀念大會），Princeton University（普林斯頓大學）。

大會演講：「臺閣體、復古派和蘇州文學的關係與比較」，明代研究大會（北京首都師範大學主辦）。

與鄭毓瑜教授對話："Women's Arts and Creativity"（婦女的藝術與創作），臺北文化局主辦。

應邀加入《漢學研究》編輯委員會，二〇〇五至二〇一二年。

發表英文文章："Review on *The Red Brush. Writing Women of Imperial China*, by Wilt Idema and BeataGrant"(Cambridge, Mass.: Harvard Univ. Asia Center, 2004).In *CLEAR* 27 (2005): 167-170。

二〇〇六年

與臺灣國立中央大學的王成勉教授和美國普林斯頓的林培瑞（Perry Link）教授等人在中央大學合辦一個紀念恩師牟復禮（Frederick W. Mote）教授的國際學術研討會。大會議題為「Chinese Culture, Past and Present」（中國文化研究的傳承與創新）（大會中宣讀論文：「重寫明初文學：從高壓到盛世」）。

應邀至史丹佛大學演講，題目是："Bridging Gaps: A New Literary History of Ming Literature"。

應邀至臺灣中原大學演講，題目為：「談談美國的通才教育」。

專題演講："JinTianhe and His *Nujiezhong*", keynote speech presented at the Humanities Panel, The Sixth Southern New England Science and Technology Exchange Conference（南新英格蘭科技大會），Hartford, CT.（康州）。

宣讀論文："JinTianhe and the Suzhou Tradition of Witnessing", presented at the international conference,"Paths Towards Modernity—Conference on the Occasion of Centenary of Jaroslav Prusek", Charles University（查理大學），Institute of Far Eastern Studies（遠東研究中心），Prague（布拉格）。

發表英文文章：“A Case of Misreading: Qian Qianyi's Position in History”, in Wilt Idema, Wai-yee Li, and Ellen Widmer, eds., *Trauma and Transcendence in Early Qing Literature.* Cambridge: Harvard University Asia Center, 2006, 199-218。

發表英文文章：“Women's Poetic Witnessing”, in *From the Late Ming to the Late Qing: Dynastic Decline and Cultural Innovation,* ed. David Wang and Wei Shang.　Cambridge: Harvard Univ. Asia Center, 2006, 504-522。

出版《走出白色恐怖》的英譯版：*Journey Through the White Terror: A Daughter's Memoir,* translated from Chinese by the Author and Matthew Towns (Taipei: National Taiwan University Press, 2006)。本書增訂版於二〇一三年出版。

出版《我看美國精神》（臺北：九歌出版社，二〇〇六）（此書簡體版於二〇〇七年由中國人民大學出版社出版）。

二〇〇七年

與哈佛大學的王德威教授和臺灣清華大學的廖炳惠教授合辦「臺灣及其脈絡」（Taiwan in Its Contexts）國際會議（在耶魯大學的東亞研究中心召開），獲北美蔣經國基金會獎金資助（大會中宣讀論文：“What Happened to Lu Heruo (1914-1951) After the February 28 Incident?”）。

專題演講：“Introducing the Cambridge History of Chinese Literature Project”, lecture delivered at the University of Stockholm（瑞典斯德哥爾摩大學）。

宣讀論文：“The Circularity of Literary Knowledge Between Ming China and Other Countries in East Asia: The Case of Qu You's *Jiandengxinhua*” (keynote speech), presented at the NACS Conference, University of Stockholm（斯德哥爾摩大學）。

專題演講：“On Jin Tianhe: the Suzhou Tradition of Witnessing and Garden Literature”, lecture delivered at the Mansfield Freeman Center for East Asian Studies, Wesleyan University。

專題演講：“Jin Tianhe and the Suzhou Tradition of Witnessing”, lecture delivered at the Center for Chinese Studies, University of Michigan（密西根大學）。

應邀作專題演講：「文章憎命達：再議瞿佑及其《剪燈新話》的遭遇」，明清敘述理論與文學國際研討會（中央研究院文哲所主辦），臺灣南港。

宣讀論文：“On Memories of Taiwan”, presented at the conference on History and Memories（歷史與記憶研討會）。Sponsored by Harvard-Yenching Institute（哈佛燕京社），Harvard University（哈佛大學）。

發表英文文章：“Re-Creating the Canon: Wang Shizhen (1634-1711) and the 'New Canon'”, in *Tsing-hua Journal of Chinese Studies* (Taiwan), New Series, Vol. 37, no. 1 (June 2007): 305-320。

發表英文文章：“The Anxiety of Letters: Gong Zizhen and His Commentary on Love”, in *Tradition and Modernity: Comparative Perspectives* (Beijing: Peking University Press, 2007), pp. 138-155。

二〇〇八年

擔任耶魯大學東亞語言文學系研究所主任（二〇〇八至二〇〇九年）。

專題演講：“*Jiandengxinhua* and the Transnational Circulation of Literary Knowledge”,The Pre-modern China Lecture Series, Columbia University（哥倫比亞大學）。

應邀至韓國高麗大學校（Korea University）做兩場專題演講：（一）“Rereading the Ming”（二）“Is a New Literary History Possible?”。

應邀至臺灣中央大學做五場專題演講：（一）“The Ming Literary History”（二）“Jin Tianhe and the

Suzhou Literati Tradition"（三）"On My Teaching at Yale"（四）"On My Occasional Essays"（五）"On *the Cambridge History of Chinese Literature*"。

專題演講：“Journey Through the Scholarship”，臺灣佛光大學，宜蘭。

應邀加入「世界當代華文文學精讀文庫」（Treasury of Contemporary World Chinese Literature）編委會。

發表英文文章："JinTianhe and the Suzhou Tradition of Witnessing", *Path Toward Modernity: A Conference Volume in Commemoration of Jaroslav Prusek (1906-2006)*, edited by Olga Lomova. Prague: Charles University, 2008, pp. 307-320。

發表英文文章："The Joy of Reading", *Elogio de la palabra* (*Praise the Word*), edited by IesAlbero. Spain, 2008, p. 252。

二〇〇九年

榮獲耶魯大學首任Malcolm G. Chace'56東亞語言文學講座教授職位。

專題演講："Between Tradition and Modernity: On the Male Feminist JinTianhe", presented at Humanities Program（人文學科部門），Stanford University（史丹佛大學）。

專題演講："On *The Cambridge History of Chinese Literature*", presented at the East Asian Studies Department（東亞研究系），Princeton University（普林斯頓大學）。

專題演講："On a New Literary History: Comparative and Global Perspectives", presented at the Asian/Pacific Studies Institute（亞洲／太平洋研究中心），Duke University（杜克大學）。

擔任會議小組主持人：Panel on "Imagery"（意象），at the conference "Representing Things: Visuality and Materiality in East Asia"（東亞文學詠物藝術研討會），Council on East Asian Studies（耶魯東亞研究中心主辦）。

擔任會議小組主持人：Chair of Panel 2, at the Yale-Cambridge-Qinghua Conference（耶魯劍橋清華三邊會議），"Culture, Conflict, Mediation"（會議主題：文化、衝突與反思），耶魯東亞研究中心主辦。

擔任會議小組主持人：Panel on "China & the Wider World in the 20th Century", at the conference "Insiders & outsiders in Chinese History"（「中國歷史的裡裡外外」研討會），Jonathan Spence's retirement conference（史景遷教授榮休大會），Council on East Asian Studies（耶魯東亞研究中心主辦）。

大會演講："My Yale Students' Turn: Sunzi, Laozi, and Zhuangzi as Solutions to Today's Financial Crisis", presented at the Beijing Forum（北京論壇），北京市政府和北京大學合辦。

發表英文文章："The Circularity of Literary Knowledge Between Ming China and Other Countries in East Asia: The Case of Qu You's *Jiandengxinhua*", NACS Conference Volume: On Chinese Culture and Globalization, edited by Lena Rydholm. Stockholm: University of Stockholm Press, 2009, pp. 159-170。

出版《張充和題字選集》，張充和書，孫康宜編注（香港：牛津大學出版社，二〇〇九）。出版《親歷耶魯》（南京：鳳凰出版社，二〇〇九）。

二〇一〇年

與北京大學的安平秋教授合辦「中國典籍與文化」國際研討會，在北京大學校園召開（大會宣讀論文：「一九四九年以來的海外崑曲——談著名曲家張充和」）。

出版與宇文所安合編的*The Cambridge History of Chinese Literature*（劍橋中國文學史）（in two volumes），edited by Kang-i Sun Chang and Stephen Owen. Cambridge: Cambridge University Press, 2010.〔此書中文簡體版（下限時間截至一九四九年）由北京的生活‧讀書‧新知三聯書店於二〇一三年出版；繁體版（全譯本）由臺灣的聯經出版事業公司出版，二〇一六及二〇一七年〕。

應邀擔任榮譽顧問（Honorary Advisor）, Research Centre for Chinese Literature & Literary Culture (RCCLLC), The Hong Kong Institute of Education（香港教育學院），New Territories, Hong Kong。

發表英文文章："Literature of the Early Ming to Mid-Ming (1375-1572)", in *The Cambridge History of Chinese Literature*, edited by Kang-I Sun Chang and Stephen Owen. In Volume 2, 1375 to the Present, edited by Kang-i Sun Chang. Cambridge: Cambridge University Press, 2010, 1-63。

發表英文文章："My Yale Students'Turn: Sunzi, Laozi, and Zhangzi as Solutions to Today's Financial Crisis", in *The Harmony of Civilizations and Properity for All—Looking Beyond the Crisis to a Harmonious Future*(Beijing:Peking University Press, 2010), 143-150。

出版《曲人鴻爪：張充和曲友本事》，張充和口述，孫康宜撰寫（桂林：廣西師範大學出版社，二〇一〇；增訂版於二〇一三年出版）。

出版《曲人鴻爪「本事」》，張充和口述, 孫康宜撰寫（臺北：聯經出版事業公司，二〇一〇）。

出版《古色今香：張充和題字選集》，張充和書，孫康宜編注（桂林：廣西師範大學出版社，二〇一〇；增訂版於二〇一三年出版）。

二〇一一年

應邀至北京大學國際漢學家研修基地參與「潛學齋文庫捐贈儀式」，並做三場專題演講：（一）「美國漢學的研究現況和學術動向」；（二）「錢謙益其人及其接受史」；（三）「人文教育在美國」。

發表英文文章："Chang Ch'ung-ho and Overseas *Kunqu*", in *Journal of the Studies of Ancient Texts*（《北京大學中國古文獻研究中心集刊》），Special issue for the Peking-Yale University Conference: Perspectives on

Classical Chinese Texts and Culture (Beijing: Peking University Press), no. 11 (December 2011): 90-109。

二〇一二年

榮獲耶魯大學De Vane 教學獎金牌（Medal）。

再次擔任耶魯大學東亞語言文學系研究所主任（二〇一二至二〇一四年）。

擔任會議評論者：Panel on "New Poetic Voices in an Old Tradition: Classical Chinese Poetry at the Turn of the Age (the 19th Century to the Early Republican China)", AAS convention（東亞研究年會），Toronto（多倫多）。

發表英文文章："The Literary Voice of Widow Poets in the Ming and Qing", in *Ming Qing Studies*, Vol. 1 (2012): 15-33。

發表英文文章：Contribution to the section, "Su Shi 1037-1101: Chinese Poet and Essayist", in *Classical and Medieval Literary Criticism*, Vol. 139, edited by Lawrence J. Trudeau (Columbia, S.C. : Layman Poupard Publishing, 2012), pp. 76-89。

出版與廖炳惠、王德威合編的《臺灣及其脈絡》（臺北:臺大出版中心，二〇一二）。

出版《情與忠：陳子龍、柳如是詩詞因緣》修訂版（北京：北京大學出版社，二〇一二）。

出版《走出白色恐怖》增訂版（北京生活・讀書・新知三聯書店，二〇一二）（此增訂版收入王德威序言：〈從吞恨到感恩——見證白色恐怖〉）。

二〇一三年

應邀至臺灣中央研究院歷史語言研究所演講，題目為：「施蟄存的古典詩歌」。

應邀至臺灣國立政治大學臺灣文學研究所及中國文學系演講，演講題目為：「現代人的舊體詩：以施蟄存為例」。

應邀至佛光大學演講（人文講座），題目為：「談作家施蟄存」。

應邀擔任耶魯比較文學系本科生雜誌*Aura*的教授顧問之一（Faculty Advisory Board）：*Aura: The Yale Undergraduate Journal of Comparative Literature*。

出版《走出白色恐怖》英譯增訂版：*Journey Through the White Terror: A Daughter's Memoir.* Second Edition. Based on a translation from the Chinese by the Author and Matthew Towns(Taipei: National Taiwan University Press, 2013).

發表英文文章："Review *on Sound and Sight: Poetry and Courtier Culture in the Yongming Era (483-493)* by Meow Hui Goh", in *Journal of the Economic and Social History of the Orient* (*JESHO*), 56.2 (2013): 312-314。

出版《孫康宜自選集：古典文學的現代觀》（上海：上海譯文出版社，二〇一三）。

出版《劍橋中國文學史》，孫康宜、宇文所安主編，劉倩等譯，上下二卷（北京：生活・讀書・新知三聯書店，二〇一三）。

二〇一四年

應邀擔任《東亞人文》（Journal of East Asian Humanities）學術委員會委員之一。

發表英文文章："Review on *The Burden of Female Talent: The Poet Li Qingzhao and Her History in China* by Ronald Egan", in *Journal of Asian Studies*, 73.4 (2014): 1105-1106。

發表英文文章："Is There Hope for the Humanities?",*Yale Daily News*, January 16, 2014, p. 2.。

出版《從北山樓到潛學齋》（Enduring Friendship: Letters and Essays），施蟄存、孫康宜著，沈建中編（上海：上海書店出版社，二〇一四）。

三月一日，耶魯東亞語文系與耶魯東亞研究中心合辦一個「From Belles Lettres to the Academy: In

Celebration of Kang-i Sun Chang」的「七秩大壽」慶祝會。門生蘇源熙（Haun Saussy）與王敖分別做專題演講、朗誦詩歌。其餘門生（如王瑷玲、錢南秀、嚴志雄、Lucas Klein等）均獻上賀詩數首，以為紀念。此外，漢學家Ronald Egan（艾朗若）、Wendy Swartz、吳盛青、馬泰來等人也出席此會。

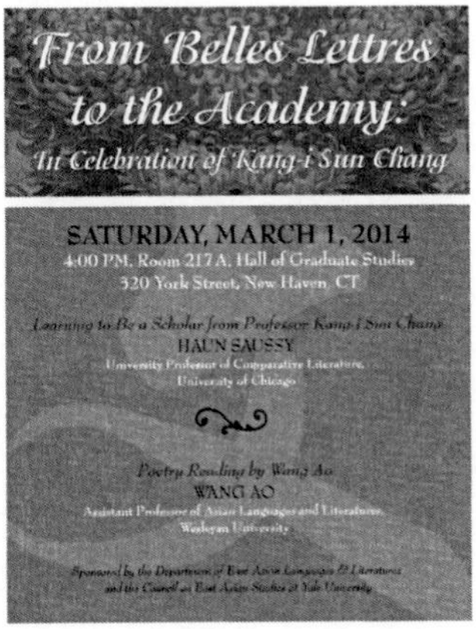

二〇一五年

當選美國人文與科學學院（American Academy of Arts and Sciences）院士。

擔任耶魯大學東亞語言文學系代系主任Acting Chair（春季）。

發表英文文章："Review on *Women and National Trauma in Late Imperial Chinese Literature* by Wai-yee Li", *Harvard Journal of Asiatic Studies*, 2015。

《孫康宜文集》五卷本開始由韓晗主編，將由臺灣秀威資訊科技股份有限公司出版。

二〇一六年

當選中央研究院院士。

當選東海大學傑出校友。

《劍橋中國文學史》（全譯本），孫康宜、宇文所安主編，上卷（台北：聯經出版事業公司，二〇一六）。

二〇一七年

發表文章〈中國文學作者原論〉（張健譯），《中國文學學報》（二〇一七年七月號）。

發表文章〈白先勇如何揭開曹雪芹的面具？〉，《東亞人文・２０１７年卷》

發表英文文章："Poetry as Memoir: Shi Zhecun's *Miscellaneous Poems of a Floating Life*", *Journal of Chinese Literature and Culture*, Duke University press, Vol.3, Issue 2(2017): 289-311.

發表英文文章："1947: February 28, on Memory and Trauma", *A New Literary History of Modern China*, edited by David Der-wei Wang (Cambridge, MA: Harvard University Press 2017), pp. 528-533.

《劍橋中國文學史》（全譯本），孫康宜、宇文所安主編，下卷（臺北：聯經出版事業公司，二〇一七）。

將要發表和出版的作品

（一）"Chinese Authorship," *Cambridge Handbook of Literary Authorship*, edited by Ingo Berensmeyer et. al. (Cambridge: Cambridge University Press), forthcoming.

（二）"Shi Zhecun's Wartime Poems: Kunming, 1937-1940", in the conference volume, *Back into Modernity: Classical Poetry and Intellectual Transition in Modern China,* edited by Zhiyi Yang, forthcoming.

（三）"Yang Shen as a Literary Critic", in *Essays and Translations in Honor of Jonathan Chaves,* edited by David K. Schneider, forthcoming.

（四）《從捕鯨船上一路走來：孫康宜先生精品文選》，孫康宜著，徐文編（南京：江蘇鳳凰文藝出版社）。

（五）《走出白色恐怖》韓文（Korean）版（譯者Young Kim）正在籌畫中。

（六）《走出白色恐怖》捷克文（Czech）版（譯者František Reismülle）正在籌畫中。

語言文學類　PG1374　文學視界92

孫康宜文集　第五卷
——漢學研究專輯II

作　　者／孫康宜
封面題字／凌　超
責任編輯／盧羿珊、杜國維
圖文排版／楊家齊
封面設計／蔡瑋筠

發 行 人／宋政坤
法律顧問／毛國樑　律師
出版發行／秀威資訊科技股份有限公司
114台北市內湖區瑞光路76巷65號1樓
電話：+886-2-2796-3638　傳真：+886-2-2796-1377
http://www.showwe.com.tw
劃撥帳號／19563868　戶名：秀威資訊科技股份有限公司
讀者服務信箱：service@showwe.com.tw
展售門市／國家書店（松江門市）
104台北市中山區松江路209號1樓
電話：+886-2-2518-0207　傳真：+886-2-2518-0778
網路訂購／秀威網路書店：https://store.showwe.tw
國家網路書店：https://www.govbooks.com.tw

2018年5月　BOD一版
全套定價：12000元（不分售）

國家圖書館出版品預行編目

孫康宜文集. 第五卷, 漢學研究專輯. II / 孫康宜
著. -- 一版. -- 臺北市 : 秀威資訊科技,
2018.05
面 ; 公分. -- (語言文學類 ; PG1374)(文
學視界 ; 92)
BOD版
ISBN 978-986-326-514-6(精裝)

1. 孫康宜 2. 中國文學 3. 漢學研究

848.6 106023065

ISBN 978-986-326-515-3

9 789863 265153 12000

讀者回函卡

感謝您購買本書，為提升服務品質，請填妥以下資料，將讀者回函卡直接寄回或傳真本公司，收到您的寶貴意見後，我們會收藏記錄及檢討，謝謝！如您需要了解本公司最新出版書目、購書優惠或企劃活動，歡迎您上網查詢或下載相關資料：http:// www.showwe.com.tw

您購買的書名：________________________________

出生日期：________年________月________日

學歷：□高中（含）以下　□大專　□研究所（含）以上

職業：□製造業　□金融業　□資訊業　□軍警　□傳播業　□自由業

□服務業　□公務員　□教職　□學生　□家管　□其它_____

購書地點：□網路書店　□實體書店　□書展　□郵購　□贈閱　□其他

您從何得知本書的消息？

□網路書店　□實體書店　□網路搜尋　□電子報　□書訊　□雜誌

□傳播媒體　□親友推薦　□網站推薦　□部落格　□其他__________

您對本書的評價：（請填代號　1.非常滿意　2.滿意　3.尚可　4.再改進）

封面設計____　版面編排____　內容____　文／譯筆____　價格____

讀完書後您覺得：

□很有收穫　□有收穫　□收穫不多　□沒收穫

對我們的建議：________________________________

____

____

____

請貼
郵票

11466
台北市內湖區瑞光路 76 巷 65 號 1 樓
秀威資訊科技股份有限公司 收
BOD 數位出版事業部

....

（請沿線對折寄回，謝謝！）

姓　　名：________________　年齡：______　性別：□女　□男

郵遞區號：□□□□□

地　　址：____

聯絡電話：(日)________________　(夜)________________

E-mail：____